Kim Kestner

Zeitrausch

Spiel der Gegenwart

Kim Kestner,
1975 in Gifhorn geboren, studierte visuelle Kommunikation und leitete eine Marketing-Agentur, bevor sie mit dem Schreiben begann. Seither veröffentlicht sie erfolgreich Jugendromane. Ihre Zeitrausch-Trilogie wurde als zweitbestes E-Book mit dem Lovelybooks-Publikumspreis ausgezeichnet. Nun erscheint die Trilogie erstmals als Taschenbuchausgabe beim Arena Verlag. Kim Kestner wohnt mit ihrer Familie, Dackel Socke und einem Terrier, der glaubt, »Pfui aus« zu heißen, südlich von Hamburg.

Mehr unter *www.kim-kestner.de*

Weitere Bücher von Kim Kestner im Arena Verlag:
Anima. Schwarze Seele, weißes Herz
Sakura. Die Vollkommenen
Zeitrausch. Spiel der Vergangenheit
Zeitrausch. Spiel der Zukunft

Kim Kestner

Zeitrausch

Spiel der Gegenwart

Arena

Für Thomas
(ohne dich hätte ich nie alle Wirrungen entknoten können)

FSC
www.fsc.org
MIX
Papier aus verantwortungsvollen Quellen
FSC® C110508

1. Auflage als Arena Taschenbuch 2018

Dieses Buch ist eine überarbeitete Fassung des gleichnamigen E-Books *Zeitrausch. Spiel der Gegenwart,* das erstmals 2014 in anderer Ausstattung bei Carlsen Impress erschienen ist.
Dieses Werk wurde vermittelt durch die AVA international GmbH Autoren- und Verlagsagentur, München.
Covergestaltung: Carolin Liepins
Gesamtherstellung: Westermann Druck Zwickau GmbH
ISBN 978-3-401-51069-9

www.arena-verlag.de
www.twitter.com/arenaverlag
www.facebook.com/arenaverlagfans

0

Ich bin Alison Hill. Ich treffe meine Entscheidungen selbst. Ich werde keinen Kampf an Sam Oscars Stelle führen. Und ich werde hiernach nie wieder in die Geschichte eingreifen, ich werde endlich meinen Frieden finden, denn sie alle werden glauben, ich sei tot.

1

Mitte Januar 1853, Kalifornien

Die kalte Nachtluft wirkt wie ein Kübel Wasser, der mich aus einem wunderbaren Traum reißt. Eben noch habe ich einen Blick in die Zukunft geworfen. In meine Zukunft. Es hätte auch die einer anderen Alison sein können, die ich habe heiraten sehen, eine aus den unendlich vielen parallel existierenden Realitäten. Aber so war es nicht. Die Braut, mein älteres Ich, zwinkerte mir zu, kurz bevor Sam Oscar mich wieder in die Vergangenheit riss. Sie wusste von meinem Erscheinen, da es Teil ihrer Erinnerungen war. Sie und ich sind dieselbe Person, was bedeutet: Ich werde Kay heiraten!

Nichts anderes zählt mehr.

Sam Oscar lässt meine Hand los und wendet sich mir zu. Seine dunkle Silhouette kann ich in der sternenlosen Nacht nur erahnen.

»Ist das eine Perspektive für dich? Grund genug zu kämpfen?«, fragt er. Seine Stimme zittert leicht.

»Sie meinen, wieder in die Geschichte einzugreifen?«

»Ich meine, Zeitreisen an sich zu verhindern, damit sich *Top The Realities* nicht derart menschenverachtend entwickeln wird und niemand sterben muss, um den Unterhaltungswert der Show zu steigern. Dieser ganze Rattenschwanz muss an seiner Wurzel abgetrennt werden. Nur dann kann es auch eine Zukunft für dich, für euch, geben. Verstehst du, Alison?«

Ich schüttle schweigend den Kopf, bis mir klar wird, Sam Oscar kann meine stumme Antwort in der Dunkelheit nicht sehen. »Das alles hier ist nicht mehr mein Problem. Sie haben es selbst gesagt, oder? Ich bin frei.«

»Nur weil du durch die Zeit springen kannst, bedeutet das nicht, dass du frei bist«, antwortet Oscar.

»Du kannst dir sicher sein, dass sie, die Ports –«

»Ports?«

»So werden die Männer genannt, die dich verfolgt haben. Eine aus dem Boden gestampfte Söldnertruppe. Ich habe am Rande mitbekommen, wie die Regierung meiner Zeit massenhaft Männer anwarb. Vom Militär, der Polizei, sogar von privaten Wachdiensten. Ein überaus gut bezahlter Job. Was Zeitreisen betrifft, dürften sie jedoch nur eine mangelhafte und sehr kurze Ausbildung genossen haben. Trotzdem, jeder von ihnen weiß, wie man tötet. Und das werden sie. Dich jagen und töten, so ungern ich es sage.« Oscar berührt meine Schulter, drückt sie leicht. »Alison. Du musst bald handeln. Sehr bald. Überrasche sie. Tue nichts, was sie erwarten könnten.«

Ich wende mich ab. Ich kann Oscars Gerede über meinen einsamen Kampf gegen eine Übermacht aus der Zukunft nicht mehr hören und versuche auch nicht mehr zu verstehen, wieso ich tun sollte, was er mir prophezeit. Denn so wird es nicht kommen. Es liegt in meiner Hand. Wenn ich die richtigen Entscheidungen treffe, löst sich das, was er zu wissen meint, für mich auf.

Einfacher gesagt: Ich werde niemals versuchen, Zeitreisen zu verhindern! Es gibt immer eine Alternative. Meine Alternative ist der Freitod. Natürlich werde ich mich nicht wirklich umbringen. Ich bin kaum in der Lage, mich selbst zu verletzen – obwohl ich es schon musste –, aber niemals würde ich mir tatsächlich das Leben nehmen. Die Ports, *Top The Realities,* Wum Randy und alle anderen werde ich allerdings glauben lassen, dass ich Suizid begehe. Es wird vor ihren Augen geschehen.

Meine Show wird ihre bei Weitem toppen und wenn sie mich tot glauben, werden sie keinen Grund mehr haben, mich zu verfolgen. Der Störsender an meinem Handgelenk verschleiert das Signal meines Markers. Niemand wird feststellen können, ob ich noch lebe.

Wenn mein Plan gelingt, kann ich mich endlich, endlich zu Kay portieren und dann werden wir unsere Zukunft neu schreiben. Und mein Plan wird gelingen! Denn anders ist es nicht zu erklären, dass ich uns habe heiraten sehen. Meine Familie und Freunde waren dabei. Niemand wirkte so, als drohe Gefahr. Wir alle sahen gelöst und glücklich aus.

Ich seufze bei dem Gedanken an das, was ich vorhabe. Es bedeutet ein großes Opfer. Nicht für mich, sondern für Kay, der mit dem Glauben an meinen Tod weiterleben muss. In diesem Fall wird sich eine Vorsehung erfüllen. Mein Tod ist bereits Teil seiner Vergangenheit. Er steht quasi fest. Kay hat mir vor über 2 Jahren erzählt, er habe mich sterben sehen. Ich hätte mir vor seinen Augen den Marker herausgeschnitten, was mich das Leben gekostet hat.

Und genau so wird es geschehen.

Ich werde einige Stunden zurückspringen, linear gesehen, zurück auf den Hügel, zu unserer Hütte, genau in den Moment, da unzählige Ports mich umbringen wollten. Diese Arbeit werde ich ihnen jetzt abnehmen. Doch damit es wirklich glaubhaft ist, muss ich es in Kays Nähe tun.

Dazu werde ich den Moment wählen, da er im Sterben

lag. Blutüberströmt auf der Wiese, einen Speer in seiner Brust, kaum noch bei Sinnen. Ich werde den Ports weismachen, ich könnte ohne Kay nicht mehr leben, und das Messer an meinen Marker setzen. Tatsächlich aber werde ich eine mit Blut gefüllte Tierblase zerstechen und gleichzeitig ein sehniges Stück Fleisch des Tieres lösen, sodass es so wirken wird, als sei es ein Teil von mir. Genau der Teil, mit dem der Marker verwoben ist. Im gleichen Augenblick werde ich mich von dort wegportieren. Mich in Luft auflösen, denn ich bin mir ziemlich sicher, dass der tote Körper eines Zeitreisenden in seine Realität und ursprüngliche Gegenwart zurückkehrt.

Ziemlich sicher. Aber nicht hundertprozentig. Vielleicht bringt der Marker ihn auch in die Zukunft zurück. Dann wüssten sie sofort, dass ich nicht tot bin. Es ist die einzige Schwachstelle in meinem Plan. Aber die werde ich auch noch ausmerzen. Um wirklich Gewissheit zu haben, werde ich Sam Oscar nach diesem Detail fragen müssen, ohne dass er Verdacht schöpft. Und dann werde ich endlich frei sein! Wirklich frei.

Kay jedoch wird einen hohen Preis für diese Freiheit zahlen. Er wird, kurz nachdem ich letztmalig den Hügel voller Ports verlassen habe, zurück in die Zukunft portiert und medizinisch versorgt werden, nur um gleich darauf Teil der 31. Staffel von *Top The Realities* zu werden. 2 Jahre lang. All die Zeit wird er überzeugt sein, ich sei tot. Für mich hingegen werden nur Sekunden vergehen, bis ich ihn nach diesem Martyrium aufsuchen und die erlösenden Worte sagen kann: »Ich bin hier. Ich lebe.«

Von Oscars Antwort hängt alles ab. Ich drehe mich um und suche in der Finsternis nach ihm. »Mr Oscar?«

»Also, was ist dein Plan? Wie wirst du Zeitreisen verhindern?« Die Stimme kommt aus der Richtung des umgekippten Baumstamms. Ich folge ihr.

»Würde das Wissen um das Wie und Was das Resultat verändern?«, frage ich, während meine Füße sich vortasten.

Sam Oscar lacht leise. »Du schlägst mich mit meinen eigenen Worten.«

Mein Zeh stößt gegen den Stamm. Ich suche mit der Hand nach ihm und setze mich neben Oscar. Mir ist kalt. Wind zieht auf, verfängt sich rauschend in den Baumkronen und erste Regentropfen streifen meine Haut. Es wird Zeit, die Frage zu stellen.

»Eine Sache verstehe ich noch nicht«, sage ich unvermittelt, so als sei es mir gerade erst eingefallen. Oscar soll auf keinen Fall merken, wie wichtig mir diese Information ist.

»So? Nur eine?«

»Bei meinem zweiten selbst gesteuerten Zeitsprung habe ich mich in die Zukunft portiert. Nur eine Woche vielleicht und da habe ich gesehen, wie Kay starb.«

»Und du hast ihm das Leben gerettet, vielmehr eine Variante geschaffen, in der er lebt.«

»Ja, aber darum geht es nicht. Es ist ... es war irgendwie merkwürdig. In den letzten Sekunden, bevor ich zurückgezogen wurde, da war er plötzlich weg. Sein toter Körper, meine ich.« Eine direkte Frage vermeide ich. Sie wäre zu auffällig.

»Nun«, meint Oscar und ich ahne, dass er eine ausladende Geste macht. »Mit dem Hirntod stirbt auch die neurale Verbindung zu dem Marker, wenn ich es so salopp ausdrücken darf. In diesem Augenblick kehrt der Leichnam in seine ursprüngliche Zeit und Realität zurück. Ein ernsthaftes Problem, das wir zugegebenermaßen noch nicht gelöst haben. Der Marker zerfällt zwar wenig später durch den biochemischen Verwesungsprozess, aber die Gefahr, dass unvermittelt eine Leiche auftaucht und der Marker während einer Obduktion beispielsweise studiert werden kann, besteht. Wir haben – Herrgott! Ich vergesse immer wieder, dass mich diese Dinge nichts mehr angehen.« Er seufzt hörbar. »Die Wissenschaft ist das Einzige, was mir fehlt, weißt du? Manchmal juckt es mich, hier und da einzugreifen, die Entwicklung ein wenig voranzutreiben.«

Ich antworte nicht. Oscars Sehnsüchte sind mir gleichgültig. Der Regen wird plötzlich stärker. Wasser läuft mir in den Nacken, aber ich bin nur noch eine Frage weit davon entfernt, diesen Ort zu verlassen. Es führt kein Weg daran vorbei, sie direkt zu stellen, und ich kann nur hoffen, dass Oscar erst begreift, was ich vorhabe, nachdem er geantwortet hat. Ich versuche, meiner Stimme etwas Beiläufiges zu verleihen, innerlich jedoch zittere ich so sehr, dass ich sicher bin, er wird merken, welchen ungeheuerlichen Plan ich mir zurechtgelegt habe.

»Ist es auch umgekehrt so? Stirbt auch das Hirn, wenn der Marker zerstört wird?« Mein Atem geht jetzt schneller. Zum Glück übertönt der Wind meine hörbare Aufregung.

»Na ja, so leicht lässt sich ein Marker nicht zerstören«, erklärt Oscar ohne Argwohn. »Man müsste ihn geradezu herausschneiden oder gleich die ganze Hand abtrennen. Eine grausige Vorstellung, ich weiß, aber theoretisch wäre es so. Es käme dann zu einer Art Kurzschluss. Die Synapsen würden regelrecht durchbrennen. Man kann sich das folgendermaßen vorstel... Moment mal, wieso fragst ... Alison? Nein! Du darfst nicht ...«

Oscar greift nach meiner Hand, aber es ist zu spät. Die

Bilder in meinem Kopf sind schon entstanden: das Messer, wie es aus meiner Hand gleitet, der Metallstab, die Waffe der Ports, die meinen Nacken streift, mein Körper, der daraufhin willenlos zusammensackt. Und jetzt genügt mein Entschluss, um mich wieder in die Vergangenheit zu tragen. Mitten aufs Schlachtfeld. »Danke«, sage ich schnell, einen Wimpernschlag später ist es taghell.

Kurz wundere ich mich darüber, dass es funktioniert hat, ich wieder portiert bin, ohne meine Arme zu kreuzen, einfach nur durch meinen Willen. Es war genauso leicht, wie die Hand zu heben, um sich an der Nase zu kratzen.

Doch noch bevor ich ergründen kann, wieso es mir gelungen ist, höre ich direkt hinter mir einen wütenden Schrei. Ich springe zur Seite. Eine andere Alison jagt schwer atmend an mir vorbei, brüllt: »Hey, ihr Arschlöcher! Ich bin hier!«

Fünf Ports setzen ihr nach. Sie sind alle gleich gekleidet: schwarzer Anorak, schwarze Hose, schwarze Armeestiefel, die das Gras unter ihren Füßen niedertrampeln. Ich stehe auf halber Höhe den Hügel hoch, ziemlich genau zwischen dem höchsten Punkt und der Rundhütte, die im Tal unter einer Baumgruppe steht. Es regnet und überall sind Ports.

Erst wenige Sekunden müssen vergangen sein. Noch habe ich nicht gefunden, was ich suche, und schon steuern die ersten Söldner auf mich zu. Ich achte nicht auf ihre Gesichter oder ihre Bewaffnung, sondern suche hektisch den matschigen Boden nach dem Messer ab. Regen verfängt sich in meinen Wimpern. Mit dem Handrücken wische ich ihn weg, drehe mich im Kreis. Das Stampfen der Stiefel ist von überall her zu hören und wird immer lauter. Es klingt bedrohlich, so als käme eine Horde Büffel auf mich zu.

Als ich aufsehe, ist ein Port nur noch zehn, vielleicht zwanzig Meter weit weg. Mit angewinkelten Armen stürmt er den Hügel hinauf. Anscheinend spürt er keine Anstrengung.

Verdammt! Das Messer müsste hier sein. Ich weiß, ich habe es an dieser Stelle fallen lassen. Ich weiß es!

Ich wirble um meine eigene Achse. Um mich herum tauchen immer mehr Versionen meiner selbst auf, die laut schreiend in alle Richtungen rennen. Sie ploppen auf und verschwinden wieder wie zerplatzende Seifenblasen. Ihnen bleiben ja nur 90 Sekunden. Bald, sehr bald, werde ich die einzige Alison auf diesem Hügel sein und dann werden die Ports mich überrennen.

Plötzlich entdecke ich Kay. Er liegt nur wenige Meter entfernt von mir, mit dem Speer in seiner Brust. Seine Augen sind halb geöffnet. Schwarz gekleidete Beine springen über seinen blutüberströmten Körper, streifen den Speer. Kay stöhnt so laut auf, dass ich selbst das Gefühl habe, ein Speer stecke in meiner Brust. Alles in mir schreit danach, die Vergangenheit zu ändern, Kay zu retten, ihn mit mir an einen sicheren Ort zu reißen. Aber die Geschichte muss sich erfüllen, damit mein Plan gelingt! Die Ports müssen überzeugt sein, ich nehme mir wegen Kays scheinbar unausweichlichem Tod das Leben!

Entschlossen balle ich die Hände zu Fäusten und suche Meter für Meter den Hügel ab. Wo verdammt ist das Messer?

Gleich wird mich der erste Port erreichen. Mir bleiben nur noch wenige Sekunden, bevor ich gezwungen bin zu springen, denn wenn sie mich erwischen, ist es aus. Plötzlich überkommt mich eine Scheißangst. Ich atme furchtbar schnell, mir wird schwindelig und ich beginne, fahrig zu werden: Ich renne, rutsche aus, rapple mich auf, stolpere weiter, schlittere einige Meter den Hang hinunter, direkt auf einen weiteren Port zu. Unsere Blicke treffen sich. Seine Augen sind emotionslos.

Ich muss hier weg! Denn überleben werde ich nur, wenn ich flüchte, in eine andere Zeit springe. Aber ich brauche das verfluchte Messer! Ich kann es mir nur von hier holen. In einer anderen Zeit meiner Vergangenheit ist das Messer für meine frühere Version nämlich genauso unverzichtbar.

Ohne meinen Willen entstehen Bilder in meinem Kopf: der Strand, das spielende Kind. Ich bin schon mal dort gewesen. Eine Kindheitserinnerung, mein Fluchtort. Schnell!

Ich schließe die Augen, atme tief ein. Ich kann es wieder versuchen. Hundertmal, wenn es sein muss.

Los! Weg hier! Jetzt!

Doch die Luft wird jäh aus meinen Lungen gepresst. Heftiger Schmerz tritt an die Stelle der Bilder, die mich retten sollten. Etwas hat mich mit ungebremster Wucht im Rücken getroffen. Ich reiße die Augen auf, fahre herum. Ein Port steht hinter mir, holt den Metallstab aus seinem Anorak.

Ich war zu langsam. Oh Gott! Gleich werde ich mich nicht mehr bewegen können. Jeder Muskel meines Körpers wird wie gelähmt sein. Heftig schüttle ich den Kopf. Sehr sinnig. Als ob ihn das abhalten würde.

Wie in Zeitlupe sehe ich den Stab näher kommen, lasse mich fallen, um nur eine Sekunde mehr in diesem Leben zu haben. Mein Arm landet zuerst im Matsch, dann schlägt der Kopf auf und ich sehe noch weitere Stiefel, die auf mich zurennen.

Ich habe mich überschätzt. Meine Fähigkeiten.

Hochmut kommt vor dem Fall, denke ich noch, und lache auf. Wie bildlich. Zumindest liege ich schon und werde nicht durch meine erschlafften Muskeln niedergezwungen.

Doch der Schlag kommt nicht. Stattdessen fällt ein Messer auf den Boden. Mein Messer. Eine Armlänge entfernt liegt es auf der regendurchtränkten Erde. Ich greife danach. Meine Hände umschließen den Hirschhorngriff, noch bevor ich hochblicke.

Da stehe ich, mein um Stunden jüngeres Ich. Vollkommen entkräftet. Sie nimmt mich nicht wahr. Auch den Stab nicht, der mich treffen sollte. Ihr Körper sackt neben mir in sich zusammen. Der Kopf schlägt wie meiner auf die Erde, aber ihrer kippt willenlos zur Seite.

Ich sehe ihr Gesicht nicht, nur ihr Haar, dunkel und verfilzt, und aus den Augenwinkeln einen Regenbogen, der sich über das Meer bis zu einem mächtigen Mammutbaum in der Ferne spannt.

Die Bilder meines Fluchtorts drängen sich geradezu in meinen Geist zurück und dann umfängt mich Wärme.

Das war verflucht knapp!

Ich ziehe scharf die Luft ein. Sie riecht nach Kiefern, mein Arm liegt jetzt in heißem Sand, in der Hand jedoch halte ich immer noch das Messer. Wahnsinn! Ich habe mehr Glück als Verstand gehabt.

Ächzend setze ich mich auf. Der Stoß in meinem Rücken war heftig. Ein stechender Schmerz zieht von meinem Schulterblatt bis in meine Waden und ich unterdrücke ein Stöhnen, während ich umständlich auf die Füße komme.

Gut 100 Meter entfernt spielt ein Kind am Wasser. Ich weiß, dass ich es bin, im Alter von drei oder vier Jahren. Die Erinnerung an diesen Moment hat mich hierhingetragen. Meine jungen Eltern liegen im Schatten einer Kiefer und beobachten ihr Kind. Wie friedlich es hier ist!

Einen Augenblick kämpfe ich mit dem heftigen Bedürfnis, zu ihnen zu gehen, sie zu umarmen. Aber was sollte ich ihnen sagen? Hallo, ich bin eure Tochter, 19 Jahre alt und durch die Zeit gesprungen, weil eine Söldnerarmee aus der Zukunft mich umbringen will?

Nein, es ist besser, sie bemerken mich nicht. Außerdem wird jeden Moment ein weiteres Ich hier auftauchen. Denn erst gestern war ich hier, linear gesehen, um den Ports zu entkommen, Zeit zu schinden. Da waren meine Sprünge noch auf exakt 90 Sekunden begrenzt. Dann hat mich eine unsichtbare Macht zurückgezogen und ich musste weiterkämpfen. Rennen und schreien und kämpfen, bis ich nicht mehr konnte, das Messer fallen ließ und einer der Ports meinen Nacken mit dem Stab berührte, der alle Muskeln erschlaffen lässt. Ich sank auf die Erde, sah den Regenbogen, den Mammutbaum an seinem Ende und schaffte es mit der Kraft der Verzweiflung, mich dahin zu portieren.

Dass Sam Oscar wirklich dort auf mich gewartet hat, kann nur bedeuten, er muss den Regenbogen aus meiner Warte gesehen haben. Irgendwo zwischen den Hunderten von Ports muss er zumindest einige Sekunden verharrt haben, um meinem um Wochen jüngeren Ich diese Information geben zu können. Er hätte mich auch einfach an der Hand nehmen, mich und Kay vom Schlachtfeld in eine andere Zeit ziehen können. Aber er will, dass ich leide, all diese schrecklichen Erfahrungen mache, damit ich seine Prophezeiung erfülle. Ich soll eine einsame Kämpferin werden, seine Kämpferin, die diesem grausamen Spiel ein Ende setzt.

Ich beschließe, nicht mehr über Oscar nachzudenken. Ohnehin werde ich ihn nie wiedersehen. Zumindest nicht, wenn mir der nächste Schritt gelingt. Ich muss ein geeignetes Tier erlegen, damit ich mit dessen Blut und Fleisch meinen Tod glaubhaft vortäuschen kann.

Das Messer und meine mit Matsch verdreckten Hände versuche ich an meiner Hose abzuwischen. Sinnlos. Sie ist genauso dreckig wie der Rest und schon steif von getrocknetem Schlamm. Ich werfe noch einen Blick auf das spielende Kind, dann drehe ich mich um und gehe tiefer in den Kiefernwald hinein. Niemand hat mich bemerkt und so soll es auch bleiben.

Den nächsten Schritt muss ich besser vorbereiten. Er dürfte nicht weniger gefährlich werden und die Inszenierung meines Selbstmords muss die Ports überzeugen. Ich darf keinen Fehler machen, denn einen zweiten Versuch werden sie mir nicht abnehmen.

Mit jedem Schritt spüre ich meine Erschöpfung ein Stück mehr. Wie lange habe ich schon nicht mehr geschlafen? 30 oder 40 Stunden? Ich weiß es nicht. Der ständige Wechsel zwischen Tag und Nacht bringt meine innere Uhr vollkommen durcheinander. Jetzt müsste es Mittag sein, die Sonne steht im Zenit und wirft ihre wärmenden Strahlen auf den mit Kiefernnadeln übersäten Boden. Wahrscheinlich wäre es vernünftig, einige Stunden zu schlafen. Aber ich bin mir sicher, dazu nicht in der Lage zu sein. Mein Herz schlägt auch jetzt noch viel zu schnell, um Ruhe zu finden.

Bald höre ich das Meer nicht mehr und kurze Zeit später treffe ich auf einen Schotterparkplatz. Ein Pick-up steht einsam dort. Dads Pick-up. Wie von einem Magneten angezogen, gehe ich darauf zu. Ich kann nicht anders. Ich muss ihn berühren.

Meine Finger streifen über das warme Blech, den senfgelben Lack, der in der Sonne glitzert. Der Wagen wirkt nagelneu. In einigen Jahren wird er voller Beulen und Rost sein. Ich schätze, Dad hat ihn gerade erst gekauft. Richtig, es war kurz nachdem sein Vater, mein Opa, starb ... 1999, also.

So nah war ich meinem Zuhause seit Wochen nicht mehr und plötzlich wird mir bewusst, dass mein Elternhaus nur wenige Kilometer entfernt steht. Ich bin ganz in der Nähe von Mill Valley! Nur 2, vielleicht 3 Stunden zu Fuß entfernt von meinem Zimmer, den wiegenden Kronen der Mammutbäume, dem Gefühl von Frieden und Geborgenheit, dem Geruch von Sägespänen, der immer in der Luft liegt, wenn Dad in seinem Schuppen arbeitet.

Diese Erkenntnis raubt mir mehr Kraft als die vergangenen 40 Stunden und auf einmal fühlen sich meine Beine bleischwer an. Ich darf nicht länger hierbleiben. Sonst schaffe ich es nicht mehr, mich von diesem Ort zu lösen.

Ich reibe mir übers Gesicht, bis bunte Flecken vor meinen Augen tanzen, dann drehe ich mich um und überquere den Parkplatz, ohne nochmals zurückzublicken. Ich will nichts mehr fühlen, mich nicht mehr sehnen, und konzentriere mich ganz auf mein Ziel: die Jagd.

Nach wenigen Metern trennt eine schnurgerade Asphaltstraße die licht stehenden Kiefern von einem dicht bewachsenen Tannenwald. Ein einsamer Wagen rauscht vorbei, dann husche ich ungesehen auf die andere Seite.

Zwischen den hohen Tannen ist es merklich kühler. Moos überzieht flache Steine und überall wuchert Farn. Beides spricht für Feuchtigkeit. Es dürfte also nicht schwer sein, eine Wasserquelle zu finden.

Immer weiter folge ich den Zeichen der Natur: dichter werdenden Gräsern, Sumpfdotterblumen, Schilfgras, Wasserlilien, die mich nach einer gefühlten Stunde tatsächlich zu einem Bach führen. Er ist weder breit noch tief und beinahe ausgetrocknet. Aber wo auch nur ein Rest Wasser ist, sind auch Tiere. Vor allem im Hochsommer.

Jetzt, da ich es sehe, spüre auch ich meinen Durst. Ich habe schon eine Ewigkeit nichts mehr getrunken und bei meinem Kampf gegen die Ports jede Menge Flüssigkeit verloren. Ich schlucke trocken. In meinem Mund sammelt sich kaum noch Speichel.

Kurz entschlossen knie ich mich auf das feuchte Moos und schöpfe Wasser aus dem Bach in meinen Mund. Es ist warm und braun und ich weiß, ich sollte es abkochen, aber falls es mich krank macht, werde ich es frühestens in einem Tag merken und dann werde ich entweder frei oder ohnehin tot sein.

Als ich meine, keinen Tropfen mehr trinken zu können, suche ich mir einen armdicken Ast, schäle mit dem Messer erst die Rinde ab und schnitze danach so lange, bis er fast wie ein Riesenlöffel aussieht. Dann beginne ich zu graben. Ich werde drei Fallen bauen: eine Steinfalle, eine Schlinge und eine Grubenfalle. Vor allem Letztere ist verdammt mühselig und ich fürchte, es wird mich den Rest des Tages kosten. Dann muss ich auch noch Köder finden.

Also gönne ich mir keine Pause, kratze, scharre und schaufle Erde und Steine aus, bis mein Arm schmerzt. Irgendwann stelle ich fest, dass es kühler geworden ist und die Tannen zunehmend längere Schatten werfen, und als sich das Wasser im Bach rot unter der Abendsonne färbt, bin ich endlich fertig.

Die Grube ist so lang und tief wie mein Arm, bedeckt mit Schilfgras, ein nützliches Gewächs, aus dessen Fasern ich Seile für die anderen Fallen geflochten habe. Die Arbeit hilft mir, nicht über das Bevorstehende nachzudenken.

Ich stehe auf, strecke meine Glieder und blicke mich um. Ich weiß, wo ich nach einfachen Ködern suchen muss. Nach kurzer Zeit habe ich unter loser Borke sieben fette Käferlarven gefunden, breche sie auf und spicke zwei meiner Fallen damit. Mit der Schlinge hoffe ich, einen Hasen zu fangen.

Gut. Jetzt muss ich nur noch warten.

Damit mein Geruch die Tiere des Waldes nicht verschreckt, entferne ich mich von den Fallen und rolle mich in der Grube eines entwurzelten Baumes zusammen. Schon bald bricht die Dunkelheit herein. Zum Glück ist es trocken und die Erde warm.

Jetzt, da ich nichts mehr zu tun habe, bin ich unendlich müde. Ich gähne laut. Jeder Zentimeter meines Körpers fühlt sich geschunden an. Egal. Mein Magen knurrt. Gleichgültig. Mein Geist ist so erschöpft, dass ich zu denken kaum noch in der Lage bin. Unwesentlich.

Von irgendwoher ruft eine Eule in die Finsternis. Ein tröstlicher Laut. Ich schließe die Augen und hoffe auf eine erholsame Nacht.

Plötzlich schrecke ich hoch, stoße mir den Kopf an der Wurzel. Erde löst sich, rieselt in meinen Nacken. Oh Mann. Ich habe irgendetwas furchtbar Wirres geträumt, es hatte mit Jeremy zu tun. Aber die Bilder verflüchtigen sich noch schneller als das Gefühl, dass er in Gefahr ist.

Ich krieche unter der Wurzel hervor, schüttle die Erde aus meinen Haaren und blinzle. Noch ist es zu dunkel, um die Fallen zu kontrollieren. Die Vögel jedoch zwitschern schon. Vielleicht eine Stunde noch, dann wird die Sonne aufgehen. Bis dahin bin ich mit meinen Gedanken allein.

Aber ich will nicht über Jeremy nachdenken, über dieses verdammt blöde Gefühl, das ich eben hatte. Es ist besser, wenn meine Gedanken klar und analytisch bleiben, wie bisher. Emotionen darf ich mir nicht erlauben. Noch nicht.

Um irgendetwas Sinnvolles zu tun, beginne ich, meine Muskeln zu lockern, strecke mich weit zur Seite, dann nach vorn, bis ich das trockene Moos rieche, dehne alle Glieder, auch wenn ich schreien könnte vor Schmerz. Wahrscheinlich bin ich von blauen Flecken übersät.

Die Zeit bis zum Sonnenaufgang zieht sich quälend langsam dahin, und je entschlossener ich versuche, nicht über Jeremy nachzudenken, desto mulmiger wird mir, und als die ersten Sonnenstrahlen durch die Blätter brechen, kommt mir mein Plan vollkommen idiotisch vor.

Die Ports werden mir meinen Selbstmord nicht einfach so abnehmen. Sie werden nach einer Bestätigung suchen, vielleicht eine DNA-Probe von dem Blut vor Ort nehmen. Oder sie werden nach einem Leichnam suchen. Meinem Leichnam. Erst dann wird meine Familie in Sicherheit sein und auch Kay.

Während ich zurück zu den Fallen gehe, bin ich beinahe überzeugt zu scheitern. Wenn die Ports mich bisher noch nicht getötet haben, weil ihnen die reine Mannkraft fehlt, um alle Realitäten zu jeder Zeit zu überwachen, wie Sam Oscar meinte – würde mein plötzlicher Selbstmord sie nicht erst recht misstrauisch machen? Sie auf meine Fährte lenken? Oder gehen sie methodisch vor? Töten nach und nach alle Alisons aller Realitäten, die einen Marker tragen?

Allein bei dem Gedanken daran ziehen sich meine Eingeweide zusammen.

Ich bücke mich unter einem tief hängenden Tannenast hindurch und verlangsame meine Schritte. Gleich müsste ich am Bach sein.

Ich schließe alle Zweifel tief in meinem Herzen weg und schleiche auf Zehenspitzen zu der ersten Falle: der Grube. Gestern habe ich sie genau dort ausgehoben, wo abgeknickte Äste und kahler Waldboden auf eine Wildbahn hinweisen. Aber kurz darauf erkenne ich, die Gräser liegen nach wie vor ordentlich geschichtet über dem Loch. Ich muss nicht nachsehen. Kein Tier wird darin sein, außer ein paar Ameisen vielleicht.

Knapp 100 Schritte weiter zeigt die Steinfalle am Bach das gleiche Resultat. Ich stöhne. Wenn auch in der Schlinge nichts ist, werde ich in die Zivilisation müssen, in ein Zoogeschäft oder besser gleich zu einem Schlachter, ihn notfalls mit dem Messer bedrohen, damit er mir gibt, was ich brauche: sehniges Fleisch und Blut.

Aber als ich der Schlinge näher komme, sehe ich bereits, dass sie ausgelöst hat. Ein Tier hängt bewegungslos in der Luft und mein Herz schlägt schneller mit jedem Schritt. Es darf nicht tot sein. Ich brauche frisches Blut.

Mit wenigen Sprüngen bin ich bei dem Baum, an dem die Schlinge mit einem Hasen hängt.

Perfekt! Das Seil hat sich fest um seinen Bauch gezogen. Ich packe den Hasen an den Hinterläufen und schneide das Seil durch. Im gleichen Moment zuckt er wild, versucht mit aller Macht, meinem Griff zu entkommen. Vielleicht ahnt er, dass er sterben wird. Doch als ich mein Messer an das weiche graue Fell ansetze, fällt er plötzlich in eine Art Starre.

»Es tut mir leid«, flüstere ich, was die Wahrheit ist. Das Tier wird leiden, denn ich brauche zunächst seine Blase. Erst dann werde ich den erlösenden Schnitt die Kehle entlang führen, um sein Blut in das Organ laufen zu lassen, bevor es stockt.

Ich beiße meine Kiefer fest zusammen und versenke mein Messer in seinem Unterleib. Der Hase quiekt und schreit schrecklich, zuckt, strampelt, während seine Gedärme aus der Bauchhöhle platzen. Ich beiße mir in die Wange. Jede Sekunde, die ich ihn quälen muss, leide ich mit.

Keine Ahnung, wann er seinen letzten Klagelaut ausgestoßen hat, aber seine Schreie klingen in meinen Ohren immer noch nach. Heißer Schweiß rinnt mir den Nacken runter und meine Hände sind blutverschmiert, als ich fertig bin. Auf dem Waldboden liegen Fell, Eingeweide und Knochen verstreut. Ich würge. Meine Speiseröhre brennt von der Galle, und als ich zum Bach gehe, um meine Hände zu waschen, verabscheue ich mich selbst. Nie habe ich etwas Schlimmeres getan.

Das Wasser des Bachs ist auch am Morgen noch warm. Ich wünschte, es wäre kalt. Eiskalt. So kalt, dass ich nichts mehr spüren muss. Ich weiß, die Zeit drängt. Doch ich kratze das Blut unter meinen Fingernägeln hervor, schrubbe meine Hände mit Moos, bis sie weiß glänzen, aber trotzdem fühle ich mich immer noch schmutzig.

Ich kann mir jetzt aber keine weitere Verzögerung mehr leisten. Wenn ich noch länger warte, ist der Hase umsonst so qualvoll gestorben. Dann wird das Blut gestockt sein, eine zähe Masse, die nicht mehr das vortäuschen kann, was sie soll: das herausgeschnittene Fleisch meiner linken Hand.

Es ist überaus wichtig, den richtigen Zeitpunkt zu treffen. Ich muss die letzte, die einzige Alison auf dem Schlachtfeld sein, die ungeteilte Aufmerksamkeit der Ports haben und die von Kay. Dann bleiben mir höchstens 60 Sekunden, um sie zu überzeugen, vielleicht aber auch nur 10.

Ich klemme die Blutblase zwischen meine Finger und überdecke sie mit einem hellen Stück Fleisch, das ich mit zwei Sehnen um die Finger und mein Handgelenk binde.

Zweifelnd blicke ich auf das Ergebnis. Aus der Nähe betrachtet wirkt es, als sei meine Hand geschwollen, aber ich habe nicht vor, die Ports so nah an mich herankommen zu lassen. Ich schicke noch einmal ein Stoßgebet zum Himmel, obwohl ich schon lange an nichts mehr glaube, was Gerechtigkeit verspricht, dann schließe ich die Augen. Also los ...

Regentropfen, der Hügel, das Gefühl, auf die Erde zu schlagen, erst der Arm, dann der Kopf, das Messer, das zu Boden fällt, eine Armlänge von mir entfernt, Stiefel, die den Speer in Kays Brust streifen, der Regenbogen ...

Jetzt!

Ohrenbetäubender Lärm, Trampeln und Schreie stürzen auf mich ein. Der Hügel ist derart von Ports belagert, dass ich kaum noch Gras sehe oder was ihre Stiefel davon übrig gelassen haben. Ich meine, sie müssten sofort auf mich zustürmen, aber immer neue Rufe lenken sie ab. Mit angewinkelten Armen laufen die Männer in verschiedene Richtungen, schlagen Haken, finden sich wieder zusammen, zücken ihre Stäbe, nur um sich von den unzähligen Versionen meiner Selbst wieder ablenken zu lassen.

Wie ein unendliches Echo hallen meine Rufe wider: »Hey, ihr Arschlöcher! Ich bin hier! Bin hier! Bin hier! Hier! Hier! ...«

Eine Alison prescht den Hügel hinab, direkt an mir vorbei und löst sich in Luft auf. Eine andere erscheint wenige Meter entfernt von mir und taumelt nur noch. Eine spätere Version. Ihr gehen die Kräfte aus.

Kay! Wo ist Kay?

Ich drehe mich im Kreis, versuche, mich zu orientieren.

Jetzt haben die ersten Ports mich bemerkt und beginnen zu rennen. Uns trennen vielleicht 100 Meter, nicht mehr. Panik flammt in mir auf. Ich versuche, mich zu beruhigen, indem ich mich auf meinen keuchenden Atem konzentriere, das wild pumpende Herz, die Welle Adrenalin, die heiß durch meine Venen schießt. Zwecklos. Gegen meinen Willen steigen die Bilder in meinem Kopf auf, die mich hier rausbringen. Das kleine Mädchen. Meine Eltern ... Denk an etwas anderes. Denk an ... an ... Ich spüre schon den Sog. Nicht. Nein!

In diesem Moment löst sich eine Gruppe Ports voneinander, ich entdecke Kay und die Bilder zerfallen. Sein Kopf ist von mir abgewendet, der Speer steckt schräg in seiner Brust, wenige Meter weiter bricht eine Alison zusammen, gleich darauf eine zweite. Die Schreie werden weniger, das Echo verhallt. Oh Gott! Gleich ist es so weit!

Ich sprinte los, rase zwischen zwei Ports hindurch und bin bei Kay. Es bleibt keine Zeit, ihn anzusprechen, aber ich weiß, dass er mich wahrnimmt. Er erinnert sich an diesen Moment.

»Hey, ihr Arschlöch–«, höre ich meine Stimme von weit her und auf einmal ist es ganz still. Selbst das Trampeln der Stiefel hat aufgehört. Die Ports stehen einen Moment wie versteinert auf der Stelle. Ich reiße meinen Arm hoch, schreie: »Neeeiiiin!«

Ihre Köpfe wenden sich alle im selben Augenblick zu mir, als wären sie geistig miteinander verbunden. Irre! Wahrscheinlich sind sie das sogar, über ihren Marker. Der Gedanke erschreckt mich, aber jetzt ist nicht der Zeitpunkt, um darüber nachzugrübeln, was das für mich bedeutet. Ich darf nur an meinen Plan denken.

Ohne Hast steuern die Männer auf mich zu. Sie wissen, wie sehr sie mir überlegen sind. Ich gehe in die Knie, um Kays Wange zu berühren. Er ist furchtbar blass. Wahrscheinlich wegen des vielen Blutes, das er verloren hat. Kay bewegt sich nicht, aber seine Lider flattern. Mein Gott! Was habe ich nur vor? Ein dicker Klumpen ballt sich in meinem Magen, wo eben nichts als Leere war. Meinetwegen wird Kay 2 Jahre leiden, so sehr, dass er irgendwann nur noch den Wunsch haben wird zu vergessen, dass es mich je gab. Und das nur, weil ich ihn glauben lasse, ich sei tot. Der Klumpen wiegt schwer wie ein Felsbrocken, der mich niederzwingt.

»Verzeih mir«, flüstere ich und balle meine Hand zur Faust, als könnte ich den Felsbrocken damit zerquetschen. Ich wende meinen Blick von Kay ab, ziehe das Messer aus der Schlaufe meiner Hose und hole tief Luft.

»Er stirbt! Er stirbt!« Ich kreische, meine Stimme überschlägt sich und hört sich unecht in meinen Ohren an. Wie aus einer billigen Seifenoper. »Ich kann das nicht mehr ...« Ich wimmere. Zu leise. »Ich kann das nicht mehr!«, schreie ich und springe auf.

Die Ports haben eine Wand gebildet. Ach was, vier Wände, die sich dunkel und drohend von allen Seiten immer näher schieben. Noch 20, vielleicht 30 Schritte sind sie entfernt und keiner von ihnen reagiert auf mein Schauspiel.

Verdammt! Es wird nicht gelingen. Es interessiert sie nicht einmal. Doch es ist zu spät, meinen Plan zu ändern. Ich sehe einem von ihnen fest in die Augen. Er erwidert meinen Blick ohne Emotion und geht einfach weiter.

»Ich kann das nicht mehr. Nicht ohne ihn!«, kreische ich und setze das Messer an.

Kay krächzt etwas. Unwillkürlich sehe ich zu ihm. Blutblasen kommen statt Worten aus seinem Mund.

Ich setze das Messer an meine Hand, strecke sie den Ports theatralisch entgegen und steche durch das Fleisch in die mit Blut gefüllte Blase. Nur wenig dunkelrote Flüssigkeit sickert hervor.

Das Blut ist gestockt. Scheiße, verdammt!

Die Männer sind jetzt so nah, dass ich nichts außer ihren schwarz gekleideten Körpern sehen kann.

»Ihr kriegt mich nicht!«, schleudere ich ihnen entgegen.

Keine Antwort, keine Emotion. Plötzlich ist mein Gehirn nur noch davon besetzt, wie lächerlich ich wirken muss. Meine Bewegungen werden fahrig, und als ich die Sehne durchtrenne, fallen der Fleischlappen und die Blase auf die Erde. So ein verfluchter Mist! Das war anders geplant. Das Stück Fleisch sollte nur blutend herabhängen, als hätte ich einen Teil meiner Hand fast abgetrennt.

Ich starre auf das Requisit am Boden, dann wieder auf die Männer. Keiner der Ports verzieht eine Miene. Sie heben ihre Stäbe. Ich kann bereits ihren Schweiß riechen und lasse mich fallen.

Viel zu spät. Noch bevor ich auf die Erde schlage, ist mir klar, dass mein Plan misslungen ist. Mein Schauspiel war erbärmlich. Niemand wird glauben, dass ich mir den Marker herausgeschnitten habe und mein toter Körper in seine Zeit zurückgekehrt ist.

Niemand außer Kay.

2

Sommer 1999, Nähe Mill Valley

Meine Erinnerung trägt mich an meinen Zufluchtsort. Vielleicht bin ich in diesem Moment sicher, aber genauso sicher kann ich mir sein, die Ports erst recht auf mich aufmerksam gemacht zu haben. Falls sie wirklich systematisch alle Alisons ausschalten, die einen Marker tragen, habe ich mir mit meiner Aktion eben ein Leuchtschild umgehängt. *Hallo, ich bin die richtige!*, blinkt darauf. Obwohl, kann das überhaupt sein? Wieso ist Oscar derart überzeugt davon, dass ich die richtige bin, wenn es doch unzählige Alisons gibt?

Ich blicke zum Strand und meine, jemanden gesehen zu haben. Aber die Gestalt ist schon wieder weg, bevor ich sie erfassen kann. Vielleicht war ich es. Vielleicht bin ich nicht zum letzten Mal hier.

Plötzlich heult das Kind am Strand und bricht in Tränen aus. Wieso auch immer. Meine Mutter steht auf und geht mit schnellen Schritten hin.

Eigenartig. Ich entsinne mich nicht daran. Ich zucke mit den Achseln. Wahrscheinlich weil es unbedeutend ist oder zu lange her oder ... Vielleicht hat mich auch meine Verzweiflung, meine Hilflosigkeit zu diesem Moment getragen wie ein weiterer Parameter zu den Bildern meiner Erinnerung. Womöglich spürte ich als Kind ähnliche Gefühle, weil ... weil ... meine Sandburg nicht gelang, so wie jetzt mein Plan nicht aufging.

Puh! Wie es aussieht, treffe ich nicht immer genau denselben Moment bei meinen Sprüngen, was gut ist, sonst würde ich unweigerlich auf noch mehr Versionen meiner Selbst stoßen und alles wäre noch komplizierter.

Auf der anderen Seite könnte diese Ungenauigkeit ein Risiko bedeuten. Im Augenblick jedoch ist nichts davon wichtig. Ich wüsste sowieso nicht, wohin oder in welche Zeit ich springen sollte oder warum überhaupt.

Einen Moment beobachte ich Mum dabei, wie sie das Kind hochnimmt. Mein Gott! Wie gelöst, wie jung sie aussieht. Nicht viel älter als ich. Ich kann sie kaum mit der Frau in Einklang bringen, deren Falten sich kummervoll verziehen, wenn sie sich wieder zur Nachtschicht schleppen muss. Und sosehr ich Mum vermisse, spüre ich jetzt, dass der Zauber dieses Ortes mit jedem meiner Besuche abnimmt. Wie bei einem Film, den man zu oft gesehen hat.

Ich gehe auf den Strand zu, jedoch weg von meinen Eltern. Ich weiß nicht, ob sie mir nachsehen, was sie über die magere Frau mit den verfilzten Haaren in verdreckter Kleidung denken, ob sie mich überhaupt registrieren. Ich weiß nur, dass mein Leben ein Trümmerhaufen ist. Voller zerstörter Möglichkeiten.

Meine Füße tragen mich ohne Ziel immer am Wasser entlang. Was habe ich nur getan? Ich habe alles nur noch schlimmer gemacht. Kay hat den Speer in seiner Brust zwar überlebt, jedoch nur, um wieder Teil der Show zu werden. Der 31. Staffel von *Top The Realities,* die an Perversität nicht zu überbieten ist. Anscheinend reichte es den Zuschauern nicht mehr, Menschen um ihre Existenz kämpfen zu sehen, für Kay geht es einzig ums nackte Überleben. Während ich in der warmen Sonne Kaliforniens über den Strand laufe, ist er irgendwo, irgendwann mit zig anderen Kandidaten zusammen, denen nur ein Ziel vorgegeben wurde: Töte deine Mitspieler!

Kay wird gezwungen sein zu morden, um leben zu können. 2 Jahre wird diese Odyssee andauern und in jedem Moment davon ist er der Überzeugung, ich sei tot. Und warum? Weil ich ihn zum Teil meiner Inszenierung gemacht habe, die Ports glauben lassen wollte, ich könnte ohne Kay nicht weiterleben. Und jetzt liegt ein Stück Hasenfleisch auf dem Erdboden des 19. Jahrhunderts, über das sich irgendein Tier hermachen wird. Sie benötigen noch nicht mal eine DNA-Analyse, um zu wissen, dass es nicht meins ist. Ein Blick genügt, dann werden sie feststellen, dass kein Marker mit dem Fleischlappen verwebt ist. Alles umsonst.

Der Strand wird immer schmaler. Felsen ziehen sich bis zum Wasser und steigen nach und nach zu einer Steilküste an. Ich gehe weiter, über die vom Meer überspülten Steine, immer weiter bergauf, nur weil ich nicht stehen bleiben will, weil das Gefühl des Stillstands unerträglich wäre. Nichts tun zu können, ist fast so schrecklich, wie zu wissen, das Falsche getan zu haben. Vielleicht bin ich freier als jedes andere Individuum auf diesem Planeten, doch diese Freiheit bedeutet mir nichts, solange sie mich nicht zu meinem Ziel führt.

Bald greife ich nach den Wurzeln nur noch vereinzelt wachsender Büsche, um mich hochzuziehen, spüre den scharfkantigen Fels unter meinen Knien. Schweiß rinnt zwischen meinen Brüsten hindurch. Der raue Stoff der Kleidung, die ich seit Wochen trage, kratzt unangenehm und meine Haut fühlt sich wund an. Die Wahrheit ist: Ich bin so weit entfernt von einem freien Leben, wie ich es nur sein kann.

Als ich die höchste Stelle der Felsen erreicht habe, setze ich mich auf die Kante und blicke auf das Wasser. Der Himmel über mir ist wolkenlos und von einem derart intensiven Blau, dass er ohne Horizont mit dem Meer verschmilzt. Nur die glitzernde Wasseroberfläche verrät die Grenze zwischen Himmel und Ozean. Links von mir liegt eine Bucht, ein kleines Boot ankert davor, darüber kreisen Möwen, seichter Wind streift meine Haut.

Ich hasse es! Ich hasse *Top The Realities!* Ich hasse Wum Randy, der für mich die Verkörperung des Bösen ist, auch wenn ich weiß, dass Sam Oscar mindestens genauso viel Schuld an meinem Unglück trägt. Er hat dieser Show zugestimmt, um die Auswirkungen der Zeitreisen durch Kay und mich erproben zu lassen. Wir sind nicht mehr und nicht weniger als seine Versuchskaninchen.

Voller Bitterkeit verziehe ich den Mund. Plötzlich laufen Tränen über mein Gesicht. Ich lasse sie laufen. Wer sollte sie auch sehen? Ich weine und weine und weine. Mit jedem Tropfen weicht mein Hass, bis nur noch Hilflosigkeit bleibt. Was nur soll ich jetzt tun? Zu meiner Familie zurückkehren? Zu Kay? Dass er nur einen Wimpernschlag von mir entfernt ist, ich lediglich an den Moment denken müsste, da ich ihn im Wald des Jahres 1852 zurückgelassen habe, macht alles noch schwerer.

Doch spätestens jetzt, nachdem mein grandioser Plan gescheitert ist, gebe ich Sam Oscar recht: Die Ports werden auf mich warten. Bei mir zu Hause, überall dort, wo ich Kay finden könnte. Erst recht dort, wo unsere gemeinsame Vergangenheit endete und eine Zukunft möglich wäre. Und zwar als ich ihn betäubt zurückließ, um ihn zu retten. Dort hinzuspringen, wäre wirklich wie Selbstmord.

Eine Zeit lang stiere ich auf den Ozean, dann werfe ich

kleine Felsbröckchen ins Meer, wobei ich die Ringe beobachte, die immer größere Kreise ziehen. Kay hat sie einmal mit Zeitreisen verglichen: Die kleinste Änderung würde immer größere Auswirkungen nach sich ziehen, meinte er, je weiter in der Vergangenheit wir in die Geschichte eingreifen. Inzwischen weiß ich, dass er damit unrecht hatte.

Ob meine jungen Eltern mich vorhin gesehen haben oder nicht, spielt keine Rolle. Falls sie mich bemerkt haben und sich ihr Leben dadurch verändert, ist das nur eine von unzähligen Varianten, die alle parallel zueinander existieren. Für mich ist es gleichgültig, ob ich die Zukunft durch mein Verhalten verändere. Sollte ich jemals nach Hause zurückkehren, wird die Schwierigkeit sein, das richtige Zuhause, die richtige Realität zu finden. Die Realität, die mit meinen Erinnerungen übereinstimmt. Die, in der keine zweite Alison existiert.

Die Ringe verschmelzen mit den seichten Wellen des Ozeans und ich schiebe meine Gedanken zur Seite. Stattdessen versuche ich, eine Plastikflasche mit Steinen zu treffen, die sich in einem Strauch verfangen hat, und denke an Mum und Dad und Jeremy, an Zeiten, in denen alles in Ordnung war.

Irgendwann tue ich gar nichts mehr, außer an Kay zu denken. Ich wäge alle Risiken gegen mögliche Chancen ab. Immer wieder. Und wieder. Und als die Sonne untergeht, ist mir klar, dass ich genau zwei Möglichkeiten habe.

Erstens, ich kann mich verstecken, irgendwo in den Wäldern unterkriechen, immer wieder die Zeit und den Ort wechseln, weiterziehen, auf der Flucht sein.

Ich merke, dass dieser Gedanke für mich nicht so erschreckend ist, wie ich es erwartet habe. Die letzten Jahre habe ich mich darauf vorbereitet. Aber wie lange kann ich so existieren? Wann werde ich eine Infektion bekommen, die sich nicht mit Johanniskraut oder sonst einer Pflanze heilen lässt? Werde ich in ein Krankenhaus gehen können? Würden die Ports es wissen, wenn meine Daten in irgendeinem System erfasst werden?

Himmel! Ich besitze ja noch nicht einmal eine Identität. Keinerlei Papiere, die meine Existenz belegen. Es bliebe, in eine Zeit zurückzukehren, in der solche Formalitäten keine Rolle spielen, aber da kämen einzig die Jahre 1852 und 1853 infrage. Denn bisher kann ich nur zuverlässig an Orte und in Zeiten springen, die ich schon einmal besucht habe. Aber nichts zieht mich mehr in den Wilden Westen. Und trotzdem. Ein Leben in den Wäldern wäre die sicherste und unauffälligste Möglichkeit.

Die Alternative dazu ist so unfassbar egoistisch und gefährlich, dass ich sie eigentlich nicht mal in Erwägung ziehen dürfte. Aber mein dummes Herz überschlägt sich geradezu bei dem Gedanken, Kay wiederzusehen. Und während sich der Himmel in kitschigem Rosarot färbt, überlege ich, wie es gelingen könnte. Es müsste der Moment sein, da Kay betäubt neben dem Bären liegt, der ältesten Version von ihm. Sollte ich gleich beim ersten Versuch den richtigen Augenblick treffen, könnte ich Kays Hand nehmen und ihn mit mir in eine andere Zeit reißen, so wie Sam Oscar es mit mir getan hat, als er mir die Zukunft zeigte.

Inzwischen ist es mir unbegreiflich, wie diese Zukunft möglich sein soll. Darüber nachzugrübeln, überfordert mich restlos. Ich habe seit mehreren Tagen nichts gegessen, und mich zu konzentrieren, fällt mir ohnehin verdammt schwer. Entbehrungen bin ich gewohnt, aber inzwischen scheint in meinem Gehirn nur noch Matsch zu sein. Ich brauche jedoch nicht viel Verstand, um zu wissen, wie gefährlich diese Alternative wäre. Kay zu sehen, bedeutet, von den Ports niedergeschlagen zu werden, wahrscheinlich, sehr wahrscheinlich, noch bevor ich Kays Hand greifen kann, denn anders als zuvor werden sie mein Erscheinen erwarten.

Wieso nur kann ich nicht zu einem Augenblick zurückspringen, da ich mir sicher bin, dass niemand auf mich wartet, um mich zu töten? An den Anfang unserer Geschichte, den ersten Moment unserer Begegnung, oder nur ein paar Tage zurück, als Kay und ich in der Hütte am Feuer saßen und er mich eine Löwin nannte?

Voller Bitterkeit zerrupfe ich eine einsame Blume, die eben noch gelb neben mir blühte, und zerreibe sie zwischen meinen Fingern zu Brei. Wenn es nur nicht unsere Vergangenheit beeinflussen würde ... Kay könnte nicht mein Scout werden, ich nie seiner, wenn ich in die Geschichte vor unserer letzten Begegnung eingreifen würde. Es muss danach sein und das wissen die Drahtzieher der Zukunft. Sam Oscar hatte recht: Die Ports werden ab der Sekunde, da ich Kay neben dem toten Bären zurückließ, jeden Augenblick überwachen. Aber sollte es mir trotzdem gelingen, sollte ich wirklich schneller als die Ports sein und fähig, Kay mit mir zu reißen, könnten wir gemeinsam in der Wildnis leben, zumindest solange der Störsender funktioniert.

Ich streiche mit der Fingerspitze über die glatte Oberfläche des silbernen Reifs. Bislang hat er mich vor den Unmenschen der Zukunft und ihren kranken Technologien abgeschirmt. Irgendwann wird der Sender womöglich kaputtgehen oder einfach ausfallen. Aber dann bräuchte ich mir ohnehin keine Gedanken mehr über eine Zukunft zu machen. Im selben Augenblick wären die Ports bei uns und sie könnten jedem unserer Sprünge folgen.

Ich ziehe die Beine dicht an meinen Körper und seufze tief. Ich will die Entscheidung nicht mehr aufschieben. Mir fehlt einfach die Kraft, weiter im Ungewissen zu leben, ohne Ziel und voller Zweifel. Ich muss meine Wahl treffen: ein Leben allein oder Sterben zu zweit. Nicht im schlimmsten, sondern im wahrscheinlichsten Fall ist genau das die Alternative.

Noch einmal blicke ich auf das Meer. Nur noch ein schmaler rosa Streifen ist am Horizont zu sehen. Gleich ist es dunkel und ich weiß nicht, ob das Mondlicht kraftvoll genug sein wird, mich sicher die Felsen hinunterzugeleiten, zurück in den Kiefernwald, zu dem Schotterparkplatz, über die Straße, zu dem entwurzelten Baum, unter dem ich die Nacht verbringen werde, bevor ich morgen früh mein neues Leben allein in der Wildnis beginne.

Die Luft scheint mit jedem meiner Schritte kälter zu werden. Und obwohl ich glaube, mit dieser Entscheidung leben zu können, fühle ich mich unendlich einsam. So schrecklich, schrecklich allein. Unwillkürlich male ich mir aus, wie es sein könnte, wenn ich mich doch für die zweite Variante entscheide, nur um ein wenig Wärme im Herzen zu spüren.

Ich sehe Kay betäubt auf dem Waldboden liegen, gleich neben ihm der tote Bär, dessen blutverschmierter Schädel vom Tomahawk gespalten ist.

Noch über die Steine und dann bin ich wieder auf dem Strand.

Kays weiches Haar. Es schimmert wie dunkle Bronze. Bei keinem anderen habe ich je eine solch wunderbare Farbe gesehen.

Weiße Schaumkronen hüpfen auf dem dunklen Wasser. Meine Füße sinken leicht im Sand ein.

Sein Geruch. Wie ein Kiefernwald nach einem Regenschauer.

Die Nacht bricht an. Aber der weiße Sand leuchtet im Mondlicht und führt mich zuverlässig am Wasser entlang.

Es müsste der Augenblick sein, da ich Kay verließ, um nach dem Jungen zu suchen. Allein bei der Erinnerung daran, Kay ohne Botschaft zurückgelassen zu haben, wird es eng in meiner Brust. Noch jetzt spüre ich meine Lippen auf seiner Stirn, bevor ich endgültig ging, meinen Schmerz und meine Angst, allein zu sein, wie–

3

Winter 1852, Nevada, an der Grenze zu Kalifornien

Es reißt mich förmlich von den Füßen. Der Sog ist so heftig und unerwartet, dass mir wieder die Luft wegbleibt. Meine Kehle ist wie zugeschnürt. Oh Gott. Nein! Ich darf nicht ... Ich Idiotin! Damit hätte ich rechnen müssen!

Noch bevor ich Luft holen kann, ist es taghell und kalt.

Die Ports!

Ich wirble im Kreis, stoße mit dem Ellenbogen gegen etwas Hartes, einen Körper, nein, einen dunklen Stamm. Der Wald ist voller Schatten. Jeder könnte ein Port sein.

Ich stolpere zwischen Tannen hindurch, reiße mein Messer aus der Schlaufe, stürze vorwärts. Mein Hals brennt plötzlich und erst da merke ich, dass ich mir die Seele aus dem Leib schreie. Ich presse mir die Hand vor den Mund.

Es ist ganz still. Nur das Hämmern meines Herzens kann ich noch hören und einen Specht, der seinen Schnabel im selben Rhythmus gegen einen Stamm schlägt. Das Messer halte ich immer noch umklammert, bereit zu töten. Meine Hand zittert dabei. Ach was. Mein ganzer Körper. Nirgendwo jedoch ist ein Port zu sehen. Nirgends! Aber ... das verstehe ich nicht!

Kay! Ich muss ganz in seiner Nähe sein. Ihm galten meine Gedanken, bevor ich hierhergetragen wurde.

Langsam gewinnt mein Gehirn wieder Macht über meinen Körper und das Zittern weicht Anspannung. Ich lasse meinen Arm sinken und meinen Blick schweifen. Der

Waldboden ist von Schneeflecken und Eis überzogen und nur dort, wo die Wipfel der Bäume die Erde überdachen, sind noch Tannennadeln zu sehen.

Ich bin mir sicher, zurück zu sein. Zurück im Jahr 1852 bei Kay, als ich ihn betäubt zurücklasse ... Ich fühle es. Meine Angst mahnt mich, nicht hierzubleiben, woandershin zu springen, aber ich kann nicht. Nicht mehr. Nicht, da Kay ganz in meiner Nähe sein muss.

Bis aufs Äußerste angespannt schleiche ich in geduckter Haltung durch den Wald, achte darauf, dass kein Geräusch mich verrät, kein Ast unter meinen Füßen knackt, obwohl es lächerlich ist. Niemand scheint in meiner Nähe zu sein und wenn doch, würde meine Vorsicht kaum etwas nützen.

Ich folge meinem Instinkt, lasse mich von meiner Sehnsucht führen. Plötzlich höre ich leises Rauschen und halte inne, um mich zu orientieren. Das muss der Wasserfall sein! Oder sind es die Baumkronen? Ich blicke in den Himmel. Die vom Schnee schwer beladenen Äste der Tannen scheinen wie erstarrt. Es ist der Wasserfall! Ich kann nicht mehr weit entfernt sein von dem Lagerplatz, den ich vor über 2 Jahren verlassen habe.

Jetzt beschleunige ich meine Schritte, nestle das Messer zurück in die Schlaufe, beginne zu rennen, und schon bald wird das Rauschen zum Tosen herabfallender Wassermengen. Ich setze über Wurzeln, presche ungebremst unter tief hängenden Ästen hindurch, als ich aus den Augenwinkeln etwas wahrnehme. Etwas, das nicht hierherpasst. Ich bremse ab, laufe wenige Schritte zurück. Da! Tatsächlich! Ein großer Stiefelabdruck im Schnee. Ports? Sind sie doch da?

Mit angehaltenem Atem presse ich mich gegen einen

Baum, eine, zwei qualvolle Minuten lang, bis ich die Luft nicht mehr anhalten kann, und konzentriere mich auf die Geräusche des Waldes. Doch sie könnten friedvoller nicht sein. Sogar ein Vogel lässt sich von der Kälte nicht abschrecken und singt. Nein. Niemand ist hier. Kein Port weit und breit.

Ich stoße einen wütenden Laut aus. Sam Oscar muss mich angelogen haben. Dieser Dreckskerl! Dieses feige Schwein! Er hat mein Leben riskiert statt seins, in Kauf genommen, dass ich meine Familie und Kay im Stich lasse, und das nur, damit mich nichts mehr hält, ich bereit bin, jedes Risiko einzugehen, um seinen Kampf zu führen. Und ich Idiotin habe mich von ihm manipulieren lassen!

Voller Zorn balle ich die Hände zu Fäusten und schlage gegen den Baum. Wenn ich eben noch angespannt vor Angst und gleichsam erwartungsvoller Hoffnung war, habe ich jetzt eine Scheißwut in mir und, wie ich mir eingestehe, Rachlust. Was auch immer geschieht, diese Rechnung werde ich begleichen!

Jetzt jedoch gibt es nur ein Ziel. Ich werfe noch einen Blick auf den Abdruck im Schnee. Er muss von Kay stammen. Voller Entschlossenheit schreite ich aus. Der Wasserfall wird schnell lauter. Meiner Erinnerung nach muss ich mich links halten und richtig, kurz darauf rieche ich Rauch. Ich kneife die Augen zusammen, entdecke plötzlich einen rot glimmenden Fremdkörper zwischen den tristen Winterfarben: den schwachen Schein eines Feuers. Kay!

Mein Gehirn setzt aus. Ich renne nur noch, denke nicht. Meine Füße berühren kaum noch den Boden, ich jage zwischen den Tannen hindurch, sehe Flammen, den Lagerfeuerplatz.

Hoffentlich! Gott! Bitte lass ihn da sein! Ein dunkler starrer Fleck. Ist es ...?

Es ist der Bär! Mein Herz rast, mein Atem geht stoßweise. Ich breche durch irgendein Gestrüpp, meine Hand knallt gegen den Felsüberhang, unter dem der Bär bewegungslos liegt, und dahinter liegt ... Kay!

Es kommt mir wie ein Traum vor. Ich kann es kaum fassen. Tränen schießen mir in die Augen. Mein Glück scheint nicht real und doch ist es das. Vollkommen überwältigt sinke ich auf die Knie und strecke die Hand so vorsichtig nach Kay aus, als könnte er sich unter meiner Berührung auflösen.

Sein Gesicht ist weiß und kalt wie Marmor. Oh Gott! Ist er ...?

Meine Finger tasten schon nach seinem Puls. Dumm-dumm. Dumm-dumm. Kays Herz schlägt vollkommen regelmäßig. Es geht ihm gut. Er ist hier. Bei mir! Ein Zittern durchfährt meinen Leib. Ich heule und bebe und schluchze, ohne dass ich es aufhalten kann, kralle mich dabei an Kays bewegungslosem Körper fest und bedecke sein Gesicht, das bald nass von meinen Tränen ist, mit Küssen.

Kay reagiert nicht. Doch das ist egal. Er wird aufwachen und ich werde da sein.

»Ich bin hier. Ich bin hier. Ich bin doch hier«, presse ich hervor, immer wieder, weil ich es selbst nicht fassen kann. Nichts könnte mich mehr wärmen, keine Decke, kein Sonnenschein, als Kays kalter Körper, dem ich nicht nah genug sein kann.

Gleich darauf löse ich mich doch von ihm. Auch wenn ich eben noch davon überzeugt war, Sam Oscar habe mich angelogen und die Ports würden entgegen seiner Vorhersage nicht kommen, um mich zu ermorden, drängt sich mir das ungute Gefühl auf, doch nicht in Sicherheit zu sein. Einfach weil es zu schön ist, um wahr zu sein. Ich sollte von hier verschwinden. Aber nicht ohne Kay!

Kurz entschlossen greife ich nach seiner Markerhand, so wie Oscar es bei mir getan hat, um mich mit sich durch die Zeit zu ziehen. Ich schließe die Augen und denke an den Strand, meinen Zufluchtsort.

Nichts geschieht.

Ich rufe mir den Geruch der Kiefern in Erinnerung, ein Sandförmchen, die Wärme der Sonne, mich selbst als spielendes Kleinkind. Die Bilder sind ganz klar und trotzdem tut sich nichts. Rein gar nichts.

Panik beginnt, in mir aufzusteigen, plötzlich fühle ich mich vollkommen hilflos wie in einem Traum, in dem man rennt und rennt und doch nicht von der Stelle kommt. Kays bewegungsloser Körper wirkt wie ein verfluchter Anker.

Kurz bin ich versucht, es ohne ihn im Schlepptau zu probieren. Nur um zu überprüfen, ob es noch funktioniert, aber ich kann mich nicht überwinden, ihn alleinzulassen.

Kays Hand fest in meiner, öffne ich meine Augen wieder. Der Wald scheint noch düsterer geworden zu sein und es hat zu schneien begonnen. Bauschige Flocken fallen vom Himmel, bedecken den Boden, zerschmelzen über der Feuerstelle, noch bevor sie die Flammen erreicht haben. Ein Blick in den Himmel: Er ist grau und verhangen. Unmöglich zu sagen, wann die Nacht hereinbrechen wird, meiner Erinnerung nach müsste es jedoch später Nachmittag sein.

Das Gefühl, mein Glück sei nicht von Dauer, wird mit jedem Millimeter stärker, den die Erde unter der weißen Decke verschwindet. Der Anblick bringt eine vage Erinnerung zurück. Es ist mehr ein Gefühl. Das Gefühl, nicht zu Ende gedacht zu haben. Ich beiße auf meinem Fingerknöchel herum, während ich zu ergründen versuche, was zum Teufel ich übersehen habe.

Gut, also: Schneeflocken, Schneedecke, Waldboden ... Es begann zu schneien, als ich Kay vor 2 Jahren verließ. Kurz darauf fiel mein Marker plötzlich aus. Richtig, damals konnte ich mir nicht erklären, warum. Jetzt weiß ich, der Reif an meinem Oberarm war schuld daran. Denn in dem Moment, da ich mich hierherportierte, um den Bären zu töten, setzte der Störsender den Marker meines jüngeren Ichs außer Kraft. Zumindest solange ich in ihrer Nähe war.

Ich blicke zu dem toten Tier. Die Schneeflocken färben sich rot, wo sie auf Blut treffen. Es kann also nicht lange her sein, dass die jüngste Version meines Selbst gegangen ist. Das Blut am Bärenschädel ist noch frisch.

Mein Gott! Sie muss sich noch im Umkreis von etwa 100 Metern befinden! Deswegen stand auf meinem Marker damals nach wie vor *Technischer Ausfall.*

Nicht weil die Wirkung des Störsenders eine Zeit lang anhielt, nachdem ich den Tomahawk nach dem Bären geschleudert hatte und wieder zurück zu Kay in die Hütte gesprungen war, sondern weil ich kurz darauf erneut hier aufgetaucht bin. Nämlich genau jetzt.

Linear gesehen müsste meine 17-jährige Version in wenigen Sekunden die Reichweite des Störsenders erreicht haben und dann wird man ihr Schmerzen zufügen. Rasende Schmerzen, die sich anfühlen, als würde ihr Kopf in Flammen aufgehen.

Damit wollten diese Mistkerle aus der Zukunft mich zwingen, ihnen zu verraten, wieso mein Marker ausgefallen war. Richtig! Jetzt erinnere ich mich an die Worte, die damals über den Marker meiner linken Hand liefen: *Welche Kenntnis haben Sie über die technische Manipulation?*

Sie wussten, ahnten zumindest, dass es sich nicht um einen Ausfall, sondern um eine Manipulation handelte, besser handelt, denn es geschieht jetzt. Wahrscheinlich in diesem Moment! Die Gedanken rasen förmlich durch meinen Kopf, versuchen, die Zusammenhänge logisch zu erfassen, spinnen alle möglichen Szenarien, stoßen auf Paradoxe, kehren zurück, schlagen neue Wege ein, überkreuzen sich, stoßen auf Mögliches, Unmögliches, Wahrscheinliches, getrieben von der Angst, jede Sekunde fliehen zu müssen und Kay nicht mit mir ziehen zu können. Werden die Ports doch plötzlich hier einfallen? Falls sie das vorhaben, wieso sind sie dann nicht schon hier? Oder waren sie bereits hier? Der Stiefelabdruck! Mein Kopf schnellt zu Kays Füßen. Er trägt feste Schuhe. Hatte er die schon immer? Ich erinnere mich nicht.

Plötzlich meine ich, brechende Äste zu hören. Ich lausche angespannt, aber das Blut pumpt so wild durch meine Adern, dass das Dröhnen jeden anderen Laut übertönt. Vielleicht bin ich inzwischen paranoid oder nur übervorsichtig oder total übergeschnappt, aber ich werde nicht hierbleiben, um es herauszufinden. Es muss mir gelingen, Kay mit mir zu ziehen. Es muss!

Noch immer umfasst meine Hand seine. Ich prüfe, ob unsere Marker genau aufeinanderliegen, womöglich spielt das eine Rolle. Dann schließe ich die Augen. In diesem Augenblick knackt es irgendwo und ein eiskalter Schauer überzieht meinen Rücken. Verworrene Bilder rasen durch meinen Kopf. Mein Elternhaus, Jeremy, der Strand, die Stylistin Ivana Jass, die Apfelplantage, mein erster Schultag ... Kein Detail ist intensiv genug, um uns zu tragen. Verdammt!

Von irgendwo dringt ein markerschütternder Schrei zu mir, fast unmenschlich, der das Blut in meinen Adern gefrieren lässt. Er klingt grauenvoll. Unwillkürlich öffne ich die Augen und starre in die Richtung, aus der der Laut kam. Wieder ein lang gezogener, gequälter Schrei! Ich versteife mich, denn ich weiß, wer da schreit, und vor allen Dingen, wieso. Es ist mein 17-jähriges Ich, das die Reichweite meines Störsenders nun überschritten haben muss und jetzt über ihren Marker gefoltert wird.

Die Schreie brechen ab, branden wieder auf und werden immer leiser, je weiter sie sich von mir entfernt.

Bedeutet das, die Ports werden jeden Moment hier sein?

Hinter mir spüre ich die schützende Felswand, vor mir jedoch sehe ich durch das immer dichtere Schneegestöber nichts als undefinierbare dunkle Schatten.

Noch immer verharre ich reglos, meine Sinne aufs Äußerste geschärft, aber mein Gehirn scheint ausgeschaltet. Keine Bilder, keine rettenden Details, nur von Angst getriebene Wachsamkeit, und doch bin ich unfähig, mein Messer aus der Schlinge zu ziehen.

Meine Hand umkrampft Kays so stark, dass es wehtut. Doch er reagiert nicht einmal darauf. Egal. Ich darf nicht aufgeben.

Gerade als ich wieder die Augen schließen will, kommt ohne Vorzeichen heftiger Wind auf. Der Schnee wird zu harschem Graupel, der über mein Gesicht gepeitscht wird.

Das sind sie! Sie steuern das Wetter. Sie wissen, dass ich hier bin! Bestimmt sind die ersten Ports schon hier, höchstens 100 Meter entfernt, die maximale Reichweite des Störsenders, und das dichte Schneegestöber soll ihre

Körper verschleiern, das Pfeifen und Rauschen des Windes ihre Schritte übertönen. Gleich werden sie aus dem Wald stürmen. Selbst durch das Tosen des Windes meine ich, wieder Äste knacken zu hören. Kein Tier verursacht dieses Geräusch, sondern Menschen, die kein Busch, kein tief hängender Ast aufhalten kann.

Vor lauter Angst, die Ports nicht kommen zu sehen, traue ich mich nicht mehr, die Augen zu schließen. Ein erbärmlicher Hilferuf kriecht aus meiner Kehle. »Hilfe. Hilfe. Hilfe ...«

Noch nie hatte ich solch furchtbare, lähmende Angst. Nicht auf dem Schlachtfeld zwischen den unzähligen Ports, nicht als ich Kay sterben sah, nicht einmal, als sie mich das erste Mal in die Zukunft entführten. Und ich kenne den Grund für diese Angst: Ich bin mir sicher, schon verloren zu haben, weil es kein Glück für Kay und mich geben kann. Weil nichts von dem, was ich bisher getan habe, gut endete.

Niemals.

Ich hefte meinen Blick auf Kays regloses Gesicht und kann nur noch daran denken, dass unsere Zukunft nur wenige Minuten gedauert hat, von denen er nicht eine miterlebt hat. Wenn es gleich vorbei ist, wird er noch nicht einmal wissen, dass ich hier war, dass es mir endlich gelungen ist, zu ihm zu kommen.

Plötzlich spüre ich, wie Kay meinen Händedruck erwidert. Seine Lider zucken. Er wacht auf.

Er wacht auf! Ein Ruck geht durch meinen Körper.

Bist du wahnsinnig?, schreie ich mich in Gedanken an. Nach allem, was du durchgemacht hast, kampflos aufzugeben? Alison! Konzentriere dich! Los, such dir ein anderes Bild. Dein Zuhause meinetwegen. Etwas, das stark genug ist, euch beide zu tragen! Hauptsache weg. Gleich werden sie hier sein!

Mein Bedürfnis nach Sicherheit ist übermächtig und vor meinem geistigen Auge tauchen unwillkürlich Erinnerungen voller Geborgenheit auf: Dad in seinem Schuppen, der Geruch von Sägemehl, das Geräusch eines Hobels, die Wärme des Sommers, zwitschernde Vögel, der Apfelbaum vor meinem Zimmer.

Ich gebe mich dem Sog hin und umklammere Kays Hand noch fester. Nichts darf uns trennen.

Nichts!

Und endlich ... Ein Kribbeln durchläuft meinen Körper, von meiner Markerhand in den Nacken, über den Rücken bis zu den Zehenspitzen. Ich meine, Rufe durch den Sturm hindurch zu hören, wage aber nicht, die Augen zu öffnen, damit die Bilder nicht zerfallen. Und als mich der Sog endlich davonträgt, fühlt es sich unendlich kräftezehrend an. Meine Muskeln brennen und Schweiß bricht aus meinen Poren. Ich kann nur beten, dass diese Anstrengung bedeutet, ich habe Kays Körper mit mir gezogen.

4

Irgendwann im Sommer, zu Hause

Der Sog scheint mich endlos in die Tiefe zu ziehen. Als drücke mich ein Strudel immer weiter nach unten. Ich spüre meinen Körper nicht mehr. Auch Kays Hand nicht! Nie zuvor hat es so lange gedauert, die Zeit zu wechseln, und das erste Mal nehme ich bewusst wahr, wie ich körperlos zu sein scheine und trotzdem eine enorme physische Anstrengung verspüre.

Doch dann lässt der Druck nach, der Wirbelstrom wird langsamer und ich spüre meine Glieder wieder und ... Kays Hand.

Er ist bei mir!

Ich reiße die Augen auf. Warmes Licht umfängt mich, verschwommene Brauntöne, und dann ganz klar: Kay.

Mein Gott. Er ist wirklich da. Es hat geklappt, ich habe ihn mit mir reißen können! Ein übergeschnapptes Lachen steckt in meiner Kehle und gleichzeitig ein rasendes Herz in meiner Brust, angetrieben von Panik.

Zögerlich löse ich meine Hand von Kays, ohne ihn aus den Augen zu lassen. Zu groß ist meine Angst, ihn wieder zu verlieren. Aber er löst sich nicht in Luft auf. Nein. Ein Sonnenstrahl fällt auf sein Gesicht und jetzt wirkt er nicht mehr so furchtbar blass, sondern nur, als schlafe er. Was er auch tut.

Ich folge dem Lichtstrahl, in dem winzige Staubpartikel schweben, zu einer Bretterwand. Durch ein Astloch fällt die Sonne. Es riecht nach Leim und ... Sägemehl. Ich bin zurück. Ich bin in Dads Tischlerwerkstatt.

Irgendwie komme ich hoch und sehe mich mit offenem Mund um. Bretter stapeln sich an einer Längsseite, gegenüber stehen Regale mit Kisten voller Werkzeug, ein halb fertiger Stuhl auf der Werkbank hinter mir, daneben ein Hobel, Holzspäne auf der Erde und eine staubige Matratze, die zusammengerollt und verschnürt zwischen einer Kreissäge und einem Hauklotz klemmt. Es ist genau, wie ich es in Erinnerung hatte. Ich bin zu Hause!

Die Erkenntnis wird gleich darauf von einem Wirrwarr an heftigen Gefühlen erschlagen: unendliche Dankbarkeit, Sehnsucht, Geborgenheit, Glück. Vor allen Dingen Glück und die Angst, dieses Glück gleich wieder zu verlieren.

Wieder sehe ich zu Kay. Er zuckt unruhig. Bald wird er endgültig aufwachen. Und dann?

Mein Verstand sagt mir, wir sollten nicht hier sein, aber alles andere in mir weiß: Ich kann nicht mehr. Ich will nicht mehr. Ich bin unendlich erschöpft. Geistig wie körperlich. Beinahe habe ich das Gefühl, eine leere Hülle zu sein, substanzlos, kaum mehr da. Über 2 Jahre Flucht, Entbehrung und Kampf haben mich ausgelaugt. Nein, ich kann nicht mehr. Sollten Ports kommen, müssen wir wieder fliehen, das ist mir bewusst. Aber bis dahin will ich einfach nur sein. Hier sein. Bei meiner Familie sein. Bei Kay sein.

Ich gehe zur Tür, drücke die Klinke und spähe hinaus. Gegenüber steht mein Elternhaus. Ein gepflasterter Weg führt über den kurz gemähten Rasen zu der weißen Veranda, die einmal um unser Haus herumläuft. Vom Schuppen aus kann ich durch eines der Fenster in unser Wohnzimmer blicken und erahne den Kamin. Er brennt nicht. Kein Rauch steigt aus dem Schornstein. Wieso auch? Es ist offensichtlich Sommer und auf Höhe des Dachfirsts sehe ich die Äste des Apfelbaums.

Um mich ist nichts als Frieden, keine Ports, kein plötzlicher Wetterumschwung und das einzige laute Geräusch stammt von einer gurrenden Taube, die in der Krone des Apfelbaums sitzt. Du meine Güte! Dass der Baum so groß ist, muss bedeuten, ich bin zurück in meiner Gegenwart! In etwa zumindest.

Wo sind Mum, Dad, Jeremy?

Ich öffne die Tür weiter und hole tief Luft, um nach Mum zu rufen. Sie müsste da sein. Vielleicht schläft sie nach ihrer Nachtschicht. Am liebsten würde ich ins Haus rennen und mich vergewissern. Aber ich möchte Kay nicht bewusstlos im Schuppen liegen lassen.

Kay! Oh Mann! Wie soll ich meinen Eltern nur seine Anwesenheit erklären? Wer er ist und dass wir uns nie mehr trennen werden, nicht weiter als 100 Meter? Denn nur so weit reicht der Störsender. Was werden sie sagen, wenn sie mich so sehen, abgemagert, von blauen Flecken überzogen, verdreckt, mit verfilztem Haar? Wie kann ich ihnen die letzten 2 Jahre begreiflich machen?

Pfeifend lasse ich die Luft aus meinen Lungen. Es wird sich alles finden. Dass wir hier sind, zusammen, dass wir leben, das allein ist wichtig. Ich lasse noch einmal meinen Blick über den Rasen zum Wald schweifen. Keine Menschenseele.

Erst jetzt entspanne ich mich ein wenig und setze mich im Schneidersitz neben Kay. Ich greife nach seiner Hand und betrachte jeden Zentimeter seines Gesichts, während ich darauf warte, dass er zu sich kommt. Kays Züge sind kantiger, als ich sie in Erinnerung hatte, sie wirken reifer und härter, alles Jungenhafte, Unbeschwerte ist daraus gewichen. Und das, was ich suche, was ich so sehr liebe, ist unter seinen geschlossenen Lidern verborgen: seine innere Kraft, seine Entschlossenheit, Liebe und Ruhe.

Wieder zuckt Kay. Jetzt kann ich es kaum noch erwarten, mit ihm zu sprechen. Wie wird er bloß reagieren, wenn er mich sieht?

Ich streiche über seine Stirn. »Hörst du mich?«

Kay brummt etwas. Es hört sich wie Zustimmung an. Mein Herz schlägt schneller.

»Hey, alles ist gut. Du bist in Sicherheit«, murmle ich, was vielleicht eine Lüge ist. Aber Kay wird genug zu verkraften haben. »Kannst du mich hören? Kay!«

Ein Krächzen kommt aus seiner Kehle. »Al–« Er hustet. »Alison. Wasser.«

»Wasser? Ja. Warte. Ich hole was zu trinken.« Suchend sehe ich mich um. In Dads Schuppen war mal ein Waschbecken, da bin ich mir sicher. Gleich neben der Werkbank. Jetzt ist dort nur ein silbernes Rohr. Er muss das Becken abmontiert haben. Wieso und wann auch immer. Mist! Vielleicht bin ich weiter in der Zukunft gelandet, als ich dachte. Womöglich sind seit meinem Verschwinden mehrere Sommer vergangen! Vielleicht ist Jeremy schon erwachsen und Mum eine alte Frau und alle denken, ich sei seit Jahren tot. Nicht zu wissen, in welcher Zeit ich genau bin, beunruhigt mich zutiefst.

Nein, es kann eine andere, viel harmlosere Erklärung geben. Seit Monaten war ich nicht mehr in Dads Schuppen. Er kann das Waschbecken genauso gut in dieser Zeit, also in der Vergangenheit, abgeschraubt haben.

»Wasser«, wiederholt Kay. Seine Augen sind halb geöffnet, aber noch glasig von der Betäubung. Er scheint noch nicht wahrgenommen zu haben, wo er ist.

Ich springe auf. In einem Regal stehen zwei Dosen Bier. Eine ist halb geleert, die andere noch verschlossen. Unschlüssig strecke ich meine Hand nach der vollen aus, als mein Blick auf eine verstaubte Dose Coke fällt. Das ist besser. Viel besser. Voller Zucker wird sie Kay auf die Beine bringen. Ich drücke die Lasche ein und es zischt. Gleich darauf habe ich Kays Kopf angehoben und presse die Dose an seine Lippen. Begierig trinkt er und etwas von der braunen Flüssigkeit läuft aus seinen Mundwinkeln sein Kinn hinunter.

»Langsam«, flüstere ich und da reißt Kay die Augen auf. Er drückt meine Hand mit der Dose von sich und starrt darauf. Ich suche Kays Blick, aber seine Pupillen fixieren nur die Coke. Ich weiß, er ist noch vollkommen desorientiert. Kay ist an die Zeitsprünge nicht so gewöhnt wie ich und nimmt seine Umgebung erst stückweise wahr. Trotzdem fühle ich Enttäuschung meine Brust hinaufkriechen. Insgeheim habe ich mir wohl ausgemalt, wie er mich in die Arme schließt, doch er begreift scheinbar nicht, dass nicht mehr mein um 2 Jahre jüngeres Ich bei ihm ist, sondern mein jetziges, 19-jähriges, totgeglaubtes Ich.

»Ich bin bei dir. Kay. Ich bin es. Sieh mich an.«

»Cola. Woher hast du ...Welche Zeit haben wir?« Seine Stimme wird klarer, sein Verstand auch.

Gut. Sehr gut. Gleich wird er wissen, ich bin nicht gestorben.

»Ich weiß es nicht«, beantworte ich seine Frage. »Irgendwann in der Zukunft. 2015, 2017, vielleicht noch später.«

»Was? Wie ... aber ... wo ...«

»Es ist vorbei. Die Show ist vorbei.«

Endlich sieht Kay mich an. Seine tiefdunklen Augen werden groß.

»Alison.« Kay kommt hoch und streckt die Hand nach meinem Gesicht aus. Ich bewege mich nicht, lächle noch nicht einmal, sage nur: »Ja. Ich bin's. Ich lebe.«

Kay sieht aus, als hätte ihn der Schlag getroffen. Seine Gesichtszüge sind entgleist, seine Finger schweben vor meinem Gesicht und zittern, aber er berührt mich nicht.

»Wie alt bist du?«

»19 Jahre und einige Monate. Es kommt auf die Sichtweise an«. Jetzt lächle ich doch.

Kay hat mir vor 2 Jahren eine ganz ähnliche Antwort auf die gleiche Frage gegeben.

»Aber, du hast dich umgebracht! Ich ... ich habe es gesehen, damals. Das Messer, der Marker.« Kay schüttelt heftig den Kopf und zieht seine Hand zurück. »Du kannst es nicht sein! Wer bist du? Aus welcher Realität kommst du? Wo sind wir? Wo ist Alison? Was ist mit mir passiert?«

In diesem Moment lese ich Misstrauen in Kays Augen und auch ... Ist das Angst?

»Ich habe mich nicht umgebracht. Es sollte nur so aussehen. Ich habe ...« Herrgott! Darauf war ich nicht vorbereitet. Ich dachte, Kay würde mir sofort vertrauen. Wie soll ich ihm all das nur erklären? Er weiß ja noch nicht einmal, dass ich ohne Hilfe durch die Zeit springen kann. Ich muss ihm einen Beweis liefern, ihn davon überzeugen, dass ich die Frau bin, in die er sich verliebt hat. Etwas, das nur ich wissen kann. Vermutlich zumindest.

Kay ist am ganzen Körper angespannt. Er trägt noch immer das Fell als Poncho und seine Unterarme sind nackt. Jeder Muskel tritt deutlich sichtbar hervor.

»Die Tätowierung in deinem Gesicht hast du von einem Indianerstamm, der dich aufgenommen hat«, sage ich leise und strecke meine Hand aus, ohne den Blick von Kay zu wenden. Er soll in meinen Augen lesen können, wie sehr er mir vertrauen kann. »Dein Lieblingstier ist der Löwe, weil er so stark ist und anmutig und seine Familie immer beschützt.« Meine Finger berühren seinen Unterarm. »Du hast in der Hütte geglaubt, einen Tee zu trinken, und bist sofort eingeschlafen.« Ich streiche langsam über seine Haut, den Arm hinunter. Die Haare stellen sich auf, wo ich ihn berühre. »Aber das waren Kräuter, die mir bei etwas anderem helfen sollten. Doch dann habe ich sie benutzt, um dich zu betäuben, weil ich wusste, dass du sonst sterben wirst. Genau so, wie du es gesehen hast. An einem Lungendurchschuss.« Ich habe seine Hand erreicht und schließe meine darum.

Nach wie vor sieht Kay mich an, so wie ich ihn. Kein Blinzeln, kein Lächeln, kein Misstrauen mehr, nur Ungläubigkeit.

»Aber wie ...?«, bringt er heraus.

»Ich kann durch die Zeit springen. Wann immer ich will.«

Kays Augen scheinen noch größer zu werden. Er presst die Kiefer zusammen und plötzlich schwimmen Tränen in seinen Augen. Das erste Mal erlebe ich ihn vollkommen fassungslos.

»Alison. Du ...« Er schluckt. »Du lebst.«

»Genau das versuche ich dir die ganze Zeit zu ...«

Noch bevor ich meinen Satz beenden kann, zieht Kay mich in seine Arme. Sein Griff ist so fest, dass ich mich kaum bewegen kann. Aber das will ich auch gar nicht. Mein Gesicht ist auf das Fell gedrückt, seine Hände pressen mich an seinen Körper, der unter lautem Schluchzen bebt. Kay drückt die Lippen auf mein Haar und nuschelt meinen Namen, wieder und wieder, und ich kann nur denken: endlich. Endlich, endlich, endlich!

5

Irgendwann im Sommer, zu Hause?

Ich weiß nicht, wie lange wir uns festhalten, unsere Körper aneinanderpressen, als würde jemand drohen, uns auseinanderzureißen. Und es ist mir auch gleichgültig. Zeit spielt in diesem Moment das erste Mal keine Rolle. Hier, im Schutz des Schuppens und vor allen Dingen in Kays Armen, scheint uns nichts in diesem Universum etwas anhaben zu können.

Irgendwann löse ich mich von ihm. Ich bin überglücklich, aber ich fühle mich immer noch maßlos erschöpft. Vor allem emotional.

Kay scheint es zu bemerken. Er betrachtet mich mit leicht schräg gelegtem Kopf und furcht die Stirn. »Du siehst blass aus.«

»Ich sehe schrecklich aus.«

»Nein, nur als hättest du sehr viel durchgemacht.«

Zärtlich streicht Kay mit dem Daumen über meine Wangenknochen. Erst unter seiner Berührung spüre ich, wie sehr sie hervorstehen, und mir wird bewusst, dass ich seit Wochen kein Spiegelbild von mir gesehen habe, abgesehen von dem verzerrten Widerschein im Bach.

»Du solltest etwas trinken«, sagt Kay und reicht mir die Dose. »Es ist nicht mehr viel übrig. Tut mir leid. Ich war noch nicht bei Sinnen.«

Ich will antworten: Hey, wir sind wieder in der Zivilisation. Ich kann mehr holen. Ich muss nur ins Haus gehen und den Kühlschrank öffnen. Aber der Gedanke, Mum, Dad oder Jeremy zu begegnen, ihnen meinen Zustand erklären zu müssen, überfordert mich. Außerdem möchte ich Kay nicht verlassen.

Er hält mir noch immer die Dose hin. »Trink. Bitte«, fügt er hinzu.

Dankbar lächelnd nehme ich sie und leere sie in einem Zug. Mein Magen gluckert aufgeregt und Sekunden später fühle ich mich regelrecht berauscht von dem Zucker.

»Wo sind wir hier?« Kay steht auf und späht durch das Astloch in der Bretterwand.

»Zu Hause.« Die Worte auszusprechen, kommt mir vor wie ein Traum. Ich lache leise, gluckse und plötzlich lache ich immer lauter, regelrecht übergeschnappt, drehe mich mit ausgestreckten Armen im Kreis, berühre alles, was meine Finger erreichen. »Zu Hause! Zu Hause!«

Kay lacht nicht. »In deinem Zuhause?«, vergewissert er sich und ergreift mein Handgelenk, um mich zum Stillstand zu bringen.

Ich nicke eifrig. »In Dads Tischlerschuppen. Ich wollte eigentlich nicht hierher. Es war anders geplant. Es war überhaupt nicht geplant, aber –«

»Sind wir in Gefahr?«

»Nein«, lüge ich, denn ich kann mir nicht sicher sein.

»Wirklich nicht?«

»Ganz bestimmt nicht.«

»Gut.« Kay schließt kurz die Augen und atmet durch. Dann sieht er mich durchdringend an. »Ich will dich nämlich nicht wieder verlieren. Nie mehr, hörst du?« Ohne meine Antwort abzuwarten, umschließen seine Hände mein Gesicht. »Ich liebe dich.«

Kays dunkle Augen ruhen auf mir. In ihnen liegt so viel

Wärme und Zärtlichkeit, dass die Worte wie von selbst über meine Lippen kommen: »Ich liebe dich auch.«

Jetzt rast mein Herz. Noch nie habe ich diese Worte laut zu ihm gesagt, zu überhaupt irgendjemandem, und sie bedeuten so viel mehr, als sie ausdrücken könnten: Vertrauen, Hingabe, Selbstaufopferung, gemeinsame Kraft und Stärke und vor allem das Wissen, nie, nie, nie mehr getrennt sein zu wollen.

Noch haben wir uns nicht geküsst. Es ist, als würden wir damit warten, bis wir alles Unausgesprochene gesagt haben. Wir sehen uns nur an, während Kay über meinen Rücken streicht. Kay zu spüren, kommt mir beinahe so unfassbar vor wie die Tatsache, dass er nach all den Jahren endlich bei mir ist.

»Können wir nicht für immer hierbleiben?« Meine Frage ist dumm, aber sie drückt aus, wonach ich mich sehne.

Kays Hand verharrt auf meinem Schulterblatt. »Ist es das, was du möchtest? Bei deiner Familie sein?«

»Mit dir, ja.«

»Möchtest du nicht jetzt zu ihr gehen?« Kays Blick wandert zur Tür. »Sehen, ob jemand zu Hause ist? Ich könnte hier warten.«

Ich nage an meiner Unterlippe.

»Warum zögerst du?«, fragt Kay sofort.

»Ich weiß nicht, wie ich ihnen all das erklären soll. Und es kann sein, dass ich den falschen Zeitpunkt getroffen habe. Ich bin mir noch nicht mal sicher, welches Jahr wir haben, verstehst du? Vielleicht haben meine Eltern mich als vermisst gemeldet oder glauben, ich sei tot.«

»Aber dann solltest du erst recht gehen. Jede Minute, die sie sich weniger sorgen müssen –«

»Ich will, dass du erst einmal weißt, was passiert ist«,

falle ich Kay ins Wort, »und dann müssen wir gemeinsam überlegen, was wir meinen Eltern sagen, okay? Ich kann ja schlecht behaupten, ich habe dich gestern bei McDonalds kennengelernt.«

Kay zieht eine Braue hoch. »Wer sind diese Mac Donalds? Nachbarn?«

»Nachbarn?« Einen Moment sehe ich vollkommen verdattert zu Kay hoch, aber dann wird mir bewusst, dass McDonalds erst viele Jahre nach seiner Zeit gegründet wurde. »Also, ähm ... ich schätze, ich werde dir wohl noch einiges erklären müssen. Setzen wir uns?«

Kay nickt, zieht die zusammengeschnürte Matratze hervor und löst das Band. Sie springt förmlich auseinander, sodass Staub durch die Luft wirbelt. Nur dort, wo sie stand, ist der helle Holzfußboden blank und sauber und ein runder Fleck zeichnet sich ab, dahinter eine Tüte Chips und eine umgekippte, aber verschlossene Gallone Wasser.

»Hey, sieh mal. Picknick!« Ich gehe auf die Knie, angle beides hervor und danke Dad im Geiste für seinen mangelnden Ordnungssinn. Noch einmal werfe ich einen Blick durch das Astloch. Die Sonne ist weitergewandert und erhellt nun den kurz geschnittenen Rasen und auch sonst ist alles friedlich. Gut. Sehr gut.

Kurz darauf sitzen wir gegen die Wand gelehnt und verdrücken die Chips. Sie schmecken pappig und süßlich und trotzdem wie der Himmel.

»Weißt du, wann ich das letzte Mal Chips gegessen habe?« Ich lecke mir über die Lippen.

»Wann?«

»Kurz vor dem ersten Portieren. Ich meine vor dem ersten Portieren ohne Hilfe. Allein.«

Kay greift nach meiner linken Hand und dreht sie behutsam um. »Ich sehe ihn nicht.«

»Der Marker erscheint, wenn ich ihn ansteuere.«

»Tatsächlich?«

»Ich zeig's dir«, schiebe ich nach, da Kay zweifelnd die Stirn krauszieht.

Schon lange muss ich mir nicht mehr den Weg vorstellen, den die elektrischen Impulse von meinem Gehirn durch die Nervenbahnen zu dem Marker nehmen. Inzwischen ist es ebenso einfach, wie den Arm zu heben. Gleich darauf treten die feinen silbernen Linien hervor. Immer deutlicher, bis ein klar umrissenes Rechteck erscheint.

»Das ist unfassbar.« Mit dem Finger zeichnet Kay das Rechteck nach. »Haben sie uns deswegen angegriffen? Weil sie die Kontrolle über dich verloren haben?«

»Ich weiß es nicht. Sam Oscar meinte vor ein paar Tagen –«

»Du warst bei ihm?«

Ich schiebe die Chips zur Seite und greife nach dem Wasser, um meinen Durst zu löschen. »Möchtest du?«

»Trink du zuerst«, antwortet er und sieht mich erwartungsvoll an, während ich das warme Wasser die Kehle hinunterlaufen lasse. »Was hat Sam Oscar zu dir gesagt?« Kay nimmt den Kanister, ohne daraus zu trinken.

»Oh Gott! Das ist alles so kompliziert. Ich komme selbst schon durcheinander. Allein wenn ich versuche, über die ganzen Zeiten und Realitäten und Sichtweisen nachzudenken, streikt mein Gehirn.«

Kay stellt den Kanister zur Seite, legt den Arm um mich und ich lehne meinen Kopf an seine Schulter.

»Erinnerst du dich daran, dass du Bäume für unseren Unterschlupf schlagen wolltest, damals im Wald?«, beginne ich.

»Für mich ist das erst wenige Stunden her«, antwortet Kay.

»Wahnsinn!«, schweife ich ab.

»Was?«

»Ich kann es kaum fassen! Vorhin warst du noch mit mir zusammen, als ich 17 war.«

»Erzählst du mir jetzt, was seitdem geschehen ist?«

Ich vermeide es, die Augen zu schließen, aus Sorge, mich wieder ungewollt zu portieren, und richte sie stattdessen auf die Fugen der Holztür, während Erinnerungen in mir aufsteigen.

»Es begann zu schneien. Ich bin Richtung Fluss gegangen und habe Holz gesammelt. Es dauerte nicht lang. Als ich zurück zur Feuerstelle kam, lag da plötzlich ein Zettel mit einem Stein darauf. Mitten in der Wildnis! Mir war sofort klar, dass jemand uns eine Botschaft zukommen lassen wollte. Aber zuerst habe ich geglaubt, sie käme aus der Zukunft, von Wum Randy oder so.«

»Und von wem war sie?«, fragt Kay nüchtern. Typisch. Es ist sein Wesen geworden, die Dinge erst zu analysieren und dann seine Schlussfolgerungen zu ziehen.

»Von mir selbst«, antworte ich und nun lese ich leichtes Erstaunen in Kays Gesicht. »Auf dem Zettel stand, du würdest sterben«, beginne ich, ihm den Teil unserer Geschichte zu erzählen, den er nicht kennen kann. Angefangen bei dem Fläschchen mit dem Kräutersud, von dem ich nicht verstand, wo es herkam, über den Bären, der plötzlich aus dem Wald brach, meinem 19-jährigen Selbst, das im richtigen Moment auftauchte, den Bären tötete und mir sagte, ich müsse Kay verlassen, wenn ich sein Leben retten wolle. Ich fasse kurz die Momente zusammen, als ich den Jungen mit dem Goldklumpen sah und wie versucht ich war, den späteren Mörder meiner Urgroßtante zu töten. Dann berichte ich Kay von der Mojave-Klapperschlange, die ich mit mir in die Zukunft riss, um Wum Randy zu zwingen, uns in unsere Realitäten zu portieren.

Kay presst seine Lippen auf mein Haar und ich ahne, wie stolz er auf mich ist, doch mit keinem Wort unterbricht er mich.

»Tja, und dann habe ich dich wiedergesehen. Genau an dem Ort, an dem ich dich zurückgelassen hatte.«

»Im Wald beim Bären? Ich erinnere mich nicht.«

»Weil diese Realität für dich nicht lebendig geworden ist. Nur für mich. Wenn du so willst, habe ich die Kette der Ereignisse unterbrochen. Aber das kommt später.«

»In Ordnung. Erzähl weiter.« Kay rückt ein Stück von mir ab und legt seine Zungenspitze an seine Oberlippe. Er wirkt vollkommen konzentriert.

»Okay, also, nachdem Randy mich tatsächlich in meine Realität zurückportiert hatte, bekamen wir einen Brief. Mum, Dad, Jeremy, wir alle. Eine Einladung von einem Francis K. Raymond.« Ich beobachte, wie sich Verwirrung in Kays Gesicht abzeichnet, und schiebe die Erklärung schnell hinterher. »Ich kannte deinen vollen Namen ja nicht und hatte keine Ahnung, dass die Einladung von dir stammte. Na ja, du hast uns zu deinem 104. Geburtstag eingeladen.«

»Zu meinem 104. Geburtstag? Wie ist das … Du meine Güte.«

Ich schmunzle, als ich Kays Verblüffung sehe. »Ja, du bist 104 Jahre alt geworden. Aus meiner Sicht war das vor 2 Jahren, im September 2013, genau genommen. Deine Worte waren, glaube ich: *Ich habe nur so lange durchhal-*

ten können, da ich wusste, dass es ein gemeinsames Leben für uns geben kann.«

Kay schüttelt stumm den Kopf.

Ich sage: »Ob du's glaubst oder nicht, aber es war dir gelungen, deinen Marker anzusteuern und in die Zukunft zu springen. Immer nur für kurze Zeit, aber du warst überzeugt, dass auch ich das schaffen würde.«

»Und das hast du«, schlussfolgert Kay.

»Zunächst nicht. Ich wusste ja von dir, dass mir ziemlich exakt 2 Jahre bleiben würden, bis sie mich wieder holen würden – als dein Scout. Ich habe begonnen zu trainieren. Jede freie Sekunde ...«

Ich erzähle Kay von den endlosen Stunden im Wald, wie unbeholfen ich zunächst mit dem Messer war, wie frustriert darüber, noch nicht einmal den Stamm eines Mammutbaums zu treffen, und wie viele Fähigkeiten ich mir noch aneignen wollte, um in der Wildnis überleben zu können. Kays Mienenspiel verrät sein Erstaunen und seine Verwirrung gleichermaßen, insbesondere als ich ihm von der Dr-Pepper-Dose erzähle, die Jeremy mir quasi an den Kopf warf, wieder und wieder, bis ich verstand, dass mir die ersten Zeitsprünge gelungen waren.

Irgendwann wird es furchtbar warm in Dads Schuppen. Es muss bereits Mittag sein, als sich unsere Erinnerungen das erste Mal kreuzen. Wir rufen uns beide den Moment ins Gedächtnis, da Kay Jill für seinen Scout hielt und mich fragte, ob ich wenigstens Socken stopfen könne.

»Ich wusste ja, dass du mich nicht kennen wirst, und ich war wahrscheinlich auf so ziemlich alles vorbereitet, aber ehrlich gesagt nicht darauf, was für ein, für ein vollkommen ...«

»Arroganter Idiot ich war.«

»Stimmt.«

Plötzlich lacht Kay laut, so laut, dass ich befürchte, Mum könnte davon aufwachen und jeden Moment in den Schuppen stürmen.

»Pst. Sei leiser«, ermahne ich ihn, doch Kay wirft den Kopf in den Nacken und lacht noch lauter.

»Du hast ... du ...«, prustet er, »... hast meinen Ärmel mit einem Kuchenmesser an die Stuhllehne genagelt, so wütend warst du. Weißt du noch?« Kay holt schnaufend Luft. Tränen laufen über seine Wangen.

»Du hättest dein Gesicht sehen sollen und erst Jills.« Jetzt lache ich auch. Ich presse mir die Hand vor den Mund und mein Körper zuckt unter meinem albernen Gegacker, und immer wenn wir versuchen, ernst zu sein, lacht einer von uns wieder los, bis wir uns die Seite halten und nicht mehr können. Es ist so unfassbar befreiend.

Eine ganze Weile tauschen wir unsere Erinnerungen aus, lachen, weinen und jeder berichtet von sich. Es ist, als würden wir einen Film schauen, der aus zwei Perspektiven gedreht wurde. Immer wieder fallen wir dabei in albernes Gekicher. Erst als ich Kay davon berichte, wie mir erneut ein Zeitsprung gelang und ich ihn sterben sah, werden wir ernst.

Kay greift sich unwillkürlich an das Bein, aus dem ich die Kugel geholt habe. »Manchmal schmerzt es noch«, sagt er und sieht mich lange an. »Weißt du, ein Danke wäre viel zu wenig für das, was du alles auf dich genommen hast.«

»Du musst nicht –«

»Nein, Alison, hör mir zu. Ich kann dir nur eins versichern. Ich werde dich immer beschützen, bei jedem Schritt, den du tust, in jeder Minute, die du lebst. Immer.«

Ich lehne meine Stirn gegen seine Brust. »Ich weiß.«

Kay vergräbt seine Finger in meinen Haaren und presst mich noch enger an sich. »Auf dem Hügel, bei unserer Hütte damals. Wieso waren sie hinter dir her? Was hast du getan?«

Ich stöhne. »Oh Gott, ich weiß es nicht. Nichts. Ich habe nichts getan und ich werde nichts tun. Aber Sam Oscar ist der Auffassung, dass ich mich gegen die Show auflehnen werde.«

»Gegen die Show?« Kays Finger haben sich in meinem verfilzten Haar verfangen. Er löst vorsichtig einen Knoten und ich schiele zu ihm hoch.

»Er meinte, ich würde versuchen, Zeitreisen an sich zu verhindern.«

»Wie?«

»Das ist es ja. Ich wüsste weder, wie noch warum, und ich will mir verdammt noch mal nicht mehr den Kopf darüber zerbrechen. Du bist bei mir, wir sind beide hier, zu Hause, draußen scheint die Sonne, keiner greift uns an, und wenn es so bleibt, interessiert mich alles andere nicht. Ich will einfach nur meinen Frieden, verstehst du?«

»Ich halte das nicht für klug«, meint Kay und verschränkt seine Hände hinter dem Kopf. »Erzähl mir, wieso ich dachte, du hättest dir den Marker herausgeschnitten.«

Richtig, das weiß Kay ja noch nicht.

»Das war ziemlich idiotisch«, beginne ich, »und irgendwie ist alles schiefgegangen ...«

Erst nach Stunden – zumindest fühlt es sich so an – habe ich meine Geschichte beendet und Kay davon berichtet, wie ich die Ports täuschen wollte, von dem Kaninchen, das ich dafür auf so grausame Art getötet habe.

Ich bin in meiner Erzählung auch zurück zu Sam Oscar gesprungen, der mir bereits im Cube hat weismachen wollen, dass ich alles dransetzen würde, Zeitreisen unmöglich zu machen. Auch von seiner mysteriösen Metapher erzähle ich Kay, nämlich dass es am Ende des Regenbogens am schönsten sei, die mich schlussendlich gerettet hat.

Nur dass Oscar mich mit in die Zukunft genommen hat, um mir zu zeigen, wie Kay und ich heiraten, verschweige ich. Ihm davon zu erzählen, wäre, als würde ich ihm einen Antrag machen, und überhaupt wird unsere Zukunft in jeder Sekunde neu geschrieben. Wer weiß, ob es wirklich so kommt.

Dafür erzähle ich Kay von den vielen Zeitsprüngen, wie ich den Bären tötete, mir zuvor selbst eine Nachricht zukommen ließ. Ab und an unterbricht mich Kay, fragt genau nach, wie ich den Marker ansteuere, auf welche Weise ich mein Ziel erfasse, und ich male ihm Bilder von Nervenbahnen und Synapsen auf den staubigen Boden. Als er von der Spezifikation in dem Marker erfährt, die es möglich macht, ihn mit mir durch die Zeit zu reißen, atmet er tief durch.

»Das bedeutet, du kannst mich mitnehmen, falls es sein muss.«

»Falls es sein muss, ja«, antworte ich und fühle, wie mir bei der Vorstellung, vielleicht wieder fliehen zu müssen, die Brust eng wird. Zumal eine schnelle Flucht viel schwieriger ist, wenn ich Kay mit mir ziehe.

Zum Schluss bleibt die Frage, weshalb wir auf dem Hügel bei unserer Hütte angegriffen wurden und weshalb entgegen Oscars Voraussage kein Port hier ist, um mich zu töten.

»Vielleicht haben sie gemerkt, dass ich keine Gefahr für sie bin. Oder sie haben festgestellt, dass es eine andere Alison sein wird, die etwas gegen die Zeitreisen unternehmen will, und sie bereits davon abgehalten. Vielleicht hat sich das Problem auch einfach erledigt«, sage ich, ohne meinen Worten wirklich Glauben zu schenken.

Auch Kay wiegt zweifelnd den Kopf. »Was ich nicht begreife, ist, weshalb die Ports, wie du sie nennst, nicht viel früher versucht haben, dich ...« Kay verzieht das Gesicht, als hätte er Schmerzen.

»... umzubringen«, vollende ich seinen Satz. »Sag es ruhig. Dasselbe habe ich Oscar auch gefragt. Für ihn war das total klar, aber ich begreife es immer noch nicht so richtig.«

»Was genau?«, hakt Kay nach.

»Also, er meinte, mit jeder Handlung, mit jeder Sekunde spalte sich eine neue Realität ab, und von dieser Realität wieder eine und so weiter. Allein seit du wieder aufgewacht bist, müssten so um die ...«

Kay wedelt ungeduldig mit der Hand. »Lass es Hunderttausende oder Millionen sein. Dann wäre es ja umso sinnvoller, früher einzugreifen, oder?«

»Genau das ist der Punkt. Auch von meiner Mutter gab es ja unzählige Versionen und von meiner Urgroßmutter. Welche von ihnen ist nun mit dem Kind schwanger, das irgendwann irgendetwas gegen sie tun wird? Oscar meinte, sie bräuchten das Vielfache ihrer Weltbevölkerung, um alle Realitäten zu prüfen, und das bezog sich nur auf einen bestimmten Zeitpunkt im Leben aller ...« Ich zögere. Irgendwie fühlt es sich gerade merkwürdig an, eine Alison unter Zigmillionen zu sein, und ich muss mir eingestehen, dass mir der Gedanke, kein Individuum zu sein, nicht besonders gefällt.

»Alison?«

»Im Leben aller Alisons, die es geben mag, wollte ich

sagen. Stell dir vor, sie müssten das gesamte Leben einer jeden Alison überwachen. Das wäre unmöglich. Darum, meinte Oscar, wäre es für die Ports einfacher, das Pferd von hinten aufzuzäumen, wenn du so willst. Sie gehen von Zeitpunkt X aus, an dem eine meiner Ichs eine«, ich rolle mit den Augen, »eine Gefahr für sie wird, und folgen deren Abspaltungen rückwärts bis zu einem Punkt, wo sie eingreifen können.«

Kay nickt nachdenklich. »Wie auf dem Hügel bei unserer Hütte.«

»Genau.«

»Oder später, in unserer Zukunft.«

»Möglich«, sage ich vage.

Unvermittelt steht Kay auf, streift sich das Ziegenfell ab und sieht sich um. Auch mir ist furchtbar heiß und ich würde mir den rauen, piksenden Stoff am liebsten vom Leib reißen, öffne aber nur ich die zwei obersten Knöpfe meines Hemdes. Kay streift mich mit einem kurzen Blick und dreht sich zu den Werkzeugregalen.

»Alles in Ordnung?«, frage ich.

»Wenn ich richtig verstanden habe, werden sie also einen möglichst späten Zeitpunkt wählen, um dich unschädlich zu machen«, antwortet er, mir den Rücken zugewandt, und greift nach einer Spaltaxt.

»Ich werde ihnen keinen Grund liefern, weil ich ihnen gar nicht erst gefährlich werde.«

»Womöglich hast du recht. Und vielleicht geht es auch gar nicht um dich. Aber ich kann mir kaum vorstellen, dass die Ports dich aus reiner Menschlichkeit verschonen, auch wenn du selbst nie etwas tun würdest, was dich oder sie oder wen auch immer gefährdet, wie du sagst. Ich glaube, dass sie eine Alison nach der anderen töten werden und …« Kay hält inne, zieht eine Kiste aus dem Regal. Es klappert und scheppert laut.

Ich stehe auf. »Was hast du vor?«

»Ich bewaffne uns«, sagt Kay, dreht sich um und streckt mir eins von Dads Schnitzmessern entgegen, die gebogene Klinge flach zwischen seine Finger gepresst. »Hier, nimm es. Ein zweites Messer kann nicht schaden.« Ich berühre es zögerlich am Griff, ohne es zu nehmen. Meine Augen wandern stattdessen zu einem verstaubten Regalbrett, auf dem Kay die Axt, zwei weitere Messer und einen schweren Hammer abgelegt hat.

»Du willst kämpfen?«

»Hast du eine bessere Idee?«

Ich ziehe meine Hand zurück und verschränke die Arme. »Ich möchte hierbleiben, solange es geht.«

Ein verärgerter Zug tritt in Kays Gesicht. »Und wenn es nicht mehr geht?«

»Fliehen wir.«

Kay greift mein Handgelenk und zieht meine Arme auseinander. Es tut nicht weh, trotzdem jaule ich auf. Weil Kays ruppige Art mich verletzt.

»Du hättest mir früher von Oscars Theorie erzählen sollen. Als Allererstes«, sagt er und drückt mir das Messer in die Hand. »Ich habe dich gefragt, ob uns eine Gefahr droht.«

»Aber hier ist niemand«, werfe ich ein. Es klingt halb verärgert, halb weinerlich. Ich will nicht weiterkämpfen und erst recht nicht fliehen.

»Hier ist *noch* niemand«, sagt Kay und schiebt sein Kinn vor. »Du bist dir die ganze Zeit bewusst gewesen, dass sie nach wie vor angreifen können, vielleicht in wenigen Sekunden, vielleicht in einem Monat.« Kay spricht zwar leise, aber sein Ton ist geradezu schneidend. »Du wusstest, wie unsicher dein Zuhause ist, und trotzdem hast du mich hierher mitgenommen und dein Leben, mein Leben und das deiner Familie gefährdet.«

Seine Worte sind wie Faustschläge in meinen Magen, aber ich begreife, dass ich jeden der Schläge verdient habe. Ich kämpfe aufsteigende Tränen nieder und beobachte Kay mit zusammengepressten Lippen dabei, wie er ein Seil durch die Schlaufen seiner Hose zieht.

Er verknotet es und sieht mich mit durchdringendem Blick an. »Ich habe es todernst gemeint, als ich sagte, dass ich dich immer beschützen werde, aber du musst verdammt noch mal aufhören, uns in Gefahr zu bringen.«

»Ich wollte doch nur, dass –«

»Alison, ein Leben, in dem wir alle glücklich zusammen sind, existiert nicht.« Kay klemmt die Messer und den Hammer unter das Seil, greift nach der Axt und hält mir seine Markerhand hin. »Wir müssen hier verschwinden. Kannst du uns in eine Zeit bringen, in der du noch nicht warst?«

Ich schlucke und sehe zur Tür. »Ich will es ihnen zumindest erklären. Meine Eltern müssen doch wissen, warum ich nie mehr ... nie wieder ...«

»Kannst du es, Alison? Uns in eine Zeit bringen, die du nicht kennst?«

»Nein.«

Kay atmet schwer aus. »Dann sind wir an jedem anderen Ort genauso unsicher.«

»Das stimmt. Wir können also genauso gut hierbleiben«, antworte ich glücklich, denn in diesem Augenblick höre ich Dads alten Pick-up den Waldweg hinaufrumpeln. Ich stürze aus dem Schuppen. Meine Beine fliegen förmlich über den Rasen, Dads Wagen entgegen. Ich sehe ihn schon. Er biegt eben um eine Kurve und steuert nun auf den Schotterparkplatz zu. Nur 100 Meter ist er entfernt. Höchstens. Und mit jedem Meter, den er näher kommt, ändern sich meine Gefühle. Da ist überschnappende Freude, Dad gleich in die Arme schließen zu können.

Schotter spritzt hoch. Noch gut 70 Meter. Und plötzlich Angst, Dad könnte mich tot glauben.

Bremsen. Das Auto steht. Ich sehe Dads Gesicht. Es ist genauso, wie ich es in Erinnerung habe. Wettergegerbt, kantig und doch so fröhlich. Jetzt Hoffnung, ich könnte doch die richtige Zeit getroffen haben.

Vielleicht noch 50 Meter und dann weiß ich es mit Bestimmtheit. Der Motor geht aus, die Tür öffnet sich. Und jähe Panik überfällt mich, einen Fehler zu machen.

Gott verflucht! Der Störsender. Kay! Ich bremse ab, blicke dabei hinter mich, verliere das Gleichgewicht und schlage auf den Rasen. Kurz verschwimmt alles grün, dann sehe ich eine Wurzel und schiele hoch. Kleine grüne Äpfel hängen in der Baumkrone. Sie sind noch nicht ganz reif. Es muss August sein, vielleicht September.

Die Wagentür schlägt zu.

»Alison?« Dads Stimme.

»Alison!« Kays Stimme. Er geht mit schnellen Schritten in meine Richtung.

Ich setze mich auf und reibe mir die Handballen. Gras klebt daran.

Schon ist Kay bei mir und streckt mir die Hand entgegen. »Alles in Ordnung?«

»Ich glaube, ja.« Ich sehe zu Dad. Er geht auf mich zu, aber seine Schritte werden langsamer, je näher er kommt.

»100 Meter, verflucht«, zischt Kay und zieht mich hoch.

»Es tut mir leid«, murmle ich und sehe in Dads Gesicht. Er wirkt weder erleichtert noch erfreut. Er sieht einfach nur aus, als würde er einen Geist sehen. Sein Mund steht offen, seine Augen sind weit aufgerissen.

Mein Gott! Er muss wirklich geglaubt haben, ich sei tot.

»Daddy.« Mehr bringe ich nicht heraus, doch Sekunden später klammere ich mich um seinen Hals. »Ich kann dir alles erklären. Ich ... Ich ... Du ...« Mir fehlen plötzlich die Worte. Ich empfinde nur ungeheures Mitleid. Wie lange haben mich meine Eltern für tot gehalten?

Dad legt seine Hand auf meine Schulter und schiebt mich von sich.

»Welches Jahr haben wir?«, frage ich ihn. Ich muss es wissen.

»Was?«

»Welches Jahr? 2015, 2016? Dad, bitte, ich erkläre dir alles. Aber welches Datum ist heute?«

»Was ist denn bloß mit dir passiert?«, fragt Dad statt einer Antwort.

In diesem Augenblick überkommt mich ein ungutes Gefühl. Wieso freut sich mein Vater nicht, mich lebendig zu sehen? Oder habe ich genau den Moment getroffen, in dem ich diese Zeit verlassen habe? Den 31. August 2015? Und Dad versteht bloß nicht, wieso ich derart zerschunden aussehe, da für ihn nur wenige Stunden vergangen sind, seit er mich am Morgen zuletzt gesund und munter gesehen hat.

Dad weicht einen Schritt zurück und schüttelt den Kopf, als wolle er nicht wahrhaben, wer vor ihm steht. »Wer bist du? Wer ist er? Wieso hat er mein Werkzeug?«

Werkzeug? Das ist alles, was meinen Vater interessiert?

Kay legt den Arm um mich. »Mr Hill. Sie sollten ihrer Tochter zuhören.«

»Das ist nicht meine Tochter«, sagt Dad kalt und kneift die Augen zusammen.

Er muss mich wirklich tot geglaubt haben.

Ich sehe zu Kay hoch, flüstere »Schon gut« und berühre Dad mit ausgestrecktem Arm. »Bitte, Dad. Ich bin es. Ich lebe. Es ist so viel passiert. Ich kann ni–«

»Aaal-iii-sooon!«, brüllt mein Vater, noch bevor ich meinen Satz beenden kann.

Über mir fliegt ein Fenster auf. Ruckartig lege ich meinen Kopf in den Nacken.

»Was ist denn los?«, ruft eine helle Stimme zurück.

Noch bevor ich sie sehe, ahne ich, was los ist, und mein Herz setzt aus.

Sie beugt sich weit aus dem Fenster, um zu uns herunterzublicken. Ihre schwarzen Haare sind lang, sehr lang und seidig und fallen ihr ins Gesicht. Sie schiebt sie zur Seite, zieht mit den Zähnen ein Band von ihrem Handgelenk und schlingt es um ihre Haare.

»Alles in Ordnung, meine Kleine?«, fragt Dad.

Sie nickt und der lockere Knoten löst sich wieder.

»Haben wir Be–«

Jetzt sehen wir uns direkt in die Augen. Ihre sind groß und wach, in meinen schwimmen Tränen.

Dies ist nicht mein Zuhause, sondern ihres! Ich habe die falsche Realität erwischt.

»Kennst du diese Leute?«, höre ich Dad fragen und fühle mich plötzlich wie in Trance. Meine Knie werden weich. Ich spüre, wie ich wegsacke. Kay greift mich unter den Armen und zieht mich mit sich. Ich stolpere willenlos hinter ihm her.

»Hey! Mein Werkzeug!« Dads Stimme ist weit entfernt, aber lange nicht so weit wie mein Zuhause. »Alison! Ruf die Polizei!«

Die Polizei, die Ports ... Deswegen war niemand hier. Denn von dieser Alison geht keine Gefahr aus. Sie darf ein ganz normales Leben führen. Meine Bitterkeit darüber ist so groß, dass ich sie sogar im Mund schmecke. Alles darin zieht sich zusammen, und als wir in den Wald eintauchen, kotze ich mir die Seele aus dem Leib. So lange, bis ich meine, mein Inneres hätte sich nach außen gestülpt.

6

Irgendwann im Sommer, nicht zu Hause

Wir sitzen nebeneinander an den Stamm eines Mammuts gelehnt und schweigen. Kay zerbröselt trockene Blätter zwischen seinen Fingern. Ich sehe ihm stumm dabei zu. Ich wüsste ohnehin nicht, was ich sagen sollte, denn in meinem Kopf herrscht Chaos. Immer wieder denke ich: Es ist so friedlich hier. Viel zu friedlich. Viel zu schön, um wahr zu sein.

Die Nachmittagssonne ist durch die Bäume gebrochen und wirft nun helle Streifen auf den mit violetten Blumen überzogenen Waldboden. Die Luft riecht so süß, wie sie es nur im Sommer kann, und die unzähligen Vögel scheinen sich bei ihrem Gesang übertreffen zu wollen. Ich lasse die Stirn auf meine Knie sinken, lege die Hände auf meinen Kopf und starre auf den Waldboden. Im Grunde war ich darauf vorbereitet. Ich habe gewusst, dass es schwierig werden wird, mein Zuhause wiederzufinden, aber ich habe mich so sehr nach ihm gesehnt ... Ach, verflucht! Ich habe die Möglichkeit, es könnte die falsche Realität sein, einfach ausgeblendet. Das alles ist ein wahr gewordener Albtraum! Nie war ich meinem Zuhause so nah und so fern zugleich. Meine Familie nur wenige 100 Meter entfernt zu wissen und doch nicht zu ihnen zu können, steigert meine Sehnsucht ins schier Unerträgliche. Sie ist so quälend, dass ich die andere Alison am liebsten ...

»Was tun wir jetzt?«

Kays Frage bewahrt mich davor, diesen bitterbösen Gedanken zu Ende zu spinnen. Ich sehe auf. »Ich weiß es nicht.«

»Wir könnten hierbleiben«, meint er und sieht mich ernst an.

»Hier? Im Wald?«

»Hier, in dieser Realität.«

Ich schüttle so heftig den Kopf, dass der Wald vor meinen Augen zu Streifen verschwimmt.

»Das kann ich nicht. Sie ist hier zu Hause. Ich würde es nicht ertragen, meine Eltern und Jeremy –«

»Du weißt noch nicht mal, ob Jeremy existiert«, fällt Kay mir ins Wort.

»Die Veränderungen sind so minimal. Nur das Waschbecken fehlt. Wenn er nicht existieren würde, müsste es viel mehr Unterschiede geben. Er ist hier. Ich weiß es.« Ich streiche über meine dreckverkrustete Hose und will aufstehen.

Kay legt die Hand auf meine und umschließt sie. »Alison.« Sein Ton ist ruhig, aber bestimmt. »Wo willst du denn hin?«

»Ich habe keine Ahnung! Ich will … ich will es wieder probieren. Tausend Mal, wenn es sein muss. Bis ich mein Zuhause finde und dann …«

Ich stocke und Kay zieht eine Braue hoch. »Und dann?«

Die simple Frage bringt es auf den Punkt. Was wird geschehen, wenn es mir gelingt, meine Realität wiederzufinden? Wie lange werden wir dort bleiben können? Sekunden? Wochen? Und werde ich meine Familie damit in Gefahr bringen? Ist es das wert?

Ich presse die Lippen zusammen, weil mir keine der Antworten gefällt. Ich will unbedingt einen zwingenden

Grund finden, nach Hause zu müssen, denn mit dem Gedanken, Mum, Dad, Jeremy nie wiederzusehen, kann ich mich nicht abfinden.

Kay drückt meine Hand. »Lass uns alle Möglichkeiten durchdenken und dann entscheiden wir. Vielleicht gibt es eine Alternative, die wir bisher übersehen haben, in Ordnung?«

Ein Hoffnungsschimmer keimt in mir auf und ich klammere mich daran fest. »Okay.«

»Gut.« Kay lächelt leicht, lässt meine Hand los, aber nur, um seinen Arm um mich zu legen. »Wenn wir hierblieben, in dieser Realität, können wir nicht in Mill Valley leben. Früher oder später würdest du deiner ... dieser Familie«, korrigiert Kay sich, »über den Weg laufen.«

»Das könnte ich nicht ertragen«, sage ich heftig.

»Aber wir könnten Kalifornien verlassen. Wir könnten Richtung Norden gehen. Sieh mal, es ist Sommer. Auf unserem Weg würde uns die Natur mit allem versorgen, was wir brauchen, und sobald wir weit genug entfernt sind, suche ich mir einen Job. Ich werde hart arbeiten und irgendwann, das verspreche ich dir, werde ich uns ein Haus bauen.«

»Du hast noch nicht mal eine Identität, keine Papiere, nichts. Wie willst du da einen Job finden?«

»Wie jeder andere illegale Einwanderer auch. Oder gibt es die in dieser Zeit nicht mehr?«

»Doch«, gebe ich zu und merke, wie mir der Gedanke zu gefallen beginnt. Ich sehe uns in einem grob gezimmerten Holzhaus, irgendwo an der Grenze Kanadas, vielleicht an einem See. Ein kleines Mädchen sitzt auf dem Rasen und pflückt Gänseblümchen. Es ist unserer Tochter.

Unsere Tochter ... Unwillkürlich greife ich an meinen flachen Bauch. Es wäre schön, ein Kind mit Kay zu haben.

Auch wenn es der denkbar schlechteste Zeitpunkt wäre. Im nächsten Augenblick überkommt mich Trauer. Meine Eltern würden ihr Enkelkind nie sehen, noch nicht einmal wissen, dass es existiert.

»Welche Alternativen haben wir noch?«

Kay atmet tief durch. »Also, wenn es uns gelingen würde, in die Zukunft zu reisen und den jungen Sam Oscar zu finden, könnten wir ihm erzählen, was seine Entdeckung auslösen wird. Vielleicht glaubt er uns und ...«

»Nein!«, widerspreche ich heftig. Seit Sam Oscar mir prophezeit hat, ich würde Zeitreisen verhindern wollen, habe ich immer wieder versucht zu verstehen, warum und welche Konsequenzen es hätte, sollte es mir tatsächlich gelingen. Und all diese Überlegungen endeten mit einem Wort: niemals!

Ich greife nach Kays Hand. Er schließt sie um meine, aber ich öffne seine Finger wieder. Einen nach dem anderen, bis der Marker zu sehen ist und das Wort: *Technische Störung.*

»Das«, sage ich, »würde sich damit auflösen. Keine Zeitreisen, kein *Top The Realities,* kein Marker, kein Wir.«

»Ich weiß.« Kay verschränkt seine Finger in meinen. »Aber du wärst bei deiner Familie. Und du würdest dich nicht daran erinnern, dass es mich gegeben hat. Du würdest ein ganz normales Leben führen. Wie sie«, meint Kay und nickt in die Richtung, wo die Alison mit den langen, seidigen Haaren lebt.

Ich presse meine Stirn an seinen Oberkörper, ziehe seinen herben Duft ein und spüre die Hitze, die seine Haut abstrahlt.

»Ich kann mich nicht zwischen ihnen und dir entscheiden«, murmle ich. »Das kannst du nicht verlangen.«

»Das Einzige, was ich verlange, ist, dass du darüber nachdenkst, bevor du dich kopflos für die andere Alternative entschei–«

»Pst!« Ich lege den Finger auf meine Lippen. Von irgendwo dringen Rufe zu uns. Sie klingen fröhlich, so als alberten ein paar Jungs miteinander herum, und ich bin überzeugt, Jeremys Stimme darunter gehört zu haben. Eine Weile verharre ich, den Finger immer noch auf die Lippen gepresst, und versuche festzustellen, ob die Stimmen lauter oder leiser werden, aber dann höre ich sie gar nicht mehr und lasse die Hand sinken.

»Es ist nicht kopflos«, knüpfe ich an das Gespräch an, wobei ich mich bemühe, auch nicht so zu klingen. Denn im Grunde hat Kay recht. Ich würde am liebsten sofort losspringen wie in ein Gewässer, von dem ich weder weiß, wie tief noch wie kalt es ist. »Meinst du nicht, ich habe mir die letzten Tage nicht immer und immer wieder den Kopf darüber zerbrochen, was mich zu Hause erwarten wird?«

»Aber Sam Oscar hat gesagt –«

»Ach, Sam Oscar hat auch gesagt, ich könne nicht zu dir. Die Ports würden dort warten, aber so war es nicht.«

»Sagtest du nicht, du hättest sie kommen hören?«

»Ich weiß es nicht.« Ich schiebe die Unterlippe vor. »Ich hatte einfach Panik, okay? Wahrscheinlich habe ich mir das nur eingebildet.« Jetzt, in diesem friedlichen Sommerwald, kommt mir diese Möglichkeit sogar am wahrscheinlichsten vor. Gut, ich habe Äste brechen gehört, aber hätte das nicht auch der Sturm sein können, ein morscher Baum, der umknickt? Und die Schatten? Haben sie sich wirklich bewegt oder war das reine Einbildung gewesen?

»Kay.« Ich sehe in seine dunklen Augen, bemüht, mich nicht darin zu verlieren. »Ich bin sicherlich 10 oder 20 Minuten da gewesen. Wenn uns genauso viel Zeit mit meinen Eltern bleibt ... mit meinen richtigen, meine ich. In meiner Realität, dann könnte ich ihnen zumindest erklären, warum sie mich für lange Zeit ...« Ich schlucke. »... wieso wir uns nie wiedersehen werden.«

Kay sieht mich an, ohne meinen Blick zu erwidern. Seiner ist in die Ferne gerichtet, wobei er leicht den Kopf schüttelt. »Das ist egoistisch und mehr als leichtsinnig.«

»Dann bin ich halt egoistisch! Na und?«, bricht es aus mir heraus. Meine Hände sind jetzt zu Fäusten geballt. »Es ist mein Leben und ich habe genug durchgemacht. Ich darf egoistisch sein und das Einzige, was ich will, ist, zu Hause zu sein. Mit dir.«

»Aber ich mache da nicht mit. Ich werde nicht zulassen, dass du dein Leben wegschmeißt, um ein paar Minuten bei deinen Eltern zu sein. Ich sage nicht nie, aber ich meine, nicht jetzt.«

Kay klingt so endgültig, dass mir die Tränen in die Augen schießen. Schon wieder. »Wann dann? Wann ist es deiner Meinung nach sicherer? Wenn ich eine alte Frau bin?«, frage ich weinerlich. »Ich ...«

Plötzlich höre ich die Stimmen wieder. Jetzt ganz nah und diesmal bin ich mir sicher: Jeremy ist dabei. Meine Verzweiflung verfliegt schlagartig. Ich springe auf, sprinte einige Meter bis zu einem mächtigen Stamm, der direkt an dem Trampelpfad liegt, der etwa zwei Kilometer weiter im Old Mill Park endet, ganz in der Nähe der Innenstadt.

Meinen Rücken an den Stamm gepresst, versuche ich, mit angehaltenem Atem Jeremys Stimme auszumachen.

»Der Film ... grotten...echt«, schnappe ich Worte auf. Ich

erkenne nicht, wer gesprochen hat, und schleiche langsam um den Stamm herum.

»So was von. Total unrealistisch. Als wenn die Aliens die Erde nicht angreifen würden, nur weil die eine sich in ’nen Menschen verliebt.«

Eine andere Stimme, sehr hell, nicht Jeremys, aber jetzt kann ich die Jungs ganz klar verstehen. Ich schiebe mich weiter vor.

Eine Gruppe von vier Teenagern. Je zwei nebeneinander. Vorn ein vielleicht 14-jähriger Junge mit glatten aschblonden Haaren und jeder Menge Pickel im Gesicht. Ihn habe ich noch nie gesehen. Den daneben jedoch schon. Es ist Steve, Jeremys Freund. Er existiert also auch in dieser Realität. Seine dunklen, vollen Haare trägt er ins Gesicht gekämmt. Seine Schultern wirken breiter, alles in allem scheint er viel erwachsener als der Steve, den ich kenne. Eben boxt er dem anderen Jungen gegen die Schulter und lacht. Und dahinter geht Jeremy.

Irre. Er muss schon 15 oder 16 sein. Bestimmt. Immer noch hat er diese hellblonden Locken, aber er ist groß und kräftig, unter seinem Muskelshirt zeichnet sich eine trainierte Brust ab und sein Gesicht ist viel kantiger und ... Er hat den Arm um ein Mädchen mit blond gefärbten Haaren gelegt.

Ich springe auf den Weg. »Jeremy!« Es ist mir egal, was er denkt, für wen er mich hält. Ich will einfach nur mit ihm reden. Irgendwie scheine ich nur noch aus »Ich will« zu bestehen, aber das ist mir egal. Es ist mein Recht, egoistisch zu sein.

Die Gruppe bleibt stehen und sieht mich an.

»Jeremy!« Ich dränge mich an Steve vorbei und ramme beinahe das blonde Mädchen.

»Äh, Alison?« Jeremy sieht mich mit krausgezogener Stirn an, ohne seinen Arm von ihrer Schulter zu nehmen.

Ich nicke, denn plötzlich weiß ich nicht, was ich diesem Jungen sagen soll. Von Nahem ist er mir fremder, als ich ahnen konnte. Er wirkt auf unangenehme Weise selbstbewusst, fast überheblich. Das Mädchen neben ihm wie ein blondes Dummchen.

»Was ist denn mit deiner Schwester passiert?«, fragt Steve und ich drehe mich zu ihm.

»Was willst du, Alison?«, höre ich Jeremy fragen, aber mein Blick ist auf Kay geheftet. Er ist mir augenscheinlich gefolgt und steht nun hinter Steve. Kay ist gut einen Kopf größer als Jeremys Freund, der geradezu schmächtig neben ihm wirkt, aber wenn ich es nicht besser wüsste, würde ich meinen, Kay hätte trotzdem Angst. Seine Augen sind weit aufgerissen. Seine Gesichtszüge sind entgleist. Nein, eigentlich wirkt er nicht ängstlich, nur vollkommen entsetzt.

»Das ist Jeremy?«, fragt Kay tonlos.

»Hast du ein Problem damit?«, höre ich meinen Bruder fragen.

Ich schnelle herum. Jeremy nimmt den Arm von seiner Freundin und geht einen Schritt auf Kay zu. Steve stellt sich breitbeinig vor ihn, die Arme in die Seite gestemmt, und mich überkommt plötzlich ein furchtbar ungutes Gefühl.

»Ich ... Es war ein Fehler. Sorry. Lass uns gehen«, raune ich Kay zu.

Er antwortet nicht, sondern schiebt Steve weg, als wäre er ein Pappaufsteller. Ich will etwas sagen, aber Kay hat Jeremy schon an seinem Muskelshirt gepackt und reißt es zur Seite.

»Hey! Bist du bekloppt, oder was?«, protestiert Jeremy.

»Du hast keine Narbe auf der Brust«, stellt Kay fest. Er dreht sich wieder zu mir. »Hat dein Bruder eine Narbe? Da auf der Brust? Etwa zehn Zentimeter lang. Er muss sie sich vor langer Zeit zugezogen haben, sie ist schon stark verblasst. Man sieht sie nur, wenn die Haut gebräunt ist.«

»Was? Nein!«

»Sicher?« Kay hält Jeremy immer noch am Shirt fest. »Bist du dir absolut sicher, Alison?«, wiederholt Kay.

Meine Gedanken überschlagen sich. Was soll das alles? Wieso Narbe? Hat er eine? Jeremy ist als Kind einmal vom Baum gefallen, als er noch Eichhörnchen nachgejagt ist, und er musste ins Krankenhaus. Sein Arm war gebrochen, er hatte vielleicht ein paar Schrammen, aber hat er eine Narbe davongetragen? Es ist zu lange her und ich habe Jeremy das letzte Mal nackt gesehen, als er vielleicht sieben war.

»Ich weiß nicht. Ich, ich habe keine Ahnung«, stottere ich. »Wieso?«

Aus den Augenwinkeln sehe ich, wie Steve einen dicken Ast aufhebt und ihn hochreißt. Ich will schreien, doch noch bevor ich Luft holen kann, hat Kay ihn Steve aus der Hand geschlagen und dem Jungen den Arm auf den Rücken gedreht. Steve jault auf wie ein verletztes Tier und Kay stößt ihn von sich.

»Lasst uns abhauen!«, brüllt Steve.

Ich sehe zu Jeremy, der die Hände in die Hosentaschen gesteckt hat und versucht, lässig zu wirken, aber seine Lider flattern unruhig. »Ja, da habe ich echt keinen Bock drauf.«

Kay packt meinen Arm wie ein Ertrinkender. »Bring uns zu deiner Familie, in deine Realität«, verlangt er, ohne

Steve oder Jeremy weiter zu beachten. Sie rennen den Trampelpfad zurück und rufen sich irgendetwas zu.

Ich aber kann nur Kay ansehen. »Nach Hause? In meine Realität, aber ich dachte –«

»Die Dinge haben sich geändert.« Kays Blick ist so finster, dass es mir plötzlich eiskalt über den Rücken läuft, obwohl mir die Sonne den Schweiß aus den Poren treibt.

Ich stehe mit verschränkten Armen vor Kay. Mit der Tätowierung sieht er wie ein Krieger aus. Sein Gesicht ist überschattet, denn langsam wird es dunkel, was ihn noch düsterer wirken lässt. Doch in seinen Augen flackert ein Feuer. Ein Feuer aus Hass und Mordlust, so glühend, dass man meinen könnte, er würde gleich den Wald damit in Brand stecken.

»Irgendwann wird er dafür zahlen. Sie alle werden das.«

»Was hatte das eben zu bedeuten?«, frage ich. Am liebsten würde ich Kay schütteln.

Er fährt sich mit der Hand über das Gesicht, und als er mich wieder anblickt, ist das Feuer in seinen Augen erloschen.

Kay berührt mich leicht am Arm. »Ich werde dir alles erklären. Später. Jetzt müssen wir darüber nachdenken, wo dein Fehler lag, wieso wir in dieser Realität gelandet sind.«

»Du kennst Jeremy«, sage ich, einer plötzlichen Einsicht folgend. »Woher?«

»Ich kannte ihn nicht.«

»Du lügst.« Wie aus dem Nichts tut sich ein Graben zwischen uns auf, randvoll mit Argwohn und unausgesprochenen Befürchtungen. Was hat Kay mit Jeremy zu tun? Von welcher Narbe spricht er und wieso ist sie wichtig? Meine Wut über Kays offensichtliche Lüge ist so groß, am liebsten würde ich ihn in diesen Graben stoßen. Dass er mir etwas verschweigt, erschüttert mich zutiefst. Wem kann ich vertrauen, wenn nicht ihm?

Im nächsten Moment fühle ich mich allein und hilflos und möchte Schutz in seinen Armen suchen, die jetzt genauso verschränkt sind wie meine. Ich stürze von einem Gefühlschaos ins nächste und kann nichts dagegen tun. Und schon schwimmen wieder Tränen in meinen Augen. Ich blinzle sie weg.

»Ich will dich nur nicht unnötig beunruhigen. Das ist alles.«

Kays Gesichtsausdruck wird weicher, meiner nicht. Ich spüre, wie jeder Muskel meines Gesichts angespannt ist.

»Ach, und jetzt bin ich nicht beunruhigt?«

»Wenn ich es dir sage, wirst du mich verabscheuen«, sagt Kay. »Du wirst nicht mal meine Nähe ertragen können. Ich will nur die Chance, alles geradezubiegen, bevor es geschieht. Dann erzähle ich es dir.«

»Was hast du getan?« frage ich leise. Ich bin entschlossen, Kay auf keine Frage zu antworten, bevor er mir nicht die Wahrheit sagt.

Er steht da und starrt auf den Waldboden und auf einmal wirkt er nicht mehr wie ein Krieger, sondern wie ein kleines Häufchen Elend. Trotz seiner Größe zerbrechlich und hilflos, als könnte ein Windstoß ihn zu Fall bringen.

»Na schön, also ... Du wirst es ohnehin erfahren. Irgendwann«, fügt Kay hinzu und sieht in die Ferne. »Erinnerst du dich, als wir uns das erste Mal gesehen haben?«

»Ja.«

Kay stößt einen pfeifenden Ton aus. »Es war ... ich war ... wenige Minuten zuvor war ich mitten in der 31. Staffel von *Top The Realities*. Beinahe 2 Jahre schon.« Er spricht leise und immer noch, ohne mich anzusehen. »Die

Regeln waren anders. Grausamer. Es ging um das pure Überleben. Das des Stärksten. Wir sollten unsere Mitspieler töten, egal wie.«

»Ich weiß«, sage ich, da Kay nicht weiterspricht, und gehe einen Schritt auf ihn zu. »Sam Oscar hat es mir erzählt.«

»Zu Beginn solidarisierten wir uns, bildeten Gruppen, jeder half dem anderen, aber die Spieleleitung wusste das zu verhindern.«

»Wie?«

Kay zuckt mit den Schultern. »Nahrungsentzug, kein Wasser, Schmerz über den Marker ... Sie waren sehr einfallsreich. Irgendwann griff mich der erste Kandidat an. Eine Frau aus dem 17. Jahrhundert. Ich wehrte mich, sie starb. Nicht sofort, aber sie war zu schwer verletzt, um sich versorgen zu können. Und nach etwa einem Jahr waren von den 100 Kandidaten nur noch neun übrig. Manche waren schlicht verdurstet, andere haben sich selbst umgebracht.« Kay lehnt sich gegen einen Baumstamm, als könne er die Last der Erinnerung nicht ertragen. Mit Sicherheit hat auch er getötet.

»Jeden Morgen haben sie uns eine Flasche Wasser und eine Ration Essen portiert. Meist auf einen Felsen.«

»Für jeden?«, frage ich, obwohl mir die Antwort bereits klar ist.

»Nein. Eine Flasche Wasser und eine Essensration für alle.«

»Mein Gott.« Ich schließe kurz die Augen wie ein Kind, das etwas Fürchterliches nicht wahrhaben will.

»Auf diese Weise haben sie uns zusammengetrieben«, fährt Kay fort. »An dem Morgen, als sie dieses Martyrium beendeten, kurz bevor sie meinen Marker erfassten, um mich zum Kandidaten der 11. Staffel zu machen, griff mich ein Mann an. Ich hatte ein gutes Versteck. Ich war nicht darauf vorbereitet und er hatte ein Messer. Weiß der Teufel, woher.« Plötzlich klingt Kays Stimme vollkommen fremd. Leise, kraftlos, fast gebrochen. »Um die Wahrheit zu sagen, ich war erleichtert, dass es nur noch acht waren, nachdem ich ihm das Messer entrissen und ihm die Kehle durchschnitten hatte.«

»Ich erinnere mich«, flüstere ich. »Randy hat dich damals gefragt, wobei er dich gestört hätte.«

Kay lacht trocken. »Das weißt du noch?«

»Du hast geantwortet, du hättest einem Mann dabei zugesehen, wie er an seinem Blut erstickt, nachdem du ihm die Kehle durchtrennt hast. So was vergisst man nicht.«

»Diese 2 Jahre haben die schlechtesten Seiten in uns allen entfacht. Und ich hätte damit leben können, denn anders hätte ich nicht überlebt. Aber heute, da habe ich den Mann wiedergesehen. Jünger und lebendig und ohne Narbe.«

»Jeremy«, presse ich hervor.

Ich bin nicht wütend, bin nicht entsetzt, ich bin gar nichts mehr. Kay hat recht. Ich kann seine Nähe kaum ertragen, wende mich von ihm ab. Er steht so nah hinter mir, dass ich seine Atemzüge höre. Ich will nicht mit ihm sprechen, ihn auch nicht ansehen. Ich kauere mich auf die Erde und kralle mich im Waldboden fest, damit ich nicht mehr falle.

Immer wieder sage ich mir: Kay wusste nicht, wer Jeremy ist, und falle doch weiter. Er konnte es nicht wissen.

Ich suche in diesen Worten Halt, damit ich nicht noch tiefer stürze, aber es hilft nicht. Ich falle und falle, falle endlos.

Er wird Jeremy töten. Er wird froh darüber sein, dass es dann nur noch acht sind. Jeremy wird an seinem eigenen Blut ersticken und Kay wird dabei zusehen. Nein, er *war* froh darüber, er hat Jeremy bereits getötet, nur Jeremy spürt es noch nicht.

Ich bewege meine Finger vor und zurück, grabe sie immer weiter in die Erde, denn eines ist jetzt klar: *Top The Realities* wird meine Familie nicht in Frieden lassen. Weder mich noch Kay noch Jeremy und zum Schluss werden sie Mum holen und Dad und jeden, den ich liebe. Unter etlichen Milliarden Menschen ist es ausgerechnet meine Familie, die dazu auserkoren wurde, auf so abartige Weise die verrohten Menschen in der Zukunft zu unterhalten. Für sie sind wir alle längst tot.

Kay berührt meinen gekrümmten Rücken. »Wie geht es dir?«

Ich sehe hoch und starre ihn an. »Was glaubst du wohl?«

»Alison, ich ...«

»Hat er gelitten?«

Mit zusammengepressten Lippen hält er wortlos meinem Blick stand.

»Hat er gelitten? Kay!«

Er nickt. »Ja.«

Meine verkrampften Finger lösen sich wie von selbst aus dem Boden, einen Wimpernschlag später bin ich auf den Füßen und ramme Kay meinen Handballen gegen die Schulter.

»Wieso?«, fauche ich.

Er taumelt zurück. Ich setze nach, meine Fäuste attackieren seinen Oberkörper, prallen ab, als würde ich auf eine Steinmauer eindreschen. Ich schlage und brülle und schreie.

»Weshalb musstest du ihn auch noch leiden lassen? Wieso? Sag es mir!«

Kay antwortet nicht. Er steht nur da und lässt meine Attacke über sich ergehen. Schlag für Schlag.

Irgendwann gehen mir die Kräfte aus und ich heule nur noch, den Kopf gegen Kays Brust gepresst.

Er streicht behutsam über meinen Rücken. »Weil ich nicht mehr an Menschlichkeit geglaubt habe. Ich war selbst nur noch ein Tier. Weil ich innerlich tot war, bis ich dich wiedergesehen habe.«

»Das ist keine Entschuldigung«, wimmere ich.

»Ich weiß«, sagt Kay und ich sacke in seinen Armen zusammen.

Woher ich die Kraft nehme, mich wieder aufzurichten, ist mir unbegreiflich. Alles dreht sich, meine Knie sind weich und das Bedürfnis, mich in eine erlösende Ohnmacht fallen zu lassen, ist übermächtig. Vielleicht ist es der Gedanke, nach Hause zu können, zu müssen, der mich auf die Beine treibt.

Ich lege den Kopf in den Nacken, damit der Schwindel nachlässt. Die Nacht ist angebrochen, ohne dass ich es mitbekommen habe, und über uns steht der Mond in seiner vollen Rundung.

»Erzähl mir von der Narbe«, fordere ich Kay auf und fixiere einen Schatten auf der Mondoberfläche, um Kay nicht ansehen zu müssen.

»Er trug nur noch eine zerschlissene Hose«, höre ich ihn wie aus weiter Ferne sagen. »Seine Haut war tiefbraun gebrannt von der mörderischen Sonne, wie bei uns allen, und hier«, Kay nimmt meine Hand und fährt damit eine imaginäre Linie auf seiner linken Brust entlang. Unwillkürlich sehe ich hin, »hier war ein heller Strich, eine Narbe. Ich habe keine Ahnung, woher er sie hatte, aber ich bin mir sicher, absolut sicher, dass sie älter war.«

»Wieso?«

»Wenn jemand von uns verletzt wurde, hat er mit Glück überlebt. Es war ... Wir hatten nichts, womit wir eine Wunde desinfizieren konnten. Auch nicht nähen. Sie ist von selbst verheilt oder man ist daran krepiert. So einfach. Jeremys Narbe aber war hell und flach ... Die Wunde muss von einem Arzt versorgt worden sein.«

Noch immer starre ich auf Kays Brust, auf die Stelle, wo mein Bruder diese Narbe haben soll, und versuche, mich zu erinnern. Plötzlich drängt sich ein anderer Gedanke in meinen Kopf. »Wie alt war er?«

»Vielleicht 19 oder 20. Etwas jünger als ich.«

»Also noch sechs Jahre, bis sie ihn holen.«

»Vermutlich.«

Ich reibe mir über die Stirn. Mein Kopf schmerzt, als hätte ich die Schläge abbekommen, und ich vermag mich kaum noch zu konzentrieren. Meine Gedanken flattern unruhig durch meinen Schädel.

»Falls wir deine Realität finden und Jeremy keine Narbe hat, bedeutet das nicht, dass es ein anderer Jeremy sein muss«, spricht Kay aus, was ich nicht mehr in der Lage bin zusammenzubringen. »Er kann sie sich auch im Alter von 17 oder 18 zugezogen haben. Aber falls er sie bereits hat, können wir sicher sein.«

»Fast«, sage ich kraftlos. »Er könnte trotzdem eine Abspaltung sein.«

Kay legt zwei Finger unter mein Kinn und hebt es an. »Wäre es dir dann gleichgültig?«

»Nein«, gebe ich zu und frage nach einer Weile geistloser Leere: »Was machen wir jetzt?«

Mit den Daumen wischt Kay mir die Tränen aus dem Gesicht. »Du schläfst jetzt einige Stunden und morgen früh portierst du uns. Alles Weitere sehen wir, sobald wir deinen Bruder gefunden haben. In Ordnung?«

»Was sehen wir?«, frage ich, inzwischen kaum noch in der Lage, mich auf den Beinen zu halten. Es ist einfach zu viel. Zu viel von allem.

Kay schiebt einen Haufen trockenen Laubes mit dem Fuß zusammen. »Wir werden die Geschichte neu schreiben und Jeremys Leben retten.«

Ich nicke, dankbar, selbst keine Entscheidung mehr treffen zu müssen. Auch wenn ich alle Wenn und Aber am liebsten wieder und wieder durchdenken möchte, es geht nicht mehr. Schon liege ich zusammengerollt auf dem Blätterhaufen, den Kopf auf Kays Schoß. Seine Hand streicht über mein Haar. Er beugt sich tiefer, um mich zu küssen. Ich drehe mich weg.

»Alles wird gut. Du wirst sehen«, flüstert Kay fortwährend und diese Lüge trägt mich in den Schlaf.

7

Irgendwann im Sommer, zu Hause!

Es ist früh am Morgen. Die Sonne ist eben erst aufgegangen und Kay und ich schleichen über den vom Tau überzogenen Rasen um das Haus herum, in dem Alison glücklich mit ihrer Familie lebt. Seit Wochen trage ich das erste Mal saubere Kleidung. Eine Tunika in Olivgrün, mit weißen Schmetterlingen darauf, und einem langen Stoffgürtel, den ich an der Seite verknotet habe. Die Hose ist mir um einiges zu weit und genauso weiß wie die Schmetterlinge. Beides habe ich von der Wäschespinne hinter dem Haus genommen. Falls es uns gelingt zurückzukehren, möchte ich so normal es eben geht wirken. Denn solange wir Jeremys Tod nicht abgewendet haben, werde ich meinen Eltern nichts von *Top The Realities* erzählen.

Gleich hinter dem Haus liegt das Tamalpais Naturschutzgebiet. Das Ende der Zivilisation. Wir halten uns links. Nach einigen 100 Metern öffnet sich der Wald zu hügeligem Grasland. Es ist mit unzähligen bunten Farbtupfern bestäubt, orangen, violetten, roten und gelben Blüten, und mittendrin eine verrottete Bank. Ich kenne diesen Flecken Erde, aber in meiner Realität steht dort keine Bank. Wieder ein winziger Unterschied.

Seit wir das Haus hinter uns gelassen haben, spricht keiner von uns ein Wort. Kays Geständnis hat etwas verändert: die Selbstverständlichkeit unserer Liebe. Nicht dass sie zuvor leicht oder auch nur normal gewesen wäre, aber sie schien unerschütterlich zu sein.

Die letzten Jahre hat mich allein der Wunsch vorwärtsgetrieben, bei Kay sein zu können, jetzt aber habe ich nicht mehr das Gefühl, überhaupt vorwärtszukommen, sondern mich in einer endlosen Spirale aus Leid und Unglück zu befinden. Und ich weiß nicht, ob ich dieser Spirale entfliehen kann, sollten wir Jeremys Tod abwenden. Kay bleibt dennoch sein Mörder.

Als wir die Bank erreicht haben, setzen wir uns, dabei rutsche ich möglichst weit weg von Kay. Er legt seine Hand auf das Holz zwischen uns. Es ist trotz des Sommers feucht und von Grünspan überzogen. Ich weiß, er hofft, dass ich meine Hand auf seine lege. Aber ich kann nicht. Noch nicht. Genauso wenig, wie ich ihn küssen kann. Ein Kuss würde bedeuten: Alles ist gut. Und das ist es nicht. Obwohl mir bewusst ist, dass er keine Schuld trägt. Hätte Kay Jeremy nicht getötet, wäre es umgekehrt gewesen.

Mit der anderen Hand wühlt Kay in seinen Haaren. »Ich werde es verhindern«, bringt er gepresst hervor.

»Das kannst du nicht.«

»Und wenn es das Letzte ist, was ich tue, ich werde es verhindern.«

»Es wird trotzdem eine Realität geben, in der du ihn tötest.«

»Aber sie wird nicht deine sein«, gibt Kay zurück. Seine Haare stehen zerzaust in alle Richtungen. Jetzt beißt er auf seine Unterlippe und schüttelt dabei den Kopf. »Das darf nicht zwischen uns stehen. Wir haben so lange gekämpft, um zusammen zu sein, bitte, Alison. Ich ... ich werde das in Ordnung bringen.«

»Das musst du«, erwidere ich und schiebe nun doch

meine Hand unter seine. Auch wenn Kay die Schuld an meinem Leid trägt, ist er doch der Einzige, der es lindern kann. Die Wahrheit ist: Ohne ihn werde ich mit gar nichts fertig.

Er umschließt meine Finger. »Also, versuchen wir es?«

Ich will Ja sagen, schüttle aber den Kopf. »Ich weiß nicht, was mein Fehler war«, murmle ich stattdessen und rolle meine nackten Füße über einen morschen Ast, der auf der Erde liegt. Ich überlege, was schiefgelaufen sein könnte, was mich in diese Realität katapultiert hat. »Vielleicht waren es nicht genug Koordinaten.«

Kay streicht sich über das Kinn. »Du meinst Anhaltspunkte?«

»Ich habe an den Schuppen gedacht, an Sicherheit, an den Hobel und Sägespäne, glaube ich. Vielleicht waren es einfach zu wenig Bilder.«

»Wir werden es nur herausfinden, wenn wir es noch mal probieren.«

»Jetzt?« Plötzlich habe ich Herzklopfen wie vor einer großen Reise.

»Ich bin bereit.« Kay hält mir seine Markerhand hin, ohne die andere von meiner zu nehmen. »Aber ... falls etwas Unerwartetes passieren sollte, konzentriere du dich auf Jeremy, hörst du? Ich kümmere mich um den Rest.«

»Gut.« Ich nicke, und bevor ich meine Augen schließe, blicke ich noch einmal zu Kay hoch. Er wirkt wieder so willensstark und kämpferisch wie vor seinem Geständnis.

»Ich habe Angst, dass wir es nicht schaffen.«

»Bisher haben wir doch alles geschafft, oder?« Kay beugt sich vor und sucht nach meinen Lippen. Ich presse meine aufeinander. Er weicht zurück. »Ich möchte, dass du mir wenigstens eine Chance gibst.«

»Die bekommst du. Genau jetzt«, sage ich mit festerer Stimme, als mir zumute ist, lege meine Markerhand auf seine und schließe die Lider. Gleich darauf beginnt meine Handinnenfläche zu kribbeln. Ich denke an mein Zimmer, den Ausblick aus dem Fenster, und das Kribbeln wird stärker. Der Raum nimmt Gestalt an: das Geflecht des Holzstuhls, der weiße Schreibtisch, die Bilderrahmen mit den Familienfotos, Jeremy als Pirat darauf, die Bücher auf dem Holzregal über Heilpflanzen und amerikanische Geschichte ...

Jetzt ist mein ganzer Körper von einem Schauer überzogen und mein Herz rast. Gleich, gleich geschieht es!

Ich sehe mein Bett, die vielen Kissen darauf, die Kladde darunter, mit all meinen Notizen, das mit Kugelschreiber fett unterstrichene Wort *Lernen*. Und da erfasst mich der Sog.

Sofort spüre ich, dass es diesmal einfacher ist. Diesmal habe ich nicht das Gefühl, einen Anker mit mir zerren zu müssen, sondern mehr ein Boot, welches steuerlos hinter mir herschlingert. Ich kralle mich an den Bildern fest, um nicht die Orientierung zu verlieren, versuche, mein Zimmer als Ganzes zu sehen. Doch noch während ich ins Körperlose gleite, kann ich nur noch an das eine Foto denken: Jeremys Geburtstag. Wir alle als Piraten verkleidet, so vollkommen unbeschwert. Ich weiß nicht, weshalb. Es brennt sich in meinem Geist ein, und als ich die Augen wieder öffne, sehe ich es. Inmitten eines Lichtkegels.

Es steht auf dem Schreibtisch, beleuchtet von einer flackernden Schreibtischlampe, die ich nicht kenne, und das Glas des Bilderrahmens hat einen Sprung. Schon da ist mir klar: Es hat wieder nicht funktioniert.

Ich lasse Kays Hand los und drehe mich langsam im

Kreis. Er kommt gerade auf die Beine, taumelt und würgt, seine Fäuste erhoben, kaum in der Lage, jemanden anzugreifen. Was anscheinend auch nicht nötig ist.

Das Zimmer ist dunkel und stickig. Schwere Gardinen hängen vor dem Dachgeschossfenster, es riecht muffig, mehr als muffig, es riecht nach Schimmel, als wäre seit Monaten nicht gelüftet worden. Die Schreibtischlampe ist die einzige Lichtquelle und ich muss einige Male blinzeln, bis ich den Raum vollkommen erfasse. Es ist alles da, nur nicht so, wie ich es in Erinnerung habe, sondern ...

Ich presse die Hand vor den Mund und finde keine Worte für das, was ich sehe, nicht mal im Geiste. Das Bett ist vollkommen zerwühlt, die Kissen zerschlissen, die Tapete ist abgekratzt oder hängt in Streifen herunter oder ist mit schwarzer Farbe bekritzelt. Das Wort *Tod* springt mir ins Auge, quer über die Kopfseite des Bettes gesprüht.

Kay berührt mich an der Schulter und ich zucke zusammen. »Da«, sagt er leise.

Ich folge seinem Blick in eine Ecke des entsetzlichen Zimmers und kneife die Augen zusammen. In einem Berg aus Decken und Kissen bewegt sich etwas.

Ohne darüber nachzudenken, gehe ich zum Fenster, um die Gardinen aufzureißen. Es ist Sommer. Ich stoße die Fensterflügel auf, sauge die frische Luft ein und behalte sie in meinen Lungen. Der Apfelbaum fehlt! Ich blicke nach unten. Da ist er, ein gräuliches Gerippe. Gefällt durch eine Axt, die verrostet im wuchernden Gras liegt. Mein Gott! Was ist hier nur passiert?

Als ich mich wieder umdrehe, ist mir so flau, dass ich meine, statt meines Magens ein Loch im Bauch zu haben.

Kay hockt bei dem Deckenberg. Seine Hand ruht auf einer zusammengekauerten Person, von der ich längst weiß, wer sie ist. Langsam gehe ich zu Alison, lege Kay die Hand auf die Schulter, während er Alison über den Rücken streicht. Mit weit geöffneten Augen sieht sie zur Tür, als würde sie uns gar nicht wahrnehmen. Auch ich hocke mich hin, vor sie. Sie sieht durch mich hindurch. Und da bemerke ich: Ihre Augen sind nicht weit geöffnet, wie ich gedacht habe, sondern ihr Gesicht ist derart mager und eingefallen, dass es nur so wirkte. Die fettigen Haare kleben an ihren hohlen Wangen, ihre Bluse ist falsch zugeknöpft und sie stinkt.

Ich suche Kays Blick. Er schüttelt stumm den Kopf und auf einmal habe ich das Gefühl, Totenwache zu halten. Und da überkommt mich Wut. Wieso kümmert sich niemand um Alison?

»Mum?«, schreie ich, haste zur Tür, reiße sie auf. Der Luftzug wirbelt Staub auf, der im Sonnenlicht tanzt. Dadurch wirkt dieser Ort aber nicht weniger erbärmlich, nur realistischer.

»Mum? Daddy?« Keine Antwort. »Jeremy!«

»Sind sie tot?«, höre ich Kays Stimme in meinem Rücken, gefolgt von einem leisen Wimmern.

Ich drehe mich um. Das Wimmern kommt von Alison, die jetzt heftig mit ihrem Oberkörper vor und zurück schaukelt. Kay nimmt ihre linke Hand und dreht sie nach außen. Feine silberne Linien reflektieren das Licht.

»Was ist mit ihr?«, frage ich Kay.

Er zieht die Brauen hoch. »Ich schätze, sie hat aufgegeben.«

Aufgegeben? Ich packe Alison an den Schultern. Das Hin-und-Her-Geschaukel macht mich wahnsinnig. Wie kann sie aufgeben? Jetzt endlich sieht sie mich an.

»Sie mussten sterben«, flüstert sie. Ihr linkes Auge zuckt

und plötzlich legt Alison mir eine Hand auf die Wange und beginnt, etwas zu summen. Ich kenne das Lied. Ich mochte es nie. Alison öffnet ihre rissigen Lippen und singt mit gebrochener Stimme den Text, der so grausam passend ist: *»The show must go on. The show must go on.«*

»Hast du sie getötet? Mum und Dad und …«

Sie legt den Kopf schräg, gibt einen jaulenden Ton von sich. Ich schiebe ihre Hand von meiner Wange und sie singt weiter: *»Inside my heart is breaking …«* Und jedes Mal, wenn sie den Mund öffnet, schlägt mir ihr fauliger Atem entgegen.

»Lass uns von hier verschwinden«, sage ich zu Kay. Ich halte ihm meine Markerhand hin.

Er zögert. »Wollen wir ihr nicht helfen?«

»Nein«, antworte ich. »Es ist zu spät.«

Welche Realität auch immer uns erwartet, ich werde mir keine weitere Schwäche erlauben. Als Kay immer noch meine Hand ignoriert, gifte ich ihn geradezu an: »Es musste auch diese Realität geben, oder? Pech, dass wir sie erwischt haben.«

»Wann bist du so hart geworden?« Kays Augen ruhen nach wie vor auf dem Häufchen Elend, das einmal Alison war.

»Ich weiß es nicht«, antworte ich. »Aber einer von uns muss es ja sein.« Meine Worte sind unfair, denn eigentlich bin ich wütend auf dieses singende Wrack, darüber, dass es sich aufgegeben hat.

Ich werde nicht aufgeben. Niemals! Ich schnappe mir Kays Hand, umklammere sie und denke an mein Zimmer: den Holzstuhl, den Schreibtisch, das Bett, die Kissen, die Kladde und diesmal auch an den grünen Teppich mit dem Kakaofleck darauf.

Der dritte Sprung mit Kay an der Hand funktioniert reibungslos. Ganz kurz habe ich das Gefühl, mich aufzulösen, und dann spüre ich schon wieder festen Boden unter meinen Füßen. Ich öffne die Augen. Es ist taghell, es riecht gut. Allein das beruhigt mich. Vor dem Fenster blüht der Apfelbaum. Es muss Frühling sein. Frühling? Die falsche Zeit. Es sollte Spätsommer sein. Aber sonst stimmt alles.

Vor dem Bett liegt der grüne Teppich, unverkennbar mit einem Kakaofleck darauf. Bevor ich Kays Hand loslasse, drücke ich sie und lächle ihn an. »Ich glaube, wir haben's geschafft.«

»Bist du sicher?«, fragt Kay.

Ich drehe mich um. Auf dem Schreibtisch stehen die Bilderrahmen und ich greife zu dem Foto von Jeremys Geburtstag. Er trägt einen Piratenhut, wie wir alle. Mein Herz macht einen glücklichen Hüpfer. Ja! Auch die Bücher stehen an ihrem Platz. Ich drehe mich weiter, taxiere den Stuhl. Alles okay. Ich gehe zum Kleiderschrank, öffne ihn und lache hell auf, als ich die beiden Isovantage-Anzüge darin finde. Mein Gott. Wie lange ist das her …?

»Es sieht tatsächlich so aus«, antworte ich schließlich und bei diesen Worten wird mir ganz warm. Eine Wärme, die von innen, vom Herzen herkommt.

Kay schreitet zum Fenster und lehnt sich hinaus. »Alles ruhig«, meint er. »Hm. Zu ruhig für meinen Geschmack.«

»Es ist die falsche Zeit«, gebe ich zurück und gehe zum Bett, um nach der Kladde zu sehen, einem weiteren Indiz, dass wir uns in der richtigen Realität befinden. »Es ist Frühling. Vielleicht liegt's da–«

In diesem Moment hören wir Gepolter aus dem Erdgeschoss. Sofort reißt Kay den Hammer unter dem Seil heraus und stürzt zur geschlossenen Tür.

»Mein Vater!«, rufe ich, bin einen Atemzug später bei Kay und pralle gegen seinen ausgestreckten Arm. Er schiebt mich zurück ins Zimmer und legt den Finger auf die Lippen. Ich halte den Atem an.

Jetzt hören wir schwere Schritte auf den Treppenstufen. Sie knatschen fürchterlich, nein, eigentlich knatschen sie wunderbar, denn jetzt bin ich mir absolut sicher: Das ist mein Zuhause. Meine Realität.

In den wenigen Sekunden, da die Schritte lauter werden, näher kommen, überschlagen sich meine Gedanken und plötzlich ist mir nur noch wichtig, dass mein Vater nicht den denkbar schlechtesten Eindruck von Kay bekommt. Er steht noch immer neben dem Türrahmen, den Hammer erhoben.

»Das ist mein Vater«, zische ich. »Steck den verdammten Hammer weg.«

Kay zieht ärgerlich die Augenbrauen zusammen, lässt aber das Werkzeug sinken. Im gleichen Moment öffnet sich die Tür. Lediglich ein Stück. Dad sehe ich nicht, nur dass Kay den Hammer in seine Hosentasche steckt. Ich atme aus und umrunde den Stuhl.

Ein Mann steht im Türrahmen. Er trägt einen weißen Overall, den Körper halb zur Treppe gedreht, die Hand auf der Klinke, ruft er über die Schulter: »Bring mal das Tape mit und Kisten, hier ist auch noch alles voll! Da haben wir noch 'n schönes Stück Arbeit vor uns.«

»Geht klar!«, höre ich eine lässige Antwort und ein ganz kleiner Teil von mir hofft noch, dass Jeremy geantwortet hat und dass Dad abgenommen und aus irgendeinem verrückten Grund wieder Haare hat. Aber als der Mann sich umdreht, stirbt dieser Teil.

Er ist kein Port. Das erkenne ich sofort. Sein Gesicht ist

freundlich und wird von einem wahlrossartigen Schnurrbart beherrscht.

Der Mann lässt die Klinke los und sieht von Kay zu mir. »Sie sind zu früh.«

»Zu früh?«, wiederhole ich, wobei ich nicht begreife, wieso ich überhaupt reden kann. Ich fühle mich wie versteinert.

Kay tritt zur Seite und der Mann schiebt sich in den Raum, der sich plötzlich zu drehen scheint. Gleich darauf spüre ich Kays Arm auf meiner Schulter und dann steht ein zweiter, jüngerer Mann im Zimmer, mit zusammengefalteten Kartons unter dem Arm. Er stellt sie ab, legt eine Rolle Klebeband auf den Stuhl und sieht zu dem Schnauzbart.

»Fang mit den Büchern da an«, sagt der, wischt sich die Hände an seinem Overall ab und streckt mir eine entgegen. »Bill Trankman.«

Wie ferngesteuert greife ich nach der Hand. Sie ist groß und schwielig.

»Was machen Sie hier?«, höre ich Kay fragen.

»Wir machen klar Schiff. Das Haus ist vorher noch gar nicht für Besichtigungen freigegeben. Ich sagte ja, Sie sind zu früh. Am Wochenende geht's los. Oder sind Sie Verwandte?« Fragend sieht er von Kay zu mir.

Ich schüttle den Kopf.

»Wo sind die Eigentümer?« Wieder ist es Kay, der die richtige Frage stellt. Ich kann nicht mal mehr denken, so groß ist meine Verwirrung.

Der Mann zuckt mit den Schultern. »Weg. Mehr weiß ich nicht. War 'ne tragische Sache. Da würde ich auch nicht bleiben wollen.«

»Was ist passiert?«, flüstere ich.

Nachdenklich wiegt der Mann den Kopf, als würde er etwas abwägen. »Sie haben es aber nicht von mir. Drückt den Preis, nehme ich an, wenn's die Runde macht.«

»Wir sind nie hier gewesen«, meint Kay.

»Na schön, also ...« Er fährt sich über den Schnauzer. »Die Familie hatte zwei Kinder. Ein Mädchen, schon erwachsen, und einen Jungen. 13 soll er gewesen sein.« Sein Tonfall ist verschwörerisch und er macht ein Gesicht, als wolle er kleinen Kindern eine Gruselgeschichte erzählen. Es gefällt mir nicht, aber ich höre zu. »Angeblich saßen sie am Frühstückstisch, als das Mädchen plötzlich auf der Erde liegt. Ein Messer im Herzen, tot, ohne Vorwarnung. Einfach so. Eben isst sie noch 'nen Bagel und im nächsten Moment hat sie 'n Messer im Körper stecken.«

Ich zittere. Kay zieht mich enger an sich.

»Was ist mit dem Jungen?«, fragt er.

»War plötzlich weg, ein Jahr später, auf den Monat genau. Hat sich vor den Augen der Eltern in Luft aufgelöst, wie 'n Geist. Drei Jahre sollen sie nach ihm gesucht haben, aber ohne Erfolg.«

Der Mann macht eine Pause und sieht uns mit geweiteten Augen an. Anscheinend wartet er auf eine Reaktion. Wenn er wüsste, wie nah ich dran bin, vollkommen auszuflippen, würde er nicht darauf warten. In dieser Realität haben sie Jeremy schon mit knapp 14 geholt. »Wenn sie mich fragen ... Das Haus ist verflucht.« Der Mann nickt zur Bekräftigung. »Überlegen Sie sich gut, ob Sie's wollen.«

»Das werden wir«, meint Kay.

Ich bin ihm dankbar, dass er antwortet. Ich bringe keinen Ton heraus. Ich höre, wie meine Bücher in die Kartons geworfen werden, und zucke bei jedem Knall zusammen.

»Entschuldigen Sie, ich wollte Ihrer Frau keine Angst

machen.« Der Mann greift zu der Kleberolle auf dem Stuhl. »Tja, wir müssen hier heute noch fertig werden. Also …«

Er wendet sich ab und beginnt, den Teppich zusammenzurollen. Vor meinen Augen verschwindet der Kakaofleck.

Kay drückt sanft meine Schulter, bis wir die Tür erreicht haben. Wir gehen die Treppe hinunter, er vorweg. Ich folge ihm aus dem Haus heraus, über den Rasen in den Wald und mit jedem Schritt trample ich mein Entsetzen und meine Enttäuschung nieder. Als wir schließlich stehen bleiben, ist meine äußere Schale noch härter geworden.

»Versuchen wir es wieder«, sage ich zu Kay und halte ihm meine Hand hin.

Ab da habe ich nicht mehr mitgezählt. Vielleicht war es der 24. Sprung oder der 30. Fast jedes Mal flüchteten wir uns in den Wald. Meistens begegnete ich Alison bzw. einer ihrer unzähligen Varianten, nie den Ports. Aber jede Alison, die ich traf, hatte einen Marker, wahrscheinlich weil ich stets an die Kladde dachte, die es ohne *Top The Realities* nicht gegeben hätte.

In manchen Realitäten war Alison nicht zu Hause. Sie war entweder kurz einkaufen oder mitten in einer Challenge und in anderen war sie schlichtweg tot. Genau genommen in zwei davon. Das Erschreckende an diesen war, dass sie nicht einfach so gestorben waren, sondern ihr Körper urplötzlich leblos auftauchte, was bedeutet, dass diese Alisons in einer anderen Zeit ermordet wurden. Und das wiederum heißt: Kay hatte recht. Die Ports schalten eine Alison nach der anderen aus. Jede, von der sie annehmen, sie könnte ihnen gefährlich werden. Einige früher, andere später.

Die Suche nach meiner Realität ist wie die verdammte Suche nach der Nadel im Heuhaufen. Zumindest konnten wir uns mit dem Notwendigsten eindecken. Hier ein paar Schuhe mitnehmen, da etwas zu essen, dort Socken und eine Jacke für Kay.

Ich fahre mit meinem Finger durch eine leere Thunfischdose, um das letzte bisschen Öl abzulecken, stelle sie zu den anderen drei und sehe Kay an.

»Willst du wirklich nichts? Zwei sind noch da.«

»Mein Magen fühlt sich an, als würde ein Haufen Maden darin rumwühlen.«

»Das sind die vielen Zeitsprünge. Du gewöhnst dich daran«, gebe ich zurück. Noch immer ist die Stimmung zwischen uns angespannt. Solange wir etwas zu tun haben, funktionieren wir wie ein perfektes Team, sobald wir uns eine Pause gönnen, wissen wir nicht, was wir einander sagen sollen, ohne Jeremys Tod banal wirken zu lassen.

Kay gähnt. »Was meinst du, linear gesehen, müsste es Tag oder Nacht sein?«

»Wahrscheinlich schon wieder Morgen.« Ich stehe auf und sehe mich um. Kein Mülleimer. Natürlich nicht. Es widerstrebt mir, unsere Abfälle einfach so im Wald liegen zu lassen, aber ich tröste mich damit, dass sie vielleicht für irgendeinen Zeitreisenden irgendwann einmal überlebenswichtig sein könnten. »Alles in Ordnung?«

»Ich habe Socken, was könnte ich mir mehr wünschen«, meint Kay und kommt ebenfalls auf die Beine.

Ich werfe ihm einen finsteren Blick zu. »Dass du Jeremy nicht umgebracht hättest?«

Kay legt seine Markerhand in meine. »Tut mir leid, die Bemerkung war dämlich.«

»Schon gut«, murmle ich und schließe die Augen.

Bei jedem neuen Versuch, meine Realität zu finden,

habe ich das Bild, das ich vor meinem inneren Auge heraufbeschwöre, um ein weiteres Detail ergänzt. Nun spule ich alles ab, wie bei *Ich packe meine Koffer.* Dabei bewege ich mich von außen nach innen. Ich streife den Schuppen, fliege durch den Apfelbaum mit den fast reifen Früchten, schwebe durch die Flügelfenster in mein Zimmer hinein, erfasse es mit all seinen Details, diesmal auch die digitale Uhr, die ich kurz vor meinem Verschwinden wieder in mein Zimmer gestellt habe. Schon bei dem Apfelbaum zerrt eine unsichtbare Macht an mir, aber ich gebe mich ihr nicht hin. Erst als ich mir die eckigen roten Leuchtziffern der Uhr vorstelle, die Zahlen darauf, 08:00, den vermuteten Zeitpunkt meines Verschwindens, denn um 08:04 wachte ich in dem nachgestellten Zimmer auf, lasse ich mich in den Sog fallen.

Wieder sind wir in meinem Zimmer, diesmal direkt vor dem Nachttisch, auf dem die Uhr steht.

Mein erster Blick gilt ihr. 08:00 Uhr. Perfekt! Das zumindest hat geklappt.

Mein zweiter Blick gilt Alison, die ich bisher nur am Rande wahrgenommen habe. Sie liegt ausgestreckt auf ihrem Bett, wobei sie einen der Isovantage-Anzüge trägt, und säuselt etwas. Auch das passt. Ich trug damals oft den Anzug, um bestmöglich fürs Überleben gewappnet zu sein, sobald sie mich holen würden. Sehr gut. Ich lächle leicht, verbiete mir aber Freude. Zu oft war ich nah dran und jedes Mal war es doch die falsche Realität.

Erst jetzt sehe ich zu Kay. Er blickt fragend zurück. Ich wiege den Kopf, bedeute ihm mit ausgestreckter Hand, stehen zu bleiben, und gehe leise durch den Raum. Im Kleiderschrank entdecke ich die anderen Anzüge und einiges mehr, was mir längst nicht mehr passen dürfte, auch der Schreibtisch, die Bücher, die Fotos, alles ist da. Jedes Detail scheint zu stimmen.

Die Kladde! Ein wichtiges Puzzleteil.

Gleich darauf bin ich wieder beim Bett und lupfe vorsichtig Alisons Kopfkissen. Meine Notizen sind da!

Mit zwei Fingern ziehe ich sie hervor. Alison schläft nach wie vor so fest, als wäre sie betäubt. Ein Blick auf den Wecker: 08:03. Ich will zu Kay sehen, aber mein Kopf schnellt zurück. Unter der großen Uhrzeit steht ein kleiner Schriftzug: das Datum. Ich spüre, wie ich plötzlich zittere.

Kay berührt mich am Arm. »Was ist los?«

»Es ist tatsächlich der 31. August 2015«, wispere ich, ohne mich umzudrehen. »Der Tag, an dem sie mich wieder geholt haben. Es hat funktioniert.« Kaum dass ich die Worte ausgesprochen habe, überzieht ein Schauer meinen immer noch zitternden Körper. Vor meinen Augen hat sich Alison in Luft aufgelöst.

Und da bin ich mir sicher: Ich bin zurück. Zu Hause.

Ich presse beide Hände vor meinen Mund, um nicht laut loszulachen oder in Freudengeschrei auszubrechen. Trotzdem entweicht meiner Kehle ein Jauchzen. Am liebsten würde ich an Kay hochspringen und meine Beine um ihn schlingen. Stattdessen falle ich ihm um den Hals.

»Wir haben es geschafft, Kay!«

Er legt einen Arm um meinen Rücken, presst mich an sich, ist sonst aber stocksteif. Fast bin ich enttäuscht darüber, aber dann fallen mir die Ports wieder ein. Sind sie hier? Erscheinen sie gleich?

Seit dem Jahr 1853 habe ich keinen mehr zu Gesicht bekommen und der Gedanke, sie könnten plötzlich auftauchen, ist für mich surreal.

Kay sieht mit zusammengekniffenen Augen Richtung

Fenster. Meine Freude setzt zwei Herzschläge lang aus, bis ich spüre, wie seine Muskeln sich entspannen.

»Bist du dir wirklich sicher, dass das deine Realität ist?«, fragt er.

Noch einmal sehe ich mich um. »So sicher war ich mir noch nie. Glaub mir.«

»Vielleicht hast du recht und sie greifen erst später an.«

»Oder gar nicht und die Sache hat sich erledigt«, kontere ich, entschlossen, zwar wachsam zu sein, mir aber nicht meine Freude nehmen zu lassen.

Kay atmet schwer durch. »Ich weiß, du willst deine Eltern sehen, aber wir sollten Jeremy suchen, und wenn wir feststellen, dass er diese Narbe hat, wieder verschwinden. Fürs Erste«, fügt er hinzu, als er meinen entsetzten Blick sieht.

Meine Eltern nicht sehen? Nach all den Wochen, und ohne zu wissen, ob ich nochmals eine Chance haben werde, mit ihnen zu sprechen? Überhaupt meine Realität wiederzufinden?

»Das kann ich nicht«, presse ich heraus.

Im gleichen Moment höre ich Mums Stimme. »Alison?«

Hilfe suchend sehe ich zu Kay, der die Arme hebt und wieder fallen lässt.

»Alison! Bist du wach?« Wieder Mum, jedoch lauter.

Diese simple Frage bringt mich vollkommen aus dem Konzept. Ich habe mir immer vorgestellt, Mum wäre restlos aufgelöst, mich wiederzusehen, weil Wochen oder Monate zwischen meinem Verschwinden und Wiederauftauchen lägen.

Und schon höre ich die Treppenstufen knatschen.

Kay! Wie kann ich ihr Kay erklären? Wir waren so fixiert darauf, meine Realität zu finden, dass wir uns keine

Gedanken darüber gemacht haben, wie wir seine Anwesenheit erklären sollen. Jetzt bin ich vollkommen zwischen Freude und Panik hin und her gerissen. Es ist, als würde beides an mir zerren, und ich stehe in der Mitte, unfähig zu handeln.

»Bunny?« Mum muss direkt vor der Tür sein. »Machst du mal auf? Ich hab die Hände voll.«

Mein Kopf fliegt zum Fenster. »Warte im Wald!«, zische ich.

Kay deutet auf den Ärmel meiner Tunika, der den Störsender verdeckt. Verflucht! Ich verdrehe die Augen. Auch den hatte ich für einen Moment vergessen. Es hämmert an die Tür. Ich sehe wieder hin. Sie federt unten aus, anscheinend tritt Mum mit dem Fuß dagegen.

»Wir werden improvisieren müssen«, wispert Kay. Er sieht mich mit einem kurzen, prüfenden Blick an, streicht mir die zotteligen Haare aus dem Gesicht, lächelt zuversichtlich und drückt sich an die Wand neben der Tür. Wieder tritt Mum dagegen, Kay hebt eine Braue und ich gehe mit steifen Beinen zur Tür, um sie zu öffnen.

In einem karierten Schlafanzug steht Mum im Rahmen, die Haare hochgesteckt und in der Hand ein Tablett mit Orangensaft und Toast. Für wenige Sekunden gelingt es mir, normal zu wirken, und ich bringe ein »Guten Morgen« heraus, aber dann sprengt meine Sehnsucht sämtliche Vorsätze.

Ich falle ihr um den Hals und klammere mich an sie. Das Tablett kippt zwischen unseren Körpern und fällt scheppernd zu Boden. Organgensaft läuft über meine nackten Füße. Es ist mir egal. Alles ist mir in diesem Moment egal, außer Mum.

»Ich hab dich lieb, Mommy«, schluchze ich und drücke

mein Gesicht in ihren Pyjama. Sie duftet nach Lavendelseife. Das hatte ich ganz vergessen. Oh Gott! Wie konnte ich das vergessen? Ich darf nichts an ihr vergessen, ich will sie nie wieder verlassen. »Du riechst nach Lavendel«, murmle ich erstickt.

»Du meine Güte, Bunny.« Mum drückt mich kurz. »Was ist denn los?«

»Ich habe dich vermisst. Das ist alles«, antworte ich so beherrscht wie möglich.

»Ich habe dich auch lieb, Bunny.« Sie lächelt, aber dann zieht sie ihre etwas zu dichten Augenbrauen zusammen, die ich von ihr geerbt habe, und legt ihre Hand auf mein abgemagertes Gesicht. »Mein Gott, du siehst ja furchtbar aus. Wie der wandelnde Tod. Als wenn du über Nacht noch mehr abgenommen hättest.«

Mit einer Mischung aus Vorwurf und Fürsorge schiebt Mum mich von sich, um mich betrachten zu können.

Ich bin schon vollkommen überfordert damit, sie vor mir zu sehen, und nicht in der Lage, eine schlüssige Erklärung für meinen Wandel zu finden. Verlegen ziehe ich die Schultern hoch. »Ist nicht so schlimm, wie es aussieht.«

Meine Mutter schüttelt verärgert den Kopf und macht sich daran, die Reste des Frühstücks wieder auf das Tablett zu schaufeln. »Wir haben jetzt 2 Jahre mit angesehen, wie du immer eigenartiger wirst, hungerst, Tage im Wald verbringst, dich von allem, was eine junge Frau interessieren sollte, zurückziehst und ich habe es akzeptiert, weil ich dachte, du würdest dich finden müssen.« Mum stellt das Glas auf das Tablett und das Ganze dann so heftig auf den Nachttisch, dass der Wecker umfällt. »Aber jetzt reicht es, Alison.«

Wie gern würde ich ihr erzählen, wieso ich das alles

getan habe. Aber wie würde sich Jeremys Leben dann verändern? Und ihres? Sie würden nur noch in Angst und Schrecken leben, sollten sie überhaupt in der Lage sein, es zu begreifen.

Ich bücke mich, um den Wecker aufzuheben, und schiele dabei zur Tür. Nach wie vor verdeckt sie Kay.

»Und zum College gehst du auch nicht«, schimpft Mum weiter. »Du wirfst deine ganze Zukunft weg, wenn du auf eine vernünftige Ausbildung verzichtest. Was willst du mit deinem Leben denn mal anfangen? Du beschäftigst dich nur noch mit diesem Überlebenszeugs da. Carissa hast du über ein Jahr nicht gesehen und auch sonst. Du lebst wie ein Einsiedler.«

»Mum«, setze ich an. Das Letzte, was ich jetzt gebrauchen kann, ist eine Standpauke. Ich will doch nur von ihr in den Arm genommen werden. Wenn sie bloß verstehen könnte. Ich bin kurz davor, ihr doch die ganze Geschichte zu erzählen, denn auf einmal bin ich wieder ein Kind. Ihr Kind, das getröstet werden will.

»Ich werde mit Dad sprechen. So geht das nicht weiter.« Mit zorniger Geste geht meine Mutter zum Fenster und reißt es auf.

Oh nein. Ich spüre den Luftzug und hechte übers Bett, um es wieder zu schließen, aber da klappt schon die Tür zu.

»Du solltest ausgehen, dich mal mit einem Jungen tref–«

Meine Mutter verharrt in der Bewegung und ich stöhne leise. Kay steht jetzt mitten im Raum. Er lächelt gewinnend und geht auf Mum zu.

»Guten Morgen, Mrs Hill. Ich bin Kay Raymond. Alisons Freund.«

Wenn Mum das Tablett noch in der Hand gehalten hätte, hätte sie es jetzt mit Sicherheit fallen lassen. Ihr Mund steht halb offen, sie bemüht sich, ihn zu einem Lächeln zu verzerren.

»Sie sind ...« Meine Mutter sieht langsam von Kay zu mir und dann zum Bett. Ich begreife, was sie denkt, und spüre, wie meine Wangen heiß werden. »Wie sind Sie hier reingekommen?«, fragt sie, obwohl ihr eine andere Frage ins Gesicht geschrieben steht.

Mein Gott. Ich muss etwas sagen. »Mum, das ist Kay. Kay, meine Mutter, Susan.«

»Es ist mir eine Freude, Alisons Mutter endlich kennenzulernen«, sagt Kay. Er deutet eine leichte Verbeugung an. Zum Glück wirkt sie nicht übertrieben.

»Was? Endlich?« Mum sieht wieder zu mir. »Wie lange kennt ihr euch denn schon?«

»Linear gesehen?«, frage ich und könnte mich selbst dafür ohrfeigen, kaum dass ich die Worte ausgesprochen habe. Stattdessen beiße ich mir innen auf die Wange.

»Wie bitte?« Mum sieht jetzt vollkommen verwirrt aus.

»Wir kennen uns bereits eine Weile«, springt Kay für mich ein.

Mum starrt ihn daraufhin derart lange und wortlos an, dass es schon unhöflich ist. Dabei zupft sie verwirrt an ihrem Pyjama.

Ich trete von einem Fuß auf den anderen, so nervös bin ich. Schließlich nehme ich das Tablett vom Nachttisch, um irgendetwas zu tun. »Ähm, wollen wir vielleicht unten frühstücken? Zusammen?«

»Ich war nicht auf Besuch eingestellt.« Mum ignoriert mich vollkommen und starrt Kay immer noch an. Jetzt weniger verwirrt, sondern eher verlegen. »Entschuldigen

Sie meinen Aufzug. Ich wollte eben ins Bett gehen. Ich arbeite nachts.«

»Es tut mir leid, Sie kompromittiert zu haben«, antwortet Kay und räuspert sich. »Mrs Hill ...« Wieder deutet er eine kleine Verbeugung an. »Alison wollte mich mit ihrem Bruder bekannt machen.«

»Jeremy?«

»Ist er da?«

»Ähm, er kommt erst in ein paar Tagen zurück. Er ist im Ferienlager.«

Im Ferienlager, stimmt! Verdammt! Das hatte ich ganz vergessen. Das bedeutet, wir müssen auf ihn warten ... Obwohl, meine Mutter muss doch wissen, ob er eine Narbe hat. Sie muss mich für verrückt halten, wenn ich sie jetzt danach frage, aber das tut sie ohnehin schon. Gerade als ich den Mund öffne, dreht sie sich zu mir. Sie zieht die Brauen hoch und ruckt mit dem Kopf leicht zu Kay. In ihrem Gesicht liegen tausend Fragen. Meine Lippen formen das Wort *später*. Mum verdreht die Augen und nimmt mir das Tablett aus den Händen. »Also, dann mache ich mal neuen Toast und ... Ich mache jetzt Toast. Das mögen Sie doch? Toast meine ich.«

»Ja, Mum, er mag Toast«, antworte ich statt Kay und muss schmunzeln, weil sie so verwirrt ist, statt böse zu sein. »Das ist lieb von dir.«

Kay hält ihr die Tür auf. »Wenn es keine Umstände macht«, meint er lächelnd. »Ich liebe Toast.«

»Überhaupt nicht. Das geht ganz schnell«, flötet meine Mutter und lächelt verzückt zurück.

Als keine Stufe mehr knatscht, atme ich tief durch. »Ich hab gedacht, sie flippt aus.«

»Sie ist bezaubernd.«

»Sie steht auf dich«, gebe ich lachend zurück. Ich fühle mich das erste Mal gelöst, seit ich von Jeremys Schicksal erfahren habe.

»Wie ihre Tochter«, feixt Kay, aber dann wird er ernst, und als ich in sein Gesicht sehe, verdüstert sich meine Stimmung schlagartig. »Alison, ich mache mir schon die ganze Zeit Gedanken darüber, wie wir dorthin zurückkehren können, wo ich Jeremy ... Es wird weniger schwer sein, mich davon abzuhalten, das Messer zu benutzen, als den Ort zu finden.«

»Ich weiß.« Es stimmt. Unterschwellig habe ich mich auch immer wieder mit der Frage beschäftigt, wie ich uns zu einem Ort portieren kann, den ich nicht kenne, wo ich es kaum geschafft habe, meine mir so vertraute Realität wiederzufinden. Allerdings: Einmal ist mir so etwas schon gelungen. Als ich an den Regenbogen dachte. »Vielleicht wenn ich ein Bild sehe ... Wir könnten auf Google danach suchen.«

»Ist das ein Lexikon?«

»Ähm ... so in etwa. Aber ein ziemlich großes.«

»Ich weiß nicht ... Ich bin immer noch der Meinung, wir sollten nicht länger als nötig hierbleiben.«

Ich sehe aus dem Fenster. Die Wiese vor dem Haus reicht etwa 100 Meter bis zum Wald. Zumindest auf dieser Seite ist alles ruhig. Wenn ich mir nur sicher sein könnte, mein Zuhause jederzeit wiederzufinden. Dann könnten wir den Ports entwischen, sollten sie je auftauchen, und trotzdem zurückkehren. Ich bräuchte etwas Einmaliges in dieser Realität. Etwas, womit ich sie markieren kann, etwas wie einen Stempel.

Plötzlich habe ich eine Idee.

»Mögen Sie Kaffee oder Tee?«, höre ich Mum von unten rufen und gehe zum Schreibtisch. Irgendwo hatte ich doch ... Ich ziehe die Schublade auf.

»Kaffee wäre fantastisch!«, ruft Kay. Er tritt neben mich und flüstert: »Hör zu ... Ich habe kein gutes Gefühl dabei.«

Ich fische eine Tintenpatrone und ein Blatt Papier aus der Schublade. »Wir bleiben hier«, sage ich mit fester Stimme und beiße auf der Patrone herum, bis ich Tinte schmecke. »Falls uns Gefahr droht, werde ich uns portieren. Versprochen. Solange wir in Sicherheit sind, werden wir jede freie Minute darauf verwenden, das mit Jeremy zu regeln.« Ich lasse ein wenig der Tinte auf das Blatt tropfen, bis ein dunkelblauer Klecks darauf schwimmt. »Und wenn wir das geschafft haben, kehren wir hierher zurück und das ist unsere Rückfahrkarte.« Ich nehme das Blatt und presse es 20, 30 Sekunden auf die weiße Tapete, sodass ein spiegelverkehrter, einmaliger Abdruck entsteht. »Zusammen mit einem Datum und einer Zeit auf dem Wecker müsste ich jeden Moment dieser Realität ansteuern können.« Das Blatt zwischen zwei Fingern wedle ich, bis es vollkommen trocken ist, falte es und stecke es in meine Hosentasche.

Kay seufzt. »Ich hoffe, es funktioniert«, meint er, während er den Abdruck betrachtet.

»Das muss es.«

»Kaffee ist fertig!«, ruft Mum die Treppe hinauf.

Kay hält mir die Tür auf. »In Ordnung, ich spiele mit, aber wir bleiben nur, solange es nötig ist. Keine Sekunde länger.«

»Versprochen«, flüstere ich, bevor ich die knarzenden Stufen zur Küche hinuntergehe.

8

31. August 2015, 08:22 Uhr, Mill Valley

Mum hat sich in Windeseile umgezogen und trägt jetzt eine zitronengelbe Bluse, von der Dad immer behauptet, Mum sehe besonders hübsch darin aus. Auch ihre Haare sind zurechtgemacht, ordentlich gekämmt und zu einem Zopf zusammengebunden. So wirkt sie zehn Jahre jünger. Ich freue mich darüber und drücke sie an mich, bevor ich mich zu Kay an den knallblau lackierten Küchentisch setze. Ihm genau gegenüber, auf die andere Stirnseite. Wir werfen uns einen verstohlenen Blick zu. Hier, zu Hause, hat unsere Beziehung plötzlich etwas Eigenartiges, fast Verbotenes.

Die letzten Jahre haben uns schnell erwachsen werden lassen. Beide sind wir beinahe gestorben, haben gekämpft, sogar töten müssen, aber jetzt bin ich nur ein Mädchen, das seinen Eltern einen Jungen vorstellt. Doch Kay ist kein Junge. Er ist ein Mann und er ist nicht nur ein Mann, sondern ein Traummann, der selbst meine Mutter nicht kaltlässt.

»Und Sie sind wirklich Alisons Freund?«, fragt sie und stellt Kay eine Tasse mit pinken Tupfen hin, in der jedoch kein Kaffee ist. In ihrer Frage liegt so viel Unglauben, als hätte ich ihr Robert Pattinson als meinen Freund vorgestellt.

Kay bedankt sich mit einem umwerfenden Lächeln. »Ja, und ich liebe Ihre Tochter, Mrs Hill.« Jetzt sieht Kay mich an. »Sie ist nicht nur der unglaublichste Mensch, den ich je getroffen habe, sondern auch die bezauberndste Frau, die ich mir vorstellen kann.«

»Das ist ja nicht zu fassen«, platzt Mum heraus, und als ich sie streng ansehe, schiebt sie hinterher: »Nicht zu fassen, dass ich vergessen habe, Ihnen Kaffee einzuschenken.«

»Kay übertreibt«, nuschle ich mit gesenktem Blick, nehme einen Löffel vom Tisch und rühre in meinem Becher herum, bis mir auffällt, dass weder Milch noch Zucker darin sind. Als Mum Kay Kaffee eingeschenkt hat und einen Berg voll Toasts mit Schinken und Käse auf den Tisch stellt, zieht sich mein Magen knurrend zusammen. Ich schiebe Kay den Teller zu.

»Nimm du zuerst«, sagt er.

»Nein, du. Du hast länger nichts gegessen«, gebe ich zurück und schiebe den Teller noch ein Stück weiter von mir weg.

Mum schüttelt verständnislos den Kopf. »Es ist doch mehr als genug für alle da. Greift zu.« Dann zieht sie einen gelb lackierten Stuhl zurück und setzt sich zwischen uns.

Sie hat recht und trotzdem kommt es mir wie ein Wunder vor, so viel Essen einfach auf einem Tisch stehen zu sehen, und ich muss nur zulangen. Und das tue ich. In weniger als einer Minute habe ich den ersten Toast heruntergeschlungen und spüle die Reste mit Kaffee hinunter. Er schmeckt bitter. Ich begreife nicht, wie ich ihn je mögen konnte.

Betretenes Schweigen breitet sich zwischen uns aus. Mum sieht von mir zu Kay und wieder zurück, öffnet den Mund, schließt ihn wieder und schiebt schließlich Toastkrümel mit dem Finger auf dem Tisch zusammen. Auch sie ist überfordert, was ich ihr nicht verdenken kann.

»Sie leben an einem wunderbaren Ort, das Holzhaus, der Wald und gleich dahinter das Naturschutzgebiet«, bricht Kay das Schweigen, während ich einen riesigen Bissen vom zweiten Toast abbeiße, froh, mit vollem Mund nicht sprechen zu müssen.

»Endlich isst du wieder.« Mum tätschelt mein Bein und wendet sich Kay zu. »Haben Sie Mill Valley schon öfter besucht?«

»Von Zeit zu Zeit«, meint Kay schmunzelnd.

Ich verschlucke mich fast.

»So?« Meine Mutter steht auf und greift zu der Kaffeekanne, die auf der Warmhalteplatte steht.

Kay erhebt sich im gleichen Moment.

»Alison, zeig deinem Freund das Bad.«

»Das ist nicht nötig«, meint Kay und setzt sich, nachdem Mum Kaffee nachgeschenkt und selbst wieder Platz genommen hat.

»Also, woher stammen Sie? Nicht von hier, oder? Mill Valley ist ein Nest, ich hätte Sie sicher schon einmal gesehen.«

Ich danke meiner Mutter im Geiste, dass sie Kay unverfängliche Fragen stellt. Auch wenn sie offensichtlich angetan von ihm ist, muss sie doch geschockt sein. Und Dad? Sosehr ich mich nach ihm sehne, graut mir doch davor, was er sagen wird. Er wird bestimmt nicht so taktvoll sein, denn bisher war er ganz zufrieden damit, dass ich noch keinen Freund mit nach Hause gebracht habe. Und bei *Freund* stellt er sich bestimmt einen pickligen Jungen vor, keinen gestandenen Mann.

Kay nimmt das Sahnekännchen, wahrscheinlich um

Zeit zu gewinnen, und lässt den Rest in seine Tasse laufen. Auch ich zermartere mir das Hirn, wie wir auf diese Frage antworten sollen. Woher stammt Kay? Ich muss mir eingestehen, ich weiß es nicht. Ich habe ihn nie nach seinem Geburtsort gefragt.

»Ich stamme aus …« Kay unterbricht sich und erhebt sich schon wieder, weil Mum erneut aufgesprungen ist.

»Verzeihen Sie, ich hole eine Packung Sahne aus der Vorratskammer. Behalten Sie Ihren Gedanken. Bin gleich wieder da.«

»Was soll denn das?«, zische ich, sobald Mum aus der Küche ist.

Kay legt den Kopf schräg.

»Dieses Aufgespringe, das macht man nicht mehr.«

»Die Jungs, die du kennst, vielleicht nicht. Ich schon«, meint Kay. »Genau genommen sollte es keine Zeit geben, einer Frau nicht mit Höflichkeit und Respekt zu begegnen.«

»Das hast du aber schon mal anders gesehen.«

»Das war auch was anderes. Da ging es um unser Überleben. Du musstest lernen.«

»Tut mir leid«, murmle ich. »Ich bin halt total nervös. Ich will nicht, dass sie misstrauisch wird, es herausfindet, okay?«

»Du meinst, sie könnte herausfinden, dass wir durch die Zeit springen?« Kays Mundwinkel zucken belustigt.

»Vergiss es! Du hast ja recht. Es ist albern. Ich will nur nicht … Sie würde keine Minute mehr schlafen, wenn sie das mit Jeremy wüsste. Ich habe einfach Angst, sie stellt Fragen, die wir nicht so leicht beantworten können.«

Die Tür zur Vorratskammer fällt zu.

»Alison, du musst ihr aber eine Frage stellen. *Die* Frage.«

Ich presse die Lippen aufeinander. Gewissheit über Jeremys Narbe zu haben, bedeutet, mein Zuhause verlassen zu müssen, noch bevor ich Dad gesehen habe. Ich habe Kay versprochen, nur so lange zu bleiben wie nötig.

Aber für Jeremy wäre es doch vollkommen gleichgültig, wann ich zu ihm in die Zukunft springe oder in die Vergangenheit oder wohin auch immer. Theoretisch bleiben mir noch Jahre, bis sie ihn holen. Und ich will nicht mehr als ein paar Stunden davon. Einen Abend, vielleicht eine Nacht.

Noch während ich das denke, merke ich, wie sehr ich mich selbst belüge, denn ich bin entschlossen hierzubleiben. Einfach weiterzuleben und mich nicht mehr verrückt zu machen. Wir haben die Zukunft mit unserem Erscheinen hier ohnehin verändert. Vielleicht holen sie meinen Bruder gar nicht mehr. Offensichtlich sind wir nicht in Gefahr. Oder?

Ich werfe einen Blick über die Schulter, um durch die Verandatür nach draußen zu spähen. Keine Ports. Natürlich nicht. Fast habe ich das Gefühl, sie verspotten unsere Furcht durch ihr Fernbleiben.

»Frag sie nach der Narbe«, sagt Kay etwas zu laut. »Oder ich tue es.«

»Was tun Sie?« Na toll. Mum hat es gehört. Sie schneidet die Kaffeesahne auf und füllt sie in das Kännchen.

Kay hebt eine Braue. Ich kenne diesen Ausdruck zu gut. Er bedeutet: Los jetzt.

»Mir die Blätter zeigen, die man auf frische Narben legt, damit sie besser heilen«, lüge ich. Immer Lügen. Lügen, Lügen, Lügen! Wann endlich kann ich ehrlich zu meinen Eltern sein, damit sie verstehen, dass ihre Tochter nicht vollkommen durchgeknallt ist?

»Dann beschäftigen Sie sich auch mit diesem Überlebenszeu...training?«, fragt Mum.

»Es kann nützlich sein.« Kay antwortet, ohne den Blick von mir zu nehmen.

Ich atme leise durch. »Hat Jeremy eigentlich eine Narbe, Mum?« Ich weiß nicht, wie ich die Frage geschickter verpacken kann, und in Mums Gesicht spiegelt sich prompt Verwunderung.

»Ähm ...«, sagt sie gedehnt. »Weshalb fragst du mich das?«

»Hat er? Bitte. Es ist wichtig.«

»Gut, also ... Lass mich nachdenken. Ja. Ja, das hat er. Am Oberarm. Kreisrund. Er konnte einfach nicht aufhören zu kratzen, als ihr Windpocken bekamt. Du warst da disziplinierter. Aber du warst auch älter. 14, glaube ich.«

»Sonst keine? Nur die?«

Ich warte auf Mums Antwort. Sie zögert. Allein ein Brennen in meinen Lungen weist mich darauf hin, dass ich schon zu lange den Atem anhalte. »Hat er?«, frage ich gepresst.

»Herrgott! Nein. Sonst keine.«

Ich atme pfeifend aus, versuche, mir die Verzweiflung nicht ansehen zu lassen. Wieder falsch. Oder hat er sie sich tatsächlich erst später zugezogen?

Mum hingegen holt tief Luft. »Was sollen denn diese Fragen über Narben?«

»Nichts. Schon gut.«

»Eben war es aber noch wichtig.« Meine Mutter stemmt die Arme in die Seite. »Langsam habe ich das Gefühl, du verschweigst mir mehr als die Tatsache, dass du offensichtlich seit geraumer Zeit mit einem Jun–, mit einem Mann ausgehst. Nichts für ungut«, sagt sie zu Kay gewandt, aber gleich darauf haftet ihr jetzt furchtbar strenger Blick wieder auf mir. Ich ziehe unwillkürlich die Schultern ein. »Junges Fräulein, ich kann akzeptieren, wenn du aus heiterem Himmel mit einem Mann auftauchst, der sehr viel älter zu sein scheint als du. Ich habe akzeptiert, dass du nicht aufs College gehen willst und dich aufführst wie eine Irre. Aber eines hat es in unserer Familie nie gegeben: Unaufrichtigkeit.«

»Das mit dem College sagtest du bereits«, murmle ich, genauso sauer darüber, ungerecht behandelt zu werden, wie beschämt, weil sie recht hat.

»Das kann ich nicht oft genug wiederholen. Ich habe gedacht, ich könnte dir vertrau–« Mitten im Satz bricht Mum ab.

Wir alle sehen zur Verandatür. Motorengeräusche. Sie werden lauter und ich kenne sie seit vielen Jahren. Unverkennbar, Dads Pick-up.

Mum geht zur Tür. »Dein Vater ist schon wieder da.« Es klingt wie eine Feststellung, nicht wie eine Frage.

Auch ich schiebe meinen Stuhl zurück und sehe zu Kay, der ebenfalls aufgesprungen ist. Plötzlich liegt eine Spannung in der Luft, als würde gleich ein Blitz einschlagen. Mit ungutem Gefühl lausche ich den Geräuschen.

Schotter spritzt hoch, ich höre quietschende Bremsen, der Motor stottert, wird abgewürgt und gleich darauf reißt Dad die Verandatür auf. Ein oder zwei Sekunden bleibt sein Blick an Kay hängen, aber dann dreht Dad sich ruckartig zu der Kaffeemaschine, neben der das Telefon liegt, und drückt darauf herum. Irgendetwas ist passiert. Ich habe ihn nie so aufgebracht erlebt und die Angst vor der Ursache erstickt die Freude, Dad wiederzusehen.

»Der Telefonakku ist leer und dein Handy aus«, schleudert er Mum entgegen. »Wieso ist dein verdammtes Handy ausgeschaltet?«

Meine Mutter packt Dad am Arm. »Robert. Was ist los?«

Dads Schultern fallen nach vorn und er schluchzt auf. »Jeremy. Er hatte einen Unfall.«

»Was?« Schlagartig weicht alle Farbe aus Mums Gesicht und ich spüre, wie sich meine Brust zusammenzieht. Enger und enger wird.

»Lebt er?«, presse ich hervor.

Dad nickt und wischt sich über die Augen. »Er ist im Riverside-Hospital in Chico.«

Mum schlägt die Hand vor den Mund. »Wie schlimm ist es?«, höre ich sie erstickt fragen.

Wir alle sehen zu Dad, der nicht antwortet.

»Robert!« Jetzt kreischt Mum. »Sprich verdammt noch mal mit mir!«

»Herrgott! Ich weiß es nicht. Sie haben im Sägewerk angerufen, weil sie hier niemanden erreichen konnten. Kelly von der Buchhaltung hat mich von der Säge weggeholt. Sie sagte ...« Dad schluckt sichtbar. »Sie sagte, fünf Jungs aus dem Camp sind von einer Klippe ins Wasser gesprungen. Irgendeine dämliche Mutprobe und unser Junge hat sich dabei an einem Felsen verletzt. Das ist alles, was ich weiß.«

»An einem Felsen? Und was hat er? Ist etwas gebrochen? Innere Blutungen? Ist sein Kopf verletzt? Ist er in Lebensgefahr?« Meine Mutter schmettert die Fragen wie ein Schnellfeuergewehr heraus.

Dad hebt hilflos die Hände.

»Wieso hast du denn nicht nachgefragt? Das ist doch das Erste!« Ohne eine Antwort abzuwarten, stürmt Mum aus der Küche.

Ich spüre Kays Arm um meine Schultern. Seine Nähe kann dem Grauen nichts anhaben, das jede Zelle meines Körpers besetzt. Längst weiß ich: Es ist passiert. Jeremy wird diese Narbe davontragen, er wird überleben, aber nur, um wenige Jahre später durch Kays Hand zu sterben.

Ich presse meinen Kopf in seine Armbeuge und schiele zu Dad, der wiederum Kay anstarrt.

»Wer sind Sie?«, fragt Dad tonlos.

Mum kommt zurück in die Küche, ihre Handtasche über dem Arm, das Handy in der Hand. »Das ist Alisons Freund«, teilt sie Dad knapp mit, tippt dann einige Zahlen auf ihrem Handy und sieht zu mir. »Wir fahren nach Chico. Wir werden mindestens eine Nacht weg sein. Ich rufe an, sobald wir mehr wissen.«

»Alisons Freund«, wiederholt Dad und kneift die Augen zusammen, wobei er Kays Tätowierung fixiert. »Was soll das –«

»Dad, ich erkläre es dir später«, falle ich ihm ins Wort. »Jetzt gibt es Wichtigeres.«

»Hallo?« Mum hält ihr Handy ans Ohr gepresst und wedelt mit der freien Hand. Wir verstummen. »Ja, verbinden Sie mich mit dem Krankenhaus in Chico, Kalifornien ... Ja, natürlich bleibe ich dran.«

Wir sind so still, dass die Wartemelodie zu hören ist. Mums Zähne sind gebleckt. Wie bei einer Löwin, die ihr Junges beschützt, denke ich.

Dad sieht sich suchend um.

»Autoschlüssel steckt«, sagt meine Mutter, greift Dads Hand und zieht ihn mit sich auf die Veranda. »Wir melden uns!«, höre ich sie noch rufen.

»Ihr Freund?«, vernehme ich Dad leise, aber laut genug, um zu wissen, dass er wütend ist.

Gleich darauf klappt die Tür zu.

Einen Atemzug später wird sie wieder aufgerissen. Kay nimmt den Arm von meiner Schulter. Dad sieht um die Ecke. Sein Gesicht ist rot.

»Ich weiß nicht, wer Sie sind oder was Sie machen oder woher Sie kommen oder wieso mein Hammer unter Ihrem Hemd hervorguckt, aber eines weiß ich. Sie werden hier nicht die Nacht verbringen!«

»Dad, bitte.«

»Schon gut«, flüstert Kay und tritt vor.

»Haben Sie mich verstanden?«, fährt mein Vater ihn an.

»Das habe ich.« Im Gegensatz zu Dad ist Kays Stimme ruhig. »Mr Hill, Ihr Sohn wird überleben.«

Dad winkt zornig ab. »Ach, was wissen Sie schon!«

Gleich darauf schlägt die Tür wieder zu und der Motor wird angelassen. Ich drücke meine Stirn gegen Kays Brust, bis der Pick-up nicht mehr zu hören ist. Erst da löse ich mich von ihm. »Wir können immer noch nicht sicher sein, dass er eine Wunde an genau dieser Stelle hat, oder? Vielleicht ... vielleicht hat er sich nur einen Arm gebrochen.«

»Es ist Zeit zu portieren.«

»Oder er hat nur eine Schürfwunde oder sich den Knöchel verstaucht«, jammere ich. »Wir können nicht sicher sein, oder?«

»Alison, bitte. Rede dir nichts ein. Du weißt genauso gut wie ich, dass das Blödsinn ist.«

Kay hat recht. Ich schüttle trotzdem stur den Kopf, gehe zum Telefon und stelle es in die Ladestation. Es macht leise *Ping*.

Jetzt zu gehen, wäre, als würde ich meine Familie im Stich lassen. Auch wenn ich wiederkommen kann, womöglich in der Sekunde meines Verschwindens, bringe ich es nicht übers Herz, mein Zuhause zu verlassen. Inzwischen glaube ich sowieso kaum mehr daran, dass uns eine Gefahr droht, die Ports noch auftauchen. Und selbst wenn, ich bin so geübt darin, Zeit und Ort zu wechseln, ich wäre lange weg, bevor sie die Reichweite des Störsenders überwunden hätten. Diese Gewissheit gibt mir die Kraft, die ich brauche, mich Kay entgegenzustellen, und ich straffe meine Schultern. Als ich mich zu Kay drehe, steht mein Entschluss fest.

»Wir warten auf den Anruf und so lange sehen wir uns Bilder von Felsen an, bis dir irgendetwas bekannt vorkommt.«

»Wir kennen noch nicht mal die Zeit, in der ich dort war. Es kann Tausende Jahre in der Vergangenheit liegen oder in der Zukunft. Der Ort kann sich verändert haben.«

»Felsen verändern sich nicht.«

Kay stöhnt leise. »Wieso nur kannst du nie tun, was man dir sagt?«

Ich lächle. Kays Worte waren kein Vorwurf, sondern ein Zugeständnis.

Kurz darauf sind wir in meinem Zimmer. Ich sitze mit angezogenen Beinen auf dem Boden gegen das Bett gelehnt, halte Mums Laptop auf dem Schoß, Kay steht am Fenster und sieht wieder hinaus. Die Vormittagssonne wirft den Schatten der Sprossen auf meine weiße Hose. Wie ein Kreuz zeichnen sie sich ab. Ein schlechtes Omen.

»Und?«, frage ich mechanisch, während ich Google in die Adressleiste eintippe.

»Nichts. Und das beunruhigt mich mehr, als wenn sie auftauchen würden.«

Ich sehe hoch. »Wieso? Ich bin nicht scharf darauf.«

»Weil es bedeutet, dass sie taktieren und nicht nur wild um sich schlagen. Irgendetwas führen sie im Schilde.«

»Du meinst etwas anderes, als mich umzubringen?«

Kay öffnet die Flügel, das Kreuz wird zu einem schattenlosen Lichtfleck und Vogelgezwitscher dringt zu uns herein.

»Ich weiß es nicht«, gibt er zu. »Es ist wie die Ruhe vor dem Sturm.«

Ich zucke mit den Schultern. »Wir können es nicht ändern, oder?«

»Nein.«

Das Bett knatscht. Kay hat sich hinter mich ans Fußende gesetzt, seine Beine rechts und links von mir, er lässt seine Finger durch meine Haare gleiten.

Ich lege den Kopf in den Nacken. »Ich glaube, ich muss dringend duschen.«

»Eine Dusche wäre himmlisch«, meint Kay und da fällt mir auf, dass wir noch nie über so etwas Banales geredet haben. Und es fühlt sich gut an. Verdammt gut. Einfach über ganz normale Sachen zu quatschen. Doch gerade das rückt Jeremys Schicksal wieder in den Vordergrund.

»Also, Berge sagtest du«, murmle ich und tippe das Wort in die Bildersuche.

Kays Hände erstarren. »Das ist das Lexikon?«

»Das gesamte menschliche Wissen ist hier drin.« Ich berühre den Monitor. Ein Fettfilm bleibt darauf zurück.

»Unglaublich.«

»Na ja, nicht so unglaublich wie Hologramme.«

»Das waren nur Bilder«, gibt Kay zurück. »Aber das ist Wissen. Damit steht einem die Welt offen.«

»Nur theoretisch.« Als ich auf *Enter* drücke, erscheinen die ersten 20 Bilder von Bergen auf dem Screen. »Praktisch muss man erst mal finden, was man sucht.« Langsam scrolle ich nach unten. »Sag Bescheid, wenn dir etwas bekannt vorkommt.«

Die meisten Fotos stammen aus Bilddatenbanken. Perfekte Aufnahmen von schneebedeckten Bergen im Abendlicht, die irgendwo im rosa gefärbten Himmel verschwinden. Ab und zu eine Großaufnahme von Wanderern, das Gebirge verschwommen dahinter, oder unbeholfene Kinderzeichnungen.

Ich spüre, wie Kay sich strafft. Er ist jetzt vollkommen aufmerksam und ich warte angespannt auf seine Reaktion, den Finger auf der linken Maustaste, sodass sich immer weitere Bildblöcke aufbauen.

Ab und an gibt Kay Kommandos: *Langsamer, Zurück* oder *Stopp*. Immer dann flackert Hoffnung in mir auf, die jedoch stets von einem *Nein, doch nicht* erstickt wird. Nach etwa einer Stunde wandelt die Hoffnung sich in Verzweiflung. Noch immer haben wir keine Ahnung, ob mir ein Bild als Ziel reicht, um uns zu portieren – ganz zu schweigen davon, wie wir dabei den richtigen Zeitpunkt finden sollen und was genau wir tun werden, sollte all das gelingen. Aber jetzt sieht es aus, als würden wir schon bei der Bildersuche scheitern.

Als nur noch winzige Fotos oder Grafiken angezeigt werden, wechsle ich das Suchwort. Diesmal Gebirge und das Spiel beginnt von vorn.

Gegen Mittag flimmert alles vor meinen Augen, meine Beine fühlen sich taub an und meine Schläfen pochen. Ich nehme den Laptop vom Schoß und komme hoch. Offensichtlich sind meine Beine eingeschlafen und ich trete von einem Fuß auf den anderen, warte darauf, dass das Blut schmerzhaft zurück in meine Glieder schießt.

»Geht es dir gut?«, fragt Kay mit gerunzelter Stirn.

»Ja. Ich hol uns nur eben ’ne Coke«, murmle ich. Zwar habe ich tatsächlich Durst, doch vor allen Dingen muss ich einen klaren Kopf bekommen. Zumindest die Bildersuche hatte ich mir einfacher vorgestellt.

»In Ordnung.« Kay rutscht vom Bett und legt seinen Finger auf das Touchpad.

Ich stakse mit kribbelnden Beinen die Treppe hinunter, schnappe mir in der Küche zwei Dosen Cola und nehme das Telefon aus der Ladestation. Der Energiebalken ist wieder vollständig, ein verpasster Anruf wird jedoch nicht angezeigt. Solange sie sich nicht melden, ist alles okay, versuche ich, mich zu beruhigen. Trotzdem wähle ich Mums Nummer. Es ist besetzt. Während ich zurück zu meinem Zimmer gehe, versuche ich es bei Dad. Es klingelt nur durch. Merkwürdig.

»Wusstest du, dass man einen Farbfilter einstellen kann?«, meint Kay, als ich zurückkomme.

»Echt?« Ich öffne eine Dose. Sie zischt und schäumt und ich schlürfe die sprudelnde Cola ab, bevor ich sie ihm reiche. »Wo?«

»Hier, bei *Suchoptionen.«* Kay navigiert den Mauszeiger, als wäre er mit dieser Technik aufgewachsen, nicht ich.

»Wow, du lernst wirklich schnell.« Ich spüre Stolz in mir aufsteigen und gebe ihm einen Kuss auf die stoppelige Wange, bevor ich mich neben ihn setze. Der erste Kuss, seit ich von Jeremy erfahren habe. Kurz schließt Kay die Augen und atmet sichtlich erleichtert durch, dann klickt er auf *Rot.*

»Die Berge waren zerklüftet und unvorstellbar hoch. Eigentlich waren es Felsen, viele Gesteinsschichten …« Er scrollt Bilder- für Bilderblock nach unten, immer schneller. Ich kann kaum noch folgen. »In der Abendsonne wirkten sie rostrot. Es gab keine Vegetation, keine Tiere, kein Wasser und doch war es ... Es war genau genommen eine Schlucht, ein Canyon, nur ohne Fluss.«

»Ein Canyon?« Ich beuge mich über Kays Arm und tippe das Wort ein.

»Es war grauenhaft.«

»Ich kann es mir nicht vorstellen.« Ich hätte auch mit einer Floskel antworten können, aber das wäre eine Lüge gewesen und Lügen gibt es schon zu viele. Ich lege meine Hand auf Kays Arm, der plötzlich von Gänsehaut überzogen ist.

»Das ist es«, sagt Kay heiser. Der Mauszeiger steht über dem Foto einer kilometertiefen Schlucht, an deren Grund ein Fluss zu erahnen ist.

»Der Grand Canyon? Aber da ist der Colorado River.«

Kay stützt seinen Kopf auf seine Handfläche. »Nicht als ich dort war.«

»Warte.« Schnell wechsle ich die Seite und suche bei Wikipedia nach dem Grand Canyon. »... eine Schlucht, die während Jahrmillionen vom Colorado River ins Gestein gegraben wurde ...«, lese ich vor. »Jahrmillionen. Dann müssen sie euch in unsere Zukunft geschickt haben und irgendetwas hat den Fluss austrocknen lassen.«

»Vielleicht waren sie es selbst«, meint Kay. »Aber das ist nicht von Bedeutung. Wir müssen uns vorbereiten, bevor wir es versuchen. Das ist wichtig. Hat dein Vater eine Waffe?«

»Eine Waffe? Eine Pistole?«

»Ein Gewehr, eine Pistole ...«

»Himmel. Nein!«

Kay springt auf. Ich weiß nicht, woher er die Energie

nimmt. »Gut, dann sehe ich mich nach etwas anderem um. Der Hammer hier ist ein lächerlicher Schutz für das, was uns erwartet.«

»Aber nur 100 Meter!«, rufe ich ihm hinterher, als er mit wenigen Sprüngen die Treppe runtersetzt.

Mit einem Seufzen ziehe ich die Tunika aus, werfe ihr die Hose und Unterwäsche hinterher, schlüpfe in einen frischen Slip und BH, schließlich in den Isovantage-Anzug und drehe mich vor dem Spiegel. Blöd. Die Tunika hat meinen mageren Körper besser kaschiert.

»Es gibt Wichtigeres«, sage ich leise zu meinem Spiegelbild.

Gerade als ich zu einem Paar Turnschuhe greifen will, klingelt das Telefon. Ich hechte nach vorn und drücke auf die grüne Taste. »Ja?«

Ein Besetztzeichen ertönt. Was soll das?

Schnell kontrolliere ich die Nummer. Mums Handy. Als ich sie zurückrufe, ist das Telefon ausgeschaltet, auch Dad ist nicht zu erreichen. Ich probiere es immer wieder, jeweils abwechselnd, spreche auf die Mailbox, jedes Mal verzweifelter. Irgendetwas stimmt nicht. Wieso schalten sie ihr Telefon in dieser Situation aus?

Zum Schluss schreie ich in den Hörer. »Hebt verdammt noch mal ab! Ich mache mir Sorgen, okay? Ruft zurück, wenn ihr das hört. Sofort!« Am liebsten würde ich den Hörer aufknallen, wie ich es aus alten Filmen kenne. Stattdessen feuere ich das Telefon aufs Bett.

»Was ist los?« Kay steht mit einem Küchenbeil und einem Tranchiermesser im Türrahmen.

»Sie heben nicht ab.« Wenn ich eben noch geschrien habe, flüstere ich jetzt.

»Das Telefon?«

»Wieso gehen sie nicht dran? Sie haben gesagt, sie melden sich.«

Ich berichte Kay, was geschehen ist, verhaspele mich dabei und stottere, so aufgewühlt bin ich.

»Das kann tausend Gründe haben«, versucht er, mich zu beruhigen, und legt die Messer auf den Schreibtisch. »Vielleicht ist die Vermittlungsstelle überlastet.«

»Die Vermittlungsstelle?« Ein hysterisches Lachen steckt in meiner Kehle. Ich würge es runter. »Nein, es muss ... Etwas ist passiert. Ich ... ich spüre es. Irgendwas mit Jeremy.«

»Scht.« Kay nimmt mein Gesicht in seine Hände und hebt meinen Kopf, sodass wir uns in die Augen blicken. »Ganz ruhig. Wir werden Jeremy retten. Zum Schluss wird alles gut.«

»Sicher?«, schniefe ich.

»Sicher.« Er presst seine Lippen auf meine Stirn, so lange, bis ich nicht mehr schluchze, erst dann lässt er mein Gesicht los. »Also, wollen wir zurück?«

»Zurück?« Leise ziehe ich die Nase hoch.

»Zurück in meine Realität«, antwortet Kay ernst und hält mir seine Markerhand hin.

9

31. August 2015, mittags, Mill Valley

Das Zimmer ist heiß. Die Mittagssonne bricht ohne Erbarmen durch das Fenster und ich schwitze bereits – selbst in dem Isovantage-Anzug. Kay und ich sitzen im Schneidersitz auf der Erde, die Waffen zwischen uns. Insgesamt drei Messer, ein Küchenbeil und der Hammer.

»Du nimmst die Messer und das Beil«, sagt Kay beinahe im Befehlston. »Falls du eins davon benutzen musst, bleiben dir noch Verteidigungsmöglichkeiten.«

»Ach, und du? Gehst so lange spazieren, oder was?« Ich bin gereizt. Vielleicht weil ich nichts von meinen Eltern höre oder weil es heiß ist oder weil mir Kays Ton nicht gefällt. Dabei hat er sich nicht verändert. Er war schon immer so. Direkt, bestimmend, sachlich, ohne viel Gerede eben. Ich habe mich jedoch verändert. Ich bin nicht mehr das naive Mädchen, das ich einst war. Gerade als ich Kay die Meinung sagen will, geht mir auf: Eben das tut er nicht. Er traut mir zu, ihn zu verteidigen und allein zu kämpfen, wenn es sein muss.

Kay sieht mich ernst an. »Ich gehe nicht spazieren, sondern halte mich davon ab, Jeremy zu töten. Du musst nur dafür sorgen, dass ich die Chance dazu bekomme.« Er schiebt mir das Beil zu. »Das solltest du in der Hand behalten und die Messer am besten unter einen Gürtel klemmen.«

Ich sehe mit leichtem Schaudern das Beil an. Dabei

»Ich liebe dich. Ich … Ich werde dich immer lieben«, flüstere ich. »Bis zum Ende.«

»Was ist das Ende?«

»Das weiß ich nicht.« Ich will Kay meine Hand entziehen, aber das Kribbeln wird plötzlich stärker, viel stärker als zuvor und mein Marker brennt. »Spürst du das?«, frage ich erstickt.

»Es fühlt sich an, als wenn … So als würden unsere Marker miteinander verschmelzen«, antwortet Kay.

Wir sehen uns mit großen Augen an. »Lass nicht los«, hauche ich.

»Mach ich nicht.«

»Gut. Und jetzt versuch, dich zu erinnern. Bitte, Kay. Für Jeremy. Für mich. Für uns.«

Sein Atem geht schneller. Er schließt die Augen, aber er sagt nichts.

»Erzähl mir von deiner ersten Wahrnehmung. War es kalt oder heiß, hat es geregnet?«, dränge ich ihn.

»Es war heiß …« Kays Lider flattern. »Sehr heiß. Immerzu brannte die Sonne auf uns herab«, flüstert er und ich sehe in seinem Gesicht, wie er leidet. Ich kann den Anblick kaum ertragen und schließe ebenfalls die Augen.

»Nichts kühlte die Luft ab«, fährt Kay fort, »und sie war voller feinem Steinstaub. Er lag auf meiner Kleidung, brannte in meinen Lungen …«

Ich unterdrücke ein Husten.

»Es roch nach nichts. Das war das Erste, was ich dachte, noch bevor ich die Felsen wahrnahm.«

Vor meinen geschlossenen Augen tanzen rote Schatten.

»Dafür blendete uns die Sonne …«

Lichtreflexe verdrängen das Rot.

»Ich bekam schnell Durst …«

Ich schlucke trocken.

»... und suchte die Umgebung nach Wasser ab ...«

Vollkommen unvermittelt formt sich eine Struktur vor meinem geistigen Auge. Gesteinsschichten. Unendlich hoch. Mir wird heiß und kalt zugleich. »Erzähl weiter.«

»Am Ende des ersten Tages fand ich nicht mehr als ...«

»Einen bleichen Tierschädel«, sage ich erstickt, denn ich sehe ihn ganz deutlich vor mir. Weiß und rissig liegt er in einem ausgetrockneten Flussbett.

»Woher weißt du das?«

Der Tierschädel ist genauso plötzlich verschwunden, wie er erschienen ist. Ich öffne die Augen. Kay starrt mich an.

»Ich habe es gesehen«, hauche ich, nicht fähig, die Stimme zu heben, so fassungslos bin ich. »Durch deine Augen. Als wenn ...« Ich öffne und schließe die Hand, reibe die Finger aneinander. »... als wenn die Feuchtigkeit unsere Marker verbunden hätte. Wie du gesagt hast.«

Kays Augen werden groß und dann noch größer. Zwei riesige Pupillen in einem Kranz dunkler Wimpern. »So könnten wir es schaffen. Natürlich! Flüssigkeit ist ein guter Leiter!«

»Warte kurz!«, rufe ich und flitze aus dem Zimmer ins obere Bad. Auf dem Waschbecken steht ein Zahnputzbecher. Schnell drehe ich den Hahn auf. Als der Becher randvoll ist, renne ich damit zurück. Wasser schwappt über den Rand auf den Fußboden. Egal.

»Hier, gib mir deine Hand.« Ich bin so aufgeregt, dass ich den Becher schräg halte und noch mehr verschütte.

»Warte«, sagt Kay. »Wir brauchen Salz.«

»Salz? Wozu?«

»Salzwasser leitet besser als Süßwasser. Hol welches.

Ich fülle den Becher auf und dann machen wir einen Versuch.« Kay spricht schnell. Er ist jetzt genauso aufgeregt wie ich, seine Wangen sind sogar ein wenig gerötet.

»Aus der Tür und dann links«, weise ich ihm den Weg zum Bad und renne die Treppe hinunter.

»Bring eine Gabel mit!«, ruft Kay mir hinterher, dann höre ich die Wasserpumpe anspringen.

Ich reiße das Salz aus dem Küchenschrank, fische eine Gabel von der Spüle und gleich darauf sitzen wir auf meinem Bett. Wie besessen rühre ich mit der Gabel im Glas, bis sich das Salz milchig im Wasser auflöst. Kay trommelt mit seinen Fingern auf der Bettkante.

»Das reicht«, sagt er schließlich. »Und jetzt forme deine Hände zu einer Schale.«

Ich folge seiner Anweisung und er lässt Wasser in meine Hände laufen, so viel, dass es zwischen meinen Fingern auf meine Beine tropft. Schnell verreibe ich es zwischen den Händen, dann benetze ich seine. Wie bei einem feierlichen Schwur pressen wir unsere Marker aufeinander. Sofort kribbelt und brennt meine Haut, als würden tausend Ameisen darüber herfallen.

»Denk an eine Zahl«, fordere ich Kay auf und schließe die Augen. Ein winziger heller Fleck tanzt vor meinem geschlossenen Lid, sonst nichts. Ich blinzle. »Du musst deine Augen schließen. Stell dir die Zahl vor. Am besten als Bild.« Die Ziffer erscheint so plötzlich und mit einer derartigen Deutlichkeit, dass es unheimlich ist. »Es ist die Zwei, richtig?« Ich reiße die Augen auf und sehe Kay an.

»Unglaublich. Es funktioniert! Noch ein Versuch.«

»Okay ...« Ich schließe wieder die Augen. »Diesmal etwas schwerer, denk an eine hohe Zahl ... 7 413«, rufe ich gleich darauf aus. »Es klappt! Es klappt wirklich!«

»Das ist …« Kay stockt. »Unfassbar.«

»Dann versuchen wir es jetzt? Den Grand Canyon, meine ich?«

Kurz glaube ich, Angst in Kays Augen aufflackern zu sehen, aber er nickt entschlossen. »Ich bin bereit.«

Wir benetzen unsere Hände noch einmal mit Salzwasser und schieben unsere Finger ineinander, die Marker fest zusammengepresst. Das Kribbeln auf meiner Haut erfasst schnell meinen ganzen Körper. Außen wie innen. Selbst mein Herz scheint vor Aufregung zu vibrieren. »Und jetzt denk an die Höhle«, sage ich heiser, »an den Tag, bevor du Jeremy … an den Tag davor.«

Ich höre Kay tief durchatmen. 4 oder 5 Sekunden verstreichen ohne Erfolg. Doch was dann geschieht, lässt mich meine Augen beinahe wieder aufreißen: Ich empfinde unendliche Einsamkeit. Und beklemmende Furcht. So stark, wie ich sie nie gespürt habe. Das können nicht meine Gefühle sein, nur Kays. Sie sind kaum auszuhalten. Sie sind grauenvoll. Sie mitzuempfinden, fällt mir schwer und doch will ich mehr davon. Ich bin in Kays Innerstem. In seiner Seele.

Ich sehe nicht nur rote Felswände, sondern ich spüre die beklemmende Enge der Höhle. Ich erblicke nicht nur ihren Ausgang, sondern verbinde ihn mit Gefahr. Ich verzehre mich trotzdem danach, durch dieses Loch zu kriechen, um Wasser zu finden, um den quälenden Durst zu löschen, und spüre den Entschluss zu töten, wenn ich nur trinken kann. Aber ich will nicht töten. Nicht schon wieder.

Wut! Unermessliche Wut! Meine Handknöchel brennen. Ich schlage auf den Fels ein. Wie viel Kraft das kostet, ich habe kaum noch Kraft. Ich muss trinken.

Erinnere dich an ein Detail, flehe ich mit dem letzten bisschen meiner eigenen Gedanken und drücke Kays Hand. Aber ich spüre sie nicht mehr. Denn ich bin nicht mehr ich. Ich bin eins mit ihm.

Eine Waffe liegt auf dem sandigen Höhlenboden. Es ist ein Beil, primitiv, aus einem Stein und einem Stock gefertigt. Der Stock ist blank, wo er gegriffen wurde, die Klinge ist messerscharf und getrocknetes Blut klebt daran.

Vergib mir, Gott im Himmel! Lass nicht mich im Fegefeuer brennen, sondern sie. Ihre Regeln sind es, die mich zwingen, das weißt du. Es kann nur einer überleben. Und wenn ich dafür töten muss. Ich brauche Wasser!

Ich komme ... gleich bin ich da ... Wasser ... Beil ... eine starke Klinge ... getrocknetes Blut ... gleich ...

»Sie gehört mir!«, brülle ich, hechte nach vorn und stürze mich auf die Waffe. Ein Schuh drückt die Klinge nieder. »Neeeeiiin!« Voller Verzweiflung trommle ich gegen das Schienbein, reiße an dem Stoff einer Hose.

Jemand packt mich, zerrt mich hoch und presst mich gegen die Felswand, auf die ich vorhin noch eingeschlagen habe.

Sein Griff ist fest. Ich strample und schreie, blecke die Zähne, trete um mich, aber er lässt nicht locker.

»...sen ... Ali...«

Wortfetzen. Was bedeuten sie?

»Al-iii-sooon! Hör aaaaauf ...«

Wie aus weiter Ferne flattern die Worte zu mir.

»Ruhig! Du verrätst uns.«

»Kay ...«

Er drückt seinen Körper gegen meinen. »Ich bin es. Ich bin ja da.«

»Lass mich nicht los«, wispere ich. Noch immer habe ich Angst vor der Einsamkeit. »Ich habe –«

»Still!«

Kay presst mir seine Hand auf den Mund. Ich schmecke das Salz auf meinen Lippen. Schritte hallen auf gespenstische Art und Weise wider. Schnelle, entschlossene Schritte. Sie scheinen aus allen Richtungen zu kommen. Ich schiele durch Kays Armbeuge in die Höhle hinein, von der sich mehrere Gänge abspalten. Teils mit großen, bauchigen Eingängen, teils mit nur schmalen Schlupflöchern, hinter denen sich immer dunkler werdendes Rot verliert. Diese Höhle muss ein Labyrinth sein und es ist mir unmöglich auszumachen, woher die Schritte kommen, obwohl sie lauter und lauter werden. Mein Fluchtinstinkt schreit: Raus hier!

»Ich lasse dich jetzt los.« Kay sieht mich eindringlich an. »Die Schritte, das bin ich, mein früheres Ich. Der Tunnel führt zu meiner Notdur–, zur Toilette, genau 178 Schritte entfernt. Ich ... Er darf dich nicht sehen, er würde mir misstrauen, wenn er dich sähe, verstehst du?«

»Hm«, bringe ich zwischen Kays Fingern hervor.

Langsam nimmt er seine Hand runter und lässt meinen Arm los. »Gleich wird sein Marker ausfallen, dann wissen sie, dass du hier bist. Geh vor die Höhle und halte sie auf, solange es geht.«

Drei, vier Mal blicke ich vom Ausgang zu den Spalten und Tunneln. Wieso glaubt Kay, die Ports würden von außen kommen, falls sie es überhaupt tun? Alles in mir sträubt sich, Kay allein zu lassen.

»Ich liebe dich«, sage ich, bevor ich mich umdrehe, denn plötzlich bin ich mir sicher, es wird etwas Schlimmes geschehen. Ein Instinkt oder nur von Angst getriebene Wachsamkeit. Ich weiß es nicht.

Doch als ich mich ducke, um durch den Ausgang zu

schlüpfen, erblicke ich nichts als die erdrückende Einsamkeit, die ich vorhin gespürt habe. Eine steile dunkelrote Felswand erstreckt sich unendlich in beide Richtungen, vor wie hinter mir. Dazwischen liegt nicht mehr als überschatteter Staub und Sand und Trockenheit. Es ist totenstill. Sogar der Wind hält sich fern von diesem Ort.

Ich drücke mich gegen die Felswand, ziehe die heiße Luft ein und halte den Atem an, um jedes Geräusch wahrzunehmen. Aus der Höhle höre ich keine Schritte mehr. Meine Augen irren ständig von links nach rechts. Es ist gespenstisch. Nichts bewegt sich. Nichts! Es gibt keine Grashalme, die im Wind wiegen, keinen Flügelschlag eines Vogels. Nicht einmal die Schatten verändern sich hier, denn die Felsen tauchen alles in starre Düsternis. Die Zeit scheint stillzustehen. Mehr noch: Sie verliert ihre Bedeutung. Es gibt sie nicht einmal, ohne Veränderung. Allein das ist Folter, wird mir in diesem Moment bewusst.

Doch plötzlich, als wolle jemand meine Gedanken verspotten, spüre ich etwas. Eine winzige Veränderung. Die Haare auf meinen Armen haben sich aufgestellt. Nicht so wie durch eine Berührung, sondern so, als würden sie von etwas angezogen. Auch auf dem Kopf heben sie sich knisternd. Sie stehen ab, als hätte ich einen Luftballon an meiner Kleidung gerieben und mir dann an den Kopf gehalten. Genauso. Wie durch ... Elektrizität! Mit einem Schlag ist die Luft derart aufgeladen, dass sie flimmert. Ich lege den Kopf in den Nacken.

Wo eben noch nichtssagender blauer Himmel war, schieben sich plötzlich tiefdunkle Wolken zusammen. Ein Lichtblitz durchzuckt sie, gefolgt von tiefem Grollen.

Sie kommen. Oh mein Gott. Es ist so weit!

»Sie kommen!«, schreie ich in die Höhle hinein, höre,

wie meine Worte als Echo von den Wänden zurückgeworfen werden, und noch bevor die letzte Silbe verklungen ist, bricht die Hölle los.

Ich höre Schreie, wütende Schreie, Wortfetzen. »Hör zu! Verdammter Id–«

Krachender Donner, Lichtblitze. Unwillkürlich lege ich die Hände über den Kopf.

»Nicht töten! Er ist ihr Bru–«

Ein gleißender Strahl. Ohrenbetäubender Lärm. Ich reiße die Messer heraus, alle drei zugleich. Eins fällt zu Boden. Hektisch suche ich danach, aber jetzt ist es dunkel wie die Nacht und die Lichtblitze folgen so schnell hintereinander, dass meine Augen sich auf nichts fokussieren können. Wie in einer furchterregenden Disco, deren dumpfe Bässe vom Donner nachgestellt werden.

Das Beil! Wo ist das Küchenbeil? Hatte ich es überhaupt in der Hand?

Kampfgeräusche lassen die Frage unwichtig werden. Schläge, Stöhnen, Flüche, Gebrüll. Ich erwarte jeden Augenblick, schwere Regentropfen auf meiner Haut zu spüren, starre in den Himmel, der einem schwarzen, drückenden Topfdeckel gleicht. Für den Bruchteil einer Sekunde wird er hell, fast weiß. Dann schlägt der erste Blitz ein. Direkt mir gegenüber! Gefolgt von ohrenbetäubendem Krachen.

Heftig zucke ich zusammen, verharre ein, zwei Sekunden und hole Luft, um nach Kay zu schreien. Doch sein Name bleibt mir in der Kehle stecken, denn plötzlich verändert sich die Felswand. Nein, sie verändert sich nicht. Sie bricht! Riesenhafte Brocken lösen sich. Mit jeder vom Himmel getriebenen Entladung neue. Überall! Wie in Zeitlupe bersten sie aus dem Massiv.

Ich spüre, wie ich fortwährend den Kopf schüttle. Ich

will einfach nicht glauben, was ich längst weiß: Kein Port wird kommen. Es ist nicht nötig, sie zu schicken. Die Menschen der Zukunft beherrschen das Wetter, die Urgewalt von Abermillionen Volt, und wenn sie mich orten könnten, würden sie mich auf der Stelle mit ihren Blitzen pulverisieren.

Wir müssen hier raus. Gleichgültig, ob Kay seine Mission erfüllt hat oder nicht. Sonst sterben wir!

Ich löse mich von dem Massiv, das ohnehin keinen Schutz bietet und ...

Dunkelheit ... dann nichts mehr ...

Was ist ... Wo bin ich? Ich öffne meine Augen, reibe mir Dreck aus dem Gesicht. Wieso liege ich auf dem Boden? Meine Hände sind rot. Es ist zum Glück nur Staub, kein Blut. Um mich sind Steine! Überall Steine und ... Kay! Die Höhle! Ich muss zu ihm. Jetzt!

Ich will aufstehen, aber meine Beine gehorchen mir nicht. Mit aller Kraft, die ich aufzubringen imstande bin, versuche ich, meine Füße von der Erde zu lösen. Ich stöhne, ächze, brülle, wüte. Doch es funktioniert nicht. Kein bisschen. Meine Beine spüre ich nicht einmal.

Mit verdammt ungutem Gefühl taste ich meinen Körper ab, während um mich herum immer noch Steinbrocken niederprasseln. Ab der Hüfte fühle ich den Druck meiner Hände nicht mehr. Wieso?

Ich spanne meine Bauchmuskeln an, komme hoch und blicke voller Entsetzen auf einen unnatürlich verdrehten Unterleib, von dem ein Bein abgespreizt unter einem Felsbrocken liegt. Es kann nur zerquetscht sein und doch spüre ich keinen Schmerz. Ich verstehe das nicht.

Auf eine Hand aufgestützt, greife ich mit der anderen

hinter meinen Po und ertaste einen großen, scharfkantigen Stein. Und als ich meine Hand zurückziehe, klebt Blut daran. Der Stein hat meine Wirbelsäule durchtrennt. Ich bin gelähmt.

Die Welt, die um mich herum zerbricht, ist nichts gegen die, die in mir zerbricht. Übrig bleibt nur ein Schrei: »Neeeeein! Neeeeeeein! Neeeeeeeeein!«

Ich brülle, bis meine Kehle brennt und nur noch ein Krächzen herauskommt. Tosender Lärm übertönt meine Schreie. Kay kann mich nicht hören, und selbst wenn er es könnte, er würde mich nicht finden. Denn die Luft ist von rotem Steinstaub getränkt, der Himmel kaum zu sehen. Und ich bin hier unten. Umnebelt von einer undurchsichtigen Wolke, eingeklemmt unter Stein, gefangen in meinem nutzlosen Körper.

Ich lasse mich zurückfallen, sehe ohnmächtig mit an, wie in der Ferne der Schatten einer Felswand, so groß wie ein Hochhaus, in sich zusammenfällt. Das Krachen ist unfassbar laut. Meine Ohren piepen schrill.

Auch hinter mir bebt die Wand. Von beiden Seiten des Canyons lösen sich jetzt durch Blitze gespaltene Gesteinsschichten und sausen wie Schneelawinen nach unten.

Es ist vorbei.

Der Canyon zerbricht unter Krachen, Donnern, Tosen und Grollen. Die Apokalypse könnte nicht grauenhafter sein. Brocken schlagen neben mir auf, platzen auseinander. Scharfkantige Steine spritzen in alle Richtungen, prasseln wie Hagelkörner auf mich nieder. Sie dringen in meine Haut, reißen sie auf. Ich fühle, wie Blut über meine Stirn läuft. Am liebsten würde ich jeden einzelnen Stein nehmen und ihn zurückschleudern.

Den Tod einfach so kampflos hinnehmen zu müssen,

macht mich unfassbar wütend, und in meiner Hilflosigkeit werfe ich meinen Kopf hin und her, bis die Felswände auf mich zuzukommen scheinen. Näher und näher und noch näher. Ich halte inne. Die Wände schieben sich tatsächlich zusammen! Da begreife ich: Sie werden uns zerquetschen! Wie eine Maus zwischen den Metallbügeln einer Falle!

Und genau das ist es: eine Falle. Die Ports sind nur deshalb nicht in meine Realität eingefallen, weil Randy wusste, dass ich hierherkommen würde, um Jeremy zu retten. Er brauchte nur zu warten und dann drehten sie an ihren Knöpfen. Blitz an, zielen, Donner, Falle zu, Maus tot ...

Aber noch ist es nicht so weit. Noch lebe ich ...

Doch mit jedem Stück, den der Canyon bricht, bricht auch meine Hoffnung, diesen Albtraum zu überleben.

Ich will Luft holen und in einem verzweifelten Versuch Kays Namen rufen. Aber ich bringe nur ein Husten zustande. Alles ist voller Staub, rotem Steinstaub. Er kriecht in jede Pore, legt sich auf meine Netzhaut, verklebt die Flimmerhärchen meiner Lunge, ich kriege kaum noch Luft! Meine Augen brennen wie Feuer. Jeden Moment erwarte ich, von einem letzten, tödlichen Brocken getroffen zu werden, und starre in den von Lichtblitzen durchzuckten Himmel. Da verdunkelt ein riesenhafter Schatten den grellen Blitz. Ich erahne nur, dass er größer als ein Baseballfeld sein muss ... Ich werde nicht leiden.

Mit unendlicher Verwunderung spüre ich jedoch etwas Großes, Warmes auf mir. Ein Körper.

»Kay?«, krächze ich. Ist es ein Traum oder bin ich bereits tot?

Nein. Seine Hand tastet nach meiner. »Raus hier!« Kay hustet mehr, als dass er schreit.

Die Luft wird jäh zusammengepresst. Mit weit aufgerissenen Augen sehe ich den Felsen auf uns herabstürzen. Unsere Hände finden sich von selbst.

Wenn ich es jetzt nicht schaffe, sind wir tot, ist mein letzter Gedanke, bevor ich die eckigen Leuchtziffern des Weckers heraufbeschwöre, gepaart mit der Erinnerung an einen unförmigen Schmetterling aus Tinte. Und noch während der Sog uns davonträgt, ist mir klar, dass ich Jeremys Leben mit meinem als Krüppel bezahlt habe. Doch das ist es mir wert.

Hüllenlos treibe ich durch das Nichts. Ich spüre meine Beine nicht, genauso wenig wie meine Arme, meinen Kopf, mein Herz. Ich spüre überhaupt nichts von mir. Raum und Zeit existieren nicht mehr. Nur Millionen von Erinnerungen. Vollkommen neue Erinnerungen, die sich in meinen Synapsen wie ein Puzzle zusammensetzen. Aber nicht zu einem Bild, sondern zu Abertausenden. Aneinandergereiht zu einem Film, der keine Bedeutung für mich hat, und doch ist er da. Abgespeichert als Teil meines Lebens. Einem anderen Teil meines Lebens.

Er beginnt mit dem Moment, da ich das erste Mal eine Alison einer anderen Realität sah. Kurz nachdem ich Kay mit mir in die Zukunft riss. In diesem Teil bin ich der Alison mit den langen, seidigen Haaren ebenso begegnet wie ihrem Vater, der damit drohte, die Polizei zu rufen. Auch bin ich mit Kay in den Wald gerannt und habe Jeremy gesehen. Ihn und das blonde Mädchen und Steve und den pickligen Jungen. Aber Kay kannte Jeremy nicht. Kay sagte niemals, er hätte einem Mann die Kehle durchtrennt, weder dort noch auf der Showbühne, und nie sprach ich mit Jeremy. Ich ließ ihn und seine Freunde hinter einem Baum versteckt an mir vorbeiziehen. Und als sie außer Sichtweite waren, beschlossen Kay und ich, die Nacht im Wald zu verbringen.

Stundenlang saßen wir an einen Mammutbaum gelehnt, redeten und alberten miteinander herum und küssten uns und liebten uns in den letzten warmen Sonnenstrahlen. Und in der Morgendämmerung des nächsten Tages trieb mich meine Sehnsucht zurück zu meiner Familie, nicht die Angst um Jeremy. Meine Realität fanden wir trotzdem und auch markierten wir sie mit einem kleinen Tintenklecks, um jederzeit wiederkehren zu können.

All diese Erinnerungen sind real. Das weiß ich. Und doch ...

Bei keiner von ihnen empfinde ich etwas. Kein Glück, keine Sorge, keine Sehnsucht, keine Hoffnung. Nichts.

Und obwohl beide Realitäten, beide Varianten meines Lebens, in mir existieren, die eine im Geiste, die andere als eine im Marker verankerte Alternative, ist für mich diejenige, die mit meinen nutzlosen Beinen behaftet ist, die einzig wahre.

10

31. August 2015, abends, Milly Valley

Losgelöst von Zeit und Raum treibe ich in einem Strudel, der mich zu einer der beiden Realitäten führt, und weiß nicht, in welcher oder ob ich je ankommen werde.

Der Strudel zieht mich tiefer und tiefer und plötzlich spüre ich mein Herz schlagen, dann meine Lungen pumpen, gleich darauf weichen Stoff auf meinen Armen und endlich meine Hand, die Kays Hand umklammert.

Unendliche Erleichterung breitet sich in mir aus. Kay zu spüren, heißt, sein jüngeres Ich hat diese Apokalypse irgendwie überlebt, oder es bedeutet, sie ist für uns nie Wirklichkeit geworden.

Je tiefer ich in den Strudel gezogen werde, desto mehr nehme ich meinen Körper wahr. Schon spüre ich meinen Rücken, den Ansatz meines Pos. Mein Herz rast, und als der Strudel mich zurück in die, nein, in eine der Realitäten wirft, fühle ich schließlich festen Boden unter meinen Füßen.

Mit einem tiefen Seufzer öffne ich die Augen. Was auch immer sich verändert hat und wieso, ich spüre meine Beine wieder.

Kay sitzt neben mir auf meinem Bett. Er wirkt genauso, wie ich mich fühle. Als sei sein Geist noch nicht angekommen. Und obwohl ich denke und handle und atme, fühle ich mich wie in Trance.

Ich lasse Kays Hand los und rücke von ihm ab. Kay ist

rasiert, er trägt saubere Kleidung, eine Jeans und ein weißes Hemd, seine Augen sind geöffnet, aber leer.

»Hey …« Meine Hand findet ihren Weg zu seiner Wange. »Bist du …«

Kays Lider flattern. »Ich bin okay«, sagt er heiser.

»Gut.« Mehr bin ich nicht in der Lage zu sagen. Worte sind viel schwerer auszusprechen, als sie zu denken.

Ich blicke zur Wand. Der Tintenklecks ist da. Langsam erhebe ich mich, gehe zum Schreibtisch, glücklich über jeden Schritt, den ich tue. Und ich begreife nicht, wieso meine Beine wieder funktionieren.

Auf dem Tisch stehen zwei Gläser, eins noch voll mit Orangensaft. Ich erinnere mich daran, an dem Glas genippt zu haben. Genauso aber erinnere ich mich, zwei Dosen Cola aus der Küche geholt zu haben, keinen Orangensaft.

Ich muss herausfinden, was wir verändert haben und ob wir Jeremy retten konnten. Jeremy! All meine Gedanken schrumpfen zu seinem Namen zusammen.

Ich streiche über die Tischplatte. Der Laptop ist verschwunden, auch das Glas mit dem Salzwasser. Dafür liegt das Telefon auf der Erde. Ich hebe es auf. Ein verpasster Anruf blinkt auf dem Display, und als ich die Rückruftaste drücke, schlägt mein Herz zigmal so schnell wie das Tuten in der Leitung. Schließlich springt Mums Anrufbeantworter an.

Während ich Dads Telefonnummer wähle, tragen mich meine Beine ins Bad. Ich funktioniere. Nur spüre ich kaum etwas davon. Ich bewege mich wie in einem vernebelten Traum.

Der Zahnputzbecher steht unberührt auf dem Waschbecken. Ich drehe den Hahn auf und lasse so lange Wasser über mein Gesicht laufen, bis ich endlich die Kälte spüre. Erst jetzt bin ich vollkommen da. Der Schleier hat sich verzogen.

Als ich in den Spiegel sehe, entweicht mir ein erstaunter Laut. Meine Haare sind frisch gewaschen und locker zu einem Pferdeschwanz zusammengebunden. Ja, ich erinnere mich daran, geduscht zu haben und auch in eine saubere Jeans geschlüpft zu sein, aber ich kann dem unendlichen Genuss des heißen Wassers auf meinem Körper nicht nachspüren.

Noch immer verstehe ich nicht, was geschehen ist, sicher bin ich nur, dass wir eine neue Realität geschaffen haben, aber nicht, dass Jeremy leben wird.

Als ich aus dem Badezimmer in den Flur trete, kommt Kay mir entgegen. Ich bleibe stehen.

»Jeremy?«, flüstere ich.

Kay lächelt. Glanz liegt in seinen Augen. Sie funkeln geradezu. »Ich habe ihn nie getroffen.« Er öffnet seine Arme. »Wir haben das Schicksal ausgetrickst.«

Ich presse die Hände vor den Mund. »Wirklich?«

»Wirklich.«

Ich fliege in seine Arme. Kay umschließt mich und hebt mich hoch.

»Wie?«, frage ich. »Ich verstehe das nicht. Warte ... doch, ich verstehe es. Ich verstehe es!« Jetzt sprudeln die Worte aus mir heraus, während ich mit den Beinen in der Luft zapple. »In dem Moment, wo du dich selbst gewarnt hast, dir erklärt hast, wer Jeremy ist und ... und was passieren wird, da hat sich eine neue Realität abgespalten. Du hast Jeremy nie getötet, noch nicht mal gesehen, oder? Und dadurch hast du ihn nicht wiedererkannt, als wir ihm im Wald begegnet sind. Und deshalb sind wir nie in deine

Vergangenheit gesprungen und diese Blitze, die Felsen, meine Beine ... all das! Es hat nicht stattgefunden. Nicht für uns. Wir haben die Realität nicht gewechselt, hier ist keine andere Alison zu Hause, verstehst du? Wir haben eine neue Realität geschaffen! Ich meine ... Ich weiß nicht, wie ich ... Weißt du, was ich meine?«

Um Kays Augen haben sich Lachfalten gebildet. »Bist du jetzt mal ruhig?«, fragt er mit gespielter Strenge und hebt mich noch ein wenig höher. »Los. Küss mich. Küss mich endlich.«

»Ja«, seufze ich und unsere Münder finden sich. Sekundenlang liegen sie aufeinander. Ich fühle die Wärme in mir, und als ich Kays Zungenspitze spüre, öffne ich meine Lippen. In dieser Geste liegt all meine Liebe und Vergebung und die Zuversicht, irgendwann ein fast normales Leben mit ihm führen zu können.

Als Kay mich nach einer kleinen Ewigkeit wieder zu Boden lässt, bin ich das erste Mal seit Monaten befreit und glücklich. Kay hat Jeremy nicht gesehen, was bedeutet: Jeremy wird nie Kandidat der 31. Staffel sein. Und auch wenn ich noch nicht begreife, warum, reicht mir vorerst die Tatsache, dass es so ist.

Kay lässt mich los.

»Weißt du, was ich jetzt machen möchte?«, frage ich ihn.

»Mich noch mal küssen?«

Ich lache. »Ja. Das auch«, gebe ich zurück, strecke mich und gebe Kay einen Kuss auf den Mundwinkel. »Und ich möchte etwas essen.« Ich blicke die Treppe hinunter, durch die Küchentür in den Garten, wo das Abendlicht in goldenen Streifen über den Rasen fällt. »Ein Picknick. Im Garten. Etwas ganz Normales, verstehst du? Das fände ich gut.«

»Ich glaube, ich auch«, gibt Kay lächelnd zurück. »Und küssen, du darfst das Küssen nicht vergessen.«

»Nur wenn wir nicht über Ports reden. Und wir werden auch nicht ständig horchen, ob sie kommen. Lass uns einfach ... Es soll ein ganz normales Picknick sein, ja?«

»Gut«, lacht Kay. »Dann plündern wir mal den Kühlschrank.«

Beide sind wir in Hochstimmung. Jeremy lebt. Er wird noch lange leben. Wir haben sein Schicksal abgewendet und jetzt habe ich Lust zu feiern. Vielleicht sogar mit Sekt.

Bevor wir in die Küche gehen, rufe ich jedoch noch einmal bei Mum und Dad an. Diesmal springt der Anrufbeantworter sofort an. Bei beiden. Ich hinterlasse keine Nachricht mehr. Kurz entschlossen schalte ich das Telefon aus und werfe es aufs Bett. Die nächsten Stunden gehören nur Kay und mir. Stunden, in denen ich mir keine Sorgen machen will. Es reicht, wenn ich später noch mal versuche, Mum zu erreichen.

Die Wiese ist bestäubt mit Abertausenden weißen Flugschirmen von Löwenzahn, die sich in den langen Grashalmen verfangen haben. Die Sonne steht jetzt tief. Trotzdem ist es wunderbar warm. Die Luft ist so weich wie Seide und irgendwo zirpen Grillen. Könnte ich mir eine Traumkulisse für unser Picknick malen, sie würde nicht anders aussehen.

Aus dem Wandschrank habe ich die Pionierdecke geholt, wie Mum sie nennt. Ein Patchwork aus unseren *Ersten Malen,* das meine Mutter einst zusammengenäht hat. Aus mehr als 30 Flicken, Zeichen der Zeit: einem T-Shirt, das Jeremy an seinem ersten Schultag trug, meinem ersten Strampler, einem leicht vergilbten Schleier von Mums Hochzeit, einem Fetzen Jeans mit einem Rotweinfleck, meinem ersten und letzten Besäufnis, das auch ohne die Pionierdecke in bleibender Erinnerung wäre, einem Stück der amerikanischen Flagge vom ersten Independence Day, an dem meine Eltern sich kennenlernten, und vielen anderen Erinnerungen an erste Momente. Nur ein Flicken fehlt noch. Wer weiß, an was er einmal erinnern wird.

Auf der Decke liegen ein herrlicher weißer Käse, Truthahnschinken, den ich mit Ketchup beträufelt und zusammengerollt habe, mit Schokolade überzogener Speck, für den ich vor wenigen Tagen noch mein Messer eingetauscht hätte, eine Tüte Marshmallows, eine Tube mit Schmelzkäse nach Schweizer Art, Cracker, Wasser, eine Kerze und eine Flasche australischer Sekt. Er steht schon seit zwei Jahren in der Vorratskammer und ich musste ihn abwischen, so staubig war er. Mum trinkt nur selten Alkohol und Dad höchstens ab und zu ein Bier.

Ich sitze zwischen Kays angewinkelten Beinen und halte ihm den mit Schokolade überzogenen Speck unter die Nase.

»Was auch immer das ist, es riecht köstlich«, brummt er und beißt mit gespieltem Knurren ein großes Stück ab. »Pass auf deine Finger auf. Löwen sind nicht zimperlich, wenn's um Fleisch geht.«

»Schon vergessen, ich bin auch einer.« Ich fletsche die Zähne, drehe mich ein Stück und beiße Kay in den Unterarm. Etwas fester, als ich sollte. Dabei schiele ich nach oben, aber Kay lächelt nur.

»Du weckst nur meinen Jagdinstinkt.«

»Wirklich?« Jetzt lächle ich auch und knabbere an seinem Handgelenk. Meine Zähne zupfen an seiner Haut, beißen feine Härchen ab, während ich mich immer weiter nach oben arbeite. Die kurzen Ärmel von Kays weißem

Hemd spannen unter seinen Oberarmen und ich zerre mit den Zähnen an dem Stoff. Er zieht scharf die Luft ein.

Erschrocken halte ich inne. »Hab ich dir wehgetan?«

»Wehgetan?« Kay lacht auf. Endlich wirkt er befreit und ich liebe dieses Lachen, die geraden weißen Zähne, die kleinen Fältchen um seine Augen und den Schalk darin. »Nein, Alison. Du bringst mich um den Verstand.«

»Mache ich dich etwa nervös?«, flöte ich, während ich an Kays Hals knabbere, eine Hand in seinen weichen Haaren versenkt. Auf eine aufregende Weise gefällt es mir, diesmal die Verführerin zu sein.

»Nervös«, keucht er. »So kann man es auch nennen. Lass uns ...« Kay beugt sich über mich und greift nach der Flasche. »Lass den Sekt nicht warm werden.«

Schmollend schiebe ich die Unterlippe vor. »Was ist los?«

»Ach, mir geht einfach nicht aus dem Kopf, was da vorhin geschehen ist.«

Seufzend rutsche ich neben ihn. »Was genau meinst du?«

»Ich sehe den Zusammenhang nicht. Was haben wir getan, dass Jeremy überhaupt nicht mehr unter den Kandidaten war? Meine neue Erinnerung ... Ich meine, da waren wir auch 100. Männer, Frauen, sogar Kinder. Aber niemand in Jeremys Alter.«

Ich ziehe die Augenbrauen zusammen. »Kinder? Das ... das ist ...«

»Halbwüchsige, 12, 13, 14 Jahre vielleicht, aber im Grunde waren es Kinder.«

»Sie haben nicht überlebt, oder?«

Kay verzieht den Mund. »Ich weiß es nicht. Ich kann dir noch nicht mal sagen, ob ich der letzte überlebende

Kandidat war. Sie haben mich raus aus dem Canyon, direkt auf die Showbühne portiert, noch bevor die 2 Jahre vollständig verstrichen waren. Viele der Kandidaten habe ich zwar nur kurz zu Gesicht bekommen, aber ich bin mir sicher ... Jeremy war nicht dabei.«

Ich atme tief durch, denn das ist das Einzige, was für mich zählt. »Versteh mich nicht falsch, aber ... ich will nicht darüber reden. Nicht jetzt. Nicht heute.«

Kay beugt sich vor und küsst mich auf die Stirn. »Es tut mir leid. Du hast recht.«

Es knallt. Ich zucke heftig zusammen und fast im selben Augenblick umklammere ich das spitze Käsemesser.

Kay legt seine Hand auf meine und drückt sie runter. »Ist ja gut. Das war nur der Sektkorken.«

Ich starre auf die schäumende Flasche und Kay streicht über meine Faust, bis sie sich langsam entspannt und ich das Messer loslasse.

»Wir können beide etwas Normalität gebrauchen, oder?«

Ich nicke.

»Also, Themenwechsel. Lass uns über etwas ganz Banales reden.«

»Über was?«, frage ich. Ein leichtes Zittern liegt in meiner Stimme.

Kay schenkt uns Sekt in die Gläser und wartet, bis der Schaum sich gelegt hat. »Nun ... dieser Schokoladenspeck und ... und Käse aus der Tube. Ist das normal im 21. Jahrhundert?«

»Es ist die beste Erfindung dieser Zeit«, gebe ich zurück.

Noch fühlt sich die Leichtigkeit aufgesetzt an, aber als ich einen Klecks Käse auf den Bacon presse, ihn mit einem Marshmallow garniere und mir alles zusammen in den Mund stopfe, lachen wir und Kay verdreht die Augen.

»Mein Gott, mein Mädchen ist eine Außerirdische.«

»Das ischt köschtlisch«, nuschele ich mit vollem Mund. »Probier mal.«

Kay schüttelt sich. »Lass uns lieber anstoßen.«

»Worauf?«

Er sieht mich lange an. So lange, dass ich nervös mein Glas drehe. Wahrscheinlich werde ich mich nie an diesen intensiven Blick gewöhnen. Andererseits will ich das auch gar nicht.

»Auf die Zeit. Die Zeit für uns«, sagt Kay schließlich.

»Das ist schön ...«

Unsere Gläser treffen mit einem hellen *Ping* aufeinander und kurz darauf prickelt der Sekt herrlich auf unseren Lippen. Mein Körper fühlt sich leichter an, wie das ganze Leben. Unser Leben.

Ich schmiege mich wieder in Kays Arme, während er mich mit Käse, Marshmallows, Crackern und Truthahnröllchen füttert. Ich esse, bis mir schlecht wird. Und ich weiß meine Übelkeit zu schätzen. So satt war ich seit über 2 Jahren nicht mehr.

Als die Nacht anbricht, gehe ich auf die Veranda, um einige Kerzen und ein Windlicht zu holen. Drei Treppenstufen führen zurück auf den Rasen. Als mein nackter Fuß das warme, trockene Gras berührt, entscheide ich mich anders, stelle das Windlicht ab und renne mit den Kerzen in der Hand die Treppe hoch. 2 oder 3 Sekunden drücke ich das rote Symbol auf dem Telefon. Es meldet sich mit einem *Ping* zurück und ein Umschlag blinkt auf dem Display. Eine Textnachricht! Na los. Komm schon.

Während ich auf die Anzeige warte, vergesse ich, Luft zu holen. Dann, endlich, erscheinen die erlösenden Worte:

Alles oay. Komen morge früh Mum

Der Text ist offensichtlich in Eile geschrieben worden. Aber auf den Inhalt kommt es an.

Ich schließe die Augen und atme erleichtert durch. Im Grunde wusste ich, Jeremy würde in Ordnung sein. Trotzdem. Es schwarz auf weiß zu sehen, löst einen Klumpen in meinem Magen, von dem ich nicht annähernd geahnt habe, wie groß er war.

Mit wenigen Schritten bin ich beim Fenster und beuge mich hinaus. Kay steht auf dem Rasen und schüttelt Crackerreste aus der Decke. »Kay! Eine Nachricht.«

Er sieht hoch. »Jeremy?«

»Es geht ihm gut!«, rufe ich zurück. »Meine Eltern kommen morgen früh zurück. Ich schätze, sie bringen ihn mit.«

Kay breitet lachend die Arme aus. »Na, worauf wartest du dann? Komm zu mir. Jetzt gehört uns die ganze Nacht!«

Ich schließe noch rasch die Fenster, damit keine Mücken hineinkommen, und summe dabei einen alten Song. *»We've got tonight. Who needs tomorrow ...«*

Wie Kay sagte, uns gehört die ganze Nacht. Ich muss an den jungenhaften, unbeschwerten Mann denken, der vor einer halben Ewigkeit in einer kalten Silvesternacht mit mir vor dem *Louisiana* stand. Seine Worte habe ich heute noch im Ohr und ich meine abermals, das Meer zu riechen, als sie in meinem Geist widerhallen: *Für uns gibt es hier kein Morgen. Lass uns tanzen, singen, Champagner trinken, einfach feiern.*

Kein Morgen, denke ich und spüre, wie ich lächle. *We've got tonight, babe ... why don't you stay?* Diese Nacht gehört nur uns.

Bevor ich zurück zu Kay laufe, fische ich mit diesem Song im Kopf ein olivfarbenes Top mit freiem Rücken aus dem Schrank und streife es mir statt des grauen Shirts über. Ein Blick in den Spiegel. Mir gefällt, was ich sehe. Ich wirke nicht mehr so mager und trotz der engen Jeans eher zierlich als dünn. Die Farbe des Tops betont meine olivfarbenen Augen. Und trotzdem, etwas fehlt. Irgendwo in meinem Schrank müsste doch ... Ich ziehe eine Schublade auf und hebe eine mit Stoff verkleidete Kiste heraus, die ich seit Jahren nicht angerührt habe. Staub steigt auf, als ich sie öffne.

Kurz darauf sind meine Wimpern getuscht, die Augenbrauen in Form gebracht, meine Lippen glänzen durch den Gloss und meine hohen Wangenknochen wirken viel frischer unter dem Hauch von Rouge. Zufrieden lächle ich mich an. Jetzt fühle ich mich als Frau, nicht mehr als Mädchen. Zu guter Letzt zupfe ich mir ein paar Strähnen in die Stirn und gehe mit den Kerzen in der Hand die Treppe hinunter, wobei mein Herz mit jeder Stufe etwas schneller schlägt. Heute Nacht werden Kay und ich eins sein. Und ich beschließe, dass nur diese Nacht zählt. *Who needs tomorrow?*

Ein Morgen ist für uns nicht vorherbestimmbar. Wir werden niemals Gespräche führen, die mit ›Und, was machen wir morgen?‹ beginnen. *We've got tonight, babe, why don't we stay ...* Irgendwann werde ich Kay dieses Lied vorspielen und im Inneren beschließe ich, dass es unser Lied sein wird.

Der Himmel ist sternenklar und es riecht nach trockenem Gras, als ich auf die Veranda trete. Auf nackten Zehenspitzen husche ich über den Rasen, stelle das Windlicht auf die Decke und greife nach dem Sektglas, das Kay mir entgegenstreckt. »Danke. Aber nur noch das hier. Ich bin schon ein bisschen benebelt, ehrlich gesagt.«

Kay hebt sein Glas, hält jedoch mitten in der Bewegung inne. »Du siehst ... anders aus.«

»Anders?« Ich ziehe die Brauen hoch. »Wir wär's mit einem Adjektiv?«

»Einem Adjektiv? Gut, da fallen mir nämlich eine Menge ein.«

»Ach. Zum Beispiel?« Ich vergrabe eine Hand in Kays Haaren und ziehe seinen Kopf zurück, um ihn zu küssen.

»Angriffslustig, zum Beispiel«, sagt Kay, bevor er meinen Kuss erwidert.

»Angriffslustig und ...?«

Schmunzelnd entzündet Kay ein Streichholz. Kurz riecht es nach Schwefel, gleich darauf flackern die Kerzen und Mücken schwirren um den Lichtschein herum. »Und erwachsen ...« Er pustet das Streichholz aus, flüstert: »Und ungemein verführerisch ...«

Verlegen nippe ich an meinem Glas. Kay nimmt es mir aus der Hand und stellt es zur Seite.

»Und atemberaubend schön«, haucht er in mein Ohr.

Ein Schauer überläuft meinen Hals, und als er meinen aufgestützten Arm wegzieht und mich, eine Hand unter meinem Rücken, vorsichtig zu Boden lässt, breitet sich der Schauer über meinen ganzen Körper aus.

»Und nackt«, murmelt er, mein Ohrläppchen zwischen seinen Zähnen.

»Ich bin nicht nackt«, wispere ich.

»Noch nicht.«

In Kays dunklen Augen tanzen tausend kleine Teufelchen. Ich schließe meine, biege den Rücken durch, damit Kay mir mein Top abstreifen kann. Er schleudert es fort und beugt sich über mich. Meine Haare stellen sich auf, wo ich seinen heißen Atem spüre. Mein Herz hämmert in furchtbar schnellen Schlägen gegen die Brust.

Wieso nur bin ich so aufgeregt? Es ist nicht die erste Nacht, die ich mit Kay verbringe, doch irgendwas ist anders. Vielleicht, weil ich diesmal nicht so schüchtern bin, weil ich weiß, was ich zu tun habe. Vielleicht aber auch, weil meine Aufregung keine ist, sondern – ich lächle still – Vorfreude.

Meine Finger tasten nach den Knöpfen von Kays Hemd und öffnen sie. Ich will seinen nackten Oberkörper auf meinem spüren und ihn sehen.

Kein Wort kommt über unsere Lippen, während wir uns entblättern, Stoff raschelt, Knöpfe aufspringen, sein Hemd zu Boden fällt. Nein, wir sehen uns nur tief in die Augen.

Langsam neigt Kay den Kopf und betrachtet mich. Ein schelmisches Lächeln umspielt seine Mundwinkel. »Wie gesagt: nackt«, flüstert er.

»Genau wie du.«

»Sonst wäre es ja auch unfair.« Kay fasst nach meiner Hand, seine Lippen streichen federleicht über meinen Hals, mein Schlüsselbein, über meine Brust, bis seine Zunge meinen Bauchnabel umkreist. Ich will hochkommen, ihn noch näher spüren. Doch er drückt mich zurück. Verzweifelt stöhne ich auf, kralle meine freie Hand in seinen Rücken. Kay greift hinter sich, umfasst mein Handgelenk. Ich knurre leise, aber er führt meinen Arm zurück und hält ihn mit in meinen verschränkten Fingern am Boden.

Oh mein Gott! Ich liebe und hasse es, wenn er so mit mir spielt, und dränge mein Becken an ihn.

»Nicht.«

»Wieso?«, keuche ich.

»Schließ die Augen und genieß einfach.«

»Aber –«

»Kannst du nicht einmal tun, was man dir sagt?«, fragt Kay mit hochgezogenen Brauen.

»Nur dieses eine Mal«, murmle ich und schließe die Augen.

Dann treffen sich unsere Lippen. Immer und immer wieder, erst zaghaft, bald fordernd, bis unsere Küsse leidenschaftlicher werden und nur noch wir existieren, in unserer eigenen Welt, unserer eigenen Realität.

Ich weiß nicht, wann Kay meine Hände loslässt, nur dass er sacht meinen Arm hinunterstreicht und ich kurz davor bin durchzudrehen. Seine Haare kitzeln meine Nase, als er mein Kinn liebkost, und ich kichere überreizt.

»Scht. Entspann dich ...«, flüstert er.

Ich versuche es, so gut ich kann. Und plötzlich meine ich, ihn überall zu spüren, und jedes Mal, wenn ich glaube, dass er mich endlich, endlich erlösen wird, zieht er sich zurück. Seine Hand fährt über meinen flachen Bauch, immer tiefer, nur um unterhalb meines Nabels zu verharren. Ich stöhne auf und Kay lacht leise, im vollen Bewusstsein, dass er mich um den Verstand bringt.

Jetzt reicht's! Ich will nicht mehr warten. Ich kann nicht mehr warten! Ich öffne die Augen, umfasse Kays Handgelenk, presse meinen Ellenbogen gegen sein Schulterblatt, drehe mich blitzartig ein, um Kay auf den Rücken zu zwingen. Gleich darauf liege ich auf ihm.

»Wow.« Kays Augen funkeln. »Wie hast du –«

Meine Finger krallen sich um seine Kehle. Er verstummt. Ich habe ihn beeindruckt. Ohne Frage. Und da geht mir auf: Er hat mich nie kämpfen sehen. Ich grinse.

Eine Weile sehe ich Kay kämpferisch an, hebe mein

Kinn, blecke die Zähne, wenn er versucht, die Kontrolle zu übernehmen. Nun bin ich es, die mit ihm spielt, und es ist nicht zu übersehen, wie unruhig Kay dabei wird.

Meine Fingernägel fahren herausfordernd über seine Brust, hinterlassen rote Striemen. Kay packt meine Hüfte, ich schlage die Zähne in seinen Hals. Er knurrt leise. Ich lege den Kopf in den Nacken und lache. Er zieht mich zu sich, hält mein Gesicht fest. Sekundenlang blicken wir uns nur an. Ich blinzle ...

... und dann kämpfen wir.

Wir rollen über die Decke, stoßen spitze Schreie aus, stöhnen, keuchen, lachen ... Mal bin ich auf ihm, mal hält er mich fest. Gläser kippen um, eine Kerze erlischt, Äste eines Strauchs bohren sich in meinen Rücken, Sekt läuft über meine Schenkel. Unsere Hände krallen sich ineinander, unsere Zähne versenken sich im Fleisch des anderen, bis unsere ganze Anspannung, unsere Wut, unsere Trauer, verloren geglaubte Hoffnung und unerfüllte Sehnsucht sich in diesem von vollkommenem Vertrauen getragenen Kampf entlädt. Aber erst, als wir endlich, endlich zueinanderfinden, ergebe ich mich. Und ich bin glücklich. Ein berauschtes, unbeschwertes Glück, welches mich mit jeder von Kays Bewegungen weiter aus allen Realitäten trägt ...

Schweißgebadet liege ich auf dem Rücken, ein Bein angewinkelt, die Augen geschlossen. Kays Hand fährt über meinen Körper, als wolle er eine Landkarte davon in seinen Kopf übertragen. Ab und zu zupft er Gras von mir. Ich blicke Kay an.

»Das war unglaublich«, sagt er kopfschüttelnd.

»Du bist ...«, beginne ich. Oh nein. Nein, nein, nein! Mitten im Satz wird mir übel. Furchtbar übel. Ich presse die Hand vor den Mund und komme hoch, stürze nach vorn.

Gerade noch rechtzeitig. Schwallartig übergebe ich mich auf den Rasen.

»Das ist jetzt nicht gerade ein Kompliment«, murmelt Kay.

Ich schlage mit einer Hand nach ihm, während ich mich mit der anderen aufstütze, wieder würge. Gleich darauf spüre ich Kay hinter mir. Er streicht mir die Haare aus dem Gesicht, hält sie zusammen und fährt mit kreisenden Bewegungen über meinen Rücken.

»Hey ... Was ist mit dir?«

»Der Sekt, schätze ich.« Ich will mir den Mund abwischen, aber mein Magen zieht sich zusammen. Bittere Galle brennt in meinem Hals. Mein Gott! Was ist denn nur ... Wieder kotze ich. Meine Hände sind schmutzig. Der Sekt schäumt sauer in meinem Mund. Ich fühle mich jämmerlich. Würge, wische meine Hand im Gras ab. Kay reicht mir Wasser. Dankbar spüle ich meinen Mund aus, spüre aber im gleichen Augenblick, dass mein Körper anscheinend alles, was ich in mich hineingestopft habe, loswerden will. Ich zittere vor Unbehagen.

Irgendwann pumpt mein Magen nur noch, ohne dass etwas herauskommt. Ich wimmere leise.

Kay fährt mit einem Finger über meinen nackten Rücken, während ich gekrümmt im Gras hocke. Immer wieder gleitet er von meinem Schulterblatt nach unten zur Wirbelsäule, wieder ein Stück hinauf, zurück und dann zum anderen Schulterblatt, bis ich verstehe, dass er einen Buchstaben zeichnet.

»W?«, bringe ich heraus.

Mein Körper drängt mich nach vorn. Ich spucke bittere Galle ins Gras und Kay zeichnet ein E in meinen Nacken und dann ein R, ein D, ein E.

»Werde?«, würge ich. »Werde was?«

Ich drehe mich um und trinke einige Schlucke Wasser. Ein Fehler, wie sich herausstellt. Tränen schwimmen in meinen Augen, vor Anstrengung oder als Reflex meines Körpers. Ich kann einfach nicht aufhören, mich zu übergeben, und Kay nicht, Buchstaben auf meinen Rücken zu malen, während er meine Haare hält. Und obwohl ich keuche und zittere und würge und spucke, setze ich Buchstaben für Buchstaben zu einem Satz zusammen.

W E R D E M E I N E F R A U.

Ich presse die Hand vor den Mund, diesmal aus Fassungslosigkeit und fahre herum.

»Du machst mir einen Heiratsantrag, während ich kotze?«, sage ich durch meine Finger hindurch.

Kay nimmt meine Hand vom Mund, um mich zu küssen.

»Nicht«, murmle ich. »Ich habe mich gerade ...«

Aber er küsst mich wieder und wieder. Es ist mir unangenehm. Noch immer schmecke ich den sauren Mageninhalt auf meiner Zunge und drehe den Kopf weg.

»Ich mache dir einen Heiratsantrag, weil ich gerade dann dein Mann sein möchte, wenn es dir schlecht geht«, höre ich Kay sagen.

Seine Lippen liegen weich auf meinen. Ich höre auf, mich zu schämen und auch zu denken, und ich glaube, ich höre sogar auf zu atmen, bis Kays Lippen sich wieder von meinen lösen und er mich mit unendlicher Wärme ansieht.

»Und weil ich dich nicht mehr mein Mädchen nennen möchte«, raunt er, »sondern meine Frau, und vor allem, weil kein Mann seine Frau mehr lieben könnte, als ich es tue.« Kay nimmt meine Hände. »Werde es, Alison. Meine Frau.«

Und während meine Lippen das Wort Ja formen, denke ich an unsere Hochzeit, die Sam Oscar mich hat sehen lassen, und ich juchze laut. Alles wird gut!

Kay lacht, hebt mich hoch, wirbelt mich durch die Luft. »Mein Mädchen wird meine Frau!«, ruft er immer wieder.

Unser Haus, die Veranda, der Rasen, die Sterne, einfach alles verschwimmt in Schlieren, während Kay sich und mich im Kreis dreht, und als er mich absetzt, ich den Kopf in den Nacken lege, um vor Schwindel nicht umzufallen, sehe ich eine Sternschnuppe. Sie erscheint mir wie ein Zeichen des Himmels.

»Sieh doch!«, rufe ich mit ausgestrecktem Arm.

»Wünsch dir was«, raunt Kay mir ins Ohr.

Ich schließe die Augen und denke an meine Familie, genau wie ich sie gesehen habe. Jeremy im Anzug, Mum, die ihre Tränen mit einem Taschentuch abtupft, die klassische Musik, die sich erhebt, während ich an Dads Arm auf Kay zuschreite.

»Und?« Sanft zieht Kay mich an sich und überkreuzt seine Arme hinter meinem Rücken. »Hast du dir etwas gewünscht?«

»Das habe ich«, sage ich glücklich und lehne mich in seinen Armen nach hinten, um ihm in die Augen blicken zu können. »Und du? Willst du dir nichts wünschen?«

Kay lächelt mich an. »Das ist nicht nötig.«

Das Rumpeln unseres Pick-ups reißt mich zurück in die Wirklichkeit. Er muss eben von der Hauptstraße in den Waldweg eingebogen sein. Oh nein! Ich kenne die Geräusche und weiß: In spätestens 60 Sekunden ist er da!

Ich brauche zwei, um auf die Füße zu kommen. Sie sind nackt, wie der Rest von mir. Noch ist es früh am Morgen, aber die Sonne scheint hell und taucht das Schlachtfeld um uns in gleißendes Licht, mittendrin Kay, nur mit Boxershorts bekleidet, auf Mums Pionierdecke.

Scheiße! Scheiße! Scheiße!

Ich springe über die Decke zu meiner Jeans, die auf dem Rasen liegt. Mit einem Bein schlüpfe ich hinein, angle gleichzeitig nach der leeren Sektflasche, wobei ich beinahe das Gleichgewicht verliere, und fluche laut.

Kay springt auf und fährt herum. »Ports?«

»Verdammt, nein! Schlimmer. Mein Vater.« Endlich habe ich die Hose zugeknüpft, werfe Kay seine zu. »Hier. Wenn er dich so sieht, dreht er durch.« Der Motor ist jetzt deutlich zu hören.

»Na, dann bin ich mal gespannt, was er sagen wird, wenn ich nachher um die Hand seiner Tochter anhalte.« Kay grinst.

Ich gefriere in der Bewegung. »Oh mein Gott.« Panik überkommt mich. »Oh. Mein. Gott!« Jetzt übergeschnappte Freude.

Kay knöpft sein Hemd zu und bückt sich nach der Decke, während ich hektisch meine verwüsteten Haare glatt zu streichen versuche. »Und, geht es so? Sehe ich normal aus?«

»Normal? Du meinst unschuldig?«

Ich verdrehe die Augen. »Du weißt genau, was ich meine.«

»Du siehst fantastisch aus, aber ...«

»Aber was?«, frage ich und trete nervös von einem Bein aufs andere.

»Mit Top wäre es perfekt.«

»Mein Top!« Kieksend presse ich die Hände auf die Brüste und drehe mich dabei im Kreis. Oh Shit! Dads Pick-up biegt eben um die letzte Kurve. Ich finde dieses verdammte Top nicht! Kay lacht auf. »Hilf mir lieber!«

»Im Strauch«, meint er, immer noch grinsend. Himmel! Wie kann er nur so gelassen bleiben?

Gerade noch rechtzeitig streife ich mir das Shirt über, dann erblicke ich schon die senfgelbe Motorhaube. Das Chaos um uns ist trotzdem nicht zu übersehen und jeder, der eins und eins zusammenzählen kann, wird wissen, was hier geschehen ist.

Kay drückt meine Hand. »Mach dir keine Gedanken. Du bist eine erwachsene Frau und bald verheiratet. Selbst zu meiner Zeit hat niemand mehr erwartet, dass man unberührt in die Ehe ging. Deine Eltern müssen das nur noch begreifen.«

Der Wagen fährt in gut 20 Metern Entfernung an uns vorbei auf den Parkplatz zu. Ich sehe ihm mit gerunzelter Stirn nach. »Du meinst, mein Vater muss das begreifen. Ich mache mir nur um Dad Sorgen.«

Kay zieht die Mundwinkel nach unten. »Ja, das war kein guter Start gestern. Ich wünschte, dieser Teil unserer Realität hätte sich auch geändert.«

»Ich auch«, seufze ich.

Der Motor wird ausgestellt und das Bremslicht erlischt.

»Wir werden ihn schon überzeugen«, meint Kay leichthin. »Komm, gehen wir sie begrüßen.«

Hand in Hand schlendern wir zum Wagen. Na ja, Kay zieht mich eher hinter sich her. Er öffnet die Beifahrertür. Ich schiele an Mum vorbei in den Innenraum auf die Rückbank. Sie ist leer.

»Ist Jeremy noch im Krankenhaus?« Ein ungutes Gefühl breitet sich in mir aus. Kay tritt zur Seite. »Mum, Dad! Wo ist Jeremy?«

Meine Mutter steigt langsam aus, wobei sie sich an der Tür hochzieht. Sie sieht fürchterlich aus. Unter ihren geröteten Augen liegen tiefe Schatten, ihr Gesicht wirkt eingefallen und schrecklich blass.

»Was ist?«, frage ich erstickt. Ich suche Dads Blick, aber er hat sein Gesicht in den Händen vergraben und auf das Lenkrad gebettet, als schliefe er. »Mum!«

Sie schwankt leicht. »Alison ...« Ihre Stimme ist brüchig und mein ungutes Gefühl wird zu einer erdrückenden Vorahnung. »Ich konnte es dir am Telefon nicht sagen. Ich konnte einfach nicht. Verzeih mir.«

»Was sagen?«, frage ich tonlos und bin noch nicht mal in der Lage zu schlucken.

»Jeremy ... er, er ...«

»Er was?«

»Er lebt nicht mehr.«

»Er lebt nicht mehr?« Ich brülle jetzt. »Was heißt das, er lebt nicht mehr?«

»Er ist tot, Alison. Das heißt es.«

In diesem Moment biegt ein schwarzer Leichenwagen auf unser Grundstück ein. Ich habe ihn nicht kommen hören. Er bremst neben Dads Pick-up ab. Der Motor geht aus. Ich starre auf das weiße Kreuz an der Fahrertür und plötzlich scheint sich die Welt nur noch in Zeitlupe zu drehen.

Ich registriere, wie Mum allmählich in sich zusammensackt, Kay ihr unter die Arme greift, Dad seinen Wagen unendlich langsam umrundet, selbst das Zuschlagen der Tür hallt ewig in meinen Ohren nach, als wäre es ein Dauerton, der sich mit Piepen mischt und dem Rauschen meines Blutes, das durch den Körper jagt. Ich greife mir an den Kopf und dann höre ich gar nichts mehr.

Dong ... Dong ... Dong ... Die Schläge unserer Pendeluhr bringen mich wieder zu Bewusstsein. Ich muss auf dem Sofa im Wohnzimmer liegen. Leise Stimmen dringen zu mir durch. Es ist Dad, der redet. Er verabschiedet jemanden. Eine Tür schlägt zu. Unsere Haustür. Mir ist kalt. Eiskalt. Jeremy ist tot.

Ich weiß, dass ich nichts davon geträumt habe, genauso wie ich mir sicher bin, nicht geschlafen zu haben, sondern aus einer Ohnmacht erwacht zu sein. Und trotzdem will ich der Wahrheit nicht ins Gesicht sehen, die Augen einfach geschlossen halten, bis alles wieder gut ist. Aber mein Körper entlässt mich nicht wieder in das gnädige Nichts. Stattdessen höre ich Schritte näher kommen.

»Das Bestattungsinstitut sagt, wir müssen unseren Jungen ...« Dads Stimme bricht. »Wir müssen diesen fürchterlichen Sarg bald aufbahren lassen, wegen der Wärme.«

»Ich habe mit Reverend Baker telefoniert. Die Trauerfeier findet morgen Nachmittag statt. Hier, im Garten, im engsten Familienkreis«, höre ich Mum sagen. Sie klingt jetzt gefasster, fast unberührt. Wahrscheinlich verdrängt sie den Schmerz, weil er sonst unerträglich wäre. Und ich verstehe sie.

Jeremy, tot. Das kann nicht sein. Das darf nicht sein! Am liebsten würde ich diese Worte herausschreien, aber ich liege nur hier, in fassungsloser Starre.

»Sollen wir den Arzt nicht doch noch mal rufen?« Ich höre Dad durch den Raum laufen. »Er sagte doch, sie würde bald wieder zu sich kommen.«

Finger legen sich auf meine Stirn, dann an meinen Hals. Es ist Kay, der meinen Puls fühlt. Kay ist hier. Das ist gut.

»Es geht ihr gut, Mr Hill. Geben Sie ihr noch ein paar Minuten.« Seine Stimme klingt ruhig und gefasst.

»Danke. Mr Raymond. Es ist ... Vielleicht ist es gut, dass Sie hier sind. Gut für Alison«, fügt Dad hinzu.

Ich räuspere mich, versuche, meine Stimme wiederzufinden. »Ich bin wach«, krächze ich.

»Geht es dir gut? Ich meine, kannst du dich aufsetzen?«

»Es geht schon«, murmle ich und komme hoch.

»Gut, deine Familie braucht dich jetzt«, höre ich Kay flüstern, spüre seine Hand auf meinem Rücken und doch ist das Einzige, was ich wirklich wahrnehme, ein glänzender dunkler Kasten. Der Sarg. Er steht mitten in unserem Wohnzimmer und obwohl Mum und Dad zu mir kommen, kann ich nur auf den schwarzen Lack starren. Kein jahrelanges Training, keines meiner Bücher hat mich auf diesen Anblick vorbereitet.

Kay hockt sich vor mich und zieht mich in seine Arme. Vielleicht sind sie das Einzige, was mich daran hindert zu zerbrechen. Ich weiß es nicht.

Dad räuspert sich und berührt Kay an der Schulter. Kay sieht auf, ohne mich loszulassen.

»Danke«, sagt Dad schlicht, streicht mir über den Kopf und geht zur Tür.

Mum lässt das Telefon sinken. »Wir müssen Rose benachrichtigen. Robert, wohin willst du?«

»In den Schuppen.«

»Was? Jetzt?«

Dad dreht sich im Türrahmen um. »Und wenn es das Letzte ist, was ich für ihn tun kann, ich werde unserem Jungen einen würdigen Sarg zimmern. Aus Eiche«, sagt er und verschwindet aus meinem Sichtfeld. Noch bevor die Haustür zuklappt, höre ich meinen Vater bitterlich weinen und presse die Hand vor den Mund, um nicht selbst in Tränen auszubrechen.

Meine Mutter kommt zu mir. Kay entlässt mich aus seinen Armen und ich schlinge meine um Mums Hals.

»Dein Vater muss das tun«, sagt sie erstickt. »Sonst würde er jedes Stück Holz in diesem Haus zertrümmern.«

»Ich weiß«, flüstere ich, und als ich Mum loslasse, sehe ich, wie ihr Kinn bebt. Auch sie wird nicht mehr lange die Fassung bewahren. Ich presse die Lippen aufeinander und straffe meine Schultern. Jetzt muss ich für meine Familie stark sein.

»Was ist passiert? Woran ist Jeremy ...« Das Wort kommt nicht über meine Lippen. »Wieso lebt er nicht mehr?«

Mum zieht die Schultern hoch, wobei sie den Kopf schüttelt. »Es ist unerklärlich. Er war ... es sah alles gut aus. Dein Bruder hatte sich die Haut an einem Felsen aufgerissen. Hier«, sagt sie und fasst sich ans Herz. »Im Krankenhaus haben sie ihn gründlich untersucht. Röntgenaufnahmen, MRT, Gehirnstrommessungen, alles! Er hatte nur eine Rippe angebrochen, noch nicht mal eine Gehirnerschütterung. Wir haben noch mit Jeremy geredet. Das Letzte ...« Mum schluchzt auf und drückt gleich darauf ihre Zähne in die Oberlippe, bis sie weiß ist. Trotzdem treten Tränen aus ihren Augen. »Das Letzte, was ich zu ihm gesagt habe, war, dass er den Rest des Sommers in seinem Zimmer verbringen wird. Ich ... ich war so wütend und ... es waren meine letzten Worte, verstehst du?« Mums Körper bebt unter Schluchzern. »Ich hätte ... ich hätte ... ihm sagen sollen, dass ich ihn liebe.«

»Wieso lebt er nicht mehr?« Ich kämpfe meine eigenen Tränen nieder.

Mum wischt sich über die Augen. »Schädelbasisbruch. Plötzlich blutete er aus den Ohren.«

»Aber ...«

»Ich war gerade dabei, dich anzurufen, um dir zu sagen, dass es Jeremy gut geht, und da schrie dein Vater nach dem Arzt. Jeremys Hinterkopf war eingeschlagen, durch Gewalteinwirkung, sagte der Arzt. Ich verstehe das einfach nicht! Als hätte jemand ihn in der Sekunde getötet, als ich das Handy aus meiner Tasche holte. Ich verstehe es nicht. Ich verstehe es einfach nicht. Ich verstehe es –«

»Aber ich«, falle ich Mum ins Wort, wobei sich meine Hände zu Fäusten ballen. Meine Trauer, meine Fassungslosigkeit, meine Starre haben sich in Luft aufgelöst. Was bleibt, ist flammender Hass. Ich sehe zu Kay hoch. »Der Zeitpunkt ist gekommen.«

»Sam Oscar hat also recht behalten«, sagt Kay. Unendliches Leid tritt in sein Gesicht. Beide wissen wir, was das bedeutet.

Mum schnieft. »Wovon redest du?«

Ich lege ihr meine Hand auf die feuchte Wange und wische ihr mit dem Daumen die Tränen weg. »Du wirst es nicht begreifen, aber du wirst dich auch nicht daran erinnern. Keiner von uns wird sich daran erinnern.«

»Woran?«

»Alles wird gut. Vertrau mir. Ich liebe dich.«

Sie sieht mich aus großen Augen an. Ich nehme die Hand von ihrer Wange und blicke zu Kay. »Bist du bereit?«

Kay nickt und streckt mir seine Markerhand entgegen.

»Technischer Ausfall?«, liest meine Mutter laut, was in roten Lettern auf der Innenfläche steht. »Was, was ist das? Was soll das alles? Alison?«

»Bis später, Mum«, antworte ich, greife Kays Hand und schließe die Augen.

Diesmal trägt uns meine Erinnerung in eine Zeit, in der es meine größte Angst war, meine Zahnlücke könnte sich niemals schließen.

11

Frühling 2010, Mill Valley

Ruhe. Ich brauche Ruhe, um nachzudenken, zu planen, jeden möglichen Fehler auszuschließen. Dieser Moment meines Lebens erscheint mir dafür genau richtig.

Meine Erinnerung hat uns an den Bach geführt, der durch den Park läuft, der eigentlich keiner ist, sondern mehr ein Wald mit Bänken, Mülleimern, einem Spielplatz, sogar einem Café und der Sägemühle, der Mill Valley seinen Namen zu verdanken hat.

Ich lasse meinen Blick schweifen und suche mein jüngeres Ich. Es ist Frühling. Ein ausgesprochen heißer Frühlingstag, genauso wie ich ihn in Erinnerung habe.

Auf der anderen Seite des Bachs steht ein großer Kirschbaum. An ihn habe ich gedacht, an seine rosafarbenen Blüten, die zu Tausenden auf der Wasseroberfläche schwammen und zu Dutzenden an meinen nackten Beinen klebten, als ich mit Carissa durch den Bach watete. Es war ein unbeschwerter Tag, der jedoch schrecklich begann ...

Ich war 14. Es war ein Dienstag und am Morgen bekam ich eine Zahnspange. Sie drückte entsetzlich und von dem ganzen Mundaufsperren waren meine Mundwinkel leicht eingerissen. Mum gab mir nach dem Arzttermin einen Zwanzigdollarschein und sagte: »Kauf dir etwas Schönes.« Ich rief Carissa gleich nach ihrem Unterrichtsschluss an, um das Geld gemeinsam mit ihr auszugeben. Vielleicht beschlossen wir, ins Kino gehen. Ich weiß es nicht mehr.

Aber ich erinnere mich an die Kirschblüten, die an meinen Beinen klebten, und dass ich Angst hatte, meine Zahnlücke würde sich niemals schließen, auch mit Spange nicht, so groß war sie.

Ich stoße mit der Zunge gegen meine geraden Schneidezähne und meine Augen wandern den Bach entlang in Richtung Spielplatz. Komisch. Damals erschien er mir viel größer.

Kay folgt meinem Blick. »Wieso hast du uns hierhergebracht?«, fragt er.

»Hier haben wir unsere ersten Stunden verbracht. Die erste Challenge, weißt du noch?«

»Du glaubst, ich könnte das vergessen?«

Ich schüttle den Kopf. »Nein, nicht wirklich. Es ist nur so, dass ... Warte. Da sind sie.« Schnell schmiege ich mich an Kays Schulter, um mein Gesicht zu verbergen.

»Wer? Die zwei Mädchen im Bach? Bist du das?«

»Ich und Carissa«, flüstere ich. »Sie war mal meine beste Freundin, bevor ... bevor ich sie im Stich gelassen habe.«

Ich schiele an Kays Arm vorbei zum Bach. Mein jüngeres Ich und Carissa sind nicht mehr weit entfernt, vielleicht 15 oder 20 Schritte, und ich habe Sorge, sie könnte sich in mir wiedererkennen. Die Mädchen lachen und spritzen Wasser mit ihren Füßen in die Luft. Sie tragen beide bunte Freundschaftsarmbänder, ihre Schwurbänder.

Mein Magen zieht sich vor lauter Schuldgefühlen zusammen. Damals hatten wir geschworen, uns immer alles zu erzählen. Alles. Ausnahmslos. Carissa hat die Bänder in jenem Jahr zuhauf geknüpft. Und mit jedem Band kam ein neuer Schwur hinzu: Wir schworen uns, auf das gleiche College zu gehen, niemals denselben Mann zu küssen, irgendwann unsere Häuser direkt nebeneinander zu bauen, auf jeden Fall das gleiche Kleid zu tragen, sollten wir je zu einer Oscar-Verleihung eingeladen werden, und zum selben Zeitpunkt Kinder zu bekommen, sogar am selben Tag zu heiraten. Am Ende des Jahres war mein Unterarm mit Freundschaftsbändern bedeckt und unsere Zukunft durch Schwüre besiegelt. Keinen davon habe ich gehalten.

Carissa lacht glockenhell und wirft ihren Kopf zurück. Ihre langen blonden Haare fallen ihr bis über den Po. Ihre Zähne sind weiß und ebenmäßig. Ja, sie war schon immer die Hübschere von uns beiden und plötzlich entsinne ich mich, wie fürchterlich hässlich ich mich neben ihr gefühlt habe. Besonders mit der Zahnspange. Und als mein 14-jähriges Ich kichernd an uns vorbeizieht, fällt mir auf, wie sie sich die Hand vor den Mund presst, damit niemand die schrecklichen silbernen Drähte darin sieht.

Nach einer Weile frage ich: »Sind sie weg?«

»Sie sind Richtung Mühle abgebogen.« Kay schiebt mich ein Stück von sich, wobei er mich an der Taille festhält. »Das warst wirklich du?«

»Schrecklich, oder?«

»Nein, nur ... doch, schrecklich«, sagt er und verdreht die Augen. »Du sahst wie ein Backfisch aus.«

»Ich war ein Backfisch«, gebe ich zurück. »Viel zu pummelig. Und ich hatte einen Pony, bis über die Augenbrauen, und eine Zahnspange, hast du das gesehen?«

Kay kratzt sich am Kopf. »Wie nur ist aus diesem Backfisch eine so atemberaubend schöne Frau geworden?«

Ich boxe ihn spielerisch. »Also ehrlich, du Spinner.«

Kay lächelt, doch seine Augen schauen mich dabei ernst an. »Also hier verbringen wir unsere letzten gemeinsamen Stunden, ja?«

»Oh Gott, Kay. Ich ... ich will dich nicht vergessen. Ich könnte es nicht ertragen.«

Kay schnalzt leise mit der Zunge. »Aber das werden wir nicht. Wir müssen es nicht ertragen, weil wir uns gar nicht erinnern werden, wenn es uns gelingt, diese ganze Kette von Ereignissen zu unterbrechen.«

Meine Unterlippe schmerzt, weil ich darauf beiße, um nicht schon wieder in Tränen auszubrechen. Die letzten Tage scheinen nur noch aus Tränen und Kotzen zu bestehen. Eine Zukunft ohne Kay kommt mir derart abwegig vor, jetzt wo wir endlich zusammen sind ... Ich will nicht glauben, dass es nicht doch eine Alternative gibt.

»Im Grunde ist es doch egal, wann wir es versuchen, oder?« Ich presse meine Stirn gegen seine Brust und Kay drückt sein Kinn auf meinen Kopf. »Wir könnten trotzdem heiraten und ... und Flitterwochen verbringen und auch dann könnten wir noch in die Geschichte eingreifen. Selbst mit 70, oder so.«

»Alison, du kannst sagen, was du willst, oder abwägen, so viel du willst. Du wirst doch auf dein Herz hören.« Kay legt die Hand auf meinen Hinterkopf und küsst sanft mein Haar. »Und wenn du wartest, wirst du nur daran denken können, dass diese ... diese Unmenschen Jeremy immer und immer wieder holen werden, gleichgültig, wie oft wir seinen Tod verhindern. Sie werden ihn in immer jüngeren Jahren in die Show stecken und er wird jedes Mal aufs Neue sterben. Das weißt du genauso gut wie ich. Und während er diesen Horror durchstehen muss, willst du einfach weiterleben?«

»Wieso tun sie das bloß?«, frage ich erstickt.

Kay nimmt seinen Kopf von meinem. »Das ist dir nicht bewusst?«

»Doch. Sie werden Jeremy immer wieder in die Zukunft holen, weil er ein Köder ist.«

»Genau, und du das unberechenbare Raubtier, das durch diesen Köder gefasst werden soll.«

»Lass uns …« Bei dem Gedanken, in Kürze unsere Vergangenheit auszulöschen, wird mir schwindelig. »Ich … ich muss mich setzen.«

Kay ruckt mit dem Kinn in Richtung einer großen Pappel und bietet mir den Arm. »Da ist eine Bank.«

»Das ist alles so unfair«, sage ich, nachdem wir uns gesetzt haben. Mein Kopf lehnt an Kays Schulter, mein Blick geht ins Leere. »Wieso wir?«

»Ich weiß es nicht. Zufall, wahrscheinlich. Aber das sollte uns weniger beschäftigen als Jeremys plötzlicher Tod.«

»Ich weiß«, seufze ich. »Das Schlimmste ist, meine Eltern werden vielleicht irgendwann damit klarkommen, aber nicht damit, dass sie nicht verstehen, wieso sein Schädel plötzlich eingeschlagen war. Das werden sie nie verkraften. Wir müssen es verhindern. Wir müssen Zeitreisen verhindern.«

Eine Weile schließe ich die Augen, aber als sich Jeremys blutverklebte blonde Locken in meinen Geist drängen, öffne ich sie wieder. »Hast du irgendeine Ahnung, wer es war?«

Kay nimmt den Arm von meiner Schulter und stützt den Kopf in die Hände. »Nein. Ich wusste ja noch nicht mal, dass Jeremy wieder dabei war. Ich habe an die meisten Kandidaten nur eine vage Erinnerung. Im Grunde könnte es jeder gewesen sein. Wahrscheinlich mit einem Stein. Nur wenige von uns lebten lange genug, um sich Waffen zu bauen, weißt du.«

»Aber du musst ihn doch gesehen haben. Du hast es selbst gesagt! Jeremy war nicht mehr dabei, nachdem wir die Zukunft verändert haben. Du hast es mir gesagt!« Meine Worte kommen heftiger über meine Lippen, als ich gewollt hatte. »Du hast es gesagt«, wiederhole ich leiser.

»Weil ich in meinen Erinnerungen nach einem erwachsenen Mann gesucht habe und nicht nach einem Teenager. Und um ehrlich zu sein, habe ich den Jungen und Alten kaum Beachtung geschenkt. Sie stellten ... sie stellten einfach keine Gefahr dar. Es war ...« Kay bricht mitten im Satz ab und starrt finster zu dem Kirschbaum.

Ich lasse ihn. Beide müssen wir nachdenken. Jeremy, ein Köder ...

Ist es tatsächlich so? Kann ich mir ganz sicher sein? Haben die Ports mir aus diesem Grund nicht aufgelauert, als ich in meine Realität, nach Hause, zurückkehrte? Weil es für sie leichter ist, einfach zu warten, bis ich zu ihnen komme?

Es wäre zumindest logisch. Denn genau genommen mussten sie nicht einen einzigen Port einsetzen und hätten mich doch beinahe getötet. Dafür haben sie Jeremy zum Teil ihrer Show gemacht, als Köder. So brauchen sie nicht unendlich viele Zeiten, Orte und Realitäten nach mir zu durchforsten. Sie müssen nur warten und dann zuschlagen. Und als das beim ersten Mal nicht gelang, haben sie Jeremy erneut geholt. Einen jüngeren Jeremy, wahrscheinlich in dem Moment, da er im Krankenhaus lag. Nein, nicht wahrscheinlich. Auf keinen Fall! In meiner Nähe wäre mein Bruder durch den Störsender geschützt gewesen, aber so ...

Vielleicht hat Jeremy die 31. Staffel einen Tag lang überlebt oder sogar nur wenige Stunden. Vielleicht haben sie dafür gesorgt, dass irgendein anderer Kandidat ihm den Schädel einschlug.

Ich reibe mir über das Gesicht und versuche dabei, die Bilder zu verdrängen, die erneut in mir aufsteigen. Mein Gott! Ich darf mir nicht vorstellen, was mein Bruder durchgemacht haben muss. Ich muss jetzt klar und analytisch denken, um die richtigen Schlüsse zu ziehen. Nur so kann ich diesen Wahnsinn ein für alle Mal beenden. Auch wenn ich noch nicht weiß, wie. Aber das ist der zweite Schritt.

Nachdem Jeremy gestorben war, kehrte sein toter Körper in seine Zeit und Realität zurück. In das Krankenhaus des Jahres 2015. Just in dem Augenblick, als meine Mutter mich anzurufen versuchte, um mir zu sagen, alles wäre in Ordnung. Und als Dad nach dem Arzt schrie, sich Mum umdrehte, sah sie, wie Jeremy aus den Ohren blutete, und der Arzt stellte seinen Tod fest. Gestorben durch Gewalteinwirkung.

Und jetzt warten diese Bastarde in der Zukunft darauf, dass ich wieder versuche, Jeremys Tod zu verhindern, um dann mich umzubringen. Und solange ihnen das nicht gelingt, werden sie Jeremy wieder und wieder sterben lassen oder meine Mutter oder meinen Vater …

»Ich verstehe nur eins nicht«, beende ich meine Gedanken. »Wenn es uns wirklich gelingt, Zeitreisen zu verhindern, falls ich es schaffe, weshalb sind wir dann noch da? Wieso haben wir die Marker noch?«

»Vielleicht gelingt es uns nicht«, antwortet Kay. »Womöglich hört es niemals auf.«

»Aber dann wäre ich doch keine Bedrohung für sie, oder? Ich meine, wenn ich nichts tun kann, wieso wollen sie dann meinen Tod?«

Kay streicht mir eine Strähne aus dem Gesicht. »Ich

weiß noch nicht einmal, was von beidem ich mir wünschen soll.«

Ich lächle matt. »Gibt es wirklich nur entweder – oder? Entweder meine Familie stirbt oder ich verhindere Zeitreisen und vergesse dich?«

»Ich weiß es nicht. Wir müssen ...«

»... zu Sam Oscar.«

»Ja.« Kay streicht sich über die Hose und steht auf. »Wir brauchen mehr Informationen. Was genau hat Oscar getan, um Zeitreisen zu ermöglichen? Wann hat er es getan? Welche Schlüsselfiguren gab es noch? Welche Ereignisse sind wann und wo eingetreten? Welche Erkenntnisse lassen sich daraus ziehen?«

Mir ist bewusst, dass unser nächster Schritt ein Sprung zu Oscar sein wird, dass er der Schlüssel zu allem ist, und ich könnte Kay und mich auch sofort in die Höhle des Jahres 1853 bringen, dorthin, wo Oscar sich zum Meditieren zurückzuziehen pflegt, aber ich will nicht. Ich will zumindest noch einige Stunden mit Kay verbringen, bevor wir Entscheidungen treffen, die sich nicht mehr rückgängig machen lassen, und uns keine Zeit mehr für einen Abschied bleibt.

Tief im Inneren spüre ich, dass ich Kay nicht kampflos aufgeben werde, nicht nur, dass ich es nicht will. Ich werde es nicht. Aber ich weiß nicht, ob ich den Kampf gewinne. Ich weiß noch nicht einmal, wer genau der Feind ist, gegen den ich kämpfen muss. Die Zukunft? Der Portierer? Oscar oder Randy? Gegen irgendeinen namenlosen Wissenschaftler, der einen kleinen, jedoch unverzichtbaren Teil dazu beigetragen hat, Zeitreisen zu ermöglichen? Gegen *Timeship,* die eigentlichen Macher der Show?

Kay streckt mir die Hand entgegen.

»Es ist die falsche«, flüstere ich.

»Ich möchte nicht portieren, noch nicht. Ich möchte mit dir etwas essen gehen.«

»Essen gehen?«, wiederhole ich ungläubig.

»Was denn? Darf ein Mann sein Mädchen nicht zum Essen ausführen? Außerdem knurrt dein Magen.«

»Wirklich?« Meine Frage beantwortet sich im selben Moment durch tiefes Brummen. »Ich habe tatsächlich ziemlichen Hunger. Also, mein Körper, meine ich. Ich weiß nicht, ob ich überhaupt einen Bissen runterbekomme.«

Ich ergreife Kays Hand und er zieht mich hoch. Mit sanftem Lächeln legt er seine Hand auf meinen Bauch. »Und wenn es nur eine Cola ist. Du brauchst Energie und ich möchte einfach noch ein paar ganz normale Stunden mit dir verbringen, in Ordnung?«

»Aber ... aber das ist jetzt kein Abschied?«, frage ich gepresst. »Wir trinken nur eine Coke, richtig?«

»Kein Abschied. Und, Alison?«

»Ja?«

»Lass uns nicht über Abschied reden, solange wir nicht wissen, ob es ihn geben wird.«

Ich lächle tapfer. »Dort hinten links ist ein Café. Glaube ich zumindest. Also, ich glaube, es ist schon da. Und sie haben fantastisches Eis dort. Weißt du, was? Ich könnte plötzlich eine Tonne Eis verdrücken.«

Kay lacht vergnügt. »Dann werden wir genau das tun. Lass uns Eis essen, bis uns schlecht wird.«

»Aber wir haben kein Geld ...«

»Uns fällt schon etwas ein.« Kay grinst. »Ich bin ansonsten ein guter Tellerwäscher.«

»Ich verlass mich auf dich«, gebe ich zurück.

Hand in Hand schlendern wir durch den Park. Unsere

Schritte werden von den unzähligen trockenen Tannennadeln gedämpft, die den Boden bedecken. Licht bricht durch das Blätterdach jahrhundertealter Bäume, die warme Luft ist von süßem Blütenduft getränkt und jeder um uns herum scheint an diesem Frühlingstag unbeschwert zu sein. Vom Spielplatz ist helles Kinderlachen zu hören und wird, während wir weitergehen, von dem Song *Stand by me* abgelöst, den ein zahnloser Alter voller Leidenschaft vor einem spärlichen Publikum singt, eine Mütze mit einigen Münzen darin vor seinen Füßen.

Wenig später schlendern wir an einer Familie vorbei, die unter einer Platane picknickt, ihr Essen so liebevoll drapiert, als säßen sie an einer Thanksgiving-Tafel. Wir biegen nach links auf einen Kiesweg ab, weichen einem Ball aus, der vor uns über den Weg rollt, gefolgt von drei Jungs, die sich gegenseitig anfeuern und deren Hosen an den Knien grün vom Gras sind. Auf der anderen Seite des Weges liegen zwei Mädchen bäuchlings auf der Wiese und sehen uns tuschelnd nach, während wir auf das Café zugehen und beide so tun, als läge nichts Schreckliches hinter und Unvorstellbares vor uns, nur um noch einmal unbeschwert sein zu können.

Das Café ist ein weißer Holzbau mit vielleicht 20 Sitzplätzen, Korbstühlen und kleinen, runden Tischen auf der Terrasse, die von einem niedrigen Zaun umrahmt ist. Kay steuert auf einen Tisch in der Ecke zu und zieht einen Stuhl für mich zurück.

»Danke.« Ich setze mich und er nimmt zwei Eiskarten aus einem Ständer, um mir eine davon zu reichen.

»Du meine Güte. Ein Dollar fünfzig für eine Kugel Eis? Das nenne ich eine Inflation seit 1929.«

Ich starre auf die bunten Bilder aufgetürmter, köstlicher Eiskugeln und merke, wie mir der Speichel im Mund zusammenläuft. »Ich weiß nicht, ob wir wirklich etwas bestellen sollten. Wir werden diese Rechnung nicht begleichen können. Dafür müsstest du stundenlang Teller waschen.«

Kay lässt seine Karte sinken. »Nein, aber dafür eine andere, eine viel wichtigere. Denn jeder dieser Menschen hier könnte eines Tages Kandidat bei *Top The Realities* werden. Wir begleichen diese Rechnung auch für sie. Also, los. Bestell dir den größten Eisbecher, den es gibt. Wenn irgendjemand hier wüsste, was wir für sie zu opfern bereit sind, würden sie uns ein Leben lang mit kostenlosem Eis versorgen. Glaub mir.«

»Jetzt habe ich wirklich Appetit«, murmle ich, während ich die Karte durchblättere, bis mein Blick an einer Abbildung mit schokoladenüberzogenem Karamelleis hängen bleibt, das obendrein noch mit Krokant bestreut ist.

»Hi, willkommen im *Mills*«, ertönt da eine Stimme neben uns.

Ich drehe mich zu der Kellnerin, die ich nicht habe kommen hören. Sie ist groß und blond und hübsch mit ihren hohen Wangenknochen und den perfekt geschwungenen Lippen und sie sieht ausschließlich Kay an.

»Ich bin Jennifer. Was kann ich euch beiden bringen?«

Kay blickt über die Karte hinweg zu mir. »Alison? Hast du dich entschieden?«

»Ja. Ich möchte ... Bringen Sie mir bitte acht Kugeln Karamelleis mit Schokosoße und Krokant. Und ... und Sahne, bitte. Und eine Cola. Und haben Sie Sandwiches?«

»Ja, mit Käse oder mit Schinken oder mit beidem.« Jetzt sieht Jennifer mich doch an. Falls sie die maßlose Bestellung wundert, lässt sie es sich jedenfalls nicht anmerken.

»Mit beidem. Zwei Mal, bitte«, schiebe ich nach und bin mir absolut sicher, all das auch essen zu können.

»Für mich ein Wasser und zwei Schinkensandwiches«, sagt Kay und schon wendet Jennifer mir wieder den Rücken zu. Ich starre auf die an ihrer schmalen Taille zusammengebundene weiße Schürzenschleife.

»Also, zwei Schinkensandwiches und ein Wasser für dich und acht Kugeln Karamellsplit, eine Cola und zwei Käse-Schinken-Sandwiches für deine …« Jennifer stockt und ich halte die Luft an. Wie wird Kay mich bezeichnen? Als seine Freundin? Partnerin? Sein Mädchen?

»Für meine zukünftige Frau«, antwortet er, klappt die Karte zu und steckt sie zurück in den Ständer, während Jennifer unseren Tisch verlässt.

»Ich liebe dich«, platze ich heraus.

Kay greift meine Hände. »Noch mehr als Karamelleis mit Schokoladensoße?«

»Machst du Witze?«

»Ja«, sagt er mit einem Zwinkern. Gleich darauf wird sein Blick jedoch ernst. »Ich möchte, dass du etwas erfährst, falls ich nicht mehr die Gelegenheit haben werde, es dir zu zeigen.«

»Zu sagen, meinst du.«

»Nein, zu zeigen.«

Aus den Augenwinkeln nehme ich wahr, wie Jennifer Getränke, Ketchup, Tabasco, Salz und Pfeffer auf den Tisch stellt. Kay nickt kurz, ohne den Blick von mir zu nehmen. »Schließ deine Augen.«

»Okay …« Ich trinke einige Schlucke Cola, bevor ich die Augen tatsächlich schließe, dann höre ich ein Knirschen und danach ein leises *Ping*. »Was hast du vor?«

Kay lässt meine Hand los. Gleich darauf spüre ich sie

erneut in meiner. Sie ist feucht und meine kribbelt augenblicklich. »Salzwasser …«, sage ich leise. »Aber … vielleicht trägt uns deine Erinnerung davon, wie zu dem Canyon. Das wäre …«

»Öffne deine Augen, wenn du das Gefühl hast. Bis dahin … lass mich dir zeigen, wie sehr ich dich liebe.«

»Ich sehe Menschen …«, flüstere ich, wieder vollkommen fasziniert davon, Kays Erinnerungen vor meinem geistigen Auge zu sehen.

Erst sind die Gestalten schemenhaft, stumme Schatten ohne Ausdruck, und ich zwinge mich, meine eigenen Gedanken loszulassen, die sofort versuchen, die Bilder zu analysieren, um sie mit meinen Erinnerungen in Einklang zu bringen. Doch plötzlich höre ich Gelächter. So unverkennbar, dass es mir kalt den Rücken herunterläuft. Es ist Randys dröhnendes Lachen. Eine Tür geht auf. Der Showmaster steht im weißen Smoking im Rahmen und ich spüre Verachtung. Sie gilt ihm, Randy. Und auch wenn sie nicht so stark ist wie meine eigene Verachtung für ihn, ist sie nicht zu ignorieren. Aber ich weiß jetzt, wo ich bin, woran Kay sich erinnert. Es ist der Empfang in der Skylounge, vielleicht der Augenblick, bevor er mich das erste Mal sah.

Das Bild verschwimmt zu Schlieren, als würde ich mich mit offenen Augen im Kreis drehen. Und noch währenddessen habe ich wieder das Gefühl, eins mit Kay zu werden.

Andere Gesichter tauchen auf. Frauen. Sie werfen mir schmachtende Blicke zu, ein zierliches Mädchen spielt mit seinen kastanienbraunen Locken und befeuchtet seine Lippen mit der Zunge. Ich kenne diesen Blick. Oh ja. Ich kenne ihn nur allzu gut. Sie wird alles dafür tun, meine Aufmerksamkeit auf sich zu ziehen. Und es langweilt mich. Immer die gleichen, nichtssagenden Gesichter, umrahmt mal von glatten, mal von aufgedrehten Haaren. Sie sind alle gleich mit ihren erröteten Wangen, dem Gekicher hinter vorgehaltenen Händen und den verstohlenen Blicken. Jede von ihnen würde ihre Vorsätze vergessen, wenn ich ihr nur etwas mehr Aufmerksamkeit schenken würde als den anderen. Genau wie die brünette Schönheit da drüben neben diesem Wissenschaftler. Wie hieß er noch gleich? Sam Oscar. Genau. Ich hoffe nicht, sie ist seine Frau, das wäre unerhört, so jung, wie sie ist. Oh. Er kommt zu mir. Ladys ... das Spektakel geht los. Mr Oscar will mir also meinen Scout vorstellen. Gut. Wo ist er denn?

Was? Eine Frau? Dass ich nicht lache. Welche von ihnen? Die brünette Schönheit? Na ja, ich hätte es schlechter treffen können, zum Beispiel mit dem nervösen, kleinen Mädchen. Sie hat ja nackte Füße. Nackte, dreckige Füße. Und ihre Augen funkeln. Was ist mit ihr? Ist sie wütend oder aufgeregt? Auf jeden Fall ist sie ... interessant. Die Brünette lächelt mich an. Ich muss etwas Nettes sagen. Sie wartet darauf. Sie ist mein Scout, also ... Oh mein Gott. Sie ist nicht mein Scout! Es ist das Mädchen. Ein Mädchen! Mit nackten, dreckigen Füßen und losem Mundwerk. Sie hat mich doch tatsächlich einen Vollidioten genannt. Feuer hat sie, ohne Frage, aber sie ist ... noch nicht mal eine Frau.

Ich spüre Belustigung und Verwunderung. Beides gleichermaßen und ich bin mir erst jetzt wieder bewusst, dass es nicht meine Emotionen sind, sonders Kays Gefühle für mich. So also hat er ...

Plötzlich steigen neue Bilder in mir auf, sie laufen schneller, fast ruckartig. Es sind mehr Fetzen, die mich zurück in Kays Erinnerungen ziehen. Glockenhelles Lachen, Jills ebenmäßiges Gesicht, ihre mandelförmigen Augen.

Sie redet immerzu und sie ist so ... aufdringlich. Ganz anders als dieses Mädchen, Alison, mein Scout. Sie ignoriert mich, wo sie nur kann. Den ganzen Abend schon. Ich hätte nicht wenig Lust, sie bis aufs Blut zu reizen. Und ich erkenne ihre Schwachstelle: Sie ordnet sich nicht unter. Wieso sonst erscheint sie zu einem Empfang in männlicher Kleidung? So viel Emanzipation ...

Noch einmal will ich dieses Feuer in ihr sehen. Vielleicht sollte ich sie wirklich provozieren. Ja! Ich werde sie fragen, ob sie Socken stopfen kann, das kann sie nicht auf sich sitzen lassen ... Oh ja, sie sieht wütend aus. Verdammt wütend. Was tut sie? Du meine Güte, hat sie gerade ein Messer nach mir geworfen? Sie hätte mich umbringen können!

Was für eine Leidenschaft. Und wie ihre Augen glänzen, wenn sie wütend ist. Vielleicht ist sie doch kein Mädchen mehr. Wie sie wohl in einem Kleid aussähe?

Eine Tür schließt sich vor meinem geistigen Auge. Gleich darauf stürmt eine wahre Flut an Bildern, Gerüchen, Gefühlen und Geräuschen auf mich ein. Ich höre das Stampfen von Füßen, die irische Musik begleiten, spüre berauschende Lebensfreude, rieche Schweiß, sehe mich selbst, spüre mich in Kays Armen, bis ich mich wieder in ihm verliere. Plötzlich überwältigen mich Misstrauen, Angst und Verzweiflung. Ich empfinde Schmerz.

Wieso lebe ich noch? Ich müsste tot sein. Ich will tot sein. Alison! Alison ist hier? Woher kommt sie so urplötzlich? Hat sie mich etwa ins Leben zurückgeholt, die Kugel aus meinem Bein operiert? Womit? Sie muss ein Engel sein. Oder der Teufel. Wahrscheinlich gehört sie zur Show. Anders ist es nicht zu erklären.

Wie sie mich ansieht. Diese großen grünen Augen, dieser unbeugsame Wille darin. Sie bringt mich um den Verstand. Zum Teufel! Ich muss sie einfach küssen.

Den Bruchteil einer Sekunde bin ich irritiert, meine Lippen auf Kays zu spüren, dann verschmelze ich wieder mit seiner Gedankenwelt, die aus glitzerndem Wasser erwächst.

Es kann doch nicht so schwer sein, diese verdammte Forelle zu fangen. Herrgott! Ich habe Hunger. Komm schon! Wenn Alison mich nur nicht die ganze Zeit beobachten würde. Ich mache mich langsam lächerlich. Sie muss mich für einen vollkommenen Idioten halten. Oh nein, jetzt kommt sie zu mir. Los, Francis Kay Raymond. Überspiel die Situation. Sag etwas Lustiges.

Wow. Diese Frau ist unglaublich. Sie hat den Fisch einfach rausgehoben. Sie ist ein Wildfang. Ungewöhnlich willensstark für ein weibliches Wesen, aber so widerborstig und stur.

Wie sie mich jetzt ansieht, mit dem Fisch in der Hand. Ich mag ihr Lachen. Ob sie weiß, wie schön sie ist? Ach, hätten wir uns unter anderen Umständen kennengelernt. Sie würde mir den Teufel schon austreiben. Aber sie ist so selbstständig. Sie braucht keinen Mann.

Alison ... Alison ... Alison ...

Sie ist die reine Unschuld, so zart und verletzlich und gleichzeitig eine Amazone, voller Kampfgeist. Und ich weiß nicht, welche mich mehr um den Verstand bringt. Gerade jetzt sehe ich nur das unschuldige Mädchen in ihr. Wie sie mit nackten Füßen durch das hohe Gras hüpft. So leichtfüßig. Als wäre unser Leben nicht durch alles und jeden bedroht.

Vielleicht sollte ich ihr eine Freude machen, ihr einen

Strauß Blumen pflücken. Ich könnte sie überraschen. Es würde mich glücklich machen, sie glücklich zu sehen. Und ... ich wäre bei ihr. Es gefällt mir nicht, dass sie dort hinten auf der Wiese liegt und nicht bei mir ist. Ich fühle mich einfach wohl, wenn sie in meiner Nähe ist. Mann! Bist du gerade dabei, dich zu verlieben? Himmel Herrgott! Denk an das Spiel, Kay. Denk an die Baronessa. Du sollst dich nicht verlieben, sondern ihr den Hof machen. Wir können doch nicht ewig so weiterleben, oder? Hier, in der Wildnis. Das Spiel muss ein Ende haben. Los, tu, was dir gesagt wurde. Verzaubere die Kleine. Das war doch sonst nie ein Problem für dich ...

Sie sieht enttäuscht aus. Die Blumen waren keine gute Idee. Zu kitschig. Alison braucht keinen weichgespülten Romantiker, sie braucht einen Mann. Sei ein Mann. Küss sie. Sie öffnet ihre Lippen. Wenn das keine Einladung ist ...

Wahnsinn! Wer hätte das gedacht? Sie küsst mich, als hätte sie Jahre darauf gewartet, es zu tun. Nie hätte ich so viel Leidenscha-, oh mein Gott! Ich wollte sie verführen, aber sie ist es, die mich verführt. Ich werde ihre Widerspenstigkeit niemals brechen, eher breche ich.

Halt. Stopp mal. Was ist das? Ist das Liebe in ihrem Blick? Liebt sie mich etwa wirklich? Wie kann sie mich lieben?

Es war ein Fehler. Ein Riesenfehler, sie verführen zu wollen. Bist du das noch, Kay? Willst du wirklich den einzigen Menschen verletzen, der dir nur Gutes will?

Zur Hölle mit der Show! Zur Hölle mit der Baronessa! Zur Hölle mit ihnen allen! Wisst ihr, was ihr mich könnt? Nein? Ihr könnt dabei zusehen, wie ich nichts mehr mache. Ich spiele nicht mehr mit, hört ihr? Vielleicht könnt ihr meine Gedanken lesen ... Hier sind sie: Dieses Spiel ist vorbei! Ich werde Alison nicht verletzen, ich werde sie nicht für euch verführen. Wenn ich es täte, würde ich ihr das Herz brechen. Ja, vielleicht habe ich mich verliebt. Aber genau aus diesem Grund spiele ich nicht mehr mit.

Für einige Momente vermischen sich meine eigenen Gefühle mit Kays Erinnerungen. Ich bin verwirrt. Nicht nur, weil ich immer wieder in seine Sicht abgleite, sondern auch, weil ich nicht wusste, dass Kay damals auf der Wiese schon so für mich empfunden hat.

Geräusche drängen in mein Bewusstsein. Das Klingeln eines Handys. Spielende Kinder ... Nein, ich will mehr. Jetzt will ich wissen, wieso er mich liebt, wie er es heute tut, und lasse mich wieder in seine Gedankenwelt fallen.

Was bist du nur für ein blinder Idiot gewesen? Hast dein Glück die ganze Zeit vor Augen und du siehst es nicht. Was braucht ein Mann mehr zum Glücklichsein als eine Frau, die ihn derart liebt, dass sie bereit ist, alles für ihn aufzugeben? Und diese Liebe ist ehrlich. Sie ordnet sich nicht unter, sie betet nicht blind an, sie besteht über den Moment hinaus. Diese Liebe ist die absolute Hingabe einer unglaublichen Frau, die ich viel zu lange falsch eingeschätzt habe. Und ich habe das Schicksal, das mich zu ihr geführt hat, mit Füßen getreten. Ich musste mich erst sterben sehen, elendig krepieren mit durchschossener Lunge, um zu begreifen, was für ein unsagbarer Idiot ich war. Und jetzt ist es vielleicht zu spät.

Wie kann ich ihr begreiflich machen, dass ich Angst hatte? Angst vor meinen Gefühlen. Angst, sie zu verlieren. Angst, selbst verletzt zu werden. Und ja, sei ehrlich, auch Angst vor ihr. Weil sie viel mehr zu geben bereit war als ich. Weil sie so stark und unabhängig ist und trotzdem so zart, dass sie Schutz braucht. Meinen Schutz.

Ich fühle mich so unendlich einsam ohne sie. Mir fehlt ihr Lachen und ja, sogar ihre Wut ... Mir fehlt es, mit ihr zu scherzen oder einfach nur zu reden, ihr beim Schlafen zuzusehen, wenn keine Ängste sie quälen. Verdammt, mir fehlt sogar ihr Geruch!

Mein Gott! Was ist, wenn ich sie nicht wiederfinde? Was ist, wenn ich nie wieder die Gelegenheit haben werde, gutzumachen, was ich getan habe? Das darf nicht geschehen! Es darf einfach nicht geschehen.

Und wenn doch? Wenn ich all meine Chancen vertan habe, wenn es keine weitere gibt? Herr im Himmel, höre mich an. Ich schwöre dir, ich werde mich ändern, wenn du mir diese letzte Chance gibst. Ich werde hart zu mir selbst sein. So hart ich nur kann! Ich werde arbeiten, zuhören, glauben, lernen, ich werde stark sein, für sie. Ich werde mich selbst hintanstellen. Ja, ich werde Verantwortung für diese Liebe tragen und ich werde Alison immer, immer, immer beschützen!

Ich werde immer da sein ... immer da sein ... da sein ... dein Eis ... eure Sandwiches ... euch schmecken ... sonst noch einen Wunsch ... ihr beiden ...

»Was?« Meine Lider flattern bei dem Versuch, sie zu öffnen. Das Licht ist viel zu hell, die Geräusche zu laut. Alles in mir sträubt sich, in diese Welt zurückzukehren. Es schmerzt auf eine Weise, die ich nie zuvor erlebt habe. Es fühlt sich an, als würde ich entzweigerissen. Als würde ich ein Stück meiner Seele verlieren, und als es mir endlich gelingt, die Augen zu öffnen, fühle ich mich leer und erfüllt zugleich.

Kay lächelt mich an. »Jetzt weißt du alles. Das Einzige, was ich dir noch sagen will, ist, dass ich unsere Liebe nie vergessen werde, gleichgültig, was geschieht.«

»Anscheinend kann ich nichts mehr für euch tun«, höre ich die Kellnerin wie aus weiter Ferne sagen.

Ich habe nur Augen für Kay. »Also ist es doch ein Abschied«, presse ich heraus.

Kay schüttelt den Kopf. »Nein, nur ein Geständnis, eine Beichte, wenn du so willst«, beteuert er, aber ich sehe, dass er lügt. In seinen Augen liegt so viel Schmerz, wie nur aus verloren geglaubter Liebe entstehen kann.

»Jetzt will ich sehen, ob du diesen Berg tatsächlich verdrücken kannst.« Kay schiebt den Eisbecher zu mir und versucht, vergnügt zu wirken. Es misslingt.

»Wir können es nicht mehr aufschieben. Wir müssen darüber sprechen, was wir tun werden, wenn dieses Eis gegessen ist. Oder besser geschmolzen«, murmle ich und schiebe es wieder von mir.

»Ich weiß.« Kay atmet hörbar aus. »Die ganze Zeit über beschäftigt sich mein Gehirn damit, wie wir es schaffen können, Zeitreisen zu verhindern. Wie können wir die Kette unterbrechen, die dazu geführt hat, wenn sich jedes Mal eine Realität abspaltet, in der es doch geschieht?«

Kay seufzt und hält kurz inne, bevor er fortfährt. »Wir könnten versuchen, den jungen Sam Oscar ausfindig zu machen und ihn davon zu überzeugen, nicht weiterzuforschen. Aber selbst wenn uns das gelänge, würde es trotzdem eine Realität geben, in der er nicht auf uns hört. Und dann wird es wieder eine Realität geben, in der *Top The Realities* –«

»Warte mal«, falle ich Kay ins Wort, denn bei dem Stichwort *Top The Realities* habe ich plötzlich das Gefühl, der Schlüssel zu allem sei zum Greifen nah. So nah, dass ich kaum zu atmen wage. Aus weit geöffneten Augen sehe ich Kay an.

Er zieht die Stirn kraus. »Was has-«

»Sag nichts. Ich muss nachdenken«, wispere ich und hefte meinen Blick auf den Tisch. In diesem Augenblick geschehen mehrere Dinge auf einmal: Ich vernehme Carissas junge Stimme hinter mir und erinnere mich plötzlich wieder daran, dass wir mit den 20 Dollar von Mum genau hier Eis essen waren ...

Das unangetastete Eis auf meinem Tisch schmilzt unter der im Zenit stehenden Sonne und fließt in einem braunen Schokoladenrinnsal über das Wachstischtuch und sammelt sich in einer Lache, die größer und größer wird und plötzlich aussieht wie das Logo von *Timeship,* dem Partner für konsequenzfreies Reisen ...

Mir wird speiübel bei dem Anblick und der Erinnerung an *Timeship* und gleichzeitig geht mir auf, was wir zu tun haben. Doch noch bevor ich es aussprechen kann, kotze ich. Ich kann noch nicht einmal die Hand vor den Mund pressen. Mein Körper zwingt mich nach vorn und ich würge.

»Uuuh. Ist das widerlich. Muss das sein?«, höre ich Carissa in meinem Rücken sagen. »Wer bestellt sich so viel Essen und kotzt dann darauf?«

Noch während ich meine ehemals beste Freundin die Worte sagen höre, erinnere ich mich an die Antwort meines jüngeren Ichs und spreche ihre Worte in Gedanken mit: »Sei nicht so, Carissa. Vielleicht ist die Frau nur schwanger. Soll vorkommen, weißt du?«

»Ist das möglich?«, fragt Kay und greift nach meiner Hand. Anscheinend hat auch er Alisons Antwort vernommen. Er wirkt verwirrt. »Ist das wirklich möglich?«, wiederholt er und greift auch nach meiner anderen Hand.

Ich kann nicht antworten. Ich entziehe Kay eine Hand

und presse sie unwillkürlich auf meinen Unterleib. Ein Baby. Kays Baby. Das ist ... unfassbar. Nein, ist es nicht. Tief im Inneren spüre ich, dass mein jüngeres Ich recht haben könnte, und halte mich im gleichen Augenblick für verrückt, mich auf ein Gefühl zu verlassen. Aber es ist mehr als das. Es ist ein Spüren, Erkennen und Begreifen zugleich. Die ständige Übelkeit, das plötzliche Übergeben, mein Heißhunger ... Gestern noch habe ich Speck in Schokolade mit Marshmallows und Tubenkäse gegessen und allein bei der Erinnerung läuft mir das Wasser im Mund zusammen, obwohl ich gerade gespuckt habe. Und ständig muss ich heulen. Aber das kann auch andere Ursachen haben, oder? Besonders viel Anlass zur Freude hatte ich in letzter Zeit zumindest nicht.

»Alison.« Kay ist aufgestanden und hockt nun neben mir, seine Hand auf meinem Rücken. »Erwarten wir wirklich ein Kind?«

Ich sehe ihn aus großen Augen an. »Wie ... wie lange ist es her, dass wir ... dass wir ...«, stottere ich.

»Nicht mehr als 24 Stunden.«

»Nein, das erste Mal.«

»Über 2 Jahre« Er lächelt matt. »Für mich.«

Ich versuche, mich krampfhaft daran zu erinnern, wie viele Tage verstrichen sind, seit Kay und ich in der Hütte des Jahres 1853 über Löwen gesprochen haben. Wann habe ich das erste Mal mit ihm geschlafen? Die Tage und Nächte zersplittern in Bruchstücke zwischen Zeit und Raum, die sich kaum zusammenfügen lassen.

Es fühlt sich wie Monate an, als Kay mich hochhob und auf das Biberfell legte, aber es können höchstens Tage gewesen sein, oder? Vergeht die Zeit für meinen Körper linear? Fieberhaft denke ich darüber nach, wann ich das letzte Mal meine Periode hatte. Nicht während der Zeitreisen, das steht fest. Ich könnte mich daran erinnern, wenn ich mir in der Wildnis etwas hätte suchen müssen, was einen Tampon ersetzt.

Wieder und wieder versuche ich, die Ereignisse der vergangenen Wochen in einen Tag-und-Nacht-Rhythmus zu packen, bis mir einfällt, dass ich wenige Tage bevor ich in der Zukunft landete, Tampons aus Mums Nachttisch genommen hatte. Seitdem müssen 3 oder 4 Wochen vergangen sein. Aber was bedeutet schon Zeit, wenn sie keine Bedeutung mehr hat? Ich fahre mit der Hand unter das Top und streiche über meinen Bauch. Er ist flach, sehr flach.

»Mir ist zumindest der Appetit vergangen«, höre ich Carissa hinter mir sagen und dann leiser: »Sie muss schwanger sein. Ich meine, guck dir den Typ an. Der ist heiß. So richtig heiß, verstehst du? Warum sonst bleibt er bei ihr. Der könnte jede haben.«

»Ja, und?«, höre ich mich selbst und lache leise, weil ich mich plötzlich an Gefühle erinnere, die mich wochenlang aufgewühlt haben, und die Verkettung der Umstände, die zu diesen Emotionen geführt haben, einfach unglaublich sind. Mehr als unglaublich! Damals träumte ich davon, den Fremden an dem Tisch in der Ecke der Terrasse zu heiraten. Im Geiste hatte ich ihn Jacob genannt ...

Die Tapete meines Zimmers war damals bedeckt mit *Twilight*-Postern, Kino- und Autogrammkarten und Zeitungsausschnitten. Jeden Fetzen habe ich gesammelt, auf dem Jacob Black oder besser Taylor Lautner erwähnt wurde. Ich hatte die Bücher sechs oder sieben Mal gelesen und konnte es kaum abwarten, bis im Sommer der nächste Film in die Kinos kommen sollte. Carissa stand auf Edward, ich auf Jacob. Immerhin hatten wir uns geschworen, niemals den gleichen Mann zu küssen, auch nicht in unseren Träumen. Diese Träume rückten jedoch eines Morgens in weite Ferne, da ich eine Zahnspange bekam und mich furchtbar hässlich fand. Ich war überzeugt, nur Carissa hätte jetzt noch eine Chance bei Jacob, sollten wir ihn jemals in Mill Valley treffen, was wir in meiner Fantasie ständig taten.

Später an diesem schrecklichen Tag lud ich Carissa zum Eis ins *Mills* ein und da sah ich ihn: Es war nicht Jacob. Nein, er war älter, viel reifer, auf eine sehr selbstsichere Weise auch stärker, und er hatte eine Tätowierung im Gesicht, die seine unglaubliche Ausstrahlung nur noch aufregender machte. Ich konnte nicht anders, als ihn anzustarren. Er bemerkte es scheinbar nicht, so sehr war er auf seine Freundin fixiert, von der ich kaum mehr als den Rücken sah, bis sie sich plötzlich übergab. In diesem Augenblick trafen sich unsere Blicke, die des geheimnisvollen Fremden und meiner. Er sah mir direkt in die Augen und lächelte mich an, bevor er sich wieder um seine Freundin kümmerte.

Noch nie hatte mich ein Junge angelächelt, erst recht kein Mann und auf gar keinen Fall so ein Mann. Mich! *Mich* traf sein Lächeln, nicht Carissa.

Die darauffolgenden Wochen musste ich immer wieder an ihn zurückdenken. Mit einem dicken Filzstift malte ich schwarze Linien auf Jacobs Postergesicht, zeichnete sein Kinn etwas markanter, bis er und der Fremde zu einer Person verschmolzen.

Carissa und ich gingen in diesen Frühlingstagen noch etliche Male ins *Mills,* ich in der Hoffnung, ihm erneut zu begegnen. Ich durchsuchte sogar Tausende Bilder im Internet nach dem namenlosen Mann, mit sinnlosen Stichworten wie Mann und Mill Valley. Und obwohl ich mir ständig ausmalte, diesen Jacob später einmal zu heiraten, erzählte ich meiner besten Freundin nichts von meiner Schwärmerei, ich ließ sie noch nicht mal in mein Zimmer, aus Sorge, sie würde sofort wissen, in wen ich Jacob Black mit meinen Stiften verwandelt hatte. Immerhin war Carissa diejenige, die zuerst gesagt hatte, er wäre heiß, und damit gehörte er ihr.

Das Bild des Fremden wurde von mir mit immer mehr fantastischen Details ausgeschmückt, je länger die Begegnung mit ihm zurücklag. Als im Sommer endlich, endlich *Eclipse* im Sequoia-Kino gezeigt wurde, hatte meine Vorstellung von dem geheimnisvollen Mann, der mir sein Lächeln geschenkt hatte, kaum noch etwas mit Kay zu tun, wie ich jetzt begreife, und irgendwann verblasste das Bild von ihm vollkommen. Im nächsten Sommer hing kein einziges *Twilight*-Poster mehr an der Wand meines Zimmers, dafür war die Tapete mit Sinnsprüchen, wie *Carpe diem* oder *Träume nicht, lebe!* beklebt.

Ich schüttle den Kopf, kann gar nicht mehr damit aufhören, als mir klar wird, weshalb Kay mir so bekannt vorkam, als ich ihn das vermeintlich erste Mal auf der Showbühne sah und glaubte, mich Hals über Kopf in ihn verliebt zu haben. Dabei war ich schon immer in ihn verliebt gewesen. Ich hatte es nur vergessen, bis jetzt.

»Ich muss los«, vernehme ich Carissa und kann immer noch kaum glauben, dass mein jüngeres Ich sich gerade in einen Zeitreisenden verliebt hat, der ihr Jahre später einen Heiratsantrag machen wird. »Ich hab Mum versprochen, um drei zu Hause zu sein, und es ist schon vier. Also, zahlst du gleich? Ich muss noch mal eben wohin.«

»Geht klar«, höre ich mich selbst sagen.

Ein Stuhl wird zurückgeschoben. Über Kays Schulter

hinweg folgt mein Blick Carissa in den Pavillon, wo sie der Kellnerin ein Zeichen gibt, meinem jüngeren Ich die Rechnung zu bringen.

Und da entsinne ich mich, etwas gesehen zu haben, was derart grotesk war, dass ich es Carissa niemals erzählt habe. Sie hätte mich sonst für komplett verrückt erklärt.

»Du meine Güte«, flüstere ich kaum vernehmlich bei der Erinnerung, wie ich damals die Freundin des Fremden beobachtete. Stocksteif saß sie auf ihrem Stuhl, so als wäre sie zu Stein geworden, und *mein* Jacob hockte neben ihr, sah sie an, als warte er darauf, dass wieder Leben in sie zurückkehrte.

Das geschieht jetzt gerade!, wird mir klar. Ich meine, Alisons Blick in meinem Rücken zu spüren, und versteife mich. Gleich muss die Kellnerin ihr die Rechnung bringen. Ja, genauso war es!

Die Kellnerin kam kurze Zeit später an den Tisch. Alison, das heißt ich, gab ihr die 20 Dollar, sagte »Stimmt so«, weil ich gehofft hatte, den Fremden mit meinem großzügigen Trinkgeld zu beeindrucken, dadurch irgendwie erwachsener zu wirken, aber als ich wieder seinen Blick suchte, war er verschwunden. Einfach weg. Und ich hätte vielleicht noch eine Erklärung dafür gefunden, wenn er nicht Sekunden später wieder durch das Tor auf die Terrasse getreten wäre, seine Freundin an der Hand, von der ich dachte, sie sähe mir auf merkwürdige Weise ähnlich, wenn sie nicht viel älter und unverkennbar hochschwanger gewesen wäre. Sie trug ein schneeweißes Shirt, welches sich straff über ihrem gewölbten Bauch spannte, als lägen Monate zwischen unseren Begegnungen und nicht Sekunden.

»Wir bekommen ein Baby«, sage ich erstickt.

Kays Kinn zittert leicht. »Wirklich? Ein Baby?«

»Ja.« Ich beiße mir auf die Unterlippe, bis es wehtut. Kaum, dass ich die Worte ausgesprochen habe, merke ich, wie Panik in mir aufflammt. Ich sollte mich freuen, verwirrt sein, überfordert oder mir wegen unser Unachtsamkeit Vorwürfe machen, aber ich verspüre einfach nur Angst. Angst, dass mir unser Kind genommen wird.

Nie habe ich mir ausgemalt, schwanger zu sein, nur irgendwann, in ferner Zukunft, Kinder mit Kay zu haben, die über den Rasen auf ihn zulaufen und aufgeregt rufen: Papa ist da! In diesen diffusen Träumen hatten wir ein normales Leben, ein Häuschen im Wald, ganz so, wie ich aufgewachsen bin, und Kay ging einer Arbeit nach, während ich mich um unsere Kinder kümmerte. Abends saßen wir gemeinsam auf der Veranda und sahen in die Sterne. Aber jetzt? Mein Bruder ist tot. Meine Familie nicht sicher, solange ich lebe, und mit den Markern in unseren Händen werden Kay und ich nie ein normales Leben führen können. Und ohne ihn kein gemeinsames.

All diese Gedanken rasen durch meinen Kopf, was bleibt, ist der tiefe Instinkt, dieses Kind, unser Kind, um jeden Preis schützen zu müssen. Und mein Herz krampft sich zusammen, weil ich nicht weiß, ob ich es kann, und gleichzeitig stoße ich ein Knurren aus, weil ich weiß, ich werde ausnahmslos alles dafür tun. Vielleicht sind es die Hormone, vielleicht glaube ich nicht mehr daran, dass etwas in meinem Leben gut werden wird, aber auf einmal bin ich mir sicher, mein Kind erwartet das gleiche Schicksal wie Kay und mich. *Top The Realities* wird es nicht verschonen. Nein. Sie werden nicht auf die Sensation verzichten, es irgendwann zum Teil ihrer abartigen Show zu machen. Bestimmt nicht. Womöglich wird unser ungeborenes Kind, das noch nichts über Leben oder Tod weiß, ebenso Kandidat der 31. Staffel werden und wird dort genauso verrecken wie viele andere Kinder, nicht ahnend, dass sein Vater es hätte beschützen können, wenn er nur von ihm gewusst hätte.

Wieder presse ich die Hand auf meinen Bauch, so fest, als könnte ich dieses Unheil allein dadurch von unserem Baby fernhalten. Ich weiß nicht, ob es je zur Welt kommen wird, ob es ein Junge oder ein Mädchen ist, ich kenne seinen Namen nicht, aber ich weiß, dass mir keine Zeit bleibt, mich langsam darauf einzustellen, mich auf den Tag vorzubereiten, da es den schützenden Kokon meines Körpers verlässt. Nein, unser Kind wird immer in Gefahr sein. Das ist es schon jetzt.

Ich denke an die Mütter, die ich mit ihren Kinderwagen vorhin noch im Park gesehen habe, an ihr Lachen und ihre Unbekümmertheit. Es ist so himmelschreiend ungerecht! Wieso wird mir das nie vergönnt sein? Wieso? Mein Gesicht verzieht sich voller Hass.

»Hast du Schmerzen? Ist etwas mit ... mit dem Baby?«, fragt Kay. Sein Blick ist rasend vor Sorge.

»Nein, ich habe keine Schmerzen«, knurre ich. »Aber andere werden sie haben.«

Vielleicht ist es gerade dieses namenlose, unschuldige Wesen, das in mir heranwächst, welches mir die Kraft und Entschlossenheit gibt, denn als ich die Hand von meinem Bauch nehme, fallen alle Zweifel und Ängste von mir ab. Ich frage mich nicht mehr, ob ich Zeitreisen verhindern werde oder wie, ich weiß nur, dass nichts und niemand mich aufhalten wird, es zu tun. Ich werde nicht mehr davonlaufen. Ich werde angreifen!

»Alison, rede mit mir.« Kay schaut mich an, als würde

auch er jemanden töten, wenn es mich, die Mutter seines Kindes, vor dem kleinsten Schmerz bewahren würde.

In diesem Augenblick geht die Kellnerin mit schnellen Schritten an uns vorbei und ich wende meinen Kopf, um ihr nachsehen zu können. Sie legt die Rechnung auf den Nachbartisch, worauf mein 14-jähriges Ich einen Schein aus seinem Portemonnaie zieht.

Der Zeitpunkt ist gekommen. Ich balle die Hand zur Faust, öffne sie wieder und sehe Kay an. »Gib mir deine Hand.«

Er zögert weder, noch fragt er, was ich vorhabe, sondern nickt nur. Ich schließe meine Finger um seine und denke an die Höhle mit den indianischen Büffelzeichnungen, an Sam Oscar, seine Feigheit, und meine unbändige Wut schleudert uns geradezu in die Vergangenheit.

12

Januar 1853, Kalifornien

Ein Schauer überzieht meinen Körper, als der Wind durch die Öffnung der Höhle bläst. Wenn mich meine Erinnerungen richtig geleitet haben, müssten wir Mitte Januar im Jahre1853 angekommen sein.

Es ist finstere Nacht und die Luft ist so salzig, feucht und kalt, wie sie um diese Jahreszeit nur in der Nähe des Meeres sein kann. Doch die Kälte ist nichts gegen die, die meine Seele umschlossen hat und damit alle Gefühle, durch die ich falsche Entscheidungen treffen könnte. Ich lasse Kays Hand los und richte mich auf.

»Wohin hast du uns gebracht?« Kays Stimme hallt eigenartig wider. »In eine Höhle?«, fragt er gedämpfter.

Ich blinzle einige Male, bis sich meine Augen an die Dunkelheit gewöhnen, und trotzdem sehe ich nicht mehr als die mondbeschienene Felswand am Ausgang. Dort hebt sie sich gräulich von dem alles verschluckenden Schwarz ab. Zwar kann ich nicht erkennen, ob der Wissenschaftler hier ist, aber ich spüre, Kay und ich sind allein.

»Wir warten auf Sam Oscar.« Ich ziehe die kalte Luft ein. »Und sobald er kommt, wird er mir Rede und Antwort stehen. Er wird mir alles erzählen, was ich wissen muss, um …« Ich stocke. Besser, Kay weiß nichts von meinem Plan. Jetzt, da ich sein Kind erwarte, würde er mich davon abhalten.

Im Grunde ist es kein Plan, ich kenne nur mein Ziel, deswegen muss ich mit Sam Oscar sprechen. Ich muss alles aus ihm herausbekommen, was mit dem Zeitanker zu tun hat. Er ist der Schlüssel zu allem. Ihn werde ich unwiederbringlich zerstören müssen. Noch weiß ich nicht, wie oder wann das sein wird. Vielleicht nachdem unser Kind geboren wurde. Womöglich verstecken Kay und ich uns, damit das Baby das Licht der Welt erblicken kann. Wenn es erst auf der Welt ist, kann Kay es beschützen, während ich tue, was zu tun ist, um Zeitreisen ein für alle Mal zu verhindern. Wenn sie keinen Zeitanker mehr haben, werden sie nicht mehr in die Geschichte eingreifen, nicht einen Fuß in die Vergangenheit setzen. Es würde ihre Gegenwart verändern, Generationen auslöschen, sie selbst auslöschen. *Top The Realities* würde ohne Zeitanker eingestellt werden, eine 31. Staffel nicht mehr existieren.

»Du hast also einen Plan. Was werden wir tun?« Kays Hände tasten nach mir.

»Nicht wir, ich.«

Kay schlingt die Arme von hinten um mich und legt seine Hände auf meinen Bauch. »Ich werde niemals von deiner Seite weichen. Das weißt du. Und nicht nur wegen des Störsenders. Also, lass den Unfug mit *nicht wir.*«

»Wenn es auf der Welt ist, wirst du unser Baby beschützen müssen, falls ich sterbe«, sage ich kühl und entziehe mich Kays Umarmung. Ich bin nicht mehr aufgeregt oder verwirrt, sondern nur noch entschlossen. »Ich werde es also allein tun. Ohne dich.«

»Was allein tun?« Verärgerung liegt in Kays Stimme.

Ich starre auf den Höhleneingang, ohne zu antworten. Als Kay sich vor mich schiebt, sehe ich seine Silhouette eine ganze Weile den Kopf schütteln. »Was macht dich so sicher, dass wir wirklich ein Kind erwarten?«, fragt er schließlich.

»Ich weiß es«, gebe ich zurück. Ich bin mir bewusst, dass er meine Kälte nicht verdient hat, aber ich habe mein Herz verschlossen. Ich brauche meine Kraft und meinen Verstand. Meine Emotionen würden beides aufzehren. Wir erwarten ein neues Leben, aber statt mich darauf zu freuen, lastet die Angst auf mir, dass es keine Chance hat zu überleben, sollte ich einen Fehler machen.

»Verdammt, Alison! Lass mich an deinen Gedanken teilhaben.« Kay umfasst mein Handgelenk. »Das ist kein Hollywoodfilm. Vielleicht gibt es kein Happy End und mit Sicherheit keinen Helden, der allein die Welt rettet. Was auch immer du vorhast, du wirst mehr als meine Hilfe brauchen.«

»Vielleicht nicht. Du musst mir vertrauen. Unser Kind wird dich brauchen. Und jetzt lass mich los.« Ich versuche, mich aus Kays Griff zu befreien. Es gelingt nicht.

»Ich werde dich nicht loslassen, weil ich dich nicht alleinlassen werde. Falls du wirklich schwanger sein solltest –«

»Ich bin es.«

»Du kannst dich nicht nur auf dein Gefühl verlassen«, knurrt Kay mit hörbarer Verärgerung.

»Es ist nicht nur ein Gefühl. Ich habe mich daran erinnert«, sage ich mit einem Seufzen und erzähle Kay schließlich davon, wie ich mich selbst hochschwanger gesehen habe.

Er lässt meinen Arm los und flüstert: »Wir bekommen also wirklich ein Baby.«

»Nein, wir erwarten ein Baby. Wir wissen nicht, ob es zur Welt kommen wird. In meinem Bauch ist es nicht gerade sicher, weißt du?«

»Hey ... Sag das nicht«, meint Kay mit weicher Stimme. Er will mich beruhigen. »Dass du dich hochschwanger gesehen hast, bedeutet doch, dass wir zumindest Monate haben.«

»Es sei denn, die Realitäten verschieben sich wieder.«

»Was genau befürchtest du?«

»Verdammt! Ich weiß es nicht.« Ich reibe mir die Schläfen, weil mein Kopf schmerzt. »Ich will nicht mehr über diese ganzen Paradoxe nachdenken und was wäre, wenn. Es geschieht ja doch immer anders, als wir denken, erst recht, wenn wir geglaubt haben, in irgendeiner Form gewinnen zu können.«

Kay holt Luft.

»Nein, sag nichts«, fahre ich ihn an. »Ich habe die Schnauze voll vom Durchdenken und Taktieren. Ich weiß nur eins! Ich werde jeden, der versucht, unserem Kind zu schaden, umbringen. Das ist mein Ernst, Kay. Ich weiß, wie man tötet. Und ich werde es, ohne mit der Wimper zu zucken, tun.« Wütend stampfe ich auf.

»Darum bist du so zornig und unnahbar. Du hast Angst um unser Kind.«

»Ich kann es mir nicht mehr leisten, Angst zu haben. Angst blockiert, Angst macht irrational.«

»Angst beschützt auch.«

»Ach ja? Wie denn?«

»Angst hält davon ab, gefährliche Dinge zu tun. Angst schützt vor Verletzungen. Inneren wie äußeren.«

»Es schützt nicht unser Kind«, fahre ich Kay an. Ich weiß selbst nicht, was mit mir los ist. »Es tut mir leid«, schiebe ich nach. Es klingt unaufrichtig.

»Das muss es nicht. Als ich dir damals sagte, du seist wie eine Löwin, meinte ich es so. Du reagierst so, weil du unser Kind beschützen willst. Und das ist gut so.«

»Aber?«, zische ich.

»Kein Aber. Es ist gut so.«

Eine Weile sagen wir nichts. Das Schweigen breitet sich zwischen uns aus und ist mehr als das Fehlen von Worten. Es ist das Sinnbild unserer Situation.

Kay steht wie ein Fels vor dem Eingang, als wolle er die Höhle vor allem verschließen, und wenn es nur der Sturm ist, der draußen wütet. Ich meine, die nahe Brandung zu hören, Wellen, die mit Macht gegen Steine klatschen, genauso angriffslustig, wie ich es bin, und genauso wirkungslos.

Ich muss warten. Erst wenn ich aus Sam Oscar die richtigen Informationen herausgequetscht habe, wird mir meine Wut nützlich sein und mir die Kraft geben, die ich brauche.

Am liebsten würde ich auf und ab gehen, mich bewegen, nur um irgendetwas zu tun, aber es ist zu dunkel. Ich würde mir höchstens den Kopf stoßen, der ohnehin schon schmerzt.

Nach einer gefühlten Ewigkeit halte ich es nicht mehr aus und gehe zu Kay. »Lass mich vorbei«, sage ich schroff. Vielleicht ist es ein Fehler, vielleicht werde ich seine Hilfe brauchen, aber unser Kind braucht sie mehr.

Doch Kay tritt nicht zur Seite. »Was hast du vor, Alison?«

»Ich habe Kopfschmerzen. Ich will einfach nur aus dieser Höhle raus, an die frische Luft.«

»Das meinte ich nicht. Was hast du vor, falls Oscar hier auftaucht? Weshalb willst du ihn sprechen?«

»Lass mich raus!«, fordere ich statt einer Antwort.

Kay verschränkt die Arme. »Falls du versuchst, mir wehzutun, damit ich dich alleinlasse, solltest du wissen, dass das nicht funktionieren wird. So sehr könntest du mich gar nicht zurückstoßen.«

»Bist du dir da sicher?«, frage ich provokativ.

»Du hast meine Erinnerungen miterlebt, oder?« Kay ist nach wie vor ruhig. Sollte ich ihn tatsächlich provoziert haben, lässt er es sich nicht anmerken. »Du weißt, was ich geschworen habe, falls ich die Chance bekomme, dich noch einmal zu sehen.«

»Dass du immer da sein wirst, ob ich dich brauche oder nicht. Aber ich brauche dich nicht. Unser Kind braucht dich. Irgendwann zumindest.«

Kay löst seine Arme und umfasst meinen Nacken. »Ob du mich brauchst oder nicht ...«, wiederholt er. »Und ich werde diesen Schwur nicht brechen. Er gilt euch beiden. Dir und unserem Kind. Und ich habe auch geschworen, dich immer, immer, immer zu beschützen. Aber ich kann euch nur schützen, wenn ich bei dir bin. Außerdem bindet uns der Störsender, wie du weißt.«

»Sie haben es nicht, auf dich abgesehen«, murmle ich und spüre, wie meine harte Schale unter Kays Berührung Risse bekommt. »Wenn etwas geschieht und du dich entscheiden musst. Sein Leben oder meins ...«

»Sein Leben?«

»Ich weiß auch nicht, wieso, aber ich bin mir sicher, es wird ein Junge.«

Kay lacht leise. »Dann werde ich mich für unseren Sohn entscheiden.«

»Schwöre es.«

Kays Hand liegt noch immer in meinem Nacken. »Das brauche ich nicht. Es ist gleichgültig, ob ich dir etwas mitteile, verspreche oder schwöre. Es hat immer die gleiche Bedeutung. Ich werde mein Wort halten«, sagt er mit fester Stimme und zieht mich an sich.

Als unsere Lippen sich berühren, zersplittert meine harte Schale in tausend Teile, nicht aber meine Entschlossenheit, den Kampf gegen *Top The Realities* zu führen und zu gewinnen.

Erst als die Dämmerung die Nacht ablöst, verstummt das Heulen des Sturmes. Ich habe Kay von meinem Vorhaben erzählt, den Zeitanker auszuschalten, auch wann ich es versuchen werde, besser gesagt, zu welchem Zeitpunkt. Um unsere gemeinsame Vergangenheit nicht zu gefährden und gleichzeitig Jeremys Leben zu retten, muss es nach der 11. und vor der 31. Staffel geschehen. Nur so werden wir unsere Marker behalten. Und das ist wichtig, denn ohne sie würden wir uns nicht mehr aneinander erinnern.

Gesetzt den Fall, es gelänge uns, den Zeitanker unschädlich zu machen, wäre *Top The Realities* fortan ein Selbstmordformat. Jeder Eingriff in die Vergangenheit hätte schwerwiegende Konsequenzen für die Menschen der Zukunft. Sie würden am eigenen Leibe erleben, was ich erleben musste, wie sich Realitäten verschieben, ihre Liebsten plötzlich nicht mehr existieren, und dank des Markers könnten sie sich sogar an jeden, den sie verlieren, erinnern. Und je mehr sie versuchen würden, ihrer ursprünglichen Realität näher zu kommen, desto schlimmer würde sie werden. Tja, Sam Oscar hat es den Zuschauern in einem Interview selbst gesagt: Ohne Zeitanker könnte sogar eine Fliege an der Wand Generationen auslöschen, bis hin zur gesamten Weltbevölkerung, je weiter der Eingriff in der Zeit zurückliegt.

Jedoch wissen weder Kay noch ich viel über den Zeitanker, lediglich, dass das Unternehmen *Timeship* Profit daraus schlägt und anscheinend jeder Mensch der Zukunft von ihm geschützt wird. Wir haben aber keinen Schimmer, wie das Ding funktioniert oder aussieht oder ob es überhaupt ein Ding ist. Meine größte Sorge ist, der Zeitanker könnte in den Markern integriert sein. Denn das würde bedeuten, wir müssten bei jedem, der mit *Top The Realities* zu tun hat, den Marker manipulieren. Und wie sollte das gehen? Durch einen Virus?

Ich seufze leise. Genau deswegen ist Sam Oscar so unverzichtbar. Wenn nicht er, wer sonst könnte die Details um den Zeitanker kennen?

Langsam wird es hell und über dem Meer liegt ein goldener Streifen, der in der aufgehenden Sonne mündet. Mein Kopf ruht auf Kays Oberschenkel, er selbst sitzt an einen Mammutbaum gelehnt und streicht mir übers Haar. Ich unterdrücke ein Gähnen. Das lange Warten hat mich müde gemacht, vielleicht ist es aber auch die Schwangerschaft, die mich langsam in den Schlaf zwingt.

»Wann wird er kommen?«, fragt Kay, gerade als ich drohe wegzudämmern.

»Ich weiß es nicht«, murmle ich und blinzle einige Male, in dem Bemühen, meine Augen aufzuhalten. »Es ist ja nicht so, dass wir eine Verabredung hätten. Ich habe einfach an den Augenblick nach dem Regenbogen gedacht, als ich mit Oscar den Hügel hinaufgegangen bin, zu dem Plateau. Genau dort oben.«

Kays Blick folgt meinem ausgestreckten Arm über die mit Moos überwucherten Felsen bis zu einem flachen Vorsprung einige Hundert Meter in der Ferne.

»Und du meinst, er kommt zurück?«

»Bestimmt. Fragt sich nur, wann.«

Diesmal kann ich das Gähnen nicht unterdrücken. Auch Kay hält sich die Hand vor den Mund, und als die Sonnenstrahlen uns kurze Zeit später erreichen, schlafe ich unter ihrer Wärme ein.

Ich wache von dem Gefühl auf, nicht mehr mit Kay allein zu sein, und rüttle seinen Arm, noch bevor ich die Augen öffne. Dann sehe ich Sam Oscar. Er steht mit zerzausten Haaren vor uns und lacht breit.

»Das war ein unglaublicher Sturm, oder? Ihr könnt euch nicht vorstellen, wie ich ihn genossen habe! Solche Wetterausbrüche gibt es in der Zukunft nicht mehr. Nicht annähernd.«

Noch während ich aufstehe, spüre ich Wut in mir aufsteigen. »Ach nein? Ich habe in der Zukunft Blitze einschlagen sehen. Tausende sogar. Sie kamen so schnell hintereinander, dass sie einen ganzen Canyon zerstört haben. Was sagen Sie dazu, Mister Oscar?«

Er legt den Kopf schräg, als würde er tatsächlich über meine Frage nachdenken und meinen Zorn gar nicht wahrnehmen. »Wann war das, oder besser, wird es sein?«, fragt er schließlich.

»Während der 31. Staffel. Sagen Sie es mir? In welcher Zeit spielt sie?«

Sam Oscar kratzt sich am Kinn. »Ich habe keine außergewöhnlichen Wetterschwankungen bei der 31. Staffel feststellen können. Was nicht bedeuten soll, dass es sie nicht geben wird. Immerhin habe ich sie nicht komplett verfolgt. Du weißt ja, ich bin nur einmal so weit in die Zukunft portiert. Das reichte für meinen Entschluss, bei diesem Spiel nicht mehr mitzumachen.« Oscar hat die Hände in den Taschen seiner alten Cordhose vergraben und schüttelt leicht den Kopf. »Aber ... es wäre wirklich bedauernswert, wenn der Grand Canyon nicht mehr existieren würde. Wieso nur haben sie das getan?«

Ich kneife die Augen zusammen, gehe einen Schritt auf Oscar zu und zische: »Bedauernswert?«

»Nun, es war eins der letzten unberührten ...«

Der Wissenschaftler verstummt mitten im Satz. Mein Handballen liegt auf seinem Kehlkopf, meine andere Hand krallt sich in seinen Nacken. Ich kann nur an Jeremy denken, während ich immer fester zudrücke. »Genauso bedauernswert wie mein Bruder, den Kay ermorden musste?«, presse ich hervor. »Oder so bedauernswert wie meine Eltern, die ihr 13-jähriges Kind plötzlich mit eingeschlagenem Schädel vor sich sehen?« Meine Finger graben sich in Oscars Hals und er röchelt. »Oder vielleicht eher so bedauernswert wie ein Wissenschaftler, der all das zu verantworten hat und sich feige in der Vergangenheit verkriecht?«

Ich sehe Oscar direkt in die Augen. Er kann nicht antworten, auch nicht wimmern, er kann noch nicht mal atmen. »Oder so bedauernswert wie sein Leichnam, der im 19. Jahrhundert vergammelt, der niemanden mehr interessiert, der keine Rolle mehr für diese Welt spielt?«

Oscars Hände zerren an meinen, aber ihm fehlt die Kraft, meinen Griff zu lösen. Sein Gesicht wird schon blau, Schweiß rinnt trotz der Kälte über seine Stirn. Ich sehe nach wie vor in seine Augen, die jetzt hervorquellen, und empfinde nichts dabei. Keine Wut, keine Rachsucht, kein Vergnügen, kein Mitleid. Nichts.

Kay legt seine Hand auf meinen Arm. »Du verlierst die Kontrolle.«

Ich reagiere nicht.

»Alison. Vergiss nicht, wer der wahre Feind ist.«

Wer ist mein wahrer Feind? Ich kenne ihn nicht. Für mich ist es jeder, der an meinem Schicksal eine Mitschuld trägt und an dem, was unser Kind vielleicht eines Tages erleiden muss. Kay drückt meine Schulter. Lange wird er nicht mehr zusehen, aber ich kann nicht anders. Oscar soll verdammt noch mal spüren, wie es ist, hilflos ausgeliefert zu sein, wie es ist, wenn andere zusehen, wie er leidet, aber keinen Finger krümmen. Wenn ich ihn nicht brauchen würde, ich würde erst loslassen, wenn er tot zusammensackt.

Ich spüre unter meinen Fingern, wie Oscars Körper an Spannung verliert. Gleich wird sein Bewusstsein schwinden. Ich lasse los. Oscar taumelt rückwärts. Seine Haut ist beinahe weiß, nur an seinem Hals leuchten die roten Stigmata meiner Finger.

»Wenn ich die Kontrolle verlieren würde«, sage ich kühl und drehe mich zu Kay, »wäre er tot. Genau wie Jeremy.«

Kay nickt knapp. »Verlieren wir keine Zeit.«

Als ich mich wieder umdrehe, sitzt der Wissenschaftler zusammengesunken und zitternd am Höhleneingang. Kay erreicht ihn vor mir und streckt ihm seine Hand entgegen.

Oscar schielt nach oben. »Ihr wisst schon«, krächzt er und reibt sich den Hals, »dass ich mich jederzeit von hier wegportieren kann, oder?«

»Und Sie wissen schon, dass ich Sie oft genug gesehen habe, um Sie immer wieder aufsuchen zu können, oder?«, gebe ich zurück.

»Dann würde ich mich bereits daran erinnern, dann wäre ...«

»Kommen Sie, Mann.« Kay packt Oscars Arm und zieht ihn hoch. »Lassen Sie das. Sie wissen nicht alles und Sie haben nichts mehr unter Kontrolle. Erst recht nicht Alison. Und Sie haben keine Ahnung, wozu sie imstande ist.«

»Doch, ich habe eben einen Eindruck davon bekommen.« Oscar reibt sich wieder die Kehle. »Aber du solltest deinen Zorn für etwas anderes aufheben«, wendet er sich an mich.

»Um Zeitreisen zu verhindern?«, frage ich mit verschränkten Armen. »Was wissen Sie über meine Zukunft? Wie kamen Sie darauf, dass ich das wollen würde?«

Oscar steht mit dem Rücken zur Felswand. Er sieht von Kay zu mir. Ein Auge zuckt nervös. Zwar wirkt er nicht vollkommen eingeschüchtert, aber ich habe ihn aus der Fassung gebracht. Ganz klar bin ich diesmal diejenige, die den Verlauf dieses ungewöhnlichen Treffens bestimmt. Und dieses Treffen wird die Zukunft verändern.

Für einen Moment betrachte ich uns von außen wie aus der Vogelperspektive: drei Menschen aus unterschiedlichen Jahrhunderten, die an einem kühlen Januartag des Jahres 1853 mitten in der Wildnis stehen, wohlwissend, dass die nächsten Minuten den Lauf der Geschichte verändern werden. Wobei es längst nicht mehr um eine perfide Gameshow der Zukunft geht, sondern um nichts weniger als die Existenz der künftigen Weltbevölkerung. Ich lächle leicht, weil ich weiß, dass der Wendepunkt unseres Schicksals gekommen ist. In diesem Moment schiebt sich eine Wolke vor die Sonne. Schlagartig wird es kühler.

»Die Zeit der Andeutungen ist vorbei«, sage ich ohne Theatralik. »Also, woher wussten Sie, dass ich vorhabe, Zeitreisen zu verhindern? Was haben Sie gesehen?«

Oscar nimmt seine Hand von der Kehle, hebt sie, als wolle er etwas einwenden, dann aber lässt er sie fallen. »Du weißt, dass ich nach der ersten Staffel mehrfach in die Zukunft sprang. Zunächst nur ein Jahr, dann zwei, wo ich dich und Kay wiedersah. In vertauschten Rollen, während der 11. Staffel. Schon da war ich schockiert, was man euch antat, und wagte weitere ungenehmigte Sprünge bis hin zum Jahr 2423, dem Ende der 31. Staffel, um herauszufinden, ob sich die Show derart menschenunwürdig weiterentwickelt.«

Ich nicke knapp. »Und?«

»Nun, also ... das Jahr 2423 ... Ich portierte in einen Raum, von dem ich annahm, ich könnte die Übertragung der Show unbemerkt auf einem der Holografen beobachten. Aber unglücklicherweise ... oder besser gesagt glücklicherweise, wie sich später herausstellte, begegnete ich dieser Stylistin. Wie hieß sie noch gleich ...?«

»Ivana Jass«, sage ich.

»Richtig. Ivana Jass.« Oscar sieht an uns vorbei aufs Meer. Wieder habe ich das Gefühl, seine Gedanken schweifen ab.

Kay tritt einen Schritt zur Seite und schiebt sich vor sein Sichtfeld. »Kommen Sie zum Punkt«, verlangt er barsch und Oscar zuckt zusammen. Sein Blick flattert nervös zwischen Kay und mir hin und her. Ihn mehr und mehr von seinem hohen Ross fallen zu sehen, befriedigt mich. Es ist die einzige Emotion, die ich zulasse.

»Es war nicht geplant, ihr zu begegnen«, meint er, als wolle er sich ausgerechnet dafür entschuldigen. »Dieser Raum war Jahre zuvor mein persönlicher Aufenthaltsraum im Showdome. Offenbar wurde er nach meinem Verschwinden in einen Schönheitstempel umfunktioniert, in dem fortan Miss Jass residierte. Als sie mich sah, drohte sie damit, die Security zu rufen. Während meiner Abwesenheit hatte man mich als Sicherheitsrisiko zweiten Ranges eingestuft und es war mir nicht mehr gestattet, überhaupt noch das Gebäude zu betreten ...«

Kay geht einen Schritt auf Oscar zu.

»Aber um auf den Punkt zu kommen«, sagt dieser mit einem unruhigen Seitenblick auf Kay, »habe ich ihr erzählt, dass ich größte Bedenken wegen der Entwicklung der Show habe und meine Absichten nur ehrenwert seien.«

»Ja, Sie sind ein durch und durch guter Mensch«, erwidere ich mit vor Sarkasmus triefender Stimme.

Oscar verzieht die Mundwinkel. »Ich habe getan, was in meiner Macht stand. Hätte ich nicht –«

»Erzählen Sie weiter«, fährt Kay dem Wissenschaftler über den Mund. »Wie kamen Sie zu der Überzeugung, Alison würde Zeitreisen verhindern wollen?«

»Ivana Jass hat es mir gesagt.«

»Ivana?«, wiederhole ich, während ich gleichzeitig zu verstehen versuche, wie sie ins Bild passt.

»Sie sagte mir, du hättest sie vor Jahren aufgesucht«, fährt Oscar fort, bevor ich einen Zusammenhang erkennen kann, »wärst aus dem Nichts aufgetaucht und hättest ihr eben dies anvertraut. Wortwörtlich hättest du gesagt, du würdest alles dafür tun, dass nie wieder jemand einen Fuß in die Vergangenheit setzen könne. Wie dem auch sei, anscheinend konntest du Miss Jass überzeugen und sie hat dir ihre Hilfe zugesichert.«

»Und das hat Ihnen genügt zu glauben, ich würde es tatsächlich versuchen? Zeitreisen verhindern?«

»Zugegeben, ich hatte meine Zweifel«, meint Oscar und wirkt aufrichtig dabei, »und ich fragte Miss Jass, weshalb und vor allen Dingen wie du dich gegen *Top The Realities* auflehnen wolltest. Nicht gegen *Top The Realities,* meinte sie, gegen das System an sich, und dann schaltete sie den Holografen ein, wählte eine Sequenz der 31. Staffel aus, zoomte in das Bild hinein und ich sah, wie Mr Raymond jemanden umbrachte, ihm die Kehle durchschnitt, und es lief mir kalt den Rücken herunter, als Miss Jass mir erklärte, es sei Konzept der Show, zu töten oder getötet zu werden. Aber erst, als sie mir erzählte, wer dieser unglückselige junge Mann war, der so früh den Tod fand, begriff ich, dass du tatsächlich alles dafür tun wirst, Zeitreisen zu verhindern, und seither frage ich mich, wie.«

Das ist alles? Kurz spüre ich Bestürzung. Ich hatte immer angenommen, Oscar hätte mich dabei beobachtet. Er wüsste, wie mein Kampf ausgehen würde, da er mir immer wieder vorausgesagt hat, ich würde diesen Kampf aufnehmen. Aber jetzt ... jetzt erfahre ich, dass Oscars Prophezeiung nur auf Worten basiert, nicht auf Taten. Dann aber wird mir bewusst, dass es meine Worte sind, oder besser, sein werden, die Oscar zitiert hat. Und die Tatsache, dass ich Ivana Jass um Hilfe bitten werde, bedeutet wiederum, dass es einen Plan geben wird.

»Also, was ist dein Plan, Alison?«, fragt Oscar wie aufs Stichwort.

Fragend sehe ich zu Kay, der Oscar aufmerksam mustert. »Ich denke, dass dieser Mann keinen Einfluss mehr auf die Geschehnisse hat. Er ist nicht mehr als ein armseliger Feigling, der glaubt, nach wie vor an den Rädern der Welt zu drehen«, meint er schließlich, als wäre Oscar nicht anwesend. »Dabei ist er selbst längst Teil seiner Vergangenheit.«

Oscar vergräbt sein Gesicht in den Händen, unter Kays Worten war er in sich zusammengesackt, denn sie sind nicht mehr und nicht weniger als die blanke Wahrheit. Vielleicht konnte Oscar sich hier in der Vergangenheit einreden, er wäre noch der anerkannte Wissenschaftler, der er einst war, aber Kay hat ihm einen Spiegel vorgehalten und schließlich kauert Sam Oscar auf der Erde, gegen die

Felswand gelehnt, seine Arme um den Körper geschlungen, als wolle er sich aus lauter Einsamkeit selbst umarmen.

Ich habe nicht mehr das Bedürfnis, ihm wehzutun, er liegt bereits am Boden. Ein tiefer Fall, denke ich und greife Kays Hand, unendlich froh, dass nicht ich so allein bin, Kay sich nicht von mir hat beirren lassen.

»Sie werden bald vollkommen allein sein. Wir werden nicht wiederkommen«, sage ich mit klarer, ruhiger Stimme. »Vorher jedoch erzählen Sie uns alles über den Zeitanker.«

Oscar lächelt matt. »Das also hast du vor. Du willst den Zeitanker zerstören? Ich dachte, du hättest einen besseren Plan.«

»Beantworten Sie Alisons Frage«, sagt Kay weniger ruhig, als ich es mittlerweile bin. »Was wissen Sie darüber?«

»Dass ihr einen Trupp, ach was, eine ganze Armee bräuchtet, um zu ihm zu gelangen. Ein unmögliches Unterfangen. Vollkommen unmöglich. Es wäre leichter, in das Schlafzimmer des Präsidenten zu portieren oder die Goldreserven aus Fort Knox zu rauben. Es wird nicht gelingen, Alison. Nicht auf diesem Weg. Nichts auf der Welt ist geschützter als dieser Meteorit.«

Ich hebe die Brauen. »Ein Meteorit? Ich dachte ...«

»Dass der Zeitanker unsere Erfindung ist?« Jetzt schüttelt Oscar den Kopf und ich bemerke, wie grau er inzwischen geworden ist. »Nein, davon ist die Wissenschaft weit entfernt«, meint er tonlos. »Durch die Zeit zu reisen, ist eine Sache. Im Grunde eine Frage von Energie und Beschleunigung auf atomarer Ebene, in etwa zumindest. Natürlich gehört noch einiges mehr dazu, vor allem wenn es darum geht, die Realitäten zu wechseln, aber die eigene

Realität zu schützen, dafür zu sorgen, dass sie unveränderbar bleibt, ist eine ganz andere Sache. Wir hätten noch nicht einmal die theoretische Grundlage dafür.«

Oscar schaut finster an mir vorbei, ich hingegen jubiliere innerlich. Die Vergangenheit so zu verändern, dass der Zeitanker nicht *erfunden* wird ... Das wäre unmöglich gewesen! Es hätte immer eine Realität gegeben, in der er doch erfunden wird, und selbst wenn es mir gelungen wäre, dies zu verhindern, hätte es ohne Zeitanker *Top The Realities* nicht gegeben und ohne *Top The Realities* uns nicht und ohne uns das Baby nicht. Ein Meteorit hingegen ist ein Ding. Und Dinge kann man zerstören, auch wenn Oscar es für unmöglich hält: Nichts wird mich davon abbringen, in dieses Gebäude zu gelangen!

Ich lasse mir meine Erleichterung jedoch nicht anmerken. Der alte Mann, der immer noch auf dem Boden kauert, ist unberechenbar für mich geworden. Ein Gefühl sagt mir, er steht auf keiner der beiden Seiten, sondern inzwischen nur noch auf seiner eigenen. Vielleicht ist etwas geschehen in den wenigen Stunden zwischen unseren Treffen. Etwas, das seine scheinbare Loyalität ins Wanken gebracht hat. Womöglich wird auch er unter Druck gesetzt. Aber das kann mir egal sein, denn ich denke ebenso nur noch an mich, besser gesagt an uns, an unsere kleine Familie.

Ich straffe mich. »Wir werden es so machen«, sage ich kühl. »Ich stelle Ihnen eine Frage und Sie antworten, dann stelle ich Ihnen die nächste Frage, und erst wenn ich alle Antworten gehört habe, lassen wir Sie in Frieden.«

»Fragt nur, fragt nur ...«, murmelt Oscar. Es wird euch doch nichts bringen, klingt darin mit.

»Wann ist dieser Meteorit auf die Erde gekommen?«

»Wir wissen es nicht, aber es war auch nicht relevant für uns.«

»Wie haben Sie dann festgestellt, dass er Einfluss auf die Zeit hat?«, hake ich sofort nach.

»Durch ein Experiment. Es betraf den ersten Zeitsprung«, sagt Oscar leise und mit gesenktem Kopf. »Damals schickten wir eine Katze in der Zeit zurück. Nur um einige Tage. Wir wollten herausfinden, inwieweit sich unsere Gegenwart verändert, sollten wir es wagen, in die Vergangenheit zu reisen. Theoretisch kannten wir die Antwort, es war ein Praxistest, der die Theorie untermauern sollte.«

»Und?«

Der Wissenschaftler sieht auf. Er wirkt müde. »Am 17. Oktober 2410 sperrten wir einige Mäuse in einen hermetisch abgesicherten Raum, mit etwas Wasser, aber ohne Futter. Am 20. Oktober desselben Jahres portierten wir eine Katze drei Tage zurück in ebendiesen Raum. Wir holoportierten die Bilder, sahen, wie die Katze vier der sieben Mäuse fraß, und portierten die Katze zurück in unsere Gegenwart. Damit schien unsere Theorie untermauert. Hätten wir nicht die Vergangenheit verändert, also die Katze dorthin geschickt, hätten die Mäuse noch gelebt.« Oscar reibt sich die Augen. »Die Schlussfolgerung war«, sagt er schließlich, »dass es mir zwar gelungen war, Lebewesen durch die Zeit zu schicken, aber dass wir es nie wieder ausprobieren duften, wenn es uns nicht genauso wie den Mäusen ergehen sollte. Aber dann öffneten wir die Tür zu dem Versuchsraum und wie durch ein Wunder lebten alle sieben Mäuse. Wir fanden keinerlei genetische Spuren der Katze. Es war, als wäre sie nie dort gewesen. Beantwortet das jetzt eure Fragen?«

»Nein«, sagen Kay und ich zeitgleich.

Oscar sieht verwirrt aus.

Ich stöhne leise. »Wie sind Sie darauf gekommen, dass ein Meteorit etwas damit zu tun hat?«

»Ach ... richtig. Wir suchten nach einer Erklärung, fanden aber keine. Wir wiederholten das Experiment wieder und wieder, doch das Ergebnis war immer dasselbe. Sieben lebendige Mäuse. Also begannen wir, nach gewissen Signaturen zu suchen. Zeit hat auch eine, sie ist dem Licht recht ähnlich, sie ist well–«

Kay lässt meine Hand los und geht auf Oscar zu. »Wie haben Sie den Meteoriten gefunden?«

»Wir haben nach der Signatur gesucht«, beeilt er sich zu sagen. »So wie man in eurer Zeit Radioaktivität aufspüren kann.«

»Mit einem Geigerzähler?«, frage ich.

»Nein. Aber nach dem gleichen Prinzip. Es gibt Phänomene in unserem Universum, die dem Zeit-Raum-Gefüge trotzen. Schwarze Löcher zum Beispiel. Bei diesen Phänomenen weicht die zeitliche Signatur von der normalen ab. Aber wir brauchten drei Jahre, bis wir entsprechende Gerätschaften entwickelt hatten, danach jedoch nur wenige Wochen, um den Meteoriten zu finden.«

»Und dann?« Wieder ist es Kay, der die Frage stellt.

»Nun ...« Oscar räuspert sich. »Dann drang diese Sensation nach außen und die EBE, eine Fernsehproduktionsgesellschaft, kam auf uns zu, mit dem Konzept von *Top The Realities* in der Tasche. Ich hatte nichts einzuwenden. Zum einen würde meine Entdeckung durch reale Menschen unter realen Bedingungen erprobt werden, zum anderen würde die Weltbevölkerung lernen, der Macht des Meteoriten zu vertrauen, wenn sie erst sähe, dass ihre Realität sicher war. Wir einigten uns darauf, dem Kind ei-

13

2417, Showdome

Donnernder Applaus lässt die Wände erzittern.

»Oh Gott! Alison, wo hast du uns hingebracht?«, stöhnt Kay und sieht nach oben. In der Decke klafft ein Loch, vor das sich gerade eine Platte schiebt. Trotzdem ist mein im Stakkato gerufener Name deutlich zu hören: Al-i-son, Al-i-son, Al-i-son!

»Verdammt!«, zische ich. »Ivana müsste hier sein.« Ich drehe mich im Kreis. Auf einem Tisch stehen alle möglichen Fläschchen und Tiegel, die unter dem Stampfen und Klatschen der Zuschauer vibrieren. Ivanas Schönheitsutensilien. Sie selbst ist aber nicht hier. »Aber sie muss hier sein!«

Kay zieht die Stirn kraus. »Ich hoffe gerade wirklich, du hast irgendeinen Plan.«

Kurz sehe ich ihn an, flüstere: »Ja, nein, ich weiß es nicht. Wir haben höchstens 3 Minuten. Später, okay?«, dann wende ich mich ab.

Kay greift meine Hand und dreht mich zurück. »Das ist Wahnsinn! Alison, bring uns wieder weg. Wir sind hier mitten in der Höhle des Löwen.«

»*Wir* sind doch die Löwen«, gebe ich zurück.

»Ich meine es ernst. Irgendwo im Umkreis von 100 Metern wird gleich jemand feststellen, dass sein Marker nicht mehr funktioniert, und dann werden sie eins und eins zusammenzählen und die Hölle bricht los.«

»Erst die Höhle, dann die Hölle«, sage ich spöttisch, wobei ich insgeheim weiß, dass ich mit meinem Hohn nur meine Angst betäuben will. In den Moment zurückgekehrt zu sein, da sie mich das erste Mal holten, zu wissen, was mein jüngeres Ich gerade durchleidet, bringt tief vergrabene Gefühle zu nah an die Oberfläche. Kays Hand liegt locker um mein Handgelenk und ich mache mich los.

»Hör zu. Ich bin dort oben auf einem Stuhl, der auf einer winzigen Plattform steht, 20, 30 Meter über uns oder vielleicht noch mehr. Wenn sie wüssten, was ich vorhabe, könnten sie sich diese Alison schnappen, oder? Weg kann sie ja nicht.«

Unschlüssig wiegt Kay den Kopf.

»Ich habe länger darüber nachgedacht, als du dir vorstellen kannst«, sage ich. »Niemand hier nimmt an, dass ich eine Gefahr darstellen könnte. Aus irgendeinem Grund ist anscheinend keiner in die Vergangenheit gesprungen, um Alarm zu schlagen, okay?«

»Außer Oscar ...«, meint Kay.

»Der nicht ernst genommen wurde. Bitte, Kay. Ich muss mit Ivana sprechen!«

»Die nicht hier ist.«

»Ich verstehe das auch nicht«, murmle ich, während ich mich umdrehe und die Wand fixiere, dort, wo ein Handsymbol den Türöffner markiert. Es hätte keinen Zweck, ihn auszuprobieren, mein Marker ist nicht autorisiert, irgendeine Tür zu öffnen. Wo ist Ivana? Ich begreife es nicht!

Meiner Erinnerung nach hat mir Ivana vor gut 2 Jahren gesagt, ich solle stark sein, nicht durchdrehen, als ich festgeschnallt auf einem Stuhl saß. Sie löste den Gurt und Sekunden später befand ich mich auf dieser winzigen

Plattform mitten im Showdome. Tosender Applaus umfing mich, alle riefen meinen Namen und ich wusste nicht, wo oder wann ich war, nur dass mein Bruder plötzlich nicht mehr existierte. Und ich bin mir sicher, Randy hätte mich, kaum dass der Applaus verebbt war, gefragt, was ich über Zeit wisse, und gleichzeitig ertönte dieses furchtbare Piepen in meinem Kopf, damit ich auf den Marker sah. *Beantworte die Frage,* stand darauf, was bedeuten muss, dass der Störsender an meinem Arm mein jüngeres Ich nicht erreicht. Entweder weil es mehr als 100 Meter in die Höhe geschossen wurde, was ich nicht glaube, oder weil ich diesen Ort gleich wieder verlassen werde. In diesem Moment verebbt der Applaus.

»Irgendetwas stimmt nicht«, flüstere ich. Eine Gänsehaut überzieht meinen Arm, als ich meine Befürchtung ausspreche.

Kay holt Luft, um etwas zu sagen, aber ich hebe die Hand und er verstummt. Beide hören wir leises Fluchen und dann ein dumpfes Klopfen, als wenn jemand gegen die Wand tritt.

»Scheiße!«, entfährt es mir.

»Was?« Kay sieht verärgert aus.

»Der Störsender! Die Marker funktionieren nicht«, zische ich. »Ivana kommt nicht wieder rein – wo auch immer sie war – und wir kommen hier nicht raus.«

Wieder klopft es. Diesmal energischer. »Okay, ihr Spaßvögel. Wer ist dadrin und hat die Tür blockiert?«

Ich stürze zu der Markierung und schlage mit der flachen Hand auf die Wand, wo ich die Tür vermute. »Ivana? Ivana, ich bin's. Alison! Kannst du mich hören?«

3 oder 4 Sekunden vergehen ohne Antwort. »Alison Hill?«, höre ich dumpf von der anderen Seite der Wand

und dann viel lauter Randys Stimme: »Uuund hier, meine sehr verehrten Gäste, live bei uns im Showdome, ist unsere bezaubernde, unsere wunderbare, unsere fabelhafte Kandidatin: Aaaaalison Hill!« Wieder bricht Applaus aus und ich warte nervös, bis Randy ihn zum Schweigen bringt.

»Ich könnte ihn umbringen«, höre ich Kay hinter mir knurren.

Ich sehe über die Schulter und grinse: »Vielleicht später.«

»Die Tür funktioniert nicht«, vernehme ich Ivana leise und presse mein Ohr an die Wand.

»Ich weiß!«, rufe ich ihr zu. »Wenn ich weg bin, funktioniert sie wieder. Aber ich habe nur wenig Zeit. Sag bitte, bitte, bitte niemandem, dass ich hier war. Sie werden dich irgendwann fragen.«

Wieder vergehen einige Sekunden, in denen ich nervös lausche.

»Alison, wie alt bist du?«, kommt es zögerlich von der anderen Seite.

»19.«

»Gütiger Himmel! Was ... was ... Ich verstehe das nicht.«

Ich lege meine Hand auf die glatte Oberfläche der Wand. »Du wirst es irgendwann verstehen«, flüstere ich.

»Was sagst du?«

»Du wirst es verstehen!«, wiederhole ich lauter. »Sie wollen mich töten, Ivana, und sie werden meinen Bruder töten.«

»Nein, da irrst du dich, Schätzchen.« Ich sehe förmlich vor mir, wie Ivana ihren goldenen Kopf schüttelt. »Niemand will dich töten und auch deinen ...«

»Mein Name ist Wum Randy«, wird Ivanas Stimme

übertönt. »Ich bin der Showmaster von *Top The Realities*. Wie geht es dir?«

Ich schlage wütend gegen die Tür. Mir bleiben vielleicht noch 60 Sekunden, dann wird etwas geschehen, was uns zwingt zu fliehen, sonst hätte mein Marker dort oben nicht funktioniert. Gleich wird Randy mich fragen, was ich über Zeit weiß, und dann wird mein 17-jähriges Ich das Piepen in seinem Kopf hören und antworten: »Sie vergeht.«

»Ivana, das werden sie, ihn umbringen, aber ... Hör zu. Hör einfach zu, okay?« Ich warte Ivanas Antwort nicht ab. »Ich habe keine Zeit, um dir alles zu erklären. Pass auf, Kay ist auch bei mir.«

»Kay auch?«

»Ja, die Show ... Es wird schrecklich. Wir müssen das aufhalten. Wir können es aufhalten. Und wir werden alles dafür tun, diesen Zeitreisemist zu verhindern. Aber wir brauchen deine Hilfe. Sam Oscar wird zu dir kommen am Ende der 31. Staffel, dann wirst du wissen, was ich meine. Ich weiß nicht, ob ich wieder kom–«

Schritte hallen über den Flur, in dem Ivana steht. Schnelle, entschlossene Schritte, unüberhörbar von mehr als einer Person.

»Ports«, flüstert Kay.

»Ach, endlich. Die Herren von der Security!«, ruft Ivana laut, so als wäre sie empört, dann wispert sie kaum vernehmlich: »Was willst du von mir, Alison? Ich kann mir keinen Ärger leisten.«

Ich atme tief ein. »Bald werden sie auf der Bühne zeigen, wie ich als Kind auf einen Baum geklettert bin und nicht mehr runterkomme«, sage ich so hastig, dass ich nur hoffen kann, Ivana versteht mich. »Dort warten wir auf dich. Versuch irgendwie, dahin zu kommen ... Ich ... ich ... Bitte,

Ivana. Tu es«, schiebe ich nach. Im gleichen Moment verstummen die Schritte vor der Tür.

»Haben Sie Schwierigkeiten, Miss?«, vernehme ich eine tiefe Stimme. »Die Marker sind hier überall ausgefallen. Können wir Ihnen helfen, die Tür manuell zu überbrücken?«

Kay nimmt meine Hand und ruckt mit dem Kinn.

»Warte«, wispere ich. Ich will wissen, ob Ivana mich verrät, aber Randys Stimme übertönt ihre Antwort, als er fragt: »Was weißt du über Zeit, Liebes?«

Ich stöhne leise, schließe die Augen und denke an das Gewitter, welches damals genauso schnell verging, wie es aufzog. Ich erinnere mich an den dampfenden Waldboden, den feuchten Geruch, das Krähen der Raben und schließlich spüre ich meine Angst vor der Tiefe, die ich damals, mit sechs Jahren, das erste Mal empfand. Der Baum war so schrecklich hoch ...

Ich öffne die Augen in der Erwartung, dass mich die gleiche beklemmende Angst wie damals übermannt. Doch als ich mich umsehe, lasse ich Kays Hand los und lächle.

Mit sechs Jahren stand mir der Nebel brusthoch. Ich hatte das Gefühl, er würde mich verschlingen wollen, Geister würden darin wohnen, die mich in das Reich der Toten ziehen, sollte ich ihm nicht entkommen. Das Krähen der Raben war wie ihr Totengesang und das Gewitter der Zorn einer höheren Macht ...

Jetzt jedoch erblicke ich nur dampfenden Waldboden, der meine Unterschenkel in feuchten Nebel hüllt, ich höre Raben, die sich unbeeindruckt von dem Donnern etwas zurufen. Ich bin im Wald. Das ist alles und dieser Wald bedeutet für mich inzwischen Sicherheit und Geborgenheit. Mein Lächeln wird noch breiter.

»Was freut dich?«, fragt Kay.

»Ich glaube, wenn jeder seine Ängste nochmals durchleben könnte, würden sie an Grauen verlieren.«

Kay sieht sich um und nickt leicht, dann heften sich seine dunklen Augen wieder auf mich. Bei der Ernsthaftigkeit seines Blicks vergeht mir das Lächeln. »Bist du sauer?«

»Ja. Das bin ich.«

Ein Kloß steckt plötzlich in meinem Hals. Gut, Kay und ich waren nicht immer einer Meinung und ich war mehr als einmal wahnsinnig wütend auf ihn. Aber bisher war es mein Privileg, wütend zu sein, ich durfte mir herausnehmen, wütend zu sein. Er irgendwie nicht. Bis jetzt. Kays Gesichtsausdruck, seine aufeinandergepressten Lippen, seine ernsten, beinahe schwarzen Augen, machen mir mehr Angst, als Nebel es je könnte.

»Wieso?«, frage ich heiser.

Einige Sekunden schweigt Kay und sieht mich nur an. »Ich wünschte, ich könnte sagen, ich verstehe, warum du mich nicht mit einbeziehst, weshalb du mir nicht vertraust, oder dass du ein Recht hättest, mich außen vor zu lassen, aber das tue ich nicht. Ich verstehe es nicht und ich gestehe dir das Recht auch nicht zu.«

»Welches Recht? Wovon ...« Ich halte inne. Aus der Ferne höre ich gedämpft Rufe.

»Alison? Alison!«

Wieder zuckt ein Blitz am Himmel, der den Wald für einen Sekundenbruchteil so hell erscheinen lässt, dass man meinen könnte, es wäre Frühling, nicht Herbst.

»Alison! Verdammt, Alison, wo bist du?« Die Stimme meines Vaters, der mein sechsjähriges Ich sucht, entfernt sich.

»Ja, wo bist du?«, fragt Kay.

»Ich weiß nicht, in einem der Bäume. Irgendwo hier.«

Kay zieht die Wangen nach innen und sein Gesicht wirkt hart. »Hast du darüber nachgedacht, dass dieser Moment deines Lebens in die Zukunft übertragen wurde? Warst du dir des Risikos bewusst, gesehen zu werden?«

»Kein Port ist hier, oder?«

»Nein, kein Port ist hier. Wir hatten Glück. Aber du hast mich ohne eine Erklärung zu Oscar gebracht und ich habe deine Entscheidung mitgetragen. Und dann bist du mit mir in die Zukunft gesprungen und ich habe nichts gesagt. Wir hätten das besprechen müssen. Du bist nicht mehr allein, Alison, du kannst diese Entscheidungen nicht mehr nur für dich treffen.«

»Aber ich war es«, gebe ich heftig zurück. »Die letzten 2 Jahre musste ich fast alle Entscheidungen allein treffen und sehen, wie ich klarkomme. Du warst nicht da. Ich weiß, was ich tue.«

»Lass das. Ich habe keine Lust auf Spielchen.«

»Verdammt! Was für Spielchen? Das einzige Spiel, das hier gespielt wird, heißt *Top The Realities!*«

Kay sieht zur Seite. »Mit *nicht allein*«, knurrt er, »meinte ich das Kind, das du unter deinem Herzen trägst. Unser Kind, Alison.«

Unwillkürlich lege ich die Hand auf meinen Bauch und merke, wie Tränen in mir aufsteigen. »Es tut mir leid«, murmle ich, »das sind diese verdammten Hormone.«

Ich will meine Gefühle dorthin zurückzwingen, wo sie waren. Tief verschlossen in meinem Herzen. Ich will nichts spüren, keine Angst, keine Trauer, keine Erschöpfung, ich will, ach was, ich muss funktionieren! Aber es ist zu spät und schon schüttelt Schluchzen meinen Körper. Ich presse die Faust vor den Mund.

»Hey ...«, flüstert Kay sanft. Seine Arme umschließen mich.

»Ich ... ich ... schaffe das alles nicht, wenn ...«, wieder schluchze ich, »wenn ... ich darüber rede oder nachdenke, was passieren kann. Ich will nicht über meine Entscheidungen diskutieren. Es ist schon so schwer genug.«

»Wir müssen nicht darüber diskutieren«, Kay drückt seine Lippen auf meine Stirn, »aber miteinander reden, okay?«

»Okay«, schniefe ich.

Mit einem letzten, leisen Grummeln verzieht sich das Gewitter, und als ich mich aus Kays Umarmung löse, fällt Licht über sein lächelndes Gesicht.

»Gut«, sagt er. »Ich hasse es nämlich, im Unklaren darüber zu sein, was du denkst oder tun wirst. Ich will wissen, was in dir vorgeht, und ich will wissen, ob du dich und unser Kind vielleicht unnötig in Gefahr bringst. Nur dann kann ich euch beschützen, okay?«

»Okay«, flüstere ich.

Kay presst seine Lippen auf meine. »Gott, ich liebe dich so sehr«, murmelt er zwischen seinen Küssen.

»Du bist wirklich schwanger, Schätzchen?«

Erschrocken springe ich zurück und starre die Frau an, die wie aus dem Nichts aufgetaucht ist. Sie trägt ein einfaches blaugraues Kleid.

»Ivana?« Ich blinzle einige Male. Viel weniger bin ich erstaunt über ihr Erscheinen als über ihre Erscheinung.

»Ich wollte euer Gespräch nicht stören«, meint sie lächelnd, wobei zwei Lücken in der Reihe ihrer großen Zähne klaffen. Tiefe Falten zeichnen ihr Gesicht. Ivanas aschblonde Haare sind streng zurückgebunden, ihre Haut ist weder silbern noch gold, sondern von Altersflecken übersät. Nie konnte ich einschätzen, wie alt Ivana ist. Jetzt aber ist überdeutlich, dass sie die 70 überschritten haben muss. Ich kann nicht anders, als sie anzustarren, auch nicht, als Kay sich räuspert.

»Ich freue mich, dass Sie kommen konnten, Ivana«, sagt er und streckt ihr die Hand entgegen.

Ivana winkt ab. »Lassen wir das. Kein Sie, keine Formalitäten, ihr zwei Turteltäubchen. Kommt her. Na, kommt schon.« Sie drückt Kay an sich und dann mich, nur um mich gleich darauf wieder von sich zu schieben, wobei ihre Hände meine Oberarme umfasst halten. »Du musst mehr essen, gerade wenn du ein Kind erwartest, Süße. Du siehst furchtbar abgemagert aus.«

Betreten blicke ich zur Seite. Neben Ivana könnte ich mich als wohlgenährt bezeichnen. Ihre Haut schlackert um ihre stockdünnen Unterarme, als sie mich freigibt. »Jaja, ich weiß. Sag nichts. Mir ist bewusst, wie furchtbar ich aussehe. So ist das eben, Schätzchen, wenn man all seine Privilegien verliert. Immer wieder zumindest.«

»Privilegien? Wieso immer wieder? Was ist denn nur passiert, Ivana?« Ich bin ehrlich bestürzt, sie so zu sehen.

»Weiß jemand, dass du hier bist?«, fragt Kay.

Ivana zuckt mit ihren knochigen Schultern. »Mit Sicherheit. Aber niemand würde es wagen, mir zu folgen.«

»Warum nicht?«, platze ich heraus.

»Tja, Schätzchen. Es sieht so aus, als hätten wir ein Problem. Ich fürchte, wir haben unseren Schutz verloren.«

»Was? Den Zeitanker?«, frage ich ungläubig.

Ivana hebt die Hände. »Sieht ganz so aus.«

Ich merke, wie mein Mund offen steht. Ich will etwas sagen, aber jedes Mal, wenn sich Worte in meinen Gedanken formen, kommt mir ein anderer Grund in die Quere, wieso nicht sein kann, was sie behauptet. Wenn der Zeitanker zerstört ist, weshalb sind wir noch hier, Kay und ich? Wieso ziehen sie die Gameshow dann noch durch? Es kann doch für sie nicht ohne Auswirkungen bleiben, wenn sie Menschen weit in die Vergangenheit schicken und Dinge verändern lassen. *Top The Realities* muss einfach mit dem Verlust des Zeitankers gestorben sein!

Ivana schmunzelt. »Mach den Mund zu, Schätzchen, das sieht wenig damenhaft aus. Gehen wir ein Stück und ich erkläre es euch.« Ivana wendet sich ab. Ihr blaugraues Kleid verschmilzt mit dem Nebel, mit jedem Schritt, den sie sich entfernt. Sie wirkt wie der Geist, vor dem ich mich einst fürchtete. »Na los, kommt schon!«, ruft sie uns zu, da Kay und ich ihr nur nachstarren.

»Wie kann das sein?«, raune ich Kay zu.

»Sie wird es uns erklären.«

Wir achten nicht darauf, wohin wir gehen. Ivana hat sich bei Kay eingehakt und wirkt so fröhlich, als wenn ihr Leben keinen so offensichtlich schlechten Weg genommen hätte. Ich gehe neben den beiden und muss immer wieder einen Baum umrunden oder stehen bleiben, wenn der Wald zu dicht wird.

»… habe mit mir gerungen«, sagt Ivana gerade. »Sollte ich der Security die Wahrheit sagen? Euch verraten? Es war mir unbegreiflich, wie ihr in diesen Raum kommen und dann noch die Türen blockieren konntet. Aber ihr hattet nichts Schlimmes getan, oder? Und ich wollte keinen Ärger, wo es keinen gab. Also beschloss ich, erst einmal abzuwarten.«

»Worauf zu warten?«, frage ich.

»Worauf? Auf Sam Oscar natürlich. Ihr hattet mir doch prophezeit, er würde kommen. Tja, die Jahre verstrichen,

Kandidaten kamen und gingen, ich kümmerte mich um ihr Styling. Irgendwann übertrug man mir sogar die komplette Betreuung der Kandidaten vor der Show und dann …«, Ivana bleibt stehen und sieht mich an. »Ja, dann kam die 31. Staffel und mir wurde ein junger Mann als dein Bruder vorgestellt. Es lief mir kalt den Rücken runter. Das sage ich euch. Ihr hattet tatsächlich recht behalten.«

»Wann war das?«, fragt Kay. »In welcher Zeit spielte die 31. Staffel?«

Ich sehe, wie sein Arm leicht zittert. Er hat die Erinnerung an dieses Grauen noch lange nicht verwunden.

Ivana nimmt ihren Arm aus Kays Beuge und fasst sich ans Kinn. »Lasst mich überlegen, das Canyon-Setting begann am 11. Oktober 2421. Also in unserer Zeit. Live, wenn du so willst. Und es endete … Ja, endete es überhaupt? Ich fürchte, das ist alles sehr verwirrend. Aus meiner Sicht ist es zumindest keine Woche her, dass Sam Oscar mich aufsuchte. Kalendarisch war das … Lasst mich nachdenken. Ja, der 17. Februar 2423. Keine 24 Stunden später geriet alles durcheinander«, meint Ivana, wobei ihre Augen sich weiten. »Es war kurz nach sieben. Ich wachte in den Armen eines Mannes auf, den ich nicht kannte, in einer Wohnung, die nicht meine war, und wir hatten Katzen. Ich hasse Katzen.«

Kays Blick ist nach innen gerichtet. Ich sehe ihm förmlich an, wie er versucht zu verstehen. Ich probiere es noch nicht einmal.

»Ich verstehe das nicht«, sage ich nur.

»Das glaube ich dir gerne, Schätzchen. Ich habe es ja auch nicht verstanden. Zunächst nicht. Plötzlich erinnerte ich mich an ein ganzes Leben, mit dem ich nichts verband. Ich erinnerte mich, diesen Mann geheiratet zu haben, einen Airbike-Produzenten aus New America, mit ihm zusammengezogen zu sein, meinen Job aufgegeben zu haben, um für seine Firma zu arbeiten. Dabei hasse ich Airbikes fast so sehr wie Katzen. Airbikes sind so«, Ivana schüttelt sich, »primitiv. Aber das spielt keine Rolle. Der Kernpunkt ist, dass ich wie von einer Tarantel gestochen aus dem Bett sprang und mit Wum Randy zusammenstieß. Plötzlich befand ich mich im Showdome und ich erinnerte mich an ... Herrje. Es geschieht schon wieder. Es ist zum Verrücktwerden!«

»Du meine Güte ...«, flüstere ich.

Vor meinen Augen hat sich die Farbe von Ivanas Kleid verändert. Es ist jetzt grün.

»Zumindest lebe ich nicht mehr auf der Straße«, meint Ivana schulterzuckend. »Meine letzte Realität, müsst ihr wissen. Sind meine Zähne wieder da?« Sie zieht die Lippen hoch.

Kay und ich nicken sprachlos.

Ivana wirkt zufrieden. »Wisst ihr, ich versuche gar nicht mehr, darüber nachzudenken, wer ich bin. Es lohnt sich nicht. Im nächsten Moment verschiebt sich meine Realität doch wieder. Ich würde nur verrückt werden, wie viele andere.«

»Bedeutet das, Alison wird es schaffen?«, fragt Kay. »Sie wird den Zeitanker wirklich zerstören?«

»Zerstören? Nein. Soviel ich weiß, wird sie ihn klauen, und ehrlich gesagt, hatte ich gehofft, ihr hättet es schon getan, aber wie es aussieht ...« Ivana fährt mit der Zunge über ihre Zähne, »... ist es noch nicht so weit. Wahrscheinlich, weil ihr Claudia noch nicht begegnet seid.«

»Claudia?« Wer ist das schon wieder? Ich habe das Gefühl, mein Gehirn explodiert gleich, und zu allem Überfluss schimmert Ivanas Haut plötzlich in Perlmutt und sie trägt ein hellviolettes Gewand. Ich reibe mir über die Augen.

»Ich weiß, ich weiß ...«, meint Ivana und verzieht den Mund. »Es ist fürchterlich. Wie viele Realitäten habt ihr schon durchlebt?«

»Nur ... nur eine, den Canyon«, sagt Kay stockend. Er ist anscheinend genauso überfordert wie ich.

»Nur eine? Nicht vorstellbar. Dadrinnen sind Hunderte«, Ivana tippt auf ihre Handinnenfläche. »Ist alles gespeichert.«

»Ich kann zwischen den Realitäten springen«, erkläre ich, ohne zu wissen, ob das wirklich eine Erklärung ist.

»Ich habe davon gehört. Es ist bewundernswert.« Ivana wirft mir einen anerkennenden Blick zu. »Ich kann noch nicht einmal ohne Hilfe portieren. Niemand kann das, außer dir. Das hat alle ziemlich nervös gemacht.«

»Ist deswegen nie wieder ein Port aufgetaucht? Weil sich eure Gegenwart dann noch mehr verändern würde?«

»Ach, Alison, Schätzchen.« Ivana geht weiter, als ob sie ein Ziel hätte. »Du machst dir ja keine Vorstellung. Zunächst haben sie versucht, dich aufzuhalten, indem sie in die Vergangenheit eingriffen. Nicht nur einmal. Sie haben Abertausende Ports entsendet in alle möglichen Zeiten und Realitäten, in der Hoffnung, sie könnten die Alison aufhalten, die an ihrem Schicksal schuld sein wird. Ein großes Risiko für sie, mit verheerenden Folgen. Unsere Realitäten verschoben sich derart massiv, dass es schließlich niemand mehr wagte, in die Vergangenheit einzugreifen. Also wollte man dich in die Zukunft holen, sprich, in unsere Gegenwart. Deswegen machte man Jeremy zum Kandidaten der 31. Staffel. Alle waren sich sicher, du würdest ihn retten wollen und dann würde man dich … Na ja, du weißt schon. Aber es misslang und sie holten Jeremy erneut. Doch du kamst wieder nicht. Und danach …« Ivana bleibt stehen, und als sie sich zu uns dreht, sieht ihr Gesicht um 30 Jahre jünger aus. »Wir haben alle weiß Gott genug damit zu tun, nicht den Verstand zu verlieren. Menschen bringen sich zu Tausenden um, schneiden sich ihren Marker heraus, weil sie nicht mehr ertragen, dass nichts mehr in ihrem Leben Bestand hat, und der Rest der Menschheit ist nicht mehr arbeitsfähig, die Wirtschaft ist vollkommen zusammengebrochen. Und ich meine vollkommen! Niemand arbeitet mehr. Der einzige funktionierende Zweig ist der Drogenhandel. Wir leben wie die Tiere, raffen an uns, was wir in die Hände bekommen, nur um es gleich darauf wieder zu verlieren. Millionäre werden zu Bettlern, Bettler zu Millionären und kurz danach hören sie komplett auf zu existieren. Vielleicht könnte *Timeship* eine Lösung finden, die Marker so umrüsten, dass wir uns nicht an andere Realitäten erinnern, aber …« Ivana atmet schwer durch. »Aber *Timeship* ist nur noch ein Gebäude, durch das Menschen ohne Sinn und Verstand irren, niemand ist mehr in der Lage, eine Entscheidung zu treffen oder eine Entscheidung anzuerkennen. Unsere Machthaber wechseln sekündlich und je weiter die Zeit fortschreitet, umso schlimmer wird es.«

»Wow« meint Kay voller Sarkasmus. »Das ist … beeindruckend.«

Ich kneife die Augen zusammen. »Du erwartest doch nicht von mir, dass ich euch helfe, oder?«

Ivana schüttelt den Kopf, der plötzlich von langen Locken umrahmt ist. »Nein. Im Gegenteil. Ich will dir helfen. Offenbar kann dich niemand aufhalten, Schätzchen, also habe ich mich dazu entschlossen, dir zu helfen, solange ich noch fähig dazu bin.«

»Wieso?«, frage ich.

»Weil sie in deine Gegenwart will«, schlussfolgert Kay. »In das Jahr 2015, richtig?«

»Oh, da war ich bereits. Mehrfach. Aber leider, leider war sie noch nicht durch den Zeitanker geschützt, was den Schluss nahegelegt hat, das noch nicht geschehen ist, was geschehen wird. Ein furchtbares Paradoxon, oder? Es löst sich wohl nur auf, wenn das entscheidende Puzzleteil eingefügt wurde. Und das bin ich und ... Claudia. Sie hat mir geholfen, hierherzugelangen. Und ja, mein Lieber«, fügt sie an Kay gewandt hinzu, »du hast recht. Ich werde in ihrer Gegenwart verharren, bis Alison sicher ist. Und dann«, sie dreht sich wieder zu mir, »mache ich dir die Haare, Schätzchen. Sie sehen furchtbar aus.«

Furchtbar? Ich will nach meinem Pferdeschwanz fassen, doch da begreife ich plötzlich, was Ivana eben gesagt hat. Scharf ziehe ich die Luft ein. Ich werde den Zeitanker nicht zerstören, ich werde ihn mit in meine Gegenwart reißen!

»Oh mein Gott«, flüstere ich.

Ivana will etwas sagen. Ich hebe die Hand und sie macht den Mund wieder zu. Gut, denn ich muss nachdenken.

Wow ... Wie auch immer ich es schaffen werde, ich werde den Zeitanker aus seiner Zeit reißen und in meine Gegenwart bringen. Und zwar zum 31. August 2015, bevor sie Jeremy etwas antun. Ab da wird unser Dasein unveränderbar sein. Dinge werden geschehen, weil wir Entscheidungen treffen und nicht weil sich die Vergangenheit oder die Zukunft verändert. Jeremy, Kay, ich oder auch unser Kind, wir alle werden in anderen Realitäten vielleicht nicht einmal existieren, nein, mit Sicherheit nicht. Denn durch den Zeitanker wird es nur eine Realität geben, genau wie einst bei den Menschen der Zukunft. Wir werden über allem stehen. Unsere Gegenwart wird sich nicht mehr verändern lassen, genau wie bei der Katze und den Mäusen. Wir sind die Mäuse. Die Katze kann uns noch so oft fressen, sie wird uns nichts anhaben können.

Die Lösung dazu ist so lächerlich einfach, dass ich schon längst hätte darauf kommen können. Aber der Weg dorthin wird es nicht sein.

Ich lasse meine Hand sinken und frage: »Wer ist Claudia?«

Ivana wirkt, als hätte sie nur auf die Frage gewartet. »Claudia«, strahlt sie, »ist meine beste Freundin. Na ja, vielleicht nicht meine beste, aber meine einzige Freundin, die noch bei Verstand ist. Ich kenne niemanden, der das Protectum, also das Gebäude, in dem der Zeitanker verwahrt wird, besser kennt als Claudia. Sie beschäftigt sich seit Jahren mit nichts anderem. Und es ist ein Glücksfall, dass sie euch helfen will.«

»Ein Glücksfall?«, fragt Kay misstrauisch.

»Ups. Du hast mich wohl erwischt«, flötet Ivana, während ihre Augen die Farbe wechseln. »Ihre Hilfe ist an eine klitzekleine Bedingung geknüpft.«

»Wer hätte das gedacht?«, wirft Kay trocken ein.

»Welche Bedingung?«, frage ich.

»Die Details kann nur sie euch erklären. Aber es sieht wohl so aus, als sei ihr Mann da, wo ihr hinwollt.«

»Beim Zeitanker«, sage ich. Eine Feststellung, keine Frage.

»Ich fürchte, so ist es. Zurückgelassen und eingesperrt

im selben Raum mit dem Zeitanker. Ihre Bedingung ist, dass ihr die Tür offen stehen lasst, das ist alles.«

Ich sehe Kay an. Er nickt leicht.

»Das dürfte wohl das geringste Problem sein«, stimme ich zu.

Ivana klatscht in die Hände. »Wunderbar! Dann werde ich jetzt in deine Gegenwart verschwinden. Mill Valley ist ein entzückender Ort. Ich denke, ich bleibe da. Claudia wird mich dorthin portieren, sobald ich weit genug von deinem Sender entfernt bin. 100 Meter ist die Reichweite etwa?«

»Woher weißt du von –«

»Ach, wenn du den Menschen die Haare machst, erfährst du früher oder später alles«, meint Ivana, während sie mich links und rechts auf die Wange küsst. Dann dreht sie sich zu Kay, streckt sich leicht und drückt ihre Lippen kurz auf seinen Mund. »Das wollte ich schon immer tun. Was für ein Mann! Du hast wirklich Glück, Schätzchen«, meint sie mit einem Zwinkern und wendet uns ihren Rücken zu. Ohne sich noch einmal umzudrehen, läuft Ivana durch den Herbstwald. Das Letzte, was wir von ihr sehen, ist ein leuchtend rotes Kleid.

Ich blicke zu Kay und lächle. »Was für ein Mann ...«

»Du bist nicht verärgert?«

»Nein. Ich verstehe sie«, sage ich und lehne mich mit dem Rücken an Kays muskulöse Brust.

Wir beide starren in den Wald und während wir darauf warten, dass Claudia auftaucht, streicht Kay über meinen Bauch.

14

2002, Mill Valley

Die Sonne steht tief, als ein ganzes Stück entfernt eine Gestalt erscheint. Sie ist plötzlich da und hebt die Hand.

Ich stupse Kay in die Seite. »Claudia«, sage ich und wir gehen auf sie zu.

Je näher wir der Fremden kommen, desto mehr sehe ich, wie unsicher ihre Schritte sind. Sie strauchelt, wankt zwischen den Bäumen hin und her. Kay und ich beginnen zu laufen, und als wir Claudia erreichen, atmet sie schwer und sucht an einem der Mammuts Halt. Ihr Gesicht ist blass, aber sie lächelt leicht.

»Mein erster Zeitsprung.« Sie streckt mir ihre Hand entgegen, während sie sich mit der anderen an dem Baum abstützt.

Ich ergreife sie. »Man gewöhnt sich dran«, gebe ich lächelnd zurück.

Claudia ist mir auf Anhieb sympathisch. Sie wirkt ehrlich und im Gegensatz zu den Menschen der Zukunft, die mir bisher begegnet sind, erfrischend normal. Sie trägt ein violettes T-Shirt, eine schwarze Jeans und Chucks. Ihre glatten dunkelbraunen Haare sind zusammengebunden wie meine und schimmern rötlich im Abendlicht. Niemand würde glauben, dass Claudia aus der Zukunft kommt.

»Ich würde gerne behaupten, Zeit würde keine Rolle spielen«, sagt sie, nimmt die Hand von dem Baumstamm und reibt sich über die Stirn, »aber es wird von Minute zu

Minute schwerer, sich auf irgendetwas zu konzentrieren. Ich habe das Gefühl, mein Kopf explodiert gleich.«

»So schlimm?«, frage ich und fühle Mitleid. Claudia ist offenbar niemand, der gewissenlos mit der Zeit spielt, sie ist einfach eine Frau, vielleicht Mitte 30, die wahrscheinlich ein ganz normales Leben geführt hat, bis alles durcheinandergeriet.

»Es ist sehr schlimm«, erwidert Claudia. »Allein während ihr mit Ivana geredet habt, haben sich die Realitäten vervielfacht.«

»Aber Sie verändern sich gar nicht. Äußerlich, meine ich«, bemerkt Kay.

»Doch, meine Schuhe.« Claudia deutet nach unten. »Sie wechseln ständig die Farbe.«

Ich sehe auf ihre Chucks, die tatsächlich von Lila nach Grün, nach Schwarz wechseln, so schnell, dass mir schwindelig wird.

»Scheinbar trage ich in keiner Realität etwas anderes«, meint sie mit leichtem Schmunzeln. »Und offenbar bin ich nur noch bei Verstand, weil die meisten Realitäten sehr ähnlich für mich verlaufen. Ich verliere meinen Mann und bekomme ihn nicht wieder.«

»Was ist geschehen?«, frage ich.

»Können wir uns setzen?« Claudia lächelt matt. Sie lässt sich gegen den Baum sinken.

Der Boden durchfeuchtet meine Hose, als auch ich mich setze. Claudia zittert stark, obwohl es nicht kalt ist. Nicht wirklich. Sie muss maßlos erschöpft sein. Ohne nachzudenken, nehme ich ihre Hand, streichle sie und flüstere: »Alles wird gut.«

»Vielleicht«, sagt sie. »Vielleicht.« Und ihre Augen sehen dabei furchtbar traurig aus.

Auch Kay setzt sich. Er hat sein Hemd ausgezogen und es über Claudias Schultern gelegt. Sie zieht es eng um ihren Körper.

»Es begann vor über zehn Jahren …«

»Was begann vor zehn Jahren?«, frage ich, da Claudias braune Augen ins Leere schauen, als wäre sie in die Welt ihrer Erinnerungen entschwunden.

Sie reibt sich die Nasenwurzel. »Es wäre hilfreich, wenn ihr mich nur unterbrecht, wenn ihr … damit ich … Es ist schwer, nichts durcheinanderzubringen, die Realitäten vermischen sich ständig in meinem Kopf.«

Ich lasse Claudias Hand los und nicke zustimmend.

Sie schlingt die Arme um ihre angezogenen Beine. »Mein Mann, Sascha, arbeitete als Bildhauer. Meist hat er öffentliche Aufträge umgesetzt«, beginnt sie. Es klingt, als hätte sie diese Geschichte bereits Tausende Male erzählt, und vielleicht hat sie das auch. »Er erschuf Figuren für städtische Brunnen oder Büsten von … von Menschen«, fährt Claudia leise fort. »Diese Auftragsarbeiten frustrierten Sascha zunehmend. Er war niemand, der gern nach Plan arbeitete.« Claudia stockt.

Ich muss mich zusammenreißen, sie nicht zu fragen, weshalb sie in der Vergangenheitsform von ihrem Mann spricht.

»Eines Abends kam er nach Hause und war regelrecht aufgekratzt«, meint sie schließlich. »Er sagte, *Timeship* hätte ihm eine große Aufgabe anvertraut, aber er dürfe nicht darüber sprechen. Jedenfalls musste er dafür verreisen. Wohin, sagte er mir nicht. Die darauffolgenden Monate sah ich ihn nur selten. Oft blieb er wochenlang fort und irgendwann meinte er, er hätte heute das vollkommenste Werk seines Lebens beendet.« Claudia macht wieder eine Pause. Ihre Augen flattern und für einige Sekunden wirkt sie wie weggetreten.

Nervös sehe ich zu Kay. Er bedeutet mir zu warten. Gerade als ich sie schütteln will, stöhnt Claudia leise auf. Sie hält sich den Kopf. Jetzt hat sich auch ihr T-Shirt verändert. Schwarzer Stoff schimmert unter Kays Hemd hindurch. Unruhig rutsche ich hin und her. Ich bin mir nicht mehr sicher, ob sie noch lange ihren Verstand behält. Anscheinend strömen immer schneller neue Realitäten auf sie ein.

»Sascha. Was hat er für *Timeship* gemacht?«, hake ich rasch nach.

Claudias Blick wird etwas klarer. »Die ... der ... das Podest, eine Säule ...«

Kay runzelt die Stirn. »Eine Säule?«

»Ja. Aber nicht irgendeine Säule. Es war das Podest für den Stein, den ... den Meteoriten, den Zeitanker. Moment ... ich muss.« Claudia wiegt ihren Körper vor und zurück. Als sie uns wieder ansieht, sind ihre Haare kurz und violett, aber sie wirkt weniger benommen. »Am nächsten Morgen sollte der Zeitanker ins Protectum portiert werden. Und Sascha hatte die Ehre ...«, meint sie mit verzogenen Mundwinkeln, »die Ehre, die Säule zu platzieren und den Meteoriten in die Schale zu legen.«

Ich weiß nicht, was sie mit Schale meint, aber ich unterbreche Claudia deswegen nicht.

»Dieser Abend«, sagt sie kopfschüttelnd, »war der letzte, an dem wir uns sahen. Sascha kam nicht wieder. Seither hat es mich nur beschäftigt, weshalb nicht. Über 10 Jahre lang.«

Sekunden vergehen, in denen ich Claudia anstarre, nach Veränderungen suche. Sind ihre Haare gerade etwas länger geworden?

»Er ist immer noch dadrin«, sagt Claudia erstickt und ihr Körper zuckt plötzlich heftig.

»Wo drin?«, fragt Kay.

Ich wedle mit der Hand. Wir sollten sie doch nicht unterbrechen.

»Sie steht kurz vor einem Zusammenbruch«, zischt Kay. »Wir brauchen diese Informationen.«

Claudia wirkt, als würde sie jemand schütteln. Ihr Körper bebt geradezu. Ich will aufspringen, irgendetwas tun, aber da kommt sie ein Stück hoch und zieht etwas aus ihrer Jeans. Einen Zettel, den sie umklammert, als müsste sie nichts auf der Welt mehr schützen. »Der Meteorit liegt in der Schale, die Schale steht auf der Säule, die Säule steht in dem Raum, zwei mal zwei Meter groß, im Zentrum des Protectums«, presst sie hervor. »Sie haben ...«

Sie biegt ihre Wirbelsäule durch und stöhnt. Kay ist mit einem Satz bei ihr.

»Mein Gott ...«, flüstere ich. »Was passiert mit ihr?«

Kay antwortet nicht. Es ist offensichtlich, denn plötzlich verändert Claudia sich im Sekundentakt, ihre Haare werden lang, wieder kurz, wechseln die Farbe genau wie die Kleidung, die sie trägt. Kay packt Claudias zuckenden Körper und hält sie umschlungen, während er beruhigend auf sie einredet. Erst scheint sie tatsächlich ruhiger zu werden, aber dann schreit sie plötzlich: »Es müssen viele sein!« Schweiß rinnt über ihre Stirn. »Alison! Viele! Sehr viele!«

Kay sieht zu mir. »Wie verlieren sie«, flüstert er.

»Nein! Noch nicht«, stoße ich hervor. »Claudia. Sprich mit uns!«

»Viele, Alison«, nuschelt sie und verdreht die Augen.

Ich starre auf das Weiß ihrer Augäpfel und warte darauf,

dass ihre Pupillen wieder zurückkehren. »Claudia! Komm schon! Viele wovon?« Jetzt schreie ich. Aber die Frau, die ich kaum kenne und doch so sehr brauche, reagiert nicht. Was soll ich tun? Ich benötige ihre Erinnerungen!

Der Zettel! Claudia hält ihn noch immer verkrampft fest. Aus Angst, ihr toter Körper könnte den Zettel zurück in die Zukunft reißen, versuche ich, ihn ihr aus den Händen zu lösen. Sie sind schweißnass. Ihr Griff lockert sich. Der Zettel klebt an ihrer Hand, doch als ich ihn abziehe, sehe ich nur blaue Schlieren. Was auch immer darauf stand, es ist unleserlich geworden. Bestürzt blicke ich auf ihre zitternde, verschwitzte Hand und die blaue Farbe darauf, die die feinen Linien ihres Markers noch sichtbarer macht. Er springt mir förmlich ins Auge und da ist mir klar, wie ich an Claudias Erinnerungen komme.

Claudias Körper zuckt und krampft, als würde sie Höllenschmerzen durchleiden, aber sie gibt keinen Ton von sich. Hilflos blicke ich zu Kay.

»Es ist gleich vorbei«, flüstert er.

»Verdammt«, fluche ich, weil ich nicht weiß, wie ich Claudia helfen kann. Niemand könnte das. Kein Arzt der Welt, mache ich mir bewusst und beiße die Zähne aufeinander, um mein Mitgefühl quasi zu zermalmen. Dann wische ich mit meiner Hand über Claudias schweißnasse Stirn und presse sie auf ihre Handinnenfläche. Sofort spüre ich das Kribbeln. Unsere Marker haben sich verbunden, aber Claudia zuckt jetzt so heftig, dass mir ihre Hand immer wieder entgleitet. Ich blicke auf. »Halt sie fest«, sage ich zu Kay und zu Claudia: »Es tut mir leid.«

Es fühlt sich falsch an, derart in ihr Inneres einzudringen. Aber es muss sein. Kay umklammert Claudias Oberkörper und ich schließe die Augen.

Bilder stürmen auf mich ein. In so schneller Folge, dass ich sie nicht begreifen kann. Im gleichen Moment meine ich, jemand würde mit bloßer Hand in mein Gehirn greifen, und ich höre mich ächzen. Schmerz! Aaaaah. Oh Gott! Es tut weh! Aus weiter Ferne höre ich Kay rufen: »Lass los!« Nein! Nicht loslassen, denk an das Baby, denk an Kay, an Jeremy, an Mum, an ... Sascha!

Sascha ... Was ist los? Ich habe Angst ... Ich bin ... einsam. Ich vermisse dich, hörst du? Ich brauche dich! Wieso meldest du dich nicht? Niemand weiß, wo du bist! Niemand gibt mir Auskunft. Ich kann nicht mehr, ich weiß nicht, was ich tun soll ohne dich. Sascha, ich liebe dich so sehr. Ich habe dich nicht aufgegeben, ich suche nach dir. Nie werde ich damit aufhören. Sascha ... Sascha! Saschaaaaaaa!

»Alison!«

Alison? Wer ist das?

»Alison. Komm zurück!«

Zurück? Nein! Erst muss ich Sascha finden.

»Öffne die Augen, Alison. Es ist vorbei.«

Auf keinen Fall! Ich muss in das Protectum. Ich muss ihn retten. Aber wie? Aber wiiiiiieeee? Hilfe. Hilfe! Ich brauche Hilfe ... Nicht schütteln. Lass mich los. Lass mich ...

»Alison. Öffne die Augen und sieh mich an. Herrgott! Dann eben ... Claudia. Sieh mich an, verdammt.«

Ich versuche es ja, nicht schreien, bitte ... zu laut. Zu viel. Viel zu viele Bilder ...

»Claudia!«

»Sascha?« Ich blinzle. »Du ... du bist nicht ... Sascha.« Meine Stimme ist mir fremd. Was haben sie mit meiner Stimme gemacht?

»Und du bist nicht Claudia. Alison. Ich bin es, Kay.«

»Kay ...«

Er umfasst mein Gesicht. »Ich liebe dich, Alison. Hörst du? Ich liebe dich.«

Ich starre in die dunklen Augen, die mich voller Sorge betrachten. »Kay«, wiederhole ich leise.

Er atmet tief durch. »Ja. Weißt du, wer du bist?«

»Im Wald ...«

»Nein, weißt du, *wer* du bist? Wie lautet dein Name?«

Ein Schauer läuft mir über den Rücken, als ich begreife, dass ich nicht Claudia bin. Mein Gott! Nur Sekunden länger und ich wäre nicht zurückgekehrt, da bin ich mir sicher. »Ich bin Alison Hill und ich liebe dich, Francis Kay Raymond«, sage ich, so fest ich kann.

»Gott sei Dank!«, stöhnt Kay und presst seine Stirn gegen meine. »Ich habe schon gedacht, auch du stirbst. Dein Puls war ...«

»Auch du?« Ich sehe zur Seite.

Claudia liegt zusammengekrümmt auf dem Waldboden. Sie ist erstarrt. Nichts ändert sich mehr, ihre Chucks sind lila wie ihr T-Shirt, ihre Haare sind zu einem Zopf zusammengebunden und schimmern wieder rötlich und ihr Mund steht leicht offen. Ich erinnere mich, wie sehr Sascha ihre vollen Lippen geliebt hat. Ich erinnere mich an so viel ... Ich kannte Claudia kaum und doch ist sie ein Teil von mir geworden. Ein Teil, der in mir weiterlebt. Ich seufze leise und wende meinen Blick Kay zu. »Wie lange war ich mit ihr verbunden?«

»Vielleicht 30 oder 40 Sekunden ... nicht länger.« Kay streicht mir eine Strähne aus dem Gesicht, die sich gelöst hat, und küsst mich sanft. »Glaubst du, du kannst aufstehen?«, fragt er, als seine Lippen meine freigeben.

Ich nicke. »Ja, es geht mir nicht schlecht, ich bin nur ...

Ich bin etwas durcheinander. Claudia hat die letzten 10 Jahre Informationen über das Protectum gesammelt, weißt du? Sie …«

»Erzähl es mir, wenn wir weit genug entfernt sind, damit ihr Körper zurückkehren kann.«

Ich fasse an meinen Arm. »Der Störsender … Ich vergesse ihn immer wieder, vielleicht weil ich ihn kaum noch spüre«, sage ich und lasse mich von Kay hochziehen.

»Gehen wir …« Ich sehe mich um. Eine dichte Wolkendecke hängt über den Wipfeln der Mammuts. Der Wald hat sich verdüstert, es ist merklich kühler geworden und Regen liegt in der Luft. »Gehen wir in diese Richtung. Irgendwo da müsste ein Hochsitz sein.«

»Gut. Geh schon mal ein paar Schritte. Ich möchte mein Hemd mitnehmen. Ich will nicht, dass jemand Rückschlüsse zieht, wenn sie geht.«

»Siehst du das?«, frage ich und deute in den dunkler werdenden Wald, wo ein schwacher Lichtkegel die Bäume absucht.

»Wer ist das?«

»Mein Vater. Er rettet mich gerade aus dem Baum«, meine ich nachdenklich. »Weißt du, er hat mir erst viel später erzählt, dass er sich nie solche Sorgen gemacht hat wie an diesem Tag.«

»Wirst du ihm irgendwann hiervon erzählen?«, fragt Kay.

Nachdenklich sehe ich zu dem Lichtkegel. »Keine Ahnung. Es wird schwer sein … Vielleicht erzähle ich es ihnen irgendwann. Vielleicht auch nicht. Ich weiß es nicht.«

Der Regen trommelt auf das Holzdach des Hochsitzes. Um uns rauschen die Bäume und ein Kauz verkündet mit leisem Hu-hu den Einbruch der Nacht. Unsere Kleidung ist unangenehm klamm und das Shirt klebt an meinem Körper. Aber ich fühle mich sicher und geborgen. Erst jetzt, da ich weiß, dass keine Ports kommen werden, dass niemand in Claudias Gegenwart mehr in der Lage ist, überhaupt eine Entscheidung zu treffen, spüre ich meine Erschöpfung. Ich bin einfach nur total fertig.

»Alles könnte gut sein, wenn Jeremy nur leben würde«, murmle ich, den Kopf auf den Knien, während Kay meine Schultern massiert. »Oh, das tut gut. Ich glaube, ich bin vollkommen verspannt.«

»Natürlich bist du verspannt. Dein ganzer Körper hat sich verkrampft, als ihr verbunden wart.«

»Wirklich?«

»Ich konnte eure Hände nicht voneinander lösen.«

»Das ist gruselig.«

»Lass uns morgen reden«, meint Kay.

Er löst mein Haarband und gräbt seine Finger in meine Haare. Ich schnurre wie ein Kätzchen und er lacht leise.

»Wenn du so weitermachst, bin ich gleich eingeschlafen«, protestiere ich halbherzig.

»Gut. Ihr braucht Schlaf. Viel mehr als ich. Schließ die Augen und genieß einfach, okay?«

Ich blicke auf und suche Kays Gesicht in der Dunkelheit. Nur das schwache Weiß seiner Augen verrät mir, dass er sie noch geöffnet hat, und wieder sind meine Gedanken bei Claudia, bei ihren verdrehten Augen, die nur noch weiß waren.

Der Regen wird stärker. Ein Schauer überzieht meinen Körper und ich lehne mich an Kays Schulter. »Claudia hat Erinnerungen von ... mindestens 400 Realitäten angesammelt.« Ich muss einfach darüber reden, bevor ich schlafen kann. »Die meisten verliefen sehr ähnlich. Es ging um

Sascha. Hätte sie ihn nicht kennengelernt, wäre sie Pathologin geworden.«

Kays Finger verharren in meinem Nacken. Ich brumme leise und er massiert mit sanftem Druck meinen Kopf. Wie gut das tut. Ich bin so unsagbar müde. Ich habe nur einige Realitäten von Claudia in Erinnerung, aber es fühlt sich an, als wären es Tausende. Mein Gehirn sehnt sich nach Erholung, nach Schlaf. Ich mag noch nicht einmal mehr gähnen. Nur Kays Berührung genießen.

»Weshalb ist sie es nicht geworden?«, fragt er und fährt mit seinem Daumen hinter mein Ohr.

Ich seufze leise, am liebsten würde ich schweigen. Nur die Sorge, etwas zu vergessen, lässt mich weiterreden. »Sie lernte Sascha kennen. Seine Eltern sind aus Deutschland nach Australien eingewandert, sein Dad hatte eine Arztpraxis und Claudia konnte dort eine Ausbildung als Arzthelferin machen. Saschas Dad hat immer gehofft, sein Sohn würde auch einmal Arzt werden, Gynäkologe, genau wie er, aber Sascha wurde Bildhauer. Wäre er Gynäkologe geworden, würde er noch leben.« Ich seufze leise. »Es ist merkwürdig, ich erinnere mich an all das, als sei es mein Leben, aber ich empfinde nichts dabei.«

Kays Brust spannt sich an. »Was ist mit Sascha geschehen?«

»Sie haben ihn eingemauert«, sage ich mit Schaudern.

»Eingemauert?«

»Nicht direkt eingemauert, aber in den Mauern zurückgelassen«, antworte ich und erzähle Kay, was geschah, nachdem Claudia Sascha das letzte Mal gesehen hatte. Davon, dass sie tagelang wartete, er nicht zurückkehrte, sie sich nach seinem Verbleib erkundigte, und davon, dass plötzlich niemand mehr Sascha zu kennen schien ...

Claudia ließ jedoch nicht locker. Sie kontaktierte immer wieder die Behörden, Mitarbeiter von *Timeship*, das Militär ... Die Antworten ähnelten sich alle: Wir kennen Ihren Mann nicht. Wir wissen nichts über eine Säule. Bitte belästigen Sie uns nicht weiter.

Aber Claudia konnte und wollte diese Antworten nicht akzeptieren. Sie gab ihren Beruf auf, zog in eine Stadt mitten in der Australischen Wüste, in der Nähe des Protectums, und suchte fortan nach Hinweisen. Ihr Schwiegervater unterstützte sie, so gut er konnte, vor allen Dingen mit Geld, das heißt, mit Cashpoints, der Währung der Zukunft. Claudia bestach Männer, die in unterbezahlten Posten im Protectum arbeiteten, sie schloss falsche Freundschaften wie die zu Ivana, sie beobachtete das Gebäude, welches den Zeitanker schützte, und sammelte über Jahre jede Information, die hilfreich sein konnte, bis sie schließlich wusste, was mit Sascha geschehen war.

Man hatte ihn in das Herz des Protectums portiert, kurz nachdem das Gebäude fertiggestellt worden war. Dann portierte man auch die Säule und schließlich den Meteoriten, der nicht größer ist als eine Perle.

Saschas Aufgabe war es, den Meteoriten in die Schale zu legen, die auf der Säule ruhte, danach sollte Sascha wieder hinausportiert werden. Aber das ist nicht geschehen.

Nur einen Sekundenbruchteil, nachdem der Zeitanker im Schutzraum Gestalt annahm, aktivierte man den Störsender, der jedwedes Portieren in einem Umkreis von mehreren 100 Metern verhinderte. Man wollte das Risiko nicht eingehen, den wertvollsten Schatz der Zukunft auch nur eine Millisekunde ungeschützt zu lassen, und so verblieb Sascha bei seinem Lebenswerk, in einem zwei mal zwei Meter großen Schutzraum, mit genug Sauerstoff für einen knappen Tag. Dabei hätte der Meteorit auch ohne Saschas Hilfe in die Schale portiert werden können. Sein Opfer war vollkommen überflüssig gewesen. Claudias Bitterkeit darüber war unvorstellbar groß.

5 Jahre waren vergangen, bis ihre gesammelten Puzzleteile dieses grausame Bild ergaben. Die nächsten 5 Jahre beschäftigte sich Claudia ausschließlich damit, wie sie in das Protectum eindringen könnte, und zwar zu einem Zeitpunkt, da Sascha noch lebte. Es gelang ihr, an Pläne des Gebäudes zu kommen, die wenig Hoffnung zuließen. Das Protectum ist eigens dafür errichtet worden, den Zeitanker zu schützen, und eine Sicherheitslücke gibt es im Prinzip nicht. Das Gebäude liegt in einer lebensfeindlichen Umgebung mitten in der Australischen Wüste, über der Kampfhubschrauber patrouillieren. Über tausend Militärs sind im und um das Gebäude postiert, dessen Wände aus fünf Meter dickem Stahlbeton bestehen. In seinem Inneren gibt es ein Labyrinth von Gängen, jede Menge Verwaltungsräume, Konferenzräume, Labors und schließlich den Schutzraum, der in der Mitte des Gebäudes liegt. Die Türen lassen sich nur durch Codes öffnen, da die Marker durch den Störsender nicht funktionieren, und den Code für die Tür zum Schutzraum haben nur wenige hochrangige Mitarbeiter.

Sollten all diese Hürden jedoch tatsächlich von jemandem überwunden werden, greift ein Drei-Stufen-Protokoll.

Als Erstes wird das Gebäude vollständig durch eine Christan-Hülle eingeschlossen. Das härteste Material der Zukunft. Unzerstörbar. Diese Hülle würde sämtliche Türen und Fenster des Gebäudes versiegeln. Niemand könnte das Protectum mehr verlassen.

Als Zweites wird dem Protectum der Sauerstoff entzogen. Nach kurzer Zeit wären alle Lebewesen ohnmächtig oder tot, gleichgültig, wer sich im Gebäude befindet.

Und dann kommt die letzte und entscheidende Stufe. Für den Fall, dass nicht nur Menschen, sondern auch künstliche Lebensformen in das Gebäude eindringen, würde exakt 90 Sekunden nach vollständigem Sauerstoffentzug der Störsender deaktiviert werden, um den Meteoriten an einen geheimen Ort zu portieren.

Dies ist die einzige Sicherheitslücke, die Claudia finden konnte, und sie würde nur entstehen, wenn das Drei-Stufen-Protokoll aktiviert werden würde, was wiederum nur dann geschehen würde, wenn die Bedrohung massiv genug wäre, um die Militärs quasi zu überrennen.

Ich reibe mir die Augen, die vor Müdigkeit brennen. »Sam Oscar hat es wohl auf den Punkt gebracht«, sage ich mit vom Erzählen heiserer Stimme. »Man bräuchte eine Armee.«

»Eine Armee ... Das ist verrückt.« Kay schweigt einige Sekunden und ich höre es leise rascheln. »Dieser Zettel ... Ich würde zu gerne wissen, was da draufstand.«

»Vier, sieben, neun, acht, eins, eins, null, sechs, sieben.« Ich hole Luft und gähne hörbar. »Der Code für die äußeren Türen. Claudia konnte ihn auswendig.«

»Ich verstehe. Ein Zugangscode zum Gebäude also. Aber ... ich begreife einfach nicht, was genau Claudia von dir wollte.«

Wieder gähne ich. Mittlerweile bin ich so müde, dass ich kaum noch sprechen mag. Wie ungeheuerlich Claudias Idee auch ist, ich bin nicht mehr in der Lage, darüber nachzudenken, ob sie tatsächlich funktionieren könnte. Immer wieder fallen meine Augen zu. »Sie wollte, dass ich diese Armee zusammenstelle.« Ich seufze tief bei dem Gedanken daran. »Ivana hat ihr gesagt, ich könne zwischen den Realitäten springen. Sie wusste es wohl von Oscar.«

Einige Sekunden vergehen, in denen ich beinahe in den Schlaf abgleite, und ich zucke zusammen, als Kay wieder spricht: »Es müssen viele sein ... viele Alisons ... Das hat Claudia gemeint«, sagt Kay heiser und ich spüre, wie sich die Haare auf seinem Arm aufstellen.

»Ja, verdammt viele Alisons aus verdammt vielen Realitäten«, murmle ich.

»Dann werden wir ...« Kay unterbricht sich und zögert so lange, dass ich in der Stille einschlafe.

Ein Sonnenstrahl weckt mich.

»Guten Morgen, ihr zwei«, flüstert Kay. »Oder besser gesagt, guten Mittag.«

Ich blinzle. Die Sonne fällt durch die Spalten des Dachs und wirft goldene Streifen auf Kays Gesicht. Er steht auf der Leiter des Hochsitzes, die Arme auf die Plattform gestützt, und sieht mich mit schräg gelegtem Kopf an.

Oh mein Gott. Er sieht so gut aus! Sein Haar fällt ihm weich über die Stirn und sein Lächeln ist derart gewinnend, dass ich all meine Sorgen vergessen könnte, solange er nur weiterlächelt. Aber Kay runzelt die Stirn.

»Alles in Ordnung?«, fragt er. »Du siehst mich so entgeistert an.«

Ich setze mich auf und streiche mir meine Haare aus dem Gesicht. »Ja, es ist nur ...« Ich stocke, weil ich merke, wie Hitze meinen Körper durchflutet und meine Wangen rot werden. *Los. Sag ihm, was du denkst, Alison,* flüstert mir eine kleine innere Stimme zu. Ich zögere, nehme dann aber doch all meinen Mut zusammen. »Weißt du, wenn wir mal nicht gerade versuchen, die Welt zu retten, dann versuche ich zu verstehen, wie du dich in mich verlieben konntest.« Es ist albern, aber mein Herz klopft schneller, weil ich ihm gestanden habe, was ich fühle. »Manchmal habe ich immer noch Angst, ich könnte dich verlieren, sollte das alles hier vorbei sein ...«

»Machst du Witze?« Kay stemmt sich hoch. »Das darfst du nicht einmal denken. Ich will ... nein, ich verlange von meiner zukünftigen Frau drei Dinge ...«

Ich will einwerfen, dass die Zeiten des weiblichen Gehorsams vorbei sind, aber Kay hebt die Brauen und ich verstumme.

»Ich verlange«, sagt er in einer Weise, die keinen Widerspruch zulässt, »dass sie immer für unser Kind da sein wird, besonders ... besonders, wenn sein Vater es einmal nicht sein kann. Und ich verlange, dass sie mir immer treu ist, und vor allem anderen verlange ich, dass sie nie, nie, nie an der Liebe ihres zukünftigen Mannes zweifelt.«

Ich sehe zu Boden, weil Kay eine Autorität ausstrahlt, der ich nichts entgegenzusetzen habe.

»Ich meine es ernst, Alison«, sagt er und nimmt mein Kinn, um meinen Kopf anzuheben. »Sieh mich an.«

»Ja?«

»Ich werde dich bis zum Ende lieben. Und wann dieses Ende ist, liegt weder in Gottes Händen noch in den Händen irgendwelcher Menschen der Zukunft, sondern in meinen. Ich werde dich immer beschützen. Das weißt du. Und deshalb verlange ich von dir, meine Liebe zu dir nie anzuzweifeln.«

Bei der Ernsthaftigkeit von Kays Worten durchströmt mich eine so tiefe, innere Ruhe, wie ich sie noch nie empfunden habe, und ich atme tief durch, bevor ich antworte: »Okay.«

»Ich weiß, dass du nie tust, was man dir sagt. Aber in diesem einen Fall verlange ich es von dir.« Kay lächelt. »Ich hoffe inständig, unser Kind lässt sich mehr sagen.«

Mein Magen knurrt. »Ich fürchte, unser Kind verlangt erst mal nach Essen.«

Kay lacht auf und steigt die Leiter wieder hinab. Gleich darauf schieben seine Hände Bananen, Brownies und eine angebrochene Gallone Orangensaft über den Rand des Hochsitzes.

»Woher ... woher hast du das?«

»Aus eurem Haus«, antwortet er und schwingt sich hoch.

»Aus unserem Haus?«, wiederhole ich ungläubig.

»Na ja, deine Mutter ist außer Haus, du bist vermutlich in der Schule, dein Dad ist im Sägewerk und die Verandatür lässt sich mit einem Schraubenzieher öffnen.«

»Hoffentlich kann ich das alles bei mir behalten«, sage ich mit vollem Mund. »Mein Gott, ist das lecker. Ich habe bestimmt seit 2 Jahren keine Banane mehr gegessen.«

Kay nimmt sich einen Brownie und schiebt mir den Rest in der Verpackung hin. »Bist du über Claudia hinweg? Ich meine, hast du noch irgendwie das Gefühl, sie zu sein?«

»Nein ... Es fühlt sich mehr an wie ein wirrer Traum«, sage ich und hebe mit beiden Händen die Gallone Orangensaft an. »Nur dass sie umsonst gestorben ist, das ist so ...« Ich trinke einige Schlucke.

»Sie ist nicht umsonst gestorben.«

»Sie hat Sascha nicht retten können.«

»Stimmt, aber ohne sie könnten wir Jeremy nicht retten.« Kay legt den Brownie wieder zur Seite, ohne davon abgebissen zu haben. »Es wird lange dauern, genug

Realitäten zu finden, in denen Alisons leben, die einen Marker tragen und selbst durch die Zeit springen können. Vielleicht Monate oder noch länger.«

»Nicht nach dem Schneeballsystem«, antworte ich und muss grinsen, als ich Kays verwirrten Ausdruck sehe.

»Was haben Schneebälle damit zu tun?«, fragt er.

Ich nehme die restlichen zehn Brownies aus der Verpackung und lege sie in eine Reihe. »Es funktioniert so: Wenn wir zehn solche Alisons finden und nur die Hälfte davon weitere zehn Alisons aktivieren kann ...« Ich teile fünf Brownies. »Dann wären es bereits 60, wenn die wiederum ... Ich fürchte, wir haben zu wenig Brownies.«

»Ich verstehe schon. Du meinst die Moonshine-Pyramide!«, ruft Kay. »Das ist genial! Einfach genial.«

Jetzt bin ich es, die verwirrt ist.

Kay schiebt die Brownies zur Seite und zieht sich am Geländer hoch. »Es war so ... in den Zwanzigerjahren, während der Prohibition, war Alkohol eine stärkere Währung als der Dollar. Aber sie war natürlich verboten. Deswegen brannten viele nachts in den Wäldern heimlich Schnaps, den man Moonshine nannte. Ziemlich scheußliches Gesöff ... Aber die Nachfrage war riesig und einige machten sich die Gier der Menschen zunutze, indem sie den Moonshine nur noch gegen Coupons verkauften. Genau genommen kaufte man fünf Coupons für je zehn Dollar, die man wiederum an fünf andere Willige weiterverkaufte. Die hatten nun aber nur einen Coupon und mussten vier dazukaufen, um den Moonshine bezahlen zu können.«

Kays dunkle Augen glänzen bei diesen Erinnerungen und ich frage mich unwillkürlich, ob er seine Zeit vermisst.

»Sobald sie das taten«, erklärt er begeistert weiter, »bekam der Erste seinen Moonshine und die Schwarzbrenner hatten statt fünfzig Dollar bereits 250 Dollar an einer Flasche verdient, denn die Käufer der zweiten Stufe bekamen ihren Moonshine erst, wenn wiederum Käufer der dritten Stufe Coupons erworben hatten. Zum Schluss mussten die Schwarzbrenner gar keinen Moonshine mehr ansetzen und verdienten trotzdem Geld, bis das System kollabierte.«

»Nur dass bei unserem System viele Alisons mit ihrem Leben bezahlen werden ...«, gebe ich zurück. »Falls ich sie überhaupt überzeugen kann und ihnen gelingt, was mir gelungen ist. Selbst durch die Zeit zu springen, meine ich. Das Risiko ist verdammt schwer kalkulierbar.«

Nachdenklich schraube ich den Orangensaft zu. Kay hingegen wirkt wie elektrisiert von meinem unberechenbaren Gedankenspiel.

»Nein, ist es nicht. Es ist kalkulierbar. Pass auf ... Wenn wir zehn Alisons überzeugen können und nur zwei davon weitere Alisons überzeugen, dann wären es in der zweiten Stufe vier, in der dritten acht, in der vierten sechzehn, in der zehnten schon über tausend und in der zwanzigsten über eine Million. Wäre das eine Armee, die groß genug ist?«, fragt er augenzwinkernd.

Ich schüttle den Kopf. »Wie kannst du so schnell rechnen?«

»Keine Ahnung, wie kannst du durch die Zeit springen?«

»Ich habe Jahre geübt«, gebe ich zurück, »aber die anderen nicht.«

»Aber sobald sie es können«, meint Kay begeistert, »spielt Zeit keine Rolle mehr.«

Ich verziehe das Gesicht. »Der Gedanke, dass viele von ihnen sterben werden, scheint dir nicht wirklich etwas auszumachen, oder?«

Der Glanz in Kays Augen verschwindet plötzlich und Härte tritt an seine Stelle. »Für mich gibt es nur eine Alison, einen anderen Gedanken lasse ich nicht zu und für mich zählt nur, dass dieser Alison nichts passiert. Und das solltest du auch so sehen.«

»Vielleicht«, murmle ich und lasse einen Brownie sinken, von dem ich eben abbeißen wollte. Mein Hals fühlt sich plötzlich viel zu eng an, als dass ich etwas hinunterwürgen könnte.

Kay bemerkt es. Er legt seine Hand auf meine. »Alison, es ist nichts Schlimmes daran, egoistisch zu sein. Damit schützt du dich. Dass dabei andere zu Schaden kommen, ist in diesem Fall leider unvermeidbar.«

Ich nicke leicht. Seine Worte nehmen etwas von der bedrückenden Enge in meinem Hals, essen mag ich trotzdem nichts mehr. »Wenn wir die Ersten überzeugt haben, gibt es kein Zurück mehr.«

»Nein, dann ist der Schneeball ins Rollen gekommen.«

Ich lege meinen Finger nachdenklich ans Kinn. »Haben wir wirklich alles durchdacht?«

»Wir haben es ja schon getan, den Zeitanker geklaut, meine ich, jetzt müssen wir nur noch herausfinden, wie.«

Kay beißt in den Brownie, den er vorhin zur Seite geschoben hat. Einige Krümel kleben in seinem Mundwinkel. In diesem Moment fällt mir etwas ein und ich muss trotz meiner düsteren Gedanken laut lachen. »Du warst es!«

»Was war ich?«

»Weißt du eigentlich, dass ich Ärger bekommen habe, weil meine Mum meinte, ich hätte die ganzen Brownies allein verdrückt?«

Kay leckt die Krümel weg und sein Mund zuckt belustigt. »Wirklich?«

»Das ist nicht lustig. Mum hat mir sogar das Mittagessen gestrichen!«

»Es ist lustig. Sogar urkomisch.« Kay gluckst vergnügt. »Brownie?«

Ich ziehe die Nase kraus. »Ja, schon aus Protest. Gib her.«

Wir essen die Brownies unendlich langsam, weil wir wissen, dass uns danach nichts mehr hier hält, dass wir danach einen Ball ins Rollen bringen werden, der sich nicht mehr aufhalten lässt. Und wenn wir auch wissen, wie es für die Menschen der Zukunft ausgehen wird, können wir doch nicht mit Bestimmtheit sagen, welche Opfer wir dafür bringen müssen.

Als ich mir das letzte bisschen Schokolade von den Fingern geleckt habe, reiche ich Kay meine Hand und denke an das Wort Tod, das in schwarzen Lettern über Alisons Bett prangte. Einer Alison, die nichts mehr zu verlieren hat.

15

2015, in einer anderen Realität

Die Buchstaben TOD sind das Erste, was ich sehe, als ich die Augen wieder öffne. Düster und riesengroß wirken sie wie eine Prophezeiung auf mich und ich kann nicht anders, als sie anzustarren. Ich drehe mich nicht um, ungeachtet dessen, dass ich Alison wieder *The show must go on* summen höre, ungeachtet dessen, dass Kay meinen Namen sagt oder ihren ...

Mit dem Daumen fahre ich über das O. Was nur ist dieser Alison widerfahren? Ihre Familie ist tot und es hat den Anschein, als wäre Alison gezwungen gewesen, sie umzubringen. Vielleicht hatte sie keinen Scout an ihrer Seite oder auch er ist gestorben. Vielleicht ist der Tod wirklich das Einzige, was in ihrem Leben übrig geblieben ist.

Ich nehme mir vor, nicht über Alison zu richten, sie nicht mehr für ihre Tatenlosigkeit zu verachten. Im Gegensatz zu mir hat sie nichts mehr, wofür es sich zu kämpfen lohnt.

TOD. Es ist nur ein Wort, kein Omen, mache ich mir bewusst und kehre dem Tod den Rücken zu.

Kay hockt vor Alison und redet leise auf sie ein. »... dir ein Glas Wasser holen, in Ordnung?«, höre ich ihn flüstern, als ich näher komme.

»Du weißt, wo die Küche ist«, sage ich. »Sieh mal, ob du auch etwas Essbares findest. Cracker oder so.«

Dann hocke ich mich auf den Boden und Kay verlässt

den Raum. Trotz des geöffneten Fensters ist es stickig. Ich begreife nicht, wie Alison es unter diesem Deckenberg aushält.

»Hi.« Unbeholfen versuche ich zu lächeln.

Alisons Blick geht ins Leere, aber sie zieht eine Hand unter der Wolldecke hervor und greift nach meinem Gesicht. Tollpatschig wie ein Kleinkind klatscht sie ihre Hand blind gegen meine Wange.

»Du blutest«, stoße ich erschrocken aus. »Warst ... warst du das?«

Alison zieht ihren Arm weg. Er ist fürchterlich zerkratzt, aufgerissen und feine Narben zeigen, dass sie sich schon lange Schmerz zufügt.

Ich seufze leise. Wie nur soll ich sie erreichen? Was sagen? Ich weiß noch nicht mal, ob sie meine Worte versteht, geschweige denn begreift.

Die Treppenstufen knatschen und Kay kommt mit einer Dose Dr Pepper zurück. »Das Wasser wurde abgestellt. Aber ich hab die gefunden«, meint er und drückt den Verschluss ein. Es zischt.

»Dr Pepper ... Mum hat sie immer für Jeremy gekauft«, sage ich und halte Alison die Dose hin. »Trink etwas. Es wird dir guttun.«

Sie starrt die Dose an. »Jeremy ...«

»Ja, dein Bruder«, bekräftige ich. »Er ist tot, oder?«

Alison greift nach der Dose und dreht sie um. Braune Flüssigkeit ergießt sich über die Wolldecke.

Mein Gott! Sie ist wahnsinnig! Im Grunde gehört sie in eine Anstalt oder in ein Krankenhaus. Aber, wie Kay sagte, ich muss egoistisch sein. Diese Alison ist nicht die letzte, die ich in so einem Zustand sehen werde, und wer weiß, was mich noch erwartet. Ich beschließe, auf Alison einzureden, ihr mit einfachen Worten zu erklären, weshalb ich hier bin. Zwar glaube ich kaum, dass sie verstehen wird, was ich von ihr will, aber einen Versuch ist es wert.

»Mein Bruder Jeremy ist auch tot, weißt du. *Top The Realities* hat ihn umgebracht.« Ich schweige kurz, um Alisons Reaktion abzuwarten, aber sie zeigt keine. »Ich komme aus einer anderen Realität ... Womöglich ... Vielleicht waren wir vor einigen Jahren noch dieselbe Person, bevor sich wieder eine Realität abgespalten hat.«

Wahrscheinlich sogar, erkenne ich bestürzt, denn erst jetzt wird mir klar, dass genauso ich dort zwischen den Decken sitzen könnte, in einem düsteren, stinkenden Zimmer, abgemagert bis auf die Knochen. Vielleicht wäre es sogar so gekommen, wäre ich an irgendeiner Kreuzung meines Lebens nach links und nicht nach rechts abgebogen.

»Kay ... Kay ist auch hier. Erinnerst du dich an Kay?«

Alison legt den Kopf schräg wie ein Papagei. Ihr Auge zuckt.

»Dieser ganze Spuk kann aufhören, weißt du? Ich habe herausgefunden, wie man durch die Zeit springen kann. Allein. Ganz ohne sie, und ich weiß, wie man zwischen den Realitäten portiert, und ich habe einen Plan.« Ich unterbreche mich, weil meine Worte sich, so verkürzt wiedergegeben, selbst für mich utopisch anhören. Alison muss denken, ich sei die Verrückte, nicht sie. »Alison«, sage ich eindringlich. »Wir sind hier, weil wir dich brauchen, um diese Mistkerle fertigzumachen. Es geht sogar um mehr als das. Ich will ... Wenn wir ihnen den Zeitanker nehmen, dann können sie uns nichts mehr anhaben. Aber dazu brauche ich dich ... dich und ... andere.«

Endlich sieht sie mich an. Ihr Blick ist plötzlich so klar,

so wach, dass ich mir sicher bin, ihre nächsten Worte zu kennen: Wie? Sag mir wie, und ich bin dabei. Kay hat sich neben mich gekniet. Beide sehen wir Alison erwartungsvoll an. Jetzt lächelt sie das erste Mal.

»Funkel, funkel, kleiner Stern …« Sie lächelt und singt.

»Was? Was meint sie damit?«, fragt Kay.

Ich zucke mit den Schultern. »Hast du verstanden, Alison? Wir nehmen ihnen den Zeitanker weg, dann werden sie nie mehr versuchen, auch nur einen Schritt in die Vergangenheit zu setzen. Sie … Ich kann dir beibringen, wie man durch die Zeit springt.«

»Funkel, funkel, kleiner Stern … kleiner Stern …« Alison krächzt mehr, als dass sie singt. *»Funkel, funkel, kleiner Stern …«*

Ich lege meine Hand auf ihren zerkratzten Unterarm. »Kannst du vielleicht versuchen, mir … Begreifst du irgendetwas von dem, was ich dir gerade gesagt habe?«

»… kleiner Stern …«

Kay stöhnt auf. »Was, verflucht noch mal, will sie uns damit sagen?«

»Gar nichts«, antworte ich leise. Ich spüre, wie meine Hoffnung zerbricht, Alison irgendwie zu erreichen. »Es ist ein Kinderlied. Mum hat es uns vorgesungen, als wir klein waren.«

Traurig sehe ich wieder zu Alison. In ihrem Blick liegt Flehen. Nach was sie fleht, weiß ich nicht, und ich bezweifle, dass sie es uns sagen wird. »Wir werden dich jetzt allein lassen.«

Kaum dass ich die Worte ausgesprochen habe, spüre ich, wie ein Teil von mir schreit: *Das kannst du nicht machen!*, der andere Teil aber brüllt: *Du musst! Sei egoistisch. Denk an dich! Denk an deine Zukunft!*

»Funkel, funkel, kleiner Stern …«, singt Alison wieder.

»Ach wie bist du mir so fern«, singe ich weiter, nehme meine Hand von ihrer und stehe auf.

»Das …«, setzt Alison an und verstummt.

Augenblicklich bin ich wieder in der Hocke. »Was wolltest du sagen?«

»Das hatte ich vergessen.« Tränen laufen über ihr Gesicht. »Ach wie bist du mir so fern«, flüstert sie. »Jetzt weiß ich es wieder.«

Kann ich Alison vielleicht so erreichen? *»Wunderschön und unbekannt«*, singe ich, mache eine Pause und lächle Alison aufmunternd zu.

»Wie ein strahlend Diamant«, vollendet sie und dann singen wir zusammen beide Strophen.

»Ich möchte nach Hause«, flüstert Alison und schnieft leise.

»Aber du bist zu Hause …«

Vielleicht ist sie zu Hause, geht mir gleich darauf auf, aber dies ist nur ein Raum. Ein Raum voller Tod und Hoffnungslosigkeit.

»Aber es gibt ein Zuhause für dich«, füge ich hinzu.

Ich weiß nicht, was mich auf diesen Gedanken gebracht hat, erst recht nicht, ob es funktionieren wird. Jedoch wäre es für beide Seiten eine Chance, wieder glücklich zu sein.

»Wenn ich dir sage, dass ich zwischen den Realitäten portieren kann, verstehst du dann, was ich meine?«

»Wie?«, fragt Alison.

»Das erkläre ich dir gleich. Aber …« Plötzlich bin ich furchtbar aufgeregt und muss mich zwingen, langsam zu sprechen. »Weißt du, ich war in einer Realität, in der deine Eltern, unsere Eltern, dich und Jeremy verloren haben. Sie sind weggezogen und ihr Haus stand zum Verkauf.

Ich könnte dich dorthin bringen. Ich weiß nicht, wie sie es auffassen werden, dass du plötzlich wieder da bist oder was du ihnen erzählen wirst, aber du kannst ein Zuhause haben und sie eine Tochter.«

Ihre Augen scheinen noch größer zu werden. »Wie? Was muss ich tun?«

Ich lache laut, als ich Alison fast die Worte sagen höre, die ich schon im Ohr hatte, und als ich sehe, wie sie energisch ihr Kinn vorschiebt, jubiliere ich innerlich.

»Sehr gut«, raunt Kay mir zu.

»Dein Marker funktioniert nicht nur in eine Richtung. Er funktioniert auch umgekehrt«, beginne ich und erzähle Alison von dem Biobuch, das mir einst half, meinen Marker anzusteuern. Ich berichte ihr von dem Schmerz, den ich als Katapult benutzt habe, um Raum und Zeit zu wechseln, und schließlich von meiner Erkenntnis, dass es genügt, die Arme zu überkreuzen, und dass selbst dies irgendwann nicht mehr nötig sein wird. Die ganze Zeit über sieht Alison mich mit wachem Blick an. »Es ist wie laufen lernen«, beende ich meinen Monolog.

»Ist es das hier?«, fragt Kay.

Ich sehe zu ihm. Er hält das Buch über Nervenbahnen in der Hand.

»Das ist es.« Ich nehme es und streiche über den staubigen Einband. »Ich weiß nicht, wie lange du brauchen wirst ... Du musst erst mal zu Kräften kommen, aber falls es dir irgendwann gelingt ... Irgendwann ... und wenn es in 20 Jahren ist, dann versprich mir, dass du mich nicht vergisst. Versprich mir, dass auch du andere Alisons aufsuchen wirst, ihnen erzählst, was ich dir erzählt habe, und diese müssen dir versprechen, dass sie genau dasselbe tun werden, bis wir uns alle treffen.«

Alison greift mit ihren knochigen Fingern nach dem Buch und sieht es an, als käme es von einem anderen Planeten. Minutenlang sagt sie nichts, Minuten, in denen ich immer nervöser werde. Hat sie begriffen, was ich ihr gesagt habe? Verstanden, was ich von ihr verlange?

Kay räuspert sich, und als ich zu ihm blicke, hebt er die Brauen. Los, mach schon, will er damit sagen.

Warte, bedeute ich ihm mit gesenkter Hand.

Ich kenne Alison, wir waren einmal eins. Vielleicht kenne ich nicht jede Seite von ihr, mit Sicherheit kann ich nicht nachvollziehen, wieso sie sich ihrem leidvollen Schicksal derart hingibt, sich selbst zugrunde richtet, aber doch weiß ich, sie braucht jetzt Ruhe, um sich konzentrieren zu können. Ich hingegen muss mich regelrecht zwingen, ruhig zu bleiben. Nervös knete ich meine Hände und versuche, Alison nicht anzustarren. Sie blättert durch das Buch, ohne die Seiten zu betrachten. Gerade als ich meine, sie entgleitet wieder in ihre eigene düstere Welt, klappt sie das Buch zu und sieht mich direkt an. »Du bist anders als die anderen.«

»Was?«

»Du bist ...« Sie legt das Buch zur Seite. »... netter.«

»Welche anderen?«, höre ich Kay fragen und eine verdammt ungute Vorahnung beschleicht mich. »Es waren andere Alisons hier, oder?«

»Oh ja.« Ihre Stimme klingt kindlich. »Sehr viele.«

»Was meint sie?« Kay wirkt angespannt, aber ich ignoriere ihn.

»Dann hast du ... Alles, was ich dir gerade erzählt habe, das hast du nicht zum ersten Mal gehört, oder?«

Alison tippt sich an den Kopf. »Alles hier drin. Auch die Bilder vom Protectum, dein Plan, wie du den Zeitanker klauen willst.« Alison kichert.

Ich stütze den Kopf in die Hände. »Oh mein Gott! Mein Gott ... Mein Gott! Ich Idiotin!«

»Könnte eine von euch mir vielleicht mal verraten, was hier los ist? Alison? Oder ... Alison eventuell?«

Ich sehe zu Kay hoch, der aufgestanden ist und mit in die Hüfte gestemmten Armen von einer zur anderen sieht.

»Wann spaltet sich eine neue Realität ab?«, frage ich ihn.

»Ständig, mit jeder Entscheidung. Wird das jetzt ein Zeitreise-Quiz?«

Auch ich stehe auf. »Das heißt, eben hat sich eine neue Realität abgespalten, richtig? Ich habe mich entschieden aufzustehen, statt sitzen zu bleiben.«

Kay zieht verärgert die Brauen zusammen. »Ja, das ist anzunehmen. Eine Realität, die sich kaum von deiner unterscheidet zwar, aber so ist es.«

»Das heißt, ein Quäntchen von mir verschoben, sitzt eine weitere Alison und redet auf die andere ein, um sie zu überzeugen, sich ihr anzuschließen.«

Kays gefurchte Stirn entspannt sich einen Augenblick, dann tritt Entsetzen in sein Gesicht. »Oh, Scheiße.«

Noch nie habe ich ihn dieses Wort sagen hören, aber wenn es einen Zeitpunkt für ein erstes Mal gibt, ist dieser perfekt.

»Genau. Eine Riesenscheiße! Linear gesehen, wie viele Stunden sind vergangen, seit wir Claudia getroffen haben?«

»24 vielleicht«, meint Kay. Er wird sichtbar blasser.

»Und pro Minute, wie viele Entscheidungen habe ich wohl getroffen? Den Arm zu heben, mit eingeschlossen?«

»Mindestens 100«, meint Kay. »Und das bedeutet 144 000 andere Realitäten.«

»Falsch«, wirft Alison vom Bett aus ein und es klingt wie: Sechs, setzen.

Kay gibt einen ärgerlichen Laut von sich. »Es sind 144 000.«

»Nein, Kay. Sie hat recht.« Ich lege kurz den Kopf in den Nacken, um mich konzentrieren zu können, um nur annähernd abzuschätzen, wie viele Alisons es tatsächlich sind. Jedoch wird mir schon bei dem Versuch schwindelig. Ich weiß nur: Diese Zahl ist unermesslich groß. »Man kann es nicht ausrechnen ...«, spreche ich meine Gedanken laut aus.

»Alison! Wovon sprichst du?«

»Ich spreche davon, dass jede dieser 144 000 Alisons ebenfalls Entscheidungen getroffen hat, die neue Realitäten abspalten und von denen wurden wieder neue erzeugt und so weiter.«

Kay stützt sich gegen die Wand. »Das müssen ...«

»Man kann es nicht ausrechnen«, wiederhole ich. »Ich glaube nicht, dass es überhaupt eine Zahl dafür gibt.«

Das Schneeballsystem war bereits in vollem Gange, als wir die Entscheidung gefällt haben, den Zeitanker zu klauen. Und jetzt ist es nicht mehr aufzuhalten.

Und plötzlich begreife ich wirklich, was Kay mir vor Jahren über den Präsidenten der USA gesagt hat: dass es eine Realität geben wird, in der auch ich es sein werde. Präsidentin der USA mit damals 17 Jahren.

Die Anzahl der Realitäten ist so gigantisch, das Universum müsste zu klein dafür sein. Und je weiter eine Entscheidung zurückliegt, desto größer ist die Anzahl der bereits abgespaltenen Realitäten.

Natürlich! Das meinte Sam Oscar, als er sagte, die Ports könnten mich nicht als Kind umbringen oder gar meine Mutter oder Großmutter. Diese Ereignisse liegen noch weiter zurück. Die Summe der Alisons, die bereits existierten, war exorbitant. Jetzt begreife ich, weshalb sie versucht haben, mich möglichst spät anzugreifen, und weshalb sie es nicht wieder und wieder versucht haben.

Es ist nicht nur so, dass die Welt von morgen zerbricht, weil niemand mehr in der Lage ist, eine Entscheidung zu treffen, nein, es ist so, dass sie niemals ... niemals! ... ausreichend Ports hätten, um all diese Alisons aufzusuchen und umzubringen. Denn sie haben wegen des Zeitankers nur eine Realität. Sie können nicht auf unendlich viele andere Varianten ihrer Selbst zurückgreifen.

Wir schon. Und damit haben sie ein Monster geschaffen.

Ihr Schutz, der Zeitanker, ist zu ihrem Verhängnis geworden. Sie sind auf die Anzahl ihrer Weltbevölkerung beschränkt, die meine Duplikate allein in den letzten 24 Stunden bei Weitem überschritten haben. Und all ...

Verdammt noch mal! Jetzt summt Alison wieder irgendetwas. Das nervt.

»Was zum Teufel summst du da?«, frage ich gereizt.

»Dreams are my reality ...« Sie klimpert mit den Augen und grinst dabei.

»Willst du uns damit vielleicht irgendetwas sagen?«, fragt Kay.

Ich winke ab. »Es ist nicht ...« Für den Bruchteil einer Sekunde flackert eine Erkenntnis in mir auf. Sie hat mit der Zukunft zu tun. Mit meiner Zukunft ...

Ich gehe zum geöffneten Fenster und atme tief ein, um der stickigen Luft zu entkommen und mein Gehirn mit Sauerstoff zu fluten. Wieder blitzt der Gedanke auf. Ein Fehler im System ... Ein ... Oh nein. Ich habe mich getäuscht. Ich habe mich sogar vielfach getäuscht.

In dem Moment, da ich begreife, wird mein Herz so schwer, dass ich meine, zu Boden sinken zu müssen. Meine Hände krallen sich um den Fensterrahmen.

Dass ich mich auf meiner Hochzeit gesehen habe, Kay und ich glücklich, befreit, und Jeremy lebend, hat rein gar nichts zu bedeuten. Ebenso wenig wie mein hochschwangeres Ich im Old Mill Park.

Beides könnten Abspaltungen von mir gewesen sein. Auch wenn die Braut mir zugezwinkert hat, heißt es nicht, dass wir ein und dieselbe sind. Es bedeutet nur, dass wir mal ein und dieselbe *waren.*

Ich stöhne auf. Meine Zukunft ist nicht mehr in Stein gemeißelt. Die ganze Zeit über hat mir die scheinbare Gewissheit, sie sei es, Kraft gegeben. Ich wusste, ich würde gewinnen. Ich wusste, ich würde Kay heiraten, ich wusste, Jeremy würde überleben ... Ja, all das wird wahr werden. Für eine Alison unter Zigmilliarden. Und all diese Alisons haben ein gemeinsames Ziel: Sie wollen den Zeitanker in ihre Realität reißen, damit sie sicher ist, unveränderbar, mehr noch: einzigartig! Und das Schlimmste daran ist: Es gibt nur einen Zeitanker. Der Zeitanker selbst schließt aus, dass es andere Realitäten gibt, in denen weitere Zeitanker existieren.

Kay ist neben mir ans Fenster getreten. »Es existieren so unfassbar viele Versionen von dir, aber es gibt nur einen Zeitanker. Ist dir klar, was das bedeutet?«, spricht er an, was mir gerade bewusst geworden ist. Ich spüre, wie er mich von der Seite aufmerksam mustert.

»Ja«, antworte ich fest. »Das Problem werden nicht die Ports sein oder die Militärs oder das Protectum ... Ich werde gegen mich selbst kämpfen müssen. Gegen unfassbar viele von mir.«

»Und du wirst andere Alisons töten müssen«, sagt er mit heiserer Stimme. Seine Hand legt sich schwer auf meine Schulter. »Und selbst dann ist es viel wahrscheinlicher, dass du stirbst. Wir beide draufgehen werden. Trotzdem: Du darfst kein Mitleid haben.«

Kaum dass Kay die Worte ausgesprochen hat, merke ich, wie mein Kampfgeist zu zerbrechen droht. Wie gern würde ich der Schwere nachgeben, die sich über mein Herz legt, mich draußen unter den rauschenden Bäumen zusammenkugeln und schlafen. Genau wie die Bären es tun, im Schlaf verharren, bis die Kälte vorbeigezogen ist und mit dem Frühling eine neue Zeit anbricht. Das jedoch wird nicht passieren. Ich muss selbst Kälte zeigen. Eiseskälte. So sieht es aus.

Noch immer summt Alison vor sich hin.

»Woran denkst du?«, fragt Kay mich.

»An Bären«, murmle ich.

»An was für Bären?«

»Einfach an Bären.«

Wir schweigen eine Weile, während ich mich frage, ob ich zu dieser Eiseskälte fähig sein werde. Wenn ich nur eine Sekunde zögere, wäre es vorbei. Eins ist jedenfalls klar: Sobald meine Entscheidung getroffen ist, darf ich nie, nie, nie daran zweifeln.

»Wir könnten uns einfach in deine Realität zurückportieren«, bricht Kay unser Schweigen. »Wir wissen jetzt, dass sie den Zeitanker verlieren werden, wir wissen, dass sie nicht mehr in der Lage sein werden, uns anzugreifen.« Eindringlich sieht er mich an. »Wir hätten eine Zukunft, Alison. Wir drei. Ich könnte irgendwo arbeiten, vielleicht bei deinem Onkel auf der Apfelplantage, irgendwann werde ich uns ein Haus bauen können, unser Sohn wird in

Frieden aufwachsen ... Wir könnten ...« Kay stockt. »Wir könnten ihn nach deinem Bruder benennen.«

Noch während Kay gesprochen hat, habe ich begonnen, den Kopf zu schütteln, und tue es immer noch. »Es wird nur noch eine Realität geben, Kay. Nur eine! Und zwar die, in der der Zeitanker ist. Genau das bewirkt er doch«, sage ich aufgebracht. »Alle anderen werden aufhören zu existieren. Auch wir. Es ist ganz einfach: Diejenige, die den Zeitanker hat, wird weiterexistieren, die anderen lösen sich auf.«

»Und wenn es uns gelingt«, meint Kay, obwohl er nicht so klingt, als würde er daran glauben. »Wenn wir diejenigen mit dem Zeitanker wären, würde dann nicht auch Jeremys Tod unveränderbar sein?«

»Nein! Nicht wenn wir den Meteoriten in eine Zeit vor seinem Tod bringen. Wir brauchen den verdammten Meteoriten!«

»Statistisch gesehen haben wir keinerlei Chance«, sagt Kay sofort.

»Scheiß auf Statistik«, gebe ich heftig zurück. »Dann müssen wir eben schneller sein als die anderen. Den Meteoriten an irgendeinem früheren Zeitpunkt in die Hände bekommen.«

»Wann?«

Ich zucke trotzig mit den Schultern. »Keine Ahnung ... Am besten noch vor Beginn der ersten Staffel.«

Kay stöhnt auf. »Dann würden wir uns selbst auslöschen. Weißt du nicht mehr? Kein Zeitanker, kein *Top The Realities*. Kein *Top The Realities,* kein Wir. Kein Wir, kein Baby. Die Zukunft wird sich neu schreiben, und zwar ohne uns!«

»Nein!«, fahre ich heftig dazwischen. »Nicht wenn wir den Zeitanker haben. Versteh es doch endlich! Dann kann passieren, was will. Wir wären losgelöst davon. Alle Menschen in unserer Realität, in der einzigen Realität, wären das. Jeremy auch.«

Kay rauft sich die Haare. »Und wenn nicht?« Seine Stimme klingt eigenartig verzerrt. »Wenn eine andere Alison ihn kriegt? Dann verliere ich euch!«

»Verdammt. Das würdest du doch sowieso! Andere Realitäten wird es nicht mehr geben!«

»Aber der Zeitanker ist doch schon ... Herrgott! Das bringt mich an den Rand meines Verstands. Ich weiß nur, dass es zu viele Alisons sind.«

»Wir müssen eben schnell genug sein, vor allen anderen da sein«, schleudere ich Kay entgegen und merke, dass ich mich längst entschieden habe.

»Schnell genug ...«, wiederholt Kay verächtlich. »Und du meinst nicht, dass jetzt schon ... ach, was weiß ich, wie viele Abspaltungen von dir entstanden sind, die genau das Gleiche vorhaben? Die auch schnell genug sein wollen?«

Ich gefriere mitten in der Bewegung. Wage nicht mal zu atmen, obwohl Panik sich in mir ausbreitet, mein Puls in die Höhe schnellt. Oh nein ... Spalten etwa auch Gedanken neue Realitäten ab? Womöglich. Und mit jeder verstrichenen Sekunde werden andere Versionen von mir die gleichen Überlegungen teilen oder bereits handeln. Ich muss einfach zu einem früheren Zeitpunkt als sie da sein. Aber zu welchem? Und wenn ich gerade dadurch ganz allein bin? Wie komme ich dann in das Gebäude?

»Gibt es denn keine Alternative?«

Ich schüttle den Kopf.

»Ich werde euch verlieren«, keucht Kay. Er klingt verzweifelt, und als ich zu ihm hochsehe, wirkt er trotz seiner Größe, trotz seines männlichen Gesichts, trotz der kriegerischen Tätowierung zerbrechlich. »Alison ... Lass uns ... Lass uns in eine Zeit verschwinden, in der kein Zeitanker existiert. Lass uns im 19. Jahrhundert bleiben.«

»Und meine Familie? Soll ich damit leben, dass sie aufhört zu existieren, wie Jeremy damals?«

»Ich will ... Ich darf euch nicht verlieren!«

»Wenn wir es nicht versuchen, haben wir schon verloren.«

Kay ruckt mit dem Kinn. »Und was ist mir ihr?«

Ich blicke sie nicht an, als ich sage: »Es tut mir leid. Parallele Realitäten wird es nicht mehr geben.«

Alisons Summen bricht ab. »Du bist nicht nett«, krächzt sie. »Gar nicht nett ...«

Aus den Augenwinkeln nehme ich wahr, wie Alison sich aus dem Deckenberg schält. Ich versuche, mich auf Claudias Erinnerungen zu konzentrieren, nicht auf sie. Auf eine Begebenheit in der Nähe des Protectums. In den vielen Realitäten, die Claudia durchlebt hat, war sie immer wieder dort. Aber jede dieser Erinnerungen begann mit einer großen Kupfertafel, auf der *Timeship* stand. Ich sehe Kay an. »Bereit?«

Er nickt ergeben und schließt die Lider, als ich nach seiner Markerhand greife. Gerade als auch ich die Augen schließen will, werde ich eine Bewegung gewahr. Entsetzt reiße ich meine Augen wieder auf.

Alison schwankt auf uns zu. Ihre Beine sind dünn wie Stöcke. Sie ist nur mit einer Unterhose bekleidet. Aber das Schlimmste ist die Waffe in ihrer Hand: ein Tomahawk. *Der* Tomahawk, wird mir mit Schrecken bewusst.

Jetzt ist sie nur noch zwei Schritte entfernt und reißt ihn hoch. Ein Schrei steckt in meiner Kehle, mein Blick fliegt von Kay, dessen Augen geschlossen sind, zur Tür. Fliehen? Angreifen? Was ...

Binnen eines Sekundenbruchteils entscheide ich mich dafür, Claudias Erinnerungen zu folgen. Und als der Sog uns davonträgt, meine ich zu spüren, wie der Tomahawk die Luft zerschneidet ...

Jede Herausforderung gabelt unseren Lebensweg. Aber wir entscheiden, welche Richtung wir einschlagen. Ob wir wagemutig oder feige, überlegt oder kopflos, gewissenhaft oder skrupellos handeln. Ob wir dem einfachen oder dem unbequemen Weg folgen.

Vor langer Zeit stand ich an einer solchen Gabelung, genau diesen Tomahawk in der Hand, beinahe bereit, ein Kind zu töten. Es wäre einfach gewesen. Ich hätte ihn nur fallen lassen müssen ... Ich habe es nicht getan.

Eine Abspaltung von mir schon. Wie sie die tödliche Waffe wiederbekommen hat, weiß ich nicht, aber ich bin mir sicher: Hätte ich damals den einfachen Weg gewählt, wäre heute ich diejenige, die mit vor Selbsthass zerkratzten Armen in einem Zimmer vor sich hin vegetieren würde, in dem das Wort Tod das Einzige ist, was ihr geblieben ist.

Und als ich festen Boden unter meinen Füßen spüre, weiß ich, dass ich genau das nicht vergessen darf, sollte ich gezwungen sein zu töten.

16

Um 2413, Protectum, Australische Wüste

Hitze schlägt mir entgegen. Meine Lunge kratzt, und als ich die Augen öffne, sehe ich nichts als rote Erde und spitze, hohe Steine, die kreisförmig um uns herumstehen. Ich lasse Kays Hand los und blinzle, weil alles irgendwie verschwommen wirkt. Liegt es an mir? Wieder blinzle ich. Nein. Es ist die Luft, die in der Hitze flirrt und in der Milliarden Steinpartikel schweben. Das Kratzen in meiner Lunge ist nicht mehr auszuhalten und ich muss heftig husten.

»Pst, sei leise«, stößt Kay sofort aus. »Hierher!«

Er drückt mich hinter einen übermannshohen Stein, der wie ein Reißzahn aussieht, und ich presse mich mit dem Rücken dagegen. Kay steht dicht vor mir. Ich kann seinen Herzschlag spüren. Er geht schnell, jedoch nicht so schnell wie meiner. Jeden Moment erwarte ich, unzählige Alisons auftauchen zu sehen, die losstürmen oder sich gegenseitig umbringen.

Reglos schiele ich an Kays Arm vorbei. Weit kann ich nicht blicken. Allein in unserer Nähe durchbrechen Dutzende der spitzen Steine die rote aufgerissene Erde. Sie kesseln uns regelrecht ein und ich muss unwillkürlich an ein Dinosauriermaul denken.

Kay stellt sich auf die Zehenspitzen.

»Was siehst du?«, flüstere ich.

»Nichts, nur Wüste. Bis zum Horizont. Und Felsen.«

»Nichts?« Mein Herzschlag verlangsamt sich merklich.

Stattdessen laufen mir feine, rot gefärbte Schweißbahnen über mein Handgelenk. Es ist wirklich unfassbar heiß. Mindestens 40 Grad. Niemand reguliert hier das Wetter. Es scheint, als wolle man nicht, dass sich Menschen an diesem Ort aufhalten. »Und das Protectum?«

Kay schüttelt den Kopf.

»Was?«, frage ich entsetzt.

»Da ist nichts. Nichts und niemand.«

Ich ducke mich unter Kays Arm hinweg und stelle mich auch auf die Zehenspitzen. Doch ich bin viel zu klein, um über die Steine blicken zu können. Was ist hier los? Keine Alisons, kein Protectum ... »Das kann nicht sein«, sage ich zu Kay, der immer noch mit abgeschirmten Augen über die Steine sieht. »Was ist mit der Tafel?«

»Welche Tafel?«

»Ach, nichts von Bedeutung. Es ist nur ... Ich habe an sie gedacht, um hierherzukommen. Claudia ... sie stand oft davor.«

»Wie sieht sie aus?«, fragt Kay und löst sich vom Fels. Sein Hemd ist rot vom Steinstaub.

»Wer? Claudia?«

Kay verdreht die Augen. »Die Tafel!«

»Entschuldige, ich kann kaum klar denken bei dieser Hitze.« Schweiß verfängt sich in meinen Wimpern und ich wische ihn weg. »Es ist eine Art Platte, ziemlich groß ...« Ich breite die Arme aus. »Aus Kupfer, schätze ich, und in die Erde eingelassen. Darauf steht *Timesh–*«

Ein leises Surren lässt mich verstummen. Auch Kay ist erstarrt. Ich brauche ihn nicht zu fragen, ob auch er es hört, obgleich es kaum wahrnehmbar ist. Ein heller Dauerton, unnatürlich und sirrend wie bei einer Hochspannungsleitung. Schnell wird er lauter.

Kay deutet nach oben, und als ich in den bleigrauen Himmel blicke, sehe ich es: Eine Art Hubschrauber, nur viel größer, schwebt vielleicht 100 Meter über uns. Ein bauchiger, riesenhafter Körper, schwarz glänzend, mit zwei Ringen an der Seite, die von innen gelb leuchten. Das Ding wirkt wie ein bösartiges Insekt. Es fliegt mit gleichbleibender Geschwindigkeit und in großen Kreisen, bis es langsam sinkt und aus meinem Blickfeld verschwindet.

»Sie suchen jemanden«, sage ich.

»Ja, uns.« Kay mustert mich kurz. »Bleib hier und reib dich mit der Erde ein. Vor allem deine Haut. Sie ist zu hell«, befiehlt er, zieht sein weißes Hemd aus und setzt mit wenigen Sprüngen zu einer niedrigeren Steingruppe.

Wieso suchen sie uns? Woher wissen sie von uns? Ich breche einen Placken trockener Erde heraus, zerreibe ihn hektisch in meiner Hand und fahre damit über mein schweißnasses Gesicht. Die Erde riecht metallisch. Das Surren hat aufgehört. Stattdessen vernehme ich ein anschwellendes Pfeifen, als ob sich etwas auflädt.

»Gar nicht gut ...«, murmle ich und bin mir plötzlich sicher, mich beeilen zu müssen. Wieder breche ich Erde heraus, zerreibe sie direkt auf meinen nackten Armen, bücke mich nach dem nächsten Stück. Schneller. Los! Gleich geschieht irgendetwas. Ganz sicher.

Als der Ton stoppt, halte ich inne. Es ist wie die Ruhe vor dem Sturm.

»Ducken!«, brüllt Kay und springt zurück.

Ich lasse die Erde fallen. »Was ...«

Ein ohrenbetäubender Knall – wie 100 Kanonenschüsse – zerreißt meine Worte. Gleich darauf vibriert die Erde unter unseren Füßen.

Ein, zwei Sekunden vergehen, in denen Kay und ich uns

nur ansehen. Der Schreck steht ihm ins Gesicht geschrieben. Dann kommt der Sturm. Eine rote Staubwolke fegt über die Felsen, hüllt Kay vollkommen ein. Heftig ziehe ich die Luft ein. Die Staubwolke erreicht mich im selben Moment wie der Druck. Meine Lunge wird zusammengepresst. Ich spüre den Boden nicht mehr, fliege rückwärts und kann noch nicht mal schreien.

Der Aufschlag ist brutal. Sekundenlang bin ich nicht fähig zu atmen. Da, wo meine Lunge sein sollte, ist nur Schmerz. Ich greife mir an die Brust, atme gegen das brennende Gefühl an, huste trocken, krächze: »Bist du okay?«

»Einigermaßen«, tönt es dumpf an mein Ohr.

Mühsam richte ich mich auf und halte mir die Seite. Der Boden ist von rotem Nebel bedeckt, der bis zu meinen Knien alles verschluckt. Kay kann ich nirgends entdecken.

»Wo bist du?«, rufe ich.

»Hier!«

Eine Hand stößt durch den Nebel. Ich stolpere zu ihr, taste mich an den Steinen entlang. Wieder ertönt das Sirren, diesmal jedoch leiser. Und als ich in den Himmel blicke, sehe ich, wie das metallische Insekt etwa 300 Meter entfernt in der Luft stehen bleibt. Kurz darauf schwillt das Pfeifen an. Ich presse die Hände auf meine Ohren. Gleich wird es wieder knallen.

»Sie sprengen die Felsen«, stellt Kay fest.

Ich drehe mich um. Kays Haut, sein Haar, selbst seine Hose ist rostrot wie alles hier.

»Siehst du?« Kay zeigt nach oben. »Unter dem Saugnapf ... Die Luft verändert sich.«

Ich kneife die Augen zusammen, murmle: »Als wenn sie unter Strom steht.«

Noch nie habe ich so etwas gesehen. Und ich bin heilfroh, dass das Rieseninsekt weit weg ist. Unter ihm ist tatsächlich so etwas wie ein Saugnapf oder mehr wie eine flache Schale, die auf dem Kopf steht und von innen rot leuchtet. Genau darunter flirrt die Luft. Die Erde und die Riesensteine wirken zerlaufen, als hätte jemand Wasser über ein Aquarell geschüttet.

Das Piepen reißt ab.

»Jetzt!«, ruft Kay.

Ich schlage die Hände über den Kopf. Mit dem Knall zerbirst die Steingruppe. Ringförmig breitet sich Staub aus. Brocken fliegen durch die Luft, knallen gut 100 Meter weiter auf die Erde.

Ich blicke zu Kay, merke, wie meine Augen von dem Staub brennen.

»Wir sind nicht allein. Sie wissen, dass wir da sind«, spricht er das Offensichtliche aus.

Mir läuft ein Schauer über den Rücken. Es geht also los.

»Gehen wir«, sagt Kay.

»In welche Richtung?«

»Da lang. Ich hab das Gebäude gesehen. Etwa einen Kilometer von hier. Vielleicht zwei.«

»Auch andere Alisons?«

»Nein.«

Noch einmal blicke ich in den Himmel. Das Insekt kreist jetzt in weitem Bogen. Kay nimmt meine Hand und wir gehen zügigen Schrittes auf die steinernen Reißzähne zu. Zwischen zweien von ihnen schlüpfen wir hindurch und verlassen den schützenden Kreis.

»Das ist unfassbar ...«, murmle ich, während wir durch den Staubnebel marschieren, der sich mit jedem Schritt weiter legt. Obwohl ich Claudias Erinnerungen kenne, ich eine Vorstellung von dem hatte, was mich erwartet, übertrifft die Realität bei Weitem meine Befürchtungen: Bis zum Horizont erstreckt sich rote, zerborstene Erde, als wenn sie mit getrocknetem Blut überzogen wäre, nur durchbrochen von spitzen Steinen. Und in weiter Ferne glänzt eine riesenhafte Kugel. Sie ist unten kupferfarben und wird oben dunkler, schließlich schwarz. Ihre Hülle wirkt glatt und geschlossen. Zumindest aus der Ferne. Das Protectum ist viel, viel größer, als ich angenommen hatte. Und so hoch, dass die Kuppel mit dem Himmel verschmilzt. Mitten in der Wüste wirkt es geradezu unwirklich, als wäre es von einem anderen Planeten gestürzt und genau hier aufgekommen. Und es wirkt uneinnehmbar.

Plötzlich bleibt Kay stehen. Vor uns und mitten in der Luft hat sich ein halb transparentes STOPP-Zeichen gebildet. Vorsichtig strecke ich die Hand danach aus. Sie gleitet durch das Wort hindurch. Ein Stein fliegt an mir vorbei und landet hinter dem Schild.

Ich fahre herum. Einige Meter hinter uns steht sie, die erste Alison, in einem Isovantage-Anzug und mit pinken Turnschuhen. Sie grinst. »Kein Schutzschild oder so was. Also los, oder?«

Ich weiß nicht, was ich sagen soll. Ich hatte damit gerechnet und doch bin ich sprachlos. Sie sieht mir ähnlich und doch wirkt sie anders. Abgeklärter. Ihre Haare sind kurz, wie ich sie vor Jahren getragen habe, aber heller. Der gleiche Störsender umschlingt als Armreif ihren Oberarm und hinter ihr steht Kay. Ein zweiter Kay, ohne Tätowierung. Wachsam mustert er mich.

»Sind noch mehr da?«, fragt mein Kay.

»Bisher habe ich sieben oder acht gesehen«, antwortet Alison und geht auf das Schild zu.

»Betreten verboten«, ertönt eine Stimme. »Dies ist ein

militärisch überwachtes Areal. Sie begeben sich in Lebensgefahr, wenn Sie diese Grenze überschreiten.« Ein leuchtend orangener Streifen erscheint auf der Erde, vielmehr ein Ring, der im Abstand von einem geschätzten Kilometer um das Protectum herumläuft. »Betreten verboten«, wiederholt die Stimme. »Dies ist ein militärisch überwachtes Areal. Sie …«

Alison lacht und geht einen Schritt weiter. »Und jetzt? Was willst du tun?«

»Gehen Sie hinter die Grenze«, fordert die Stimme emotionslos. »Der Sicherheitsdienst wird informiert. Gehen Sie hinter die Grenze.«

»Betreten verboten. Dies ist …«, überschneidet eine andere mechanische Stimme die erste. Zu meiner Linken ist ein weiteres Stoppschild-Hologramm aufgetaucht. Davor steht plötzlich eine Gruppe von Alisons, auch Kays dazwischen. Einige sehen zu mir, andere zum Hologramm, wieder andere hinter sich.

»Na los, kommt schon!«, ruft die Alison hinter der Grenze und die ersten lösen sich aus der Gruppe.

Ich drehe mich im Kreis. Überall tauchen sie auf. Sie materialisieren sich, laufen geduckt über die Erde oder kommen hinter Felsen hervor.

»Ich schätze, wir sind mehr als acht«, sage ich zu Kay.

»Halt!«, brüllt jemand.

Gemurmel erhebt sich, Köpfe wenden sich. Ich sehe ihnen nach. Eine Alison, sie trägt ein buntes Gewand, steht auf einem etwas abgerundeten Stein. Ihre Haare sind geschoren, ihre Hände zu einem Trichter geformt. »Wir sind alle hier«, ruft sie, »weil wir ein Ziel haben. Wir alle wollen den Zeitanker!«

Wieder tauchen neue Alisons auf, einige sind bewaffnet. Gewehre hängen über ihren Schultern. Ich sehe Messer aufblitzen. Auch sie sehen zu der charismatischen Frau auf dem Felsen.

»Wir alle wissen, dass nur eine ihn bekommen wird. Die Ersten von uns wurden bereits bemerkt.« Sie macht eine Pause und sieht von rechts nach links. »Bemerkt und getötet. Und es werden nicht die Letzten sein. Lasst uns unsere gemeinsame Kraft nutzen! Kämpfen wir gegen sie, nicht gegen uns!«

Jubel bricht um mich herum aus. Keine Frage: Sie ist die Anführerin. Wir alle warten auf ihr Signal. Aber dann schwillt erneut das Sirren an und alle starren in den Himmel. Immer mehr dieser Rieseninsekten tauchen auf, heben und senken sich, kreisen und pulverisieren Steine und Alisons. Ich drehe mich um. Zwei Kays stehen vor mir. Beide blicken mich an.

»Ich bin es«, sagt der eine und greift nach meiner Hand.

Ich entreiße sie ihm. Er trägt ein weißes Hemd.

Mein Kay stößt ihn zur Seite. »Such dir eine andere«, faucht er und legt seinen Arm um mich. »Wir müssen uns irgendwie füreinander kenntlich machen.«

»Lass mich einfach nicht los«, gebe ich zurück.

»Es müssen schon über tausend sein«, raunt Kay.

Direkt neben uns zuckt jemand wild. Entsetzt schlage ich mir die Hand vor den Mund. Zwei Körper haben sich miteinander verbunden. Ein Rumpf, vier Beine, drei Arme und eine Hand, die aus dem Knie herauszuwachsen scheint. Das, was einmal zwei Menschen waren, bricht zusammen und bleibt regungslos liegen.

»Es werden zu viele!«, höre ich eine Alison schreien.

»Hört mir zu!«, brüllt die Alison im bunten Gewand. »Wir werden jetzt geschlossen losgehen!« Sie zeigt mit ihrem ausgestreckten Arm auf das Protectum. »Wer eine Waffe dabeihat, benutzt sie nur ...«

Wieder ein Knall. So nah, dass ich heftig zusammenzucke. Blut spritzt auf meine Hände. Direkt neben mir bricht ein Kay zusammen. Eine tödliche Schusswunde im Schädel. Eine Alison kreischt hysterisch und wirft sich über ihn.

»Nicht schießen!«, schreit die Alison auf dem Stein. Doch es ist zu spät. Mit Gebrüll stürmen die Ersten nach vorn, jagen über den trockenen Boden auf das Protectum zu. Schüsse fallen, ein Beil sirrt an meinem Ohr vorbei und schlägt in die Erde. Ich will mich danach bücken, aber der Kay mit dem weißen Hemd schnappt es sich vor mir und rennt den anderen hinterher.

Mein Kay steht wie ein Fels im Strom der Alisons, seine Arme schützend um mich geschlungen. Ich presse mich an ihn, sehe, wie eine Alison direkt hinter der Grenze zu Boden geht. Ein Messer steckt in ihrem Rücken. Andere trampeln gnadenlos über ihren zuckenden Körper hinweg.

Jetzt lösen sich kleine schwarze Punkte vom Protectum. Aus der Ferne wirken sie wie Ameisen. Aber ich bin mir sicher: Es sind Soldaten. Die Alisons werden nicht den Hauch einer Chance haben.

»Lass unter keinen Umständen meine Hand los«, raunt Kay mir ins Ohr. »Wir werden in die andere Richtung rennen. Verstanden?«

Ich nicke.

»Gut. Achte nur darauf, dass wir uns nicht verlieren. Auf nichts sonst.«

Wieder fallen Schüsse. Ich drehe mich in Kays Umarmung und presse mein Gesicht gegen seine nackte Brust. »Wie viele Alisons sind es?«

»Tausende.«

Kay umfasst fest mein Handgelenk. Das Sirren der Hubschrauber wird lauter. Ich schiele nach oben. Sieben Stück fliegen nebeneinander auf das Protectum zu.

»Auf drei«, ruft Kay. »Eins ... zwei ... drei!«

Er rennt los und zerrt mich mit sich. Blindlings stolpere ich mit. Hinter uns schwillt das Pfeifen an. Ich blicke nicht zurück. Als mehrere Explosionen nacheinander erfolgen, bin ich mir sicher, sie haben das Feld nahe der Grenze freigesprengt. Im Geiste danke ich Kay dafür, dass er die richtige Entscheidung für uns getroffen hat.

Wir laufen und laufen. Es fühlt sich wie mehrere Kilometer an. Mein Körper ist bald schweißnass. Weitere Menschen tauchen auf. Kays, Alisons ... Ich achte nicht auf sie. Ich achte auf nichts, konzentriere mich nur auf meine Hand, die fest in Kays liegt. Plötzlich verändert sich der Boden unter unseren Füßen. Er ist ebener. Ich stolpere fast, als ich ihn genauer betrachte. Eine glatte schwarze Fläche. Ein Weg, eine Straße vielleicht. Mitten im Nirgendwo.

Kay zerrt an meinem Arm. Ich keuche. Gerade als ich Seitenstechen bekomme, verlangsamt er jedoch seinen Schritt und lässt schließlich meine Hand los. Ich beuge mich vor und halte mir schwer atmend die Seite. Dann hebe ich meinen Kopf.

Wir stehen tatsächlich auf einer Straße, die schnurgerade zum Protectum führt. Rechts und links von ihr stehen schwarze, glänzende Stelen, wie Wächter flankieren sie die Straße, auf der anscheinend kein rotes Staubkörnchen haftet.

»Was machen wir hier?«, keuche ich.

Kay wischt sich über die Stirn. »Wir sind auf der anderen Seite. Raus aus der Schusslinie.«

Ich drehe mich im Kreis. Die Straße führt ebenso gerade in die andere Richtung, wo ich am Horizont eine Skyline erahne. Und als ich zu Boden blicke, sehe ich die Tafel. Sie glänzt rötlich gelb. Sie ist nicht aus Kupfer. Sie scheint aus Gold zu sein und schließt plan mit der Oberfläche ab. *Timeship* steht in ihrer Mitte. Mehr nicht.

»Wieso sind wir nicht hierherportiert?«, frage ich Kay, als ob er die Antwort kennen müsste.

»Vielleicht wegen des Störfelds«, meint er.

Wieder höre ich Explosionen und verziehe das Gesicht. Die Vorstellung, dass gerade Tausende von mir in die Luft gesprengt werden, ist geradezu surreal. Ich balle die Hände zu Fäusten, öffne und schließe sie wieder. »Okay. Wir müssen da rein. Wir können nicht hierbleiben.«

»Warte noch«, sagt Kay.

»Worauf?«

Ein Hubschrauber gleitet über uns hinweg. Ich habe ihn nicht kommen hören. »Darauf«, sagt Kay und wir sehen ihm nach, bis er hinter der Kuppel der Riesenkugel verschwunden ist. »Jetzt!«

Hand in Hand laufen wir los, nicht auf der Straße, sondern neben ihr, von einer breiten Stele zur nächsten, darauf bedacht, in Deckung zu bleiben. Als wir uns auf etwa 200 Meter dem Protectum genähert haben, entdecke ich die Militärs, von denen Oscar sprach. Sie flankieren ein hohes Tor. Vermutlich den Haupteingang. Es sind bestimmt an die 50 Mann auf jeder Seite.

Auch Kay hat sie bemerkt und wir beschleunigen unsere Schritte, um hinter der nächsten schwarzen Stele Schutz zu suchen. Aber es ist zu spät. Die Militärs müssen uns bemerkt haben. Gleichzeitig, als würden sie von einem gemeinsamen Verstand gesteuert, lösen sie sich von ihrer

Position und rennen im Gleichschritt in unsere Richtung. Sie sind schnell. Viel zu schnell. Und noch während ich mich beeile, in Deckung zu gehen, sehe ich, wie sie Waffen in Anschlag bringen. Silberne Röhren, die genauso rot aus der Mündung leuchten wie der Napf unter dem Hubschrauber.

Kay schiebt sich einen Sekundenbruchteil später vor mich. Will er etwa eine Kugel abfangen? Oder was sonst aus den Röhren kommt? Mein Herz pumpt so wild, dass es in meinen Ohren rauscht, und die Zeit scheint langsamer zu vergehen oder ich erfasse alles viel schneller. Mein Kopf fliegt von links nach rechts und zurück. Von beiden Seiten stürmt ein schwarzer Schwarm aus Körpern auf uns zu. Das Trampeln ihrer Füße erstickt das Rauschen in meinen Ohren. Kay greift hinter sich nach meinem Arm und unter seiner Achsel hindurch sehe ich die Militärs auf uns zujagen.

Ich versuche, mich loszumachen, brülle: »Komm schon!«

Doch Kays Griff ist eisern. Er bewegt sich keinen Zentimeter. »Ganz ruhig. Warte«, sagt er. »Warte noch ...«

Ich kann nur noch in das rote Leuchten einer der Röhren sehen, vor der sich die Luft bricht, genau wie bei den Rieseninsekten. Und die Mündung wird größer und größer. Ich will die Augen schließen, aber ich kann nicht und plötzlich bleiben die Militärs stehen. Als wären sie gegen eine Wand gerannt. Dann drehen sie sich um und setzen sich geschlossen wieder in Bewegung, um auf die Menschenwelle zuzugehen, die immer näher kommt. Ein hoher Ton erfüllt die Luft.

»Jetzt!«, brüllt Kay und wir preschen nach vorn, mitten durch die Reihen des Militärs hindurch, die mit dem Rücken im Spalier zu uns stehen und auf die anstürmenden

Alisons zielen. Fremdgesteuert, wie sie sind, ignorieren sie uns.

Aus den Augenwinkeln sehe ich, wie eine Schockwelle sich ausbreitet, Körper durch die Luft fliegen, die Militärs vormarschieren, während sich ihre Waffen erneut sirrend aufladen. Ich renne, ohne nachzudenken. Und dann sehe ich nur noch die geschlossene Tür. Hoch, schwarz und ohne Griff. Ich erreiche sie als Erste. Schlage mit der flachen Hand dagegen.

»Wo ist das Tastenfeld?«, keucht Kay.

»Ich weiß es nicht!«

»Wo ist das verdammte Tastenfeld?«

Mein Blick gleitet über die glatte schwarze Fläche und bleibt an einer matten Stelle hängen. »Hier.« Als ich sie berühre, leuchten weiße Ziffern auf. Ein Rechteck, in Dreierreihen die Zahlen Neun bis Eins, darunter Null und daneben ein Kreis, wahrscheinlich zum Bestätigen des Codes.

Der Krach um uns herum ist unvorstellbar. Schreie, Sirren, Trampeln, Rufe, die sich zu einem Brei aus unartikulierten Lauten vermischen. Ich kann mich kaum konzentrieren. Jeder Muskel meines Körpers brennt von unserem irrsinnigen Lauf und meine Hand zittert, als ich die erste Ziffer drücke: Vier.

»Sieben, neun, acht ...«, sage ich laut auf, was sich in mein Gehirn eingebrannt hat. »Eins, eins ...«

»Schneller«, treibt Kay mich an.

»Null ...« Das Feld leuchtet rot auf und erlischt. »Scheiße! Ich hab den verfluchten Kreis gedrückt, nicht die Null.«

»Noch mal!«, brüllt Kay mich an. Er ist mehr als angespannt, und als ich die Fläche erneut berühren will, sehe ich, weshalb. Rechts von uns hat das erste Dutzend Alisons und Kays die Soldaten überrannt und stürmt ungebremst auf uns zu. Hubschrauber kreisen sirrend über ihren Köpfen, sprengen Körper in die Luft, und als ich nach oben blicke, sehe ich, wie die schwarze Kuppe des Protectums unter einer weißen Schicht verschwindet: dem Christan. Wie versteinert beobachte ich die Schutzhülle, die sich fließend nach unten ausbreitet. Automatisch schätzt mein Gehirn die Zeit ab, die mir noch bleiben wird. Ein Drittel der Kugel ist bereits eingehüllt und es sind erst wenige Sekunden vergangen, und noch während ich zu dem Schluss komme, dass uns mit etwas Glück noch 15 Sekunden bleiben, ist die Hälfte der Kugel weiß.

Kay rüttelt mich an den Schultern. »Alison! Mach schon!«

Ich reiße mich von dem Anblick los und berühre das Tastenfeld erneut. Meine Finger fliegen über die Ziffern.

Vier, sieben, neun, acht, eins, eins, null, sechs, sieben ... und bestätigen. Zischend öffnet sich die Tür. Im gleichen Augenblick drückt mich eine unheimliche Wucht in das Innere der Kugel. Kay greift nach meinem Shirt, reißt mich zur Seite. Unzählige Alisons strömen in das Gebäude. Ich presse mich dicht an Kay, der seine Arme um mich schlingt. Mein Blick jedoch haftet auf der Tür.

»Es ist so weit«, flüstere ich, als die weiße Schutzschicht zu sehen ist. Noch immer quellen Menschen hinein. Ich weiß nicht, wie groß der Raum ist, wie viele von mir und Kay er noch aufnehmen kann, da mein Blick gebannt auf dem Eingang liegt. Ich will den Moment sehen, in dem die Christanhülle uns komplett einschließt.

Und dann passiert es: Die weiße Schicht gleitet wie eine Guillotine durch die letzten ins Innere drängenden Körper hindurch. Markerschütternde Schreie übertönen alles andere. Die Menge sprengt in alle Richtungen und gibt gnadenlos den Blick auf die Gliedmaßen frei, die in Blutlachen schwimmen.

Das reicht, damit ich meinen Blick endlich vom Tor losreißen kann.

Ich beiße die Zähne aufeinander, um einen Würgereflex zu unterdrücken. Nicht zweifeln!, schreie ich mir im Geiste zu.

Wir haben es bis hierher geschafft. Zusammen mit vielleicht 100, 200 anderen Alisons. Das Drei-Stufen-Protokoll wurde aktiviert, die erste Stufe abgeschlossen. Jetzt muss ich den Zeitanker finden, bevor sie uns den Sauerstoff entziehen. Nichts anderes zählt mehr.

»Alles in Ordnung?«, fragt Kay.

»Ja«, antworte ich knapp.

Der Raum leert sich schnell. Jetzt sehe ich, dass es sich um eine Halle handelt, von der 30, 40 Cubes abgehen und mehrere Korridore. Sie ist funktional und steril. Dieser Raum, dieses Gebäude, wurde nicht für Besucher erbaut.

Ich suche nach einem Schild, einer Hinweistafel. Nichts. Und wenn, würde kaum ein Pfeil mit der Aufschrift *Zeitanker* darauf stehen.

»Erst mal führt jeder Weg in die Mitte«, sage ich zu Kay.

Wir entscheiden uns für einen Gang links von uns, in den weniger Alisons eingedrungen sind als in die anderen. Schritte hallen durch die Flure. Sie kommen aus allen Richtungen.

Wir folgen unserem Korridor im leichten Bogen, lassen Gänge rechts von uns liegen. Sie alle sehen gleich aus. Glatter schwarzer Boden, matt leuchtende, milchige Decke, keine Türen, keine Fenster, keine Hinweisschilder. Der einzige Unterschied sind Nummern an den Wänden, mit denen ich nichts anfangen kann.

»Wir laufen im Kreis! Immer an der Außenhülle entlang!«, ruft Kay, als wir plötzlich an einer offenen Tür vorbeikommen, die mit weißem Christan verschlossen ist. Es muss sich um eine Außentür handeln.

»Mist«, fluche ich. »Das haben die anderen bestimmt längst kapiert.«

Wir schliddern den Gang entlang, biegen in den nächsten ab, der sich rechts von uns auftut. Er verläuft schnurgerade und von ihm gehen jede Menge Türen ab. Sie ziehen als graue Schlieren am Rande meines Sichtfeldes vorbei, so schnell rennen wir. Bald teilt sich der Korridor wieder in zwei Gänge. Einer rechts, einer links. An beiden ist die Nummer 29 angebracht. Keuchend kommen wir zum Stehen.

»Welche Nummer hatte der erste?«, frage ich Kay japsend.

»30«, sagt er. »Die Zahlen werden kleiner, je weiter wir ins Innere kommen.«

»Wo lang jetzt?«

»Links«, bescheidet Kay.

»Okay.«

Wieder rennen wir. Mein Atem geht stoßweise. Mein Blick haftet auf Kays breitem Rücken. Mit langen Schritten läuft er voran. Ich muss viel mehr Energie aufbringen als er, um mit ihm mitzuhalten, und ich bekomme erneut Seitenstechen, weil ich meine Atmung nicht mehr im Griff habe.

Plötzlich streckt Kay seinen Arm aus und ich knalle dagegen.

»Was?«, keuche ich.

Doch dann sehe ich es schon, besser sie. Eine Alison liegt bäuchlings auf dem Boden. Tot. Mit einem Messer zwischen den Schulterblättern. Sie trägt die gleiche Kleidung wie ich. Nur dass ihre blutdurchtränkt ist.

Kay zieht das Messer aus ihrem Körper und wischt es an seiner Hose ab. »Ich glaube kaum, dass das Soldaten waren.«

»Nein«, stimme ich zu. »Jetzt schlachten sie sich gegenseitig ab. Der Kampf hat begonnen.«

Wir blicken nicht zurück. Rennen nur weiter den Gang Nummer 29 hinunter, der genau wie Nummer 30 im Bogen verläuft. Hinter uns sind deutlich Schritte zu hören. Sie treiben uns an, noch schneller zu laufen. Dieser Gang ist wieder türenlos. Aber dann taucht rechts von uns ein weiterer Flur auf. Er ist gerade. Wir stoppen und sehen uns an.

»Es ist ein Netz!«, schreit Kay plötzlich. »Die krummen Gänge sind Ringe. Die geraden die Verbindung.«

Ein Netz! Ich sehe es förmlich vor mir. Es klingt logisch. Ein rundes Gebäude, ringförmige Gänge, immer kleiner werdend, die miteinander durch gerade Gänge verbunden sind.

Kay deutet auf den Gang, vor dem wir stehen. »Da rein!«

Ich atme tief durch, bevor wir wieder loslaufen. Die Luft ist kühl und klar und voller Sauerstoff. Anscheinend ist die zweite Stufe des Protokolls noch nicht aktiviert worden, was bedeutet, dass die Soldaten bislang die Oberhand haben.

Wieder gehen von dem geraden Gang Türen ab. Vielleicht Büros. Jetzt da wir das Muster kennen, unser Ziel abschätzen können, fällt mir das Laufen leichter.

Nach einer Weile erreichen wir schließlich Gang 18. Keiner Menschenseele sind wir nach der toten Alison mit dem Messer im Rücken begegnet. Aber es sind Menschen da. Wir hören immer noch Schritte. Jetzt sind es vielleicht drei oder vier Personen. Ich verstehe das nicht. Irgendwo müssen Soldaten sein, außerdem viel mehr Alisons und Kays. Vielleicht sind sie schon im Zentrum und kämpfen bereits um den Zeitanker. Die Vorstellung treibt mich an. Die und Schritte hinter uns, die inzwischen verdammt nah sind.

Endlich erreichen wir den nächsten geraden Verbindungsgang, der uns zu Korridor Nummer 17 führen müsste.

Kay schliddert um die Ecke. »Zurück!«, höre ich ihn brüllen, gerade als ich auch abbiegen will. Kay stolpert rückwärts wieder heraus und prallt so heftig gegen mich, dass ich das Gleichgewicht verliere, gegen die Wand knalle und zu Boden gleite.

Ich reibe mir den Hinterkopf, doch dann gefriere ich mitten in der Bewegung. Ein Soldat steht breitbeinig im Flur vor uns, eine Waffe auf mich gerichtet. So nah, dass ich in die Mündung sehen kann. Für einen Augenblick wundere ich mich, dass es eine Pistole ist, keine rot leuchtende Röhre, sondern einfach eine silberne Pistole. Dann wird mir bewusst, dass ich gleich tot sein werde. Ich denke an nichts mehr, kneife nur die Augen zusammen, weil ich die Kugel nicht sehen möchte, wenn sie kommt.

Aber sie kommt nicht. Stattdessen höre ich ein Röcheln, dann einen dumpfen Aufprall und blinzle ungläubig. Knapp einen Meter von mir entfernt liegt der Soldat. Er ist in einen schwarzen Einteiler gekleidet, der mich an den Isovantage-Anzug erinnert, nur dass seiner bis zum Hals hochgeschlossen ist. Darüber sitzt ein Helm. Und zwischen Helm und Anzug schießen Unmengen dunkles Blut hervor und fließen über den Boden. Kay muss ihm die Hauptschlagader durchtrennt haben.

Wieder ein Toter. Ich wusste, dass es so kommen wird, der Anblick jedoch macht mir zu schaffen. Mehr, als mir lieb ist. Nicht zweifeln, ermahne ich mich wieder und blicke zu Kay. Er steht an die Wand gepresst, das blutverschmierte Messer in der Hand, einen Finger auf seinen Lippen und sieht kurz zu mir. Ich sage nichts, wage kaum zu atmen.

Kay deutet auf den Flur, danach hält er drei Finger hoch. Ich weiß, was er mir damit sagen will: Drei weitere Soldaten stehen direkt hinter der Ecke. Ich beuge mich so leise wie möglich über den Soldaten und ziehe die Pistole aus seiner schlaffen Hand. Sie hat keinen Abzug, nur einen blau leuchtenden Sensor. Also doch keine herkömmliche Pistole, wie ich dachte. Kay streckt mir wortlos das Messer entgegen und ich reiche ihm die Pistole, komme langsam hoch und presse mich neben Kay an die Wand, wobei ich versuche, meinen viel zu schnellen Atem zu beruhigen. Mein Körper ist in Alarmbereitschaft, jeder Muskel angespannt, das Blut pumpt wild durch meine Adern, alle meine Sinne sind geschärft.

Aus dem geraden Korridor vernehme ich die erstaunlich regelmäßigen Atemzüge der Soldaten. Sie sind ganz nah, warten, dass wir den ersten Schritt tun – oder auf Verstärkung. Denn die Schritte, die uns verfolgt haben, sind nur noch wenige Meter entfernt. Ich wende meinen Kopf, ohne meinen Körper zu bewegen. Noch sehe ich in dem gebogenen Gang nicht, wer die ganze Zeit hinter uns war, aber jeden Moment werde ich es wissen. Ich halte die Luft an. Wenn es Soldaten sind, sind wir geliefert.

Dann aber taucht ein pinker Turnschuh auf, gleich darauf eine Alison, hinter ihr zwei Kays. Alison trägt den Isovantage-Anzug, ihre Haare sind kurz und heller als meine. Es ist die erste Alison, die nach uns hier aufgetaucht ist, und die erste, die die Grenze überschritten hat. Auch sie hat es ins Innere des Protectums geschafft.

Ich atme unsagbar erleichtert aus, bis ich sehe, dass alle drei Waffen tragen. Ein Messer und zwei dieser futuristischen Pistolen. Sie sind auf uns gerichtet. Alison sieht mir direkt in die Augen. Ich halte ihrem Blick stand und hebe die Hand zum Zeichen, dass sie stehen bleiben sollen. Die drei verlangsamen ihren Schritt zögerlich und ich deute auf den toten Soldaten, dann auf den Korridor, der von unserem Gang abgeht, und hebe drei Finger.

Ich weiß nicht, wie sie es machen, aber die letzten Meter schließen sie beinahe geräuschlos zu uns auf. Kay wendet kurz seinen Kopf, spreizt die Hand und zählt mit den Fingern von fünf runter. Ich bin zum Sprung bereit. Alison steht mitten im Flur. Breitbeinig, mit gezücktem Messer, die anderen Kays wie zwei Bodyguards hinter ihr. Mein Kay ist jetzt bei zwei Fingern angelangt. Einer …

Er ballt die Hand zur Faust, stürzt vor und schießt im Laufen in den Flur. Keine Kugel tritt aus der Mündung, nur ein sichtbarer Luftstrom. Ich lausche. Ein dumpfer Aufprall. Dann brechen zwei Soldaten aus dem Flur und meine Instinkte übernehmen. Ich springe vor, lasse mich über die Erde rollen, zu Kay. Noch bevor ich wieder auf den Beinen bin, schießen die Soldaten. Im selben Augenblick fliegen die beiden anderen Kays gut zehn Meter durch die Luft und bleiben regungslos liegen. Alison dreht sich nicht um. Sie stürmt vor und rammt einem Soldaten ihr Messer in den Unterleib. Es fällt mit verbogener Klinge zu Boden.

Ein weiterer Strom durchschneidet die Luft. Er geht ins Leere. Kay hat den einen Soldaten am Helm gepackt. Es knackt, als sein Genick bricht.

Jetzt ist nur noch einer übrig. Kay zielt auf ihn, drückt ab. Nichts geschieht. Verdammt! Seine Waffe funktioniert nicht mehr! Anscheinend muss man Pistolen in der Zukunft auch irgendwie nachladen.

Der Soldat dreht sich um, hebt seine Pistole und drückt sie Kay auf die Brust. Ich reiße mein Messer hoch, um es dem Soldaten in den Hals zu rammen, aber er ist stärker als ich und stößt mich weg. Ich fliege durch den Flur, lande klatschend auf der Erde, das Messer gleitet mir aus der Hand und schliddert über den glatten Boden. Viel zu weit weg, um jetzt noch Kays Leben retten zu können.

Ich will gar nicht hinsehen, als ich Alison fluchen höre. Mein Blick schnellt hoch und ich sehe, wie sie gerade das verbogene Messer aus dem Hals des Soldaten zieht. Der Soldat taumelt, ruft: »Flur 17, 18«, bevor er zusammenbricht. Kay entreißt dem sterbenden Soldaten die Waffe und wirft seine in die andere Richtung. Gerade als ich aufatmen will, bemerke ich, dass die Pistole des anderen Soldaten auf mich gerichtet ist. Alison hält sie in der Hand und kommt damit auf mich zu. Die ganze Zeit über sieht sie mir in die Augen. Ihr Blick ist eiskalt. Sie muss nur abdrücken, um mich zu töten. Wieso tut sie es nicht?

»Es tut mir leid«, sage ich leise und meine damit, dass sie ihren Kay verloren hat.

Sie beißt sich auf die Lippe, dreht die Waffe in ihrer Hand und streckt mir den Griff entgegen.

Ich nehme sie, sage: »Danke.«

»Jetzt gibt es niemanden mehr«, antwortet sie, sieht kurz zu meinem Kay und geht dann an den toten Körpern der anderen vorbei wieder Richtung Ausgang, ohne auch nur ihren Schritt zu verlangsamen.

Während ich zu Kay gehe, höre ich lauter werdende Stimmen: »Etw... sie ... to... noch ...ier...«

Ich blicke Kay an. Er kneift die Augen zusammen. »Es kommt aus dem Helm«, sagt er dann und beugt sich zu dem Soldaten herunter, dem er die Kehle durchtrennt hat. Auch ich gehe neben ihm in die Hocke. Jetzt verstehe ich etwas: »Flur 2 sicher.«

»Bestätigung Beta 7 9.«

Ich zerre an dem Helm. Es wird uns einen großen Vorteil verschaffen, ihre Kommunikation mitzuhören. Aber er lässt sich nicht lösen, eng liegt er um den Kopf des Toten. Kay tastet den Helm rundherum ab. Plötzlich macht es Klick und er klappt auseinander. Ein Sensorfeld wird sichtbar, auf das Kay gedrückt haben muss. Innen im Helm ist eine Nummer eingeprägt: *Delta 0 3*.

»Den auch«, sage ich und deute auf den anderen Soldaten, den Alison getötet hat.

Kay nimmt ihm den Helm ab. Kurz stutzt er. »Zwillinge?«, sagt er verblüfft.

Ich sehe von einem zum anderen. Ihre Gesichter sehen vollkommen gleich aus. »Nein, Klone«, antworte ich, und da Kay mich nur verständnislos ansieht, schiebe ich hinterher: »Sie wurden gezüchtet.«

Durch die nächsten Ringe des Gangnetzwerks laufen wir, ohne dass uns ein Mensch begegnet. Wir sind in leichten Trab gefallen. Trotzdem kommen mir unsere Schritte überlaut vor. Denn außer unseren eigenen Geräuschen ist jetzt nichts mehr zu hören. Die Stille verheißt nichts Gutes. Sie kann nur bedeuten, dass wir die Letzten im Kampf um den Zeitanker sind.

Doch als wir von Gang 11 in einen geraden Korridor abbiegen, treffen wir wieder auf eine Alison. Sie trägt die gleiche Kleidung wie ich und auch sie hält einen Helm in der Hand, dicht an ihr Ohr gepresst. Sie sieht uns an, konzentriert sich jedoch vollkommen auf die Kommunikation im Helm.

Ich presse meinen ans Ohr. »Alpha 11 7. Dies ist die letzte Aufforderung. Bestätigen Sie, dass Sie kampffähig sind.«

Ich sehe zu Alison und zucke mit den Schultern. Keine Ahnung, was wir tun sollen.

»Weiter«, raunt Kay mir zu und wir laufen bis ans Ende des Korridors. Links und rechts geht wie gewohnt ein weiterer Gang ab.

Plötzlich knallt es! Unfassbar laut! Wir werden nach vorn geschleudert. Ich lande auf Händen und Knien. Eine Hitzewelle fegt über mich hinweg und kurz ist es gleißend hell. »Kay!«, brülle ich.

Er liegt an der Wand und hält sich den Arm. »Mir geht es gut«, sagt er, verzieht jedoch sein Gesicht. »Aber ihr nicht.«

Ich drehe mich um. Der Flur, in dem eben noch Alison stand, ist mit Blut und Gewebefetzen zugekleistert, die eine Wand merkwürdig nach außen gebeult, in der anderen klafft ein Loch, durch das ein Konferenzraum zu sehen ist. Wieder muss ich würgen, beiße ich mir auf den Fingerknöchel, um mich nicht zu übergeben. Nicht zweifeln!, rufe ich mir erneut zu und spüre, wie Kälte an die Stelle meines Entsetzens tritt.

»Sie haben den Helm gesprengt«, mutmaßt Kay und kommt ächzend hoch.

»Dann haben wir eine Waffe«, sage ich trocken, drücke auf den Sensor meines Helms und lese erneut die Nummer. »Delta 0 3. Und bei dir?«

Es klickt. »Delta 0 6«, antwortet Kay.

Während wir uns dem Zentrum des kugelförmigen Protectums immer weiter nähern, halten wir die Helme permanent an unser Ohr gepresst. Die Situation sei unter Kontrolle, wird über das Kommunikationssystem verkündet, und mein ungutes Gefühl verstärkt sich. Vielleicht sind wir nicht die Letzten, die vordringen, sondern die Einzigen. Womöglich sind alle anderen von uns tot und allein werden wir kaum eine Chance haben.

Ich bin mir sicher, bereits kilometerweit durch das Protectum gelaufen zu sein, als wir Gang 4 erreichen. Die Abstände zu den Verbindungsfluren werden jetzt immer geringer, die Zirkel kleiner. Den nächsten abzweigenden Korridor müssten wir in weniger als einer Minute erreichen.

Mein Körper ist inzwischen klatschnass verschwitzt, doch ich verspüre keinen Durst. Meine Muskeln brennen, aber der Schmerz wird durch das Adrenalin erträglich, welches jedes Mal freigesetzt wird, wenn wir in einen weiteren Korridor einbiegen und nicht wissen, wer dort vielleicht auf uns wartet. Doch auch dieser ist menschenleer.

Unsere Helme melden sich wieder. Jetzt werden nacheinander Nummern abgefragt, die Soldaten aufgefordert, zu bestätigen, dass sie kampffähig sind. Oft kommt keine Reaktion und Sekunden später hören wir Detonationen, die die Wände erzittern lassen. Schon bald ist klar, sie folgen dem griechischen Alphabet. Erst Alpha, dann Beta, dann Gamma. Unsere Helme sind mit Delta gekennzeichnet.

»Lassen wir sie hier!«, ruft Kay mir im Laufen zu.

»Noch nicht.« Ich presse meinen wieder ans Ohr.

»Gamma 8 5. Bestätigen Sie, dass Sie kampffähig sind.«

»Bestätigt. Gamma 8 5.«

»Geben Sie Ihre Position durch.«

»Position ist Gang 2.«

In Gang 2 wird also mindestens ein Soldat stehen. Oder zwei. Hatte ein anderer Soldat sich nicht auch von dort zurückgemeldet? Zwei Soldaten. Das ist machbar. Wir wissen, wo sie sind, und können das Überraschungsmoment nutzen.

Wieder biegen wir links ab, in den ringförmigen Flur mit der Nummer 3. Mein Herz pumpt immer wilder, je näher wir dem Zentrum kommen. Irgendwie kann ich nicht glauben, dass wirklich nur zwei Soldaten auf uns warten.

»Gamma 8 6. Bestätigen Sie, dass Sie kampffähig sind.«

»Bestätigt. Gamma 8 6.«

»Geben Sie Ihre Position durch.«

»Position ist Gang 2.«

Verflucht, also drei Soldaten. Mindestens!

Jetzt ist der Verbindungsflur zu Gang 2 erkennbar. Etwa zehn Schritte davor bleiben wir stehen. Beide drücken wir uns an die Wand, die Helme ans Ohr gepresst, und sehen uns stumm an. Für jeden Soldaten, der seine Kampffähigkeit und seine Position in Gang 2 bestätigt, hebe ich einen Finger. Noch zwei Mal hören wir Detonationen, dann wird Delta 0 1 aufgerufen und meine Finger reichen nicht mehr für die Anzahl der Soldaten in Gang 2 aus.

»Delta 0 3 ...«, höre ich noch, bevor ich »Los!« schreie und renne. Ich jage die letzten Meter zum Verbindungsflur, gleite schliddernd hinein, Kay direkt hinter mir.

»Dein Helm!«, ruft er.

Ich presse ihn an mein Ohr, bete: Lass ihn nicht explodieren. Noch nicht!

Zwei Soldaten stehen Rücken an Rücken am Ende des Ganges und sehen in entgegengesetzte Richtungen.

»Delta 0 3«, dröhnt es aus dem Helm. »Dies ist die letzte Aufforderung.«

Unsere Schritte sind zu laut, denke ich noch, da drehen sich die Soldaten zeitgleich um und richten ihre Waffen auf uns.

»Bestätigen Sie, dass Sie kampffähig sind.«

»Und ob ich das bin!«, schreie ich und schleudere den Helm den Gang hinunter. Er explodiert über ihren Köpfen.

Ich reiße den Arm vor meine Augen, so hell ist es. Die Hitzewelle umschließt mich, gibt mich wieder frei und ich lasse den Arm sinken. Ein, zwei Sekunden vergehen, bis ich erfasse, was vor mir liegt. Ein großes Loch klafft in der Wand von Gang 2. Nur kurz nehme ich die Menschen dahinter wahr. Sie tragen weiße Kittel und wirken vor Angst wie versteinert. Kay steht bereits neben dem Loch, seinen Helm ans Ohr gepresst.

Ich sprinte los. Vor mir ist das Loch, rechts von mir wenige Meter Flur, dann eine Tür. Ohne Griff. Mein Kopf fliegt nach links und ich meine, ohnmächtig zu werden. Aber ich werde es nicht. Zu viel Adrenalin fließt durch meine Adern. Die Welt scheint sich plötzlich in Zeitlupe zu drehen. Jede der toten Alisons und jeden der toten Kays nehme ich wahr – genauso wie den Helm, der plötzlich an mir vorbei durch die Luft segelt.

Noch während er sich um sich selbst dreht, registriere ich die vielen Leichen. Der Flur ist gepflastert mit ihnen. Bis hin zu einer verschlossenen Tür. Soldaten stehen auf den leblosen Leibern. Die Luft teilt sich vielfach und ich spüre bereits den Druck, der aus ihren Pistolen kommt, als Kays Helm explodiert.

Als ich Geräusche höre, ist mir klar: Ich hatte doch das Bewusstsein verloren. Ich horche in mich hinein. Kann ich kämpfen? Ist mein Körper unversehrt? Mein Arm schmerzt, mein Kopf dröhnt, aber ansonsten scheine ich unverletzt zu sein.

Aber wo bin ich? Eine Hand liegt auf meinem Hals. Ich öffne die Augen. Erst ist alles verschwommen und ich sehe nur helle Schatten. Dann registriere ich Papier. Es liegt auf dem Boden, übersät mit Splittern und Metallteilen. Ein Büro?

Ich schiele nach rechts. Kay hockt neben mir, seine linke Hand auf meiner Halsschlagader, seine rechte umfasst die Pistole. Ich richte mich ein Stück auf. Kays Hand gleitet von mir. »Bist du in Ordnung?«, fragt er, ohne mich anzusehen. Sein Blick ist stur geradeaus gerichtet.

Ich folge ihm. Mir ist schwindelig und erst denke ich, doppelt und dreifach zu sehen, denn an die Wand gepresst stehen Menschen, alle weiß gekleidet, und nur langsam begreife ich, dass es Wissenschaftler sein müssen, das, was von dem Raum noch übrig ist, sieht nach Apparaturen aus, Anzeigetafeln hängen an den Wänden.

»Mir geht es gut«, sage ich, ziehe mich an einem herabhängenden Kabel hoch und werfe einen Blick über die Schulter. Anscheinend bin ich durch das Loch in der Wand katapultiert worden. Ich muss unvorstellbares Glück gehabt haben. Vielleicht habe ich mir das fehlende Glück der letzten Jahre nur für diesen Moment aufgespart.

»Wir müssen weiter«, sagt Kay. »Noch eine gute Minute und der Sauerstoff wird abgezogen.« Er nickt in Richtung einer Anzeigetafel, auf der ein rot blinkender Countdown rückwärtsläuft. 93, 92, 91 ... Darunter steht nur eine simple 2. Vermutlich beginnt dann Phase 2.

»Wo lang?«, frage ich und reibe mir die Schulter.

»Das wird uns Oscar verraten.« Kays Stimme klingt kühl, meine überschlägt sich, als ich kiekse: »Was? Oscar?«

Ein weiß gekleideter Mann an der Wand zuckt zusammen. Erst da erkenne ich ihn: viel jünger, ohne Bart und mit kurzer Igelfrisur.

»Los! Kommen Sie«, befiehlt Kay.

Zögerlich tritt Oscar vor. »Wer sind Sie? Und was wollen Sie von mir?«

Beinahe hätte ich über seine Frage gelacht. Doch dann geht mir auf: Oscar kennt uns noch nicht. Der Meteorit wurde erst vor Kurzem entdeckt und hierhergebracht. Oscar weiß wahrscheinlich noch nichts von einer Gameshow namens *Top The Realities* und erst recht weiß er nicht, wie sich seine Welt dadurch verändern wird.

Der Countdown zeigt 77 Sekunden. Kay packt Oscar am Arm. »Wo ist der Schutzraum?«

»Der Schutzraum? Was ... was meinen Sie?«, stammelt Oscar.

Ich stelle mich vor ihn und kneife die Augen zusammen. »In spätestens 3 Minuten sind wir alle hier tot. Auch Sie, Mr Oscar. Sie werden qualvoll ersticken. Es sei denn, Sie führen uns zum Schutzraum. Sie kommen doch da rein, oder?«

Er nickt langsam. »Aber man würde mich vor das Kriegsgericht stellen. Niemand darf ...«

»Noch 60 Sekunden«, sagt Kay kalt.

»Aber ...«

Kay zielt mit der Pistole auf ihn.

»Dort lang«, meint Oscar mit zitternder Stimme. Sein Gesichtsausdruck zeugt von Fassungslosigkeit. Es ist nicht zu übersehen, dass er nicht begreift, was vor sich geht.

Ich atme tief ein, pumpe immer wieder Sauerstoff in

meine Lungen, während wir das Labor durchqueren. Oscar berührt die weiße Wand. Ein Tastenfeld wird sichtbar. Er drückt die erste Ziffer.

»Schneller!«, treibt Kay ihn an.

Oscar tippt weitere Zahlen ein und bestätigt mit dem Kreis.

Ich sehe auf den Countdown. 12 Sekunden. Tief ziehe ich weiterhin Luft in die Lungen. Als ich mich wieder zur Tür drehe, ist sie immer noch verschlossen.

»Wieso öffnet sich die Tür nicht?«, fährt Kay ihn an.

Oscar ist blass, fast weiß im Gesicht. »Wir brauchen zwei Codes. Vieraugenprinzip«, presst er hervor, wobei er auf den Countdown schielt. »Oh Gott! Nur noch 3 Sekunden!« Sein Atem geht schneller.

Ein letztes Mal atme ich ein. Gerade noch rechtzeitig, da erklingt ein greller Signalton. »Wer?«, sage ich kurz, um möglichst wenig Sauerstoff herauszulassen.

Aus der hintersten Reihe der Wissenschaftler tritt eine Frau hervor. Sie ist bildhübsch, auch ohne Abendkleid, und ich erkenne sie sofort: Es ist Jill. Sie schwankt, als sie zu uns kommt.

Meine Lunge brennt. Ich kann nichts dagegen tun. Reflexartig atme ich ein. Zu meinem Erstaunen ist noch Sauerstoff in der Luft, aber es ist wenig und ich beginne zu hecheln.

Jill sieht mir kurz in die Augen. Ihr Blick ist ein einziges großes Fragezeichen, doch sie tippt die Zahlen ein, immer langsamer. Schweiß steht auf ihrer Stirn, Venen treten sichtbar an ihrem langen Hals hervor.

Mir ist furchtbar schwindelig. Ich brauche Sauerstoff! Alles in mir schreit danach. Wieso öffnet sich die Tür nicht? Wo ist ...

Oh Gott! Jill liegt auf der Erde. Ihr Gesicht verfärbt sich blau. Oscar ist über ihr und presst seine Lippen auf ihre Nase. Ich will rausrennen. Nur raus. Dorthin, wo Luft ist. Kay starrt das Tastenfeld an. Was ist los? Sein Zeigefinger schwebt über den Ziffern. Er ist kaum noch in der Lage, zu denken oder zu begreifen. Ich stürze vor, presse meinen Zeigefinger auf den Kreis. Zischend öffnet sich Tür.

Der Raum dahinter verschwimmt. Mit ihm eine Säule. Sie ist aus Glas und unfassbar schön. Tausende Prismen funkeln aus ihrem Inneren.

Und plötzlich sehe ich Farben. Wie eine Erscheinung. Aber es ist keine. Ich spüre, wie Stoff an meiner Wange entlangstreift, nehme eine Gestalt wahr, strecke den Arm aus und bekomme den Stoff irgendwie zu fassen. Ruckartig dreht sich die Gestalt um. Sie sieht mich kalt an.

Du!, denke ich nur. Ausgerechnet du. Es ist die bunt gewandete Alison, die uns zurief, wir sollten unsere Kräfte bündeln, wir sollten gegen die Soldaten kämpfen, nicht gegen uns. In der einen Hand hält sie ein Küchenbeil, in dem sich die Prismen spiegeln, in der anderen eine große, aufgeblähte Plastiktüte. Sie setzt sie an den Mund und zieht Sauerstoff daraus, wobei sie mich nicht aus den Augen lässt. Ich kann es nicht fassen: So etwas Simples wie eine Tüte entscheidet über Leben und Tod. Ich lasse ihr Gewand los, nicht weil ich es will, sondern weil ich keine Kraft mehr habe.

Ich atme, ohne Sauerstoff zu spüren. Der Schmerz in meiner Lunge ist allgegenwärtig. Doch ich habe keine Luft mehr zum Schreien, nicht mal zum Winseln. Und Luft scheint rarer als Wasser in der Wüste. Die Wüste ... Kay. Ich werde niemals mehr an eine Wüste denken können, ohne an Kay zu denken. Wie er mir das Leben rettete. In einer Wüste, irgendwo in Nevada. Als mein Arm auf die Erde sinkt, taste ich nach ihm. Aber ich finde ihn nicht. Ich begreife nicht, weshalb er nicht hier ist. Ich kann gar nichts mehr begreifen. Wieso dauert ersticken nur so lange? Und wieso ist es so grausam?

Einmal stand ich an der Kreuzung meines Lebens. Ein Beil, einen Tomahawk in meiner Hand, und ich entschied mich, nicht zu töten, ich entschied mich für den anderen Weg. Das war es, woran ich denken wollte. Nicht zu töten ... Doch alles in mir schreit danach, leben zu wollen. Und wenn ich dafür töten muss.

Das Beil fällt auf die Erde. Vor meinen Augen verschwimmt Alison, die Tüte, die sich immer schneller aufbläht und zusammenzieht. Der Sauerstoff ist beinahe aufgebraucht. Sie greift mich nicht an. Wieso tötet sie mich nicht?

Sie wartet, erkenne ich. Sie wartet darauf, dass das letzte Signal ertönt, die letzte Stufe aktiviert wird. Sie wartet auf den Moment, da der Störsender ausgeschaltet wird. Und da ist mir klar, dass sie jetzt statt des Beils etwas anderes in der Hand hält. Ihre Faust ist fest zusammengepresst. Sie hat ihn. Sie hat den Zeitanker.

Vielleicht ist es das letzte Aufbegehren meines Körpers, die letzten Reserven, die freigesetzt werden. Adrenalin durchflutet meine Adern. Meine Muskeln krampfen. Aber plötzlich weiß ich, was ich tun muss. Ich strecke meinen Arm aus, bekomme das Beil zu fassen und stemme mich hoch.

Ich schwanke auf sie zu. Ihre Augen werden riesig, sie taumelt zurück, atmet immer schneller und schneller in die Tüte. Sie macht einen Fehler. Sie zieht ihre verbrauchte Luft voller Kohlendioxid in die Lunge.

Ich kann nicht mehr denken. Ich will, aber ich kann nicht! Ich hebe das Beil. Was wollte ich tun? Einen Schritt noch.

Mein Fuß verfängt sich, und als ich stolpere und nach vorn stürze, sehe ich, dass es Saschas lebloser Körper ist, der mir zum Verhängnis geworden ist. Ich falle und falle. Ich falle ewig und die letzten Sekunden meines Lebens vergehen wie in Zeitlupe. Aber wieso schlage ich nicht auf? Wieso liege ich immer noch nicht auf der Erde? Bin ich schon tot?

Ich kann nicht tot sein. Meine Hand hält immer noch krampfhaft das Beil. Ich lasse es los und gleite endlich zu Boden. Er ist kalt. Mir ist kalt, eiskalt, als ich registriere, dass das Beil in Alisons Brust steckt. Sie bricht zusammen. Ihre Hand öffnet sich. Eine kleine Kugel fällt heraus und rollt vor meine Hand.

Die Welt vergeht nicht mehr in Zeitlupe. Sie steht still. Das Brennen in meiner Lunge ist verschwunden. Alles ist weich und warm, meine Beine, meine Arme, der Boden, auf dem ich liege. Ich bin glücklich und so leicht, ich glaube, ich schwebe. Ich brauche nicht mehr zu atmen ...

Lippen legen sich auf meine. Kay ... Ein letzter Kuss. Er ist hart und pressend. Ich mag das nicht ...

Jäh weitet sich mein Brustkorb. Meine Wahrnehmung wird schärfer und ich sehe Kay zur Seite kippen.

Oh Gott! Es war kein Kuss. Es war der verbliebene Sauerstoff in seiner Lunge. Ich möchte mich an ihn schmiegen, mit ihm zusammen davonschweben ... Nur ein kleiner Funke in meinem Verstand sagt mir, dass ich es nicht darf, dass es einen Grund gab, weshalb wir hier sind.

Der Meteorit! Er ist ... Ich muss ihn aufheben. Los! Beweg deine Finger. Streck sie! Luft! Ich brauche Luft! Alles dreht sich. Meine Finger schließen sich wie eine Muschel um eine Perle.

Ein Signal ertönt. Stufe 3, denke ich und spüre, wie ich lächle. Sie schalten den Störsender ab.

Doch es ist zu spät. Ich kann keinen klaren Gedanken mehr fassen, der uns hier rausbringen könnte.

Eine Hand schließt sich um meine. Wem auch immer sie gehört, es ist tröstlich, sie zu spüren. Und als die erlösende Leichtigkeit mich davonträgt, zieht mein ganzes Leben an mir vorbei ...

Der Geruch eines Schaffells, das Gefühl, geschaukelt zu werden, ein Nachmittag mit meiner Puppe im Wald, rauschende Bäume, der Geschmack eines Apfels, das Lachen meiner Mutter, Sägespäne, die auf einen Holzboden fallen, unendliche Angst, selbst zu fallen. Mein Vater, der zu mir hochsieht, meine Einschulung, Jeremys Geburt, Jeremy in einem Nest aus Moos, eine Schaumschlacht in der Badewanne, Onkel Herold im Fluss, eine Forelle in meinen Händen. Carissa, die mich schminkt, Ivana, die mich schminkt, das dröhnende Lachen von Wum Randy. Kay, dem eine Träne über die Wange läuft, Kay, der mich zudeckt, Kay, der mich küsst, Kay, der mich in die Luft hebt und lacht, Kay, der sich schützend vor mich stellt, Kay, der Buchstaben auf meinen Rücken zeichnet. Immer wieder Kay und Mum, wie sie ihn ansieht und verzückt lächelt. Das Friedlichste, das auf Erden existiert: das Rauschen der Redwoods an einem Sommermorgen ...

Und dann schwebe ich endlich.

17

2015, Mill Valley

Jemand zerrt an mir. Er zerrt mich in die Tiefe, hinein in einen Strudel. Neeeeeein! Ich will nicht. Lass mich los! Ich möchte doch nur weiterschweben. Nein, noch nicht …

Ich ziehe Sauerstoff in meine Lunge, obwohl ich nicht in diese Welt zurückkehren möchte. Mein Körper aber verlangt nach diesem irdischen Elixier und überschwemmt ihn geradezu damit. Es durchströmt meine Adern, flutet mein Gehirn, umspült jede Zelle meines Körpers, um ihn mit neuem Leben zu füllen.

Genötigt schlage ich die Augen auf. Weit über mir wiegen sich die Wipfel der Mammuts im Wind. Licht bricht durch ihr Blätterdach, und als ich zur Seite sehe, erhellt es Kays Gesicht. Er liegt mit offenen Augen da. Seine Brust hebt und senkt sich. Er atmet. Er lebt.

Ich schließe seufzend die Lider. Ich fühle mich so abgekämpft, als wäre ich um mein Leben gerannt. Gerannt und gerannt, und bevor ich in einen erschöpften Halbschlaf abgleite, wird mir bewusst: Genau das bin ich.

Irgendwo zwischen gestern und morgen, zwischen Schlaf und Erwachen, zieht wieder ein Leben an mir vorbei. Mein Leben, das ich die letzten Jahre geführt habe, ohne dabei gewesen zu sein. Es tritt nicht an die Stelle des Erlebten, jedoch weiß ich, es ist geschehen. Es ist die einzige Realität, die noch existiert.

Carissa, die mich um sechs Uhr morgens anruft, Carissa,

die in der Highschool höllisch mit ihrem neuen iPhone angibt, Schulbücher, die sich neben meinem Bett stapeln, Partys am Strand bis früh in den Morgen, Tante Roses Geburtstag, ein Fest auf der Plantage, Dad, der ihr einen übergroßen Holzapfel schenkt, selbst geschnitzt aus dem Stamm eines Apfelbaums, Mum, die mir dampfenden Tee bringt, da ich eine Sommergrippe habe, Bücher über Nervenbahnen, die mich unermesslich langweilen, die näher rückenden Abschlussprüfungen, die große Aufregung vor dem Ball, ein Kleid aus eisblauer Seide, Tante Rose, die begeistert anruft, Dad, der bis spät in die Nacht in seinem Schuppen weitere Holzäpfel fertigt, eine Limousine, die vorfährt, ein netter Junge darin, Jeremy, der seine Eichhörnchen in die Freiheit entlässt, Mum, die einen Kredit bei der Bank aufnimmt, mein erster Champagner, als wir meinen Schulabschluss und Dads Start in die Selbstständigkeit feiern, stapelweise Kartons in unserem Wohnzimmer, handgeschnitzte Früchte darin, Mum, die ihren Job bei der Mautstelle kündigt, Carissa, die um acht Uhr anruft und mir überschwänglich von einer Strandparty erzählt, zu der wir einfach hingehen müssen, morgen Abend. Und dann ein Strudel, der mich erfasst, beinahe verschlingt und doch wieder ausspuckt, genau an diese Stelle. Mitten im Wald.

Ich blinzle, weil mich etwas an der Stirn kitzelt. Es sind Kays Haare. Sein Gesicht ist so nah, dass ich seinen Atem spüre, und seine Lippen legen sich sanft auf meine.

»Wir haben es geschafft«, murmelt er, rückt etwas ab und hält eine hell schimmernde Kugel in die Höhe, eingeklemmt zwischen Daumen und Zeigefinger. »Er lag in deiner Hand.«

»Das ist der Zeitanker?« Ich betrachte ihn ungläubig. Irgendwie hatte ich mehr erwartet. Dass er leuchtet oder im Licht glitzert. Doch er ist genauso, wie ich ihn irgendwo zwischen Leben und Tod wahrgenommen habe. »Er sieht aus wie eine ganz normale Perle.«

»Er ist schwerer«, sagt Kay und ich spüre, was er meint, als er ihn in meine Hand legt. Dem Gewicht nach müsste er so groß wie eine Murmel sein.

Ich schließe meine Finger um ihn und seufze tief. »Ich habe meinen Abschlussball verpasst. Mum und Dad waren so stolz, als sie mich in dem Kleid sahen. Und nichts davon fühlt sich echt an.«

»Geht es ihnen allen gut?«, fragt Kay. »Deinen Eltern, Jeremy, deiner Freundin?«

Ich lächle. »Ja, es geht ihnen sehr gut. Und ... und was ist mit dir? Wie hat sich ...«

»Es ist gekommen, wie ich es bereits gesehen habe«, antwortet Kay, ohne dass ich meine Frage zu Ende formuliert habe. »Deine Urgroßtante Alison ist gestorben, ihr Vater hat die Plantage verkauft, ich bin durchs Land gezogen, auf der Suche nach Glück, gefunden habe ich nur Armut und Elend.«

Ich komme hoch und stütze mich auf die Ellenbogen. »Das tut mir leid.«

Kay schüttelt leicht den Kopf. »Nein. Das muss es nicht. Ich verbinde nichts damit. Dieses Leben habe ich ohne mich geführt.«

»Ich weiß, was du meinst.« Eine Weile starre ich in den Wald, wo zwischen den letzten Bäumen die weiße Veranda unseres Hauses aufblitzt. »Die Zukunft wird eine andere sein«, sage ich nachdenklich.

Kay zuckt mit den Schultern. »Wir werden es nie erfahren.«

»Meinst du, Claudia und Ivana werden existieren?«, frage ich.

»In einer möglichen Zukunft werden sie es mit Sicherheit.« Kay steht auf und streckt mir die Hand entgegen.

Ich nehme sie zögerlich. »Und Wum Randy?«

»Wünschst du dir seinen Tod?«, fragt Kay, als er mich hochzieht.

»Ich weiß es nicht«, antworte ich ehrlich. »Zumindest wünsche ich ihm nichts Gutes.«

»Lass los«, meint Kay und irritiert entziehe ich ihm meine Hand. Er lacht hell auf. »Nein, nicht meine Hand. Am liebsten nie wieder. Ich meinte, lass die Zukunft los.«

Ich schmunzle und stecke den winzigen Meteoriten tief in meine Hosentasche. »Eigentlich heißt es immer, man soll die Vergangenheit loslassen.« Ich werfe einen Blick in meine Hand, bevor ich sie Kay wieder reiche. Die feinen silbernen Linien sind verschwunden und doch weiß ich, der Marker ist da – bei mir wie bei ihm. Sonst hätten wir alles vergessen.

»Die auch«, meint Kay.

»Wie bitte?«

»Die Vergangenheit sollten wir auch loslassen. Für uns zählt nur das Jetzt. Für immer jetzt.«

»Für immer jetzt«, wiederhole ich leise. »Das ist schön.« Und dann aus einem Impuls heraus: »Dann stelle ich dich jetzt meinen Eltern vor?«

»Ich brenne darauf«, meint Kay. Ich bin mir allerdings unsicher, ob er es ernst meint.

»Gut, denn meine Mutter ist auch in dieser Realität furchtbar nervös, weil ich 19 bin und immer noch keinen Freund mit nach Hause gebracht habe.«

Hand in Hand schlendern wir den Waldweg hinauf.

»Und dein Vater?«

»Er findet es wunderbar«, antworte ich lachend.

»Dann hoffe ich diesmal auf einen besseren Start«, meint Kay. »Ich wünschte, wir könnten uns den ganzen Steinstaub abwaschen, bevor ich deinen Eltern begegne.«

»Das dürfte die geringsten Fragen aufwerfen«, antworte ich, und als der Apfelbaum in unserem Garten in Sichtweite kommt, klopft mein Herz schneller. Gleich wird meine Familie meinen zukünftigen Ehemann kennenlernen.

Durch das Fliegengitter der Verandatür wirkt die Küche verlassen. Ich ziehe sie auf. Die Tür dahinter ist unverschlossen und auf dem blauen Küchentisch liegt ein Zettel, daneben zwei leere Kaffeetassen, ein offenes Marmeladenglas, Frühstücksbrettchen, übersät mit Krümeln, und ein in Seidenpapier eingeschlagenes Päckchen. Ich zapfe uns zwei Gläser voll eisgekühltem Wasser aus dem Kühlschrank und lese die Nachricht. Kay sieht mir über die Schulter.

Sieh mal, Bunny, das habe ich dir bestellt. Ich hoffe, es passt. Wir sind in der Stadt. Jeremy braucht schon wieder neue Jeans. Dad liefert Ware aus.
Bis später
Mum

»Alle sind ausgeflogen.«

»Dann können wir ja doch noch duschen.« Kay streift mit dem Finger über das Seidenpapier. »Willst du es nicht auspacken?«

»Ich weiß, was es ist. Ich habe die Bestellbestätigung gesehen. In meinem anderen Leben«, füge ich hinzu. »Ein Shirt mit dem Emblem vom *College of Marin*. Ich bin dort eingeschrieben, weißt du?«

Kay leert das Wasserglas und stellt es auf die Spüle. »Und? Wirst du hingehen?«

»Keine Ahnung. Im Moment habe ich das Gefühl, meine Energie ist für alle Zeiten aufgebraucht. Und mit einem Baby ...«

»Hey ...« Kay nimmt mich an der Hüfte und hebt mich auf Augenhöhe. »Zusammen werden wir alles schaffen. Alles.«

Ich lege meinen Kopf auf seine Schulter. »Ich bin so müde. Und hungrig.«

»Na komm, du gehst duschen und ich mache dir ein Sandwich oder so etwas, okay?«

»Und wenn Dad nach Hause kommt?«

»Das sehen wir dann. Wir leben im Jetzt, schon vergessen?«

Kay stellt mich sanft auf den Boden. Wenn ich nicht so unfassbar erschöpft wäre, würde ich heulen vor Glück. Wir kennen uns so gut und doch wissen wir nichts Alltägliches voneinander. Eben jedoch hat Kay mir gesagt, dass ich sogar aufs College gehen könnte und wir uns gemeinsam um unser Baby kümmern, was nicht selbstverständlich ist für einen Mann seiner Zeit.

Ich will mich zur Tür wenden, als ich sehe, wie Kay den Wasserkocher umdreht, am Kippschalter wackelt und den Deckel anhebt.

»Was tut man damit?«

»Das ist ein Wasserkocher«, sage ich lachend und gehe zu ihm. »Hier oben füllst du Wasser ein, dann stellst du ihn auf die Basis und drückst den Schalter nach unten. Nach 30 Sekunden kocht das Wasser.«

»So einfach geht das?«

»Ja, kein Brennholz, kein Zunder, kein Feuerbohrer. Nur drücken.«

Kay lässt Wasser in den Kocher laufen, stellt ihn auf die Basis und hört dem langsam ansteigenden Brodeln zu. Dabei sieht er wie ein staunendes Kind aus. Als heißer Dampf unter dem Deckel hervorquillt, meint er: »Deine Zeit ist wunderbar.«

»Ich brauche jetzt auch heißes Wasser«, erwidere ich und laufe die Treppe hoch zum Badezimmer.

Als Erstes streife ich den Störsender von meinem Oberarm. Ein weißer Ring zeichnet sich zwischen all dem roten Staub auf meiner Haut ab. Ich empfinde keine Wehmut, als ich ihn in mein Schmuckkästchen lege, ich bin einfach nur froh, ihn nicht mehr zu brauchen. Dann greife ich in meine Hosentasche. Noch immer fühlt sich der Meteorit fremdartig schwer an für seine Größe. Aber trotz seiner Schlichtheit ist er schön, wie eine Perle, nur bläulicher. Behutsam bette ich ihn in ein mit Samt ausgeschlagenes Fach und schließe den Deckel.

Gleich darauf streife ich meine vollkommen verdreckten Klamotten ab, werfe sie in den Wäschekorb, steige unter die Dusche und schiebe die Tür zu. Als kurze Zeit später warmes Wasser über meinen Körper läuft, den Dreck vergangener und zukünftiger Zeiten in den Abfluss spült, denke ich, wie recht Kay doch hat. Meine Zeit ist wunderbar.

Mit einem Handtuch um die Haare geschlungen betrete ich mein Zimmer. Es ist verändert. Das Bett ist dasselbe, auch der Teppich mit dem Kakaofleck. Jedoch hängen Fotos an der Wand, mit denen ich nichts verbinde. Vor allem von Carissa und mir. Eine Fotoreihe müssen wir in einem Automaten gemacht haben. Auf dem Streifen schneiden wir Grimassen.

Mein Schreibtisch ist unordentlich. Stifte liegen verstreut, Notizen, ein Post-it mit den Wörtern *Strandparty, Sonntag, 16.08, Bier mitbringen,* und ein neues Smartphone. Ich streiche über das Display. Eine Uhr erscheint. 11:05. Darunter steht das Datum, der 15. August 2015. Die Party ist also morgen Abend.

Als mein Blick auf einen Stapel Highschool-Bücher fällt, bekomme ich plötzlich Lust, zu der Party zu gehen. Meinen Abschlussball habe ich ja schon verpasst. Irgendwie zumindest. Wer weiß, vielleicht mache ich es sogar. Mit Kay zu einer Party gehen ... Der Gedanke gefällt mir. Aber erst möchte ich meine Familie wiedersehen, dann essen und schlafen und dann ... Ja, dann ... Es wird sich zeigen. Wir leben im Jetzt.

Ich ziehe ein Buch mit grünem Einband aus dem Stapel hervor, das ich Hunderte Male in der Hand gehalten habe. Es ist das Biobuch über Nervenbahnen, die spannendste und wichtigste Lektüre meines Lebens. Als ich es aufschlage, steht mit Bleistift in meiner Handschrift hineingekritzelt: *Wer braucht dieses verrückte Zeug?* Ich klappe das Buch zu und grinse.

Mein Kleiderschrank ist voll mit Klamotten. Ich weiß, viele davon habe ich erst kürzlich zusammen mit Carissa gekauft. An einem heißen Nachmittag in San Francisco. Ich wähle ein lindgrünes enges Shirt aus mit dem stilisierten Abbild von Che Guevara, eine weiße Hotpants und ein weißes Schlauchtuch.

Schon lange habe ich mich nicht mehr so wohlgefühlt. Wenn ich nur nicht so unfassbar müde wäre ... Ich gähne ausgiebig. Obwohl ich es kaum erwarten kann, meine Familie wiederzusehen, und nervös bin, wie sie auf Kay reagieren wird, verlangt mein Körper mit jeder Faser nach Schlaf. Mit nackten Füßen tapse ich die Treppe hinunter.

Kay ist nicht in der Küche. Sie ist ordentlich aufgeräumt, die Gläser stehen umgedreht auf der Spüle, ein Geschirrhandtuch sauber gefaltet daneben, die Brettchen sind abgewaschen und zum Trocknen aufgestellt, der Tisch offenbar frisch gewischt. Wieder eine Seite, die ich an Kay noch nicht kenne und die sich erst im Alltag zeigt. Im Gegensatz zu mir ist er ordentlich. Es gefällt mir und eigentlich hätte ich es auch nicht anders von ihm erwartet.

Da die Verandatür offen steht, sehe ich in den Garten. Unter dem Apfelbaum steht eine Liege, daneben ein Tischchen, ein Teller mit Sandwiches darauf und eine Tasse, aus der Dampf aufsteigt. Von oben höre ich Wasser rauschen. Kay muss unter der Dusche sein.

Er wird ein Handtuch brauchen – das letzte trage ich um den Kopf geschlungen – und etwas zum Anziehen. Ich gehe durch den Flur ins Schlafzimmer meiner Eltern, nehme ein Handtuch aus dem Schrank und kratze mich am Kopf. Was soll Kay anziehen?

Im Schrank meines Vaters werde ich fündig. Ein altes weißes Shirt und eine Badeshorts. Das wird gehen. Schnell husche ich zurück in den Flur, die Treppe hinauf, lege alles auf den Absatz und rufe: »Ich bin im Garten! Danke für die Sandwiches.«

»Ich liebe dich!«, ruft Kay durch die geschlossene Tür zurück. »Dich und eure Dusche.«

»Wen mehr?«, kokettiere ich.

»Da bin ich unschlüssig. Ihr seid beide heiß.«

Ich lache. »Vor der Tür sind Klamotten von Dad. Bis gleich!«

Kurz darauf bin ich beim Apfelbaum, dem einzigen schattigen Platz in der Mittagshitze. Mit einem tiefen Seufzer lege ich mich auf die Liege, verschlinge ein Sandwich und dann noch eins und spüle die Reste mit einem Schluck Tee hinunter, wobei ich mir die Zunge verbrenne. Aber auch das hält mich nicht davon ab, in den Schlaf zu gleiten, nach dem mein Körper so dringend verlangt.

Ein spitzer Schrei reißt mich zurück, gerade als das Vogelgezwitscher sich mit meinem Traum mischt. Augenblicklich bin ich auf den Beinen, die Arme zum Schutz vor meinem Gesicht gewinkelt. Eine Autotür klappt zu und ich lasse die Arme sinken.

»Daddy!« Ich renne los. Das Handtuch gleitet von meinem Kopf, meine Füße berühren kaum den Rasen. Ich sehe gerade noch, wie Dad die Stirn runzelt, dann fliege ich ihm um den Hals. Ich kralle mich fest, ziehe meine Füße in die Luft, schlinge sie um seinen beachtlichen Bauch und bedecke seine Stirn mit Küssen. Meine Freude, ihn wiederzusehen, ist noch größer, als ich es erwartet hätte, und am liebsten würde ich kreischen. Doch das tut Mum schon.

»Herrje! Alison, meine Kleine, lass mich los, ja? Da muss wieder eine Maus im Haus sein, so wie deine Mutter sich aufführt.«

Eine zweite Autotür klappt zu, ich lasse mich von Dad gleiten und werfe einen Blick auf die andere Seite des nagelneuen Pick-ups, den er in meinem anderen Leben gekauft hat. Rose steigt aus, mit einer Kuchenschachtel in der Hand.

»Tante Rose!«, rufe ich aus.

»Was ist denn nur los?«, fragt sie und dann: »Hast du abgenommen, Alison?«

»Wahrscheinlich eine Maus«, brummt Dad.

Mum kommt aus der Küche gestürmt. Ich will ihr entgegenrennen, da wird mir klar, die Maus heißt Kay.

»Robert! Da steht ein nackter Mann unter unserer Dusche!«

»Was?«, ruft Dad.

Ich verziehe das Gesicht zu einem schiefen Grinsen. »Ähm ...«

Jeremy kommt aus der Küche getrottet. »Wär ja auch komisch, wenn er mit Klamotten duschen würde.«

»Oh mein Gott, Jeremy ... Jeremy!«, kreische ich, springe die Treppenstufen hoch, drücke Mum im Lauf einen Kuss auf die Wange und reiße meinen Bruder in meine Arme. Stocksteif steht er da, lässt meine Liebesattacke über sich ergehen. Ich verwuschle ihm die blonden Locken, lege lachend den Kopf in den Nacken. »Du bist nicht im Sommercamp gewesen! Du bist nie dahin gefahren. Weil du ... weil du dich bei mir angesteckt hast!«, rufe ich. »Du hattest eine Sommergrippe. Das ist ... das ist fantastisch!«

»Ja, das war spitze.« Noch immer steht Jeremy bewegungslos da, die Arme dicht an seinen Körper gepresst, und ich gebe ihn frei.

»Alison, was ist hier los?«, fragt Dad.

»Sie ist verliebt, deshalb dreht sie so durch«, meint Jeremy.

»Mum, Dad ...« Ich blicke von der Veranda zum Auto, wo Dad mit verkniffener Miene steht, und wieder zurück. »Ich muss mit euch reden.«

»Das glaube ich auch«, brummt Dad.

»Ist das etwa dein Freund?« Mum wirkt fassungslos.

»Hätte ich das gewusst, hätte ich mehr Kuchen mitgebracht«, meint Tante Rose pragmatisch.

Dad verschränkt die Arme. »Mach dir keine Gedanken, Rose, der Junge unter meiner Dusche wird nicht zum Kaffee bleiben.«

Ich gehe zu Dad und lege meine Hand auf seine überkreuzten Arme. »Doch, Daddy, das wird er. Und ... er ist kein Junge, er ist ein Mann.«

»Was für ein Mann?« In Dads Gesicht tritt etwas Raubtierhaftes.

Tante Rose umrundet das Auto. »Es ist so schönes Wetter. Jeremy, Robert. Helft mir doch und lasst uns den Tisch aus dem Schuppen holen und ein paar Stühle aufstellen. Dann können wir draußen essen und in der Zwischenzeit kann sich der junge Mann bekleiden. Das wird die Situation ungemein entspannen. Meint ihr nicht?«

Dad grunzt unwillig. Rose drückt Mum die Kuchenschachtel in die Hand und hält ihrem Bruder auffordernd den Arm hin. »Komm schon, du alter Stinkstiefel. Alison wird bestimmt einen reizenden Jungen mitgebracht haben.« Sie zwinkert mir zu und ich lächle sie dankbar an.

Als der Rest meiner Familie um die Hausecke verschwunden ist, drehe ich mich zu Mum. »Ich bin nicht verliebt, ich liebe ihn.«

»Du meine Güte.« Mum streicht sich über ihr kornblumenblaues Sommerkleid. »Das sind aber große Worte. Alison, also ... Was hast du dir dabei gedacht? Hätte er nicht zu Hause duschen können?«

»Ich mach Kaffee, dann reden wir, okay?«

Meine Mutter betrachtet mich schweigend. Dann sagt sie: »Du siehst so ... so erwachsen aus.«

»Sie ist erwachsen.« Kays Stimme!

Er ist hinter Mum aufgetaucht. Seine Haare sind noch nass, verstrubbelt und glänzen dunkel. Dads altes T-Shirt sitzt bei ihm so eng, dass mein Blick unwillkürlich an seinem trainierten Oberkörper hängen bleibt. Und nicht nur meiner. Ich grinse, als ich sehe, wie Mums Augen sich weiten und ihre Wangen sich röten.

Kay geht auf sie zu und streckt ihr die Hand entgegen. »Ich freue mich sehr, Sie wieder –«

Ich ziehe scharf die Luft ein.

»Ihre Bekanntschaft zu machen«, korrigiert Kay sich.

»Mum, das ist Kay. Kay, meine Mutter Susan.«

»Wie gesagt, es freut mich sehr, Susan«, sagt Kay lächelnd, während meine Mutter immer noch seine Hand schüttelt und dabei auf sein Tattoo starrt.

»Mum, du kannst jetzt loslassen.«

Verlegen streicht sie sich übers Haar. »Dann mache ich mal Kaffee. Sie mögen doch Kaffee?«

»Ja, er mag Kaffee und auch Toast.«

»Wieso Toast?«, fragt Mum.

»Ach, nichts. Ich hole Geschirr.«

Kay folgt mir in die Küche, reicht mir Teller aus dem Schrank, Becher und Kuchengabeln und ich stelle sie auf ein Tablett.

»Sie scheinen sich ja bestens auszukennen«, meint meine Mutter wieder forsch. Anscheinend hat sie sich gefangen. »Waren Sie schon öfter in meiner Küche, während wir außer Haus waren?«

Kay sucht meinen Blick. Tausend Antworten rasen durch meinen Kopf, wie: Sind nicht alle Küchen gleich eingeräumt? Oder: Ich habe Kay das Haus gezeigt, auch die Küchenschränke ... Doch dann wird mir klar, dies wird nicht die letzte Frage sein, die wir nicht beantworten können, ohne uns tiefer und tiefer in ein Lügenkonstrukt zu verirren, und ich entscheide mich, die Wahrheit zu sagen. Ja, ich werde die Wahrheit sagen. Vielleicht lasse ich einiges aus, aber ich werde ihnen erzählen, was mir die letzten 2 Jahre widerfahren ist, und schließlich, dass ich schwanger bin.

Allein bei dem Entschluss durchströmt mich unendliche Erleichterung, die ich sogar körperlich spüre. All der Ballast scheint von mir abzufallen. Und ich meine, ich könnte abheben und davonflattern, so frei fühle ich mich. Kay sieht mich noch immer an, während Mum Kaffee in den Filter schüttet.

»Also? Durchstöbern Sie immer fremde Schränke, bevor Sie fremde Duschen benutzen?«

»Warte kurz«, sage ich zu meiner Mutter und laufe aus der Küche zu unserem Vorratsraum. Im untersten Regal steht der australische Sekt, den Kay und ich in einem anderen Leben getrunken haben, bevor der Leichenwagen Jeremy brachte. Ich schiebe ihn beiseite. Dahinter finde ich einen Whiskey und schmunzle. Es ist ausgerechnet ein Moonshine, Korn-Whisky, gebrannt seit 1856, 40% Alkoholgehalt. »Der müsste stark genug sein«, sage ich zu mir selbst und gehe in die Küche zurück. Die Kaffeemaschine spuckt zischend braune Flüssigkeit in die Kanne. Ich stelle die Maschine aus.

»Whisky?«, fragt Mum.

»Du wirst ihn brauchen.«

»Wofür?«

»Wenn ich dir erzähle, woher Kay weiß, wo deine Teller stehen.«

Wenige Minuten später sitzen wir alle um einen runden Plastiktisch, der Kuchen unangetastet in der Mitte. Kay hat die Flasche entkorkt und Whisky in die Kaffeebecher gegossen. Nur in meinem ist Wasser und vor Jeremy steht eine Dose Dr Pepper. Alle Blicke sind auf Kay gerichtet, der seinen Becher schwenkt.

»Ich liebe Kay«, sage ich mit fester Stimme. »Seit über 2 Jahren schon und –«

»Was? Wo habt ihr euch denn kennengelernt?«, fällt Mum mir ins Wort.

»Das ist die falsche Frage«, sagt Kay und nippt an der Tasse.

»Was wäre denn die richtige?«, grunzt mein Vater.

»In welchem Jahr wir uns kennengelernt haben.«

»Vor über 2 Jahren, nehme ich an.« Dads Stimme klingt gereizt.

Ich atme tief durch. »Wir haben uns im Jahr 2417 kennengelernt, das heißt, ich Kay, er mich schon 2 Jahre früher.«

Meine Mutter lacht hell auf. »Also, wirklich, Bunny.«

Ich sehe sie an. Einen nach dem anderen. »Ich meine es ernst. Lasst mich ... Ich ... ich beginne ganz von vorn, aber lasst mich ausreden.«

»Nur zu«, meint Rose vergnügt.

»Es war am 15. August 2013. Carissa rief mich morgens an und kurz danach bin ich in die Küche gegangen und Jeremy war nicht da.«

Jeremy blickt von seinem Handy auf, auf dem er die ganze Zeit herumdrückt. »Wo war ich?«

»Du hast nicht mehr existiert.« Ich sehe Dad an, der mit gefurchter Stirn meinen Blick erwidert. »Ich habe das auch nicht begriffen, aber keiner von euch konnte sich an Jeremy erinnern. Ihr habt steif und fest behauptet, ich hätte keinen Bruder, und dann bin ich in mein Zimmer, wollte ein Foto von ihm holen, aber da war nichts, sogar der Kakaofleck auf dem Teppich war verschwunden.«

»Was willst du uns damit sagen?« Jetzt wirkt sogar Tante Rose verwirrt.

Ich seufze. Wie auch sollen sie das verstehen? Ich meine, so etwas kann sich doch keiner ausdenken, außer irgendein durchgeknallter Romanautor vielleicht.

»Willst du uns nicht lieber die Wahrheit über deinen Freund sagen, Bunny?«, fragt Mum, und Dad: »Gehören Sie etwa zu einer Sekte? Solchen Irren?«

»Ich bin Atheist«, antwortet Kay ruhig. »Es ist zu viel geschehen, als dass ich noch an einen gerechten Gott glauben könnte.«

»Könntet ihr mir bitte«, sage ich überlaut, »bitte zuhören?«

»Lasst sie erzählen«, sagt Rose. »Es wird schon einen Sinn ergeben. Nicht wahr, Ali?«

»Danke«, sage ich mit einem Seufzer und dann erzähle ich, erzähle von dem Raum, in dem ich aufgewacht bin, dass ich dachte, ich wäre in einem Krankenhaus, von Ivana und dem Marker in meiner Hand, dem kaltherzigen Techniker Henry und dem Sessel, mit dem ich auf die Showbühne schoss, von Wum Randy, seinem dröhnenden Lachen, was er mir über Zeitreisen erzählt hat und dass ich in einer Gameshow war.

Die ganze Zeit über schüttelt Dad seinen Kopf. Schließlich schiebt er den Becher von sich und deutet mit ausgestrecktem Zeigefinger auf Kay. »Sie!« Er schnaubt. »Ich weiß nicht, in welchen Irrsinn Sie meine Tochter hineingezogen haben, aber Sie verlassen jetzt augenblicklich mein Grundstück!«

Kay sieht mich an und tippt auf seine Markerhand. »Zeig es ihnen.«

Kay hat recht. Warum nicht?

Ich konzentriere mich auf meine Nervenbahnen und drehe langsam meine Hand um, auf der jetzt wieder die silbernen Linien zu sehen sind, die ein Rechteck bilden. Ausgestreckt halte ich meine Hand in die Höhe.

»Was soll das sein?«, raunzt Dad.

»Der Marker«, antworte ich.

»Cooool!«, wirft Jeremy ein. Er legt sein Handy auf den Tisch und berührt mit dem Finger meinen Marker.

»Damit kann man durch die Zeit reisen, das heißt, ich kann es. Wartet, ich habe ...« Jetzt bin ich aufgeregt, da ich plötzlich weiß, wie ich sie überzeugen kann. »Erinnert ihr euch daran, als Dad den Pick-up gekauft hat, den senfgelben meine ich, kurz nachdem Grandpa starb?«

»Sicher«, meint Mum. »Was ist mit dem Wagen?«

»Ihr seid damit an den Strand gefahren, ich war vielleicht vier Jahre alt und habe im Sand gespielt.«

»Daran erinnerst du dich?«, fragt Mum.

»Erinnerst du dich daran, womit ich gespielt habe?«

»Nein, das tut mir leid.«

»Es war ein rotes Sandförmchen.«

»Richtig!« Rose haut sich auf die Schenkel. »Ich hatte es dir geschenkt. Es war in einem Eimer mit einer Schaufel, einer Gießkanne und überall waren diese kleinen Mickymäuse drauf. Zu süß. Alison, du hast wirklich ein phänomenales Gedächtnis.«

»Du auch«, erwidere ich, nehme Jeremys Handy und merke mir die Zeit, um zum richtigen Moment zurückkehren zu können. Es ist 13:11:49 Uhr. Ich warte noch kurz, bis die Sekunden auf 55 vorangeschritten sind, dann schließe ich die Augen. Ich habe keine Angst mehr, meine Realität nicht mehr wiederzufinden. Ich will nur den richtigen Moment erwischen. Es gibt schließlich noch eine und die ist unveränderbar.

18

1999, Strand in der Nähe von Mill Valley

Ich warte, bis Alison im Wald verschwunden ist. Gleich wird sie den Schotterparkplatz erreichen, die Straße überqueren und die zum Scheitern verurteilte Idee vorbereiten, ihren Tod vorzutäuschen.

Mum und Dad liegen unter der Kiefer und sind in ein Gespräch vertieft, mein vierjähriges Ich spielt am Strand. Ich husche über den Sand zu ihr. Ein Blick über die Schulter: Unsere Eltern sehen nicht auf.

»Alison ...«, flüstere ich. Die Kleine blickt hoch. »Kann ich mir die mal kurz ausleihen?«

Sie schüttelt den Kopf.

»Du bekommst sie auch wieder. Versprochen.« In 15 Jahren, denke ich, und ziehe ihr behutsam die Form aus der Hand.

Tränen schießen in ihre weit aufgerissenen Augen. Ich schließe meine, denke an zu Hause, an den Tisch mit der Whiskyflasche darauf und an die Zeit, die ich angepeilt habe.

Gleich darauf trägt mich der Sog zurück.

19

31. August 2015, Mill Valley

Ist es die hier?«, frage ich Rose.

»Mein Gott! Das ist sie!« Sie klatscht in die Hände. »Wie hast du das gemacht?«

»Du warst weg! Für 'ne Sekunde oder so war der Stuhl da leer!«, kiekst Jeremy.

»Sie war nicht weg. Das bildest du dir ein«, sagt Dad.

»Doch, war sie«, gibt Jeremy zurück.

»Er hat recht, Dad. Ich bin in die Vergangenheit gesprungen und habe mir selbst die Sandform weggenommen.«

Mum wird blass. »Jetzt erinnere ich mich, du warst in Tränen aufgelöst, hast behauptet, jemand hätte sie dir geklaut. Wir ... wir dachten, die Wellen hätte sie davongespült.«

»Nein, das war ich. Eben gerade.«

Jeremy nimmt mir die Sandform aus der Hand. »Ist ja abgefahren. Kannst du auch in die Zukunft reisen? Und die Lottozahlen von nächstem Samstag mitbringen?«

»Das könnte ich, aber ich würde es nicht tun.«

»Warum nicht? Das ist doch blöd.«

»Weißt du ... Es gab eine Realität, in der wir sehr reich waren und in ein anderes Haus gezogen sind. Und das ist nicht gut ausgegangen. Dad ist ... Ihr habt euch getrennt«, sage ich zu meinen Eltern. »Mum hat zu viel getrunken, weil Jeremy ... gestorben ist.«

»Jetzt bin ich verwirrt«, wirft Rose ein. »Ich dachte, er hätte nicht existiert.«

»Du glaubst mir?«, frage ich erstaunt.

»Nein, das tut sie nicht. Das alles ist unmöglich«, sagt Dad sichtlich verärgert.

»Ich sehe das so«, meint Rose. »Du hast so ein Ding, so ein glänzendes Rechteck in deiner Hand, was mir unbegreiflich ist, und dann erzählst du uns, dass du durch die Zeit reisen kannst, und gleich darauf sehe ich eine 15 Jahre alte Form, aus der Sand auf den Tisch rieselt und die nagelneu aussieht. Wer meine Meinung hören will, wenn man das Unmögliche ausgeschlossen hat, dann ist das, was übrig bleibt ... Wie war das gleich?«

»Die Wahrheit«, ergänze ich schmunzelnd, »wie unwahrscheinlich sie auch ist.«

Dad zieht den Becher wieder zu sich und stürzt den Whisky hinunter. Kay entkorkt die Flasche und schenkt ihm nach.

»Du solltest etwas essen, Robert«, mahnt Rose. Sie steht auf und schneidet den Kuchen in sechs gleich große Stücke. Während sie ihn verteilt, erzähle ich weiter.

»Man sagte uns, sie würden uns in unsere Vergangenheit schicken, damit Tante Rose nicht vom Apfelbaum fällt.«

»Wieso sollte ich das denn tun?«, fragt sie, wobei sie ein Stück Apfelkuchen auf meinen Teller gleiten lässt.

»Weil du einen Kuchen backen wolltest und keine Äpfel hattest, und dann bist du wohl gefallen und hast dir die Hüfte gebrochen. Deswegen haben Mum und Dad ihren Hochzeitsabend abgebrochen und ...«

»Ich begreife das nicht«, murmelt Mum. Es klingt mehr nach: Ich glaube das nicht.

Kay räuspert sich. »Es verhielt sich so. Für den Abend

Ihrer Hochzeitsnacht hatten Sie ein Strandhaus gemietet ...«, beginnt er und erklärt mit einfachen, klaren Worten die Zusammenhänge. Ich werfe immer dann etwas ein, wenn Dad den Kopf zu schütteln beginnt, und erzähle schließlich, wie wir bei unserer ersten Challenge im Jahr 1987 das Schild vor diesem Haus gefunden haben, wie es umgekippt und von Laub bedeckt auf der Erde lag.

»Aber das haben wir dir nie erzählt«, meint meine Mutter. »Oder hast du es ihr erzählt, Robert?«

Auf der Stirn meines Vaters haben sich Falten gebildet, die wie die Wellen des Ozeans aussehen. Er blickt in meine Richtung, ohne mich anzusehen. »Ich entsinne mich nicht mehr«, meint er nach einer Weile. »Wer weiß schon, wo irgendein Schild vor fast 20 Jahren lag.«

»Aber das weißt du genau!« Mum wirkt verärgert. »Sonst hätten wir das Haus doch nie so günstig bekommen. Es gab keine anderen Interessenten, eben weil das Schild umgefallen war.«

»Susan, gib ihm Zeit«, meint Rose und an mich gewandt: »Erzähl weiter, Ali. Das hört sich nach einem großartigen Abenteuer an.«

»Großartig?« Ich schnaufe. »Nein, das war es sicher nicht. Sie haben mich gefoltert, wenn ... wenn ...«

»Gefoltert?«, ruft Mum. »Mein Gott, Bunny!«

Tränen schwimmen in meinen Augen, als ich merke, dass auch sie mir zu glauben beginnt.

»Sie haben ...«

Kay legt die Hand auf meinen Arm. »Lass mich erzählen.«

Ich schniefe leise und nicke, während Kay davon berichtet, was sie mir angetan und wie sie mir Schmerz zugefügt haben. Dann kommt er zu unserem Sprung in das

Jahr 1929. Kurz umreißt er, dass Mill Valley in Flammen stand und er nach dem Brandstifter suchte, während ich auf meine Urgroßtante Alison eingeredet habe.

Als Kay Luft holt, meint Mum: »Wir haben dich nach ihr benannt, weißt du? Es gab dieses Babyfoto von ihr in dem alten Familienalbum. Ihr saht euch als Babys so ähnlich und der Name Alison gefiel uns, da ...«

»In drei Teufels Namen«, stößt Dad plötzlich aus, wobei er so abrupt aufspringt, dass sein Stuhl umkippt. »Aber ... aber das ist unmöglich!«

Dad rennt über den Rasen zum Haus und verschwindet um die Ecke. Auch Mum ist aufgesprungen, um ihm hinterherzulaufen.

Jeremy zerknautscht die Dr-Pepper-Dose. »Dann ist das jetzt die Pinkel-Pause?«

»Achte auf deine Wortwahl, junger Mann«, erwidert Rose mit hochgezogenen Brauen und sieht Jeremy hinterher, wie auch er um das Haus verschwindet, dann blickt sie zu mir. »In welchem Monat bist du, meine Süße? Im dritten?«

Ich spüre, wie meine Wangen heiß werden. »Woher ... woher weißt du es?«

Rose lächelt. »Ich bin Hebamme, Alison, ich habe schon Tausende Schwangere gesehen. Und du bist schwanger. Du bist dünn, sehr dünn, aber unter deinem T-Shirt wölbt sich schon ein winziges Bäuchlein. Außerdem wirken deine Haare fettig, obwohl du sie gerade gewaschen hast, oder?«

Ich greife mir ins Haar, das die Sonne getrocknet hat. In der Tat fühlt es sich ungewaschen an.

»Hat euer Kind die Zeitsprünge denn unbeschadet überstanden?«, fragt Rose. »Fühlst du dich gut?«

Ich nicke langsam und presse die Hand auf meinen Unterleib. »Ich weiß nicht, wie es ihm geht …«

Plötzlich spüre ich Angst in mir aufsteigen. Geht es dem Baby wirklich gut?

Tante Rose winkt ab. »Mach dir keine Gedanken, wenn es der Mutter gut geht, geht's auch dem Kind gut. Aber du gehst Montag in die Prax–«

Sie verstummt, weil Dad zurückgelaufen kommt, ein großes Buch in der Hand, und Mum, die wie ein aufgescheuchtes Huhn hinter ihm herläuft. Dad knallt das Buch auf den Tisch. Hecktisch blättert er es durch. Ich beuge mich vor. Es stellt sich als Fotoalbum heraus, in dem viele der Bilder vergilbt sind, alle sind schwarz-weiß und die Kanten sind wellenförmig ausgestanzt. Auf einer Aufnahme meine ich, das Haus der alten Apfelplantage wiederzuerkennen, aber Dad blättert weiter. Dann schiebt er das Buch abrupt in die Mitte des Tischs und stößt mit dem Finger auf ein Hochzeitsfoto. »Da!«

Alle Hälse strecken sich. Meine Mutter schlägt die Hand vor den Mund, sieht zu Kay und wieder zurück zum Foto. Es versetzt mir einen kleinen Stich, als ich das selige Lächeln meiner Urgroßtante Alison sehe. Sie trägt ein bodenlanges helles Kleid, ihre Haare sind in eine Welle gelegt und mit Federn geschmückt. Daneben steht Kay in einem Smoking, ohne die Tätowierung, sein Kinn leicht erhoben.

Kay tritt hinter mich und greift über meine Schulter zu dem Album, um es zuzuschlagen. »Das ist Vergangenheit.« Er küsst mich auf die Schläfe. Dann sieht er meinem Vater in die Augen, der sich auf die Tischplatte aufgestützt hat und genauso weiß ist wie sein T-Shirt. »Mr Hill. Ich liebe Ihre Tochter mehr als alles andere auf der Welt. Sie ist die mutigste, liebevollste und unglaublichste Frau, die mir je begegnet ist und …«

»Frau«, wiederholt Dad heiser. »Sie ist doch noch ein Kind.«

»Und wenn Sie dieser Frau, Ihrer Tochter, Mr Hill, zuhören und Glauben schenken«, redet Kay unbeirrt weiter, »werden Sie feststellen, dass sie längst kein Kind mehr ist.«

Mum stellt den umgekippten Stuhl auf und Dad setzt sich.

»Was ist nur geschehen?«, fragt er kaum vernehmbar.

»Das versuche ich euch die ganze Zeit zu erklären.«

»Das kann nicht sein«, wiederholt Dad sich.

»Erzähl weiter«, fordert Rose mich auf und lächelt aufmunternd.

Ich trinke ein paar Schlucke Wasser und warte, bis Jeremy wieder an den Tisch getrottet kommt. Und dann erzähle ich und erzähle, berichte, wie sich die Realitäten durch kleinste Eingriffe verschoben haben, erkläre immer wieder, dass es Milliarden von parallel existierenden Realitäten gibt oder besser gab, bis ich zur dritten Challenge in der Wüste komme. Wo ich beinahe verdurstet wäre, dass Kay mir das Leben gerettet hat, wie er mich gesund pflegte, wobei Dad nach dieser Passage aufsteht, Kay Whisky nachschenkt und ihm kurz die Hand auf die Schulter legt. Niemand unterbricht mich mehr und so berichte ich von dem kleinen Jungen, meinem Vorfahren, der den Goldklumpen an sich riss, und von dem Brandstifter und wie alles mit Jeremys Existenz zusammenhing, und schließlich von der Schlange, die ich Wum Randy an den Hals hielt.

»Das ist ja ein Albtraum«, murmelt Mum immer wieder.

Rose holt aus der Küche eine Kanne Eistee und ich trinke begierig, weil mein Mund ganz trocken vom Reden ist.

»Es war ein Albtraum«, entgegne ich. »Und es wurde noch schlimmer ...«

So gut es geht, fasse ich die 2 Jahre zusammen, in denen ich hart trainiert, Entbehrungen auf mich genommen und die Schule abgebrochen habe, um für die nächste Staffel gewappnet zu sein, und muss meinen Eltern immer wieder erklären, wieso sie sich an nichts davon erinnern können. Nur Jeremy, der ein großer Science-Fiction-Fan ist, scheint wirklich zu begreifen, was ich sage, und stöhnt laut, sobald ich es erneut erklären muss.

Schließlich lasse ich die vergangenen Monate Revue passieren, wie Kay mich kennenlernte, wobei er wortreich von dem Messer erzählt, das ich nach ihm geschleudert habe. Mir entgeht nicht, wie Dad zufrieden nickt.

Als Kay geendet hat, versuche ich, Sam Oscar zu beschreiben, nicht ohne mich zu fragen, ob er in der neu geschriebenen Zukunft überhaupt existiert, ich erzähle von San Francisco, dem Bordell, davon, dass ich plötzlich allein war, von Jimmy Cornfield, wie er mich im letzten Moment von der Straße aufgelesen hat, wie es mir gelang, durch die Zeit zu springen, ich Kay wiederfand, auch von der Kugel in seinem Bein, seiner Tätowierung, wie er zu ihr gekommen ist, und den Ports, die uns angegriffen haben. Nur dass Kay Jeremy ermordet hat, lasse ich aus. Dafür erzähle ich meiner Familie von dem Leichenwagen, dem Sarg, der in unserem Wohnzimmer stand, wobei ich bemerke, dass nun auch Jeremy blass geworden ist. Zu guter Letzt versuche ich, ihnen begreiflich zu machen, was der Meteorit bewirkt und warum er der Schlüssel zu allem war.

Es ist bereits dunkel, als Kay wieder das Wort ergreift. Er erklärt, wieso plötzlich Abertausende von Alisons in der

Zukunft aufgetaucht sind, zieht Vergleiche zu Sandkörnern, um die Dimension begreifbar zu machen, berichtet von dem Protectum, den Soldaten, Oscar, dem Schutzraum und endet, als die ersten Sterne am Firmament erscheinen, mit den Worten: »Ihre Tochter hat Ihnen allen das Leben gerettet, direkt oder indirekt, sie hat die Welt von morgen verändert, sie hat bis zur vollkommenen Erschöpfung gekämpft, wäre fast über die Klippe des Todes gesprungen, um ihre Familie zu schützen.«

»Und damit wir zusammen sein können«, ergänze ich.

Der Kuchen liegt unangetastet auf den Tellern. In den mondbeschienenen Gesichtern meiner Familie stehen gleichermaßen Fassungslosigkeit und Bestürzung.

»Alison ...« Rose ist die Erste, die etwas sagt. »Ich habe nicht alles von dem, was ihr erzählt habt, begriffen und mein Verstand weigert sich, diese Sache mit den Realitäten zu akzeptieren, aber eines habe ich verstanden: Dieser Mann hat meiner Nichte das Leben gerettet. Die beiden haben in den letzten 2 Jahren mehr durchgemacht als jeder andere Mensch in seinem Leben, es hat sie zusammengeschweißt, sie haben um ihre Liebe gekämpft und ich danke dem Herrn Jesus dafür, dass es Kay war, der an Alisons Seite stand.« Rose steht auf und umrundet den Tisch. »Herzlich willkommen in unserer Familie. Oder besser gesagt, herzlich willkommen zurück.« Rose drückt ihre Lippen auf Kays Wange. »Ich hätte nie gedacht, dass ich einmal meinen totgesagten Großonkel küssen würde. In der Familiengeschichte hieß es, du seist bei dem großen Brand ums Leben gekommen. Moment mal ... hieß er nicht Francis?«

»Francis Kay Raymond. Das ist mein voller Name«, sagt Kay.

»Francis Kay Raymond«, wiederholt Rose salbungsvoll. »Richtig. Das war sein Name.«

Ich gähne laut.

»Mein Gott, Bunny …« Meine Mutter streicht mir über den Kopf. »Ich hatte ja keine Ahnung.«

»Wie auch?«, erwidere ich matt lächelnd und gähne erneut.

»Alison braucht Schlaf«, sagt Rose entschieden. »Jeremy, unter dem Apfelbaum steht eine Liege. Hol sie für deine Schwester und eine Decke und zwei Kissen.«

»Verrätst du mir dann, wo der Meteorit ist?«

Ich verdrehe die Augen. »Ganz sicher nicht, Jeremy.«

»Geh schon!«, faucht Dad und dann milder zu mir: »Und du bist sicher, dass das alles vorbei ist? Ich meine, muss ich mir jetzt eine Schrotflinte zulegen?«

Eine Schrotflinte würde nichts bewirken, denke ich und merke allein an der Frage, wie wenig begreifbar das Ganze für Dad ist. »Es ist vorbei, Dad«, antworte ich daher. »Eine Schrotflinte ist unnötig.«

Ein schleifendes Geräusch kündigt Jeremy an, der gleich darauf um die Hausecke kommt und die Liege hinter sich herzieht. »Kann ich es meinen Freunden erzählen?«, fragt er, als ich mich auf die Liege gelegt habe.

»Wenn du willst, dass sie dich für verrückt halten«, erwidere ich.

Mum deckt mich zu und Kay schiebt mir ein Kissen unter den Kopf.

»Oh Bunny«, murmelt meine Mutter immer wieder.

Ich drücke das zweite Kissen an mich wie ein Kuscheltier und seufze tief. Endlich, endlich ist alles gut. Meine Lider werden so schwer, ich kann sie nicht mehr offen halten. Grillen zirpen. Niemand sagt etwas. Mit geschlossenen Augen lausche ich dem fassungslosen Schweigen und schlafe fast ein, als ein Handy klingelt. Rose spricht mit Onkel Herold. Sie bittet ihn, vorbeizukommen und eine Flasche Champagner mitzubringen.

Ein Stuhl wird zurückgeschoben und ich höre Kay sagen: »Mr Hill, ich würde Sie gern unter vier Augen sprechen.«

Dann ein Räuspern. Eindeutig Dad. »Mr Hill wurde mein Vater genannt«, sagt er. »Ich bin Robert. Also ... Willkommen in der Familie, Kay.«

»Danke, das weiß ich zu schätzen«, höre ich Kay antworten. »Gehen wir ein paar Schritte. Ich möchte gern mit Ihnen –«

»Mit dir«, fällt Dad ihm ins Wort.

»Mit dir über Alisons und meine Zukunft reden.«

»Nun gut, also ... Dann zeige ich dir mal meine Werkstatt«, sagt Dad. »Ich habe sie erst kürzlich ausgebaut. Wenn du etwas handwerkliches Geschick besitzt, könntest du in mein kleines Unternehmen ...«, vernehme ich noch, dann sind die Stimmen nicht mehr zu hören.

Mum streichelt noch immer meinen Kopf. Ich stelle mich schlafend, da ich so viel geredet habe, dass ich meine, kein Wort mehr über die Lippen zu bekommen, und weil ich ihre Berührung unendlich genieße.

»Was die Männer wohl zu bereden haben?«, flüstert meine Mutter.

»Ich schätze, dass Kay um Alisons Hand anhält«, gibt Rose zurück.

»Was? Sie ist doch noch nicht mal volljährig.«

»Genau genommen ist sie um einiges älter als 19«, sagt Rose und ich höre, wie Geschirr zusammengetragen wird. »Außerdem sollte sie heiraten. Immerhin erwarten sie ein Kind.«

Teller fallen auf die Erde. Ich zucke zusammen, jedoch nicht wegen der Teller.

»Schwanger?«, höre ich Mum wiederholen. Immer noch stelle ich mich schlafend, obwohl mein Herz wie wild hämmert.

»Deswegen der Champagner«, erwidert Rose. »Wir werden sicher kein Auge zutun diese Nacht, morgen jedoch werden wir jeden Grund zum Feiern haben.«

»Bist du dir sicher?«

»Sie hat es mir gesagt, Susan. Ich bin mir absolut sicher, und wenn ihr eins für eure unglaubliche Tochter tun könnt, dann freut euch mit ihr und nehmt Kay in die Familie auf.«

»Meine Tochter ... schwanger ...« Mum klingt ungläubig. »Dann werden wir Großeltern?«

Die Frage ist überflüssig, aber offenbar muss Mum sie stellen, um zu begreifen. Ich halte den Atem an, um keine ihrer Reaktionen zu verpassen. Ein Auto nähert sich.

»Herold ist da!«, höre ich Rose ausrufen und dann Schritte, die sich entfernen.

Meine Mutter küsst mich auf den Kopf. »Mein Bunnylein«, flüstert sie. »Ich ... ich kann das alles nicht fassen ... Mein Gott. Und ich werde Großmutter.«

Ich höre sie leise schluchzen. Es zerreißt mir fast das Herz, dass sie nicht glücklich darüber ist.

»Ich freue mich so«, sagt sie schniefend und erst da begreife ich, es sind Freudentränen, die sie weint.

20

26. September 2015, Mill Valley

Als ich die Augen aufschlage, weiß ich, es ist viel, viel zu früh. Zwar dringt das erste Vogelgezwitscher durch die geöffneten Fenster meines Zimmers, draußen ist es jedoch noch bleiern grau. Die Sonne wird in zwei Stunden aufgehen, sagt mir meine Erfahrung, und als ich mich in meinem knatschenden Bett umdrehe, gibt mir der Wecker recht. Es ist erst 04:37 Uhr. Heute wünschte ich, Carissa würde zu einer unmöglichen Uhrzeit anrufen.

Ich setze mich auf, ziehe die Beine an und greife zu meinem Smartphone. Als ich über das Display streiche, werden keine verpassten Anrufe angezeigt.

Mein Gott! Wie nur soll ich die nächsten viereinhalb Stunden überstehen? Allein? An meinem großen Tag?

Ich bin versucht, an den Fingernägeln zu knabbern, und habe sie schon an den Lippen, als mir aufgeht, dass jeder heute auf meine Hand schauen wird, auf meinen Ringfinger.

»Heute heirate ich ...«, sage ich leise zu mir selbst und meine, vor jähem Glück und Aufregung zu zerspringen.

Noch gut vier Stunden und unser Häuschen wird sich in einen Bienenstock verwandeln. Eine Visagistin wird kommen, eine Hairstylistin ist bestellt, Tante Rose wird mein Kleid bringen, welches sie vor Kay in ihrem Haus versteckt hat, Mum wird ein noch größeres Nervenbündel sein als die letzten Wochen ohnehin schon, Onkel Herold wird sich das Spektakel mit Sicherheit nicht entgehen lassen und Carissa wird zur Tür hereinplatzen und nicht aufhören zu schnattern.

Aus Carissas Wahrnehmung habe ich unsere Freundschaft nie vernachlässigt, ich jedoch war zunächst über alle Maßen angespannt. Ich wusste einfach nicht, wie ich erklären sollte, wieso ich mich derart verändert habe. Letztendlich hat sich meine Befangenheit als vollkommen überflüssig herausgestellt.

Als ich am nächsten Abend unserer Rückkehr ohne Bier, dafür mit Kay an meiner Seite auf der Strandparty aufgetaucht bin, gab es für Carissa ohnehin kein anderes Thema mehr. Sie hat sich schnell mit der Lüge abgefunden, ich hätte Kay über Dads kleine Firma kennengelernt, in die Kay eingestiegen sei, was die offizielle Version ist, da er und Dad das auch vorhaben. Gemeinsam zu expandieren. Als Dad herausfand, wie handwerklich geschickt Kay ist, begann er sofort, Pläne zu schmieden, und nahm dankbar einen Großauftrag an, den er allein nicht hätte bewältigen können. Carissa genügte dies als Erklärung, da Kays unfassbar attraktives Äußeres sowieso ein viel größeres Thema für sie war – und dass ausgerechnet ich das Riesenglück hatte, ihn zuerst kennengelernt zu haben. Ich glaube, damit spielte sie auf unseren alten Freundschaftsschwur an: Wer ihn zuerst sieht, dem gehört er.

Während Kay im unbestrittenen Mittelpunkt der Strandparty stand, saß ich am Lagerfeuer und dachte daran, dass genau genommen Carissa Kay vor mir entdeckt hatte. Vor vielen Jahren in einem Café im Old Mill Park. Und schon damals konnte sie nicht fassen, dass dieser Mann sich so hingebungsvoll um eine Frau kümmerte, die sich gerade übergab.

In wenigen Monaten, das ist mir klar, werde ich noch einmal mit Kay in die Vergangenheit springen. Ich werde hochschwanger sein. Ich werde es tun, um eine Rechnung über eine Cola, ein Wasser, Sandwiches und acht Kugeln Karamelleis mit Schokosauce, Krokantsplitter und Sahne zu bezahlen, und ich werde es tun, damit der Kreis sich schließt, die Vergangenheit endlich ruhen kann. So, wie sie sein soll.

Zum Glück scheint sich Carissa nicht mehr an den Tag zu erinnern. Ja, auch ich hätte ihn vergessen, wenn ich ihn nicht erneut erlebt hätte.

Wieder streiche ich über das Handy. Es ist kurz nach fünf. Außer mir scheinen alle zu schlafen. Unruhig wippe ich mit den Füßen und denke an Kay, den Dad zwingt, im Schuppen zu schlafen. In den letzten Tagen war auch Dad bis spät in die Nacht in seiner Werkstatt. Erst habe ich geglaubt, er wolle Kay überwachen, aber schließlich bin ich zu dem Schluss gekommen, dass Dad irgendetwas anderes im Schilde führt.

Kay hat seine Bedingung, bis zur Hochzeit im Schuppen zu nächtigen, widerspruchslos akzeptiert. Dad hat ihm ein Feldbett hineingestellt und hätte am liebsten auch noch die Tür abgeschlossen. Und wahrscheinlich hätte er es auch getan, wenn Mum nicht wäre. Irgendwie hat Dad verkraftet, was uns widerfahren ist, oder er hat es verdrängt. Doch dass seine kleine Tochter mit einem Mann in ihrem Kinderzimmer schläft, das wäre zu viel für ihn gewesen. Dabei wird Kay ohnehin hier einziehen, wo auch sonst sollten wir nach der Hochzeit wohnen?

Und wenn das Baby erst da ist … Ich lege meine Hand auf den Bauch und horche in mich hinein. Noch spüre ich ihn nicht, aber die Frauenärztin sagte, es sei alles in bester Ordnung. Zwar wünsche ich mir ein eigenes Zuhause für unsere kleine Familie, aber unter anderen Umständen hätten wir unser Kind in der Wildnis großziehen müssen, dagegen ist mein Dachgeschosszimmer eine Luxussuite. Das Kinderbett könnte dahin, wo der Schreibtisch steht, denke ich, schiebe den Gedanken jedoch gleich wieder beiseite. Bis zur Geburt sind es noch sechs Monate und wir leben im Jetzt. Wer weiß, was in einem halben Jahr sein wird. Vielleicht hat Dad bis dahin schon ein Vermögen mit seinen Holzfrüchten verdient. Immerhin musste er seine Werkstatt bereits ordentlich ausbauen. Noch immer nennen wir sie den Schuppen, aber im Grunde ist sie zu einer kleinen Halle angewachsen. Er hat inzwischen vier Türen. Die erste führt zu dem alten Teil, dort lagert Dad sein Werkzeug, im zweiten Teil stehen Maschinen, im dritten und größten Teil eine Werkbank und abgeschälte Stämme und hinter der vierten Tür verbirgt sich Kays Zwangsquartier.

Zwei, drei Mal habe ich mich trotz Dads wachsamen Auges nachts zu Kay geschlichen, aber er hat mich mit einem Kuss auf die Stirn abgewiesen.

Gott! Ich verstehe ja, dass er Dad nicht hintergehen will, aber die Nächte ohne Kay sind unendlich lang. Stunden liege ich wach und kann die Angst nicht abschütteln, er könnte am nächsten Morgen einfach verschwunden, aus irgendeinem Grund wieder in die Show entführt sein, und diese Angst zieht sich durch meine Träume, aus denen ich schweißgebadet erwache. Doch jeden Morgen steht Kay lächelnd vor der Tür und ich lächle zurück, obwohl ich ihm viel lieber um den Hals fallen, ihn mit Küssen bedecken und nie mehr loslassen möchte. Kay aber benimmt sich als das, was er ist: ein Gentleman der Dreißigerjahre.

Er ist aufmerksam, zurückhaltend und befolgt jede ausgesprochene oder unausgesprochene Etikette.

Nach einem gemeinsamen Frühstück, bei dem ich kaum einen Bissen runterkriege, weil ich plötzlich wieder eine Armada an Schmetterlingen im Bauch habe, verschwindet Kay meist sofort. Jedes Mal mit Onkel Herold zusammen. Sie machen ein großes Geheimnis daraus, wohin sie gehen, und Herold bringt Kay erst spät am Abend wieder.

Ohnehin bestanden die letzten Wochen nur aus Geheimnissen. Dad, der in seinem Schuppen irgendetwas werkelt und die Tür dabei abschließt, Onkel Herold und Kay, die die Tage miteinander verbringen, Mum, die seit gestern das Wohnzimmer für mich gesperrt und die Vorhänge zugezogen hat. Ich weiß nicht, was sie dort macht, nur dass sie etwas näht. Das Geräusch der Maschine hat sie verraten. Tja, und schließlich Tante Rose, die quasi die ganze Hochzeitsvorbereitung übernommen hat. Auch wenn ich meine Hochzeit lieber selbst geplant hätte, verstehe ich ihren Enthusiasmus. Rose hat sich immer Kinder gewünscht, jedoch war es ihr und Onkel Herold nicht vergönnt gewesen.

Wie Rose mir verriet, steht in ihrem Schlafzimmer seit zwei Jahrzehnten das Ferkelferkel. So nennen sie es. Nach jedem Versuch, ein Kind zu zeugen, haben Rose und Herold einen Zwanzigdollarschein hineingedrückt, als Grundstock für ihre Nachkommen. Inzwischen aber ist Rose in einem Alter, in dem sie das Ferkelferkel nur noch zum Spaß füttert, und als mein Dad zwei nervenaufreibende Tage nach unserer Rückkehr Kay und mir endlich seinen Segen gab, hat Rose mich abgeholt, weil sie meinte, es wäre Zeit, das Ferkelferkel zu schlachten.

Über 40.000 Dollar hatten sich über die Jahre angeferkelt und als ich die Zahl laut rechnend durch zwanzig geteilt habe, ist Rose rot angelaufen. Dann aber verkündete sie, dieses Geld würde ausschließlich für unsere Hochzeit verwendet werden. Und als sie mich fragte, ob sie die Hochzeit für uns ausrichten dürfe, konnte ich einfach nicht Nein sagen.

Und so wurde aus den vergangenen Wochen ein unendliches Warten, eine Zeit voller Geheimnisse, in der ich nichts zu tun hatte, außer immer wieder mein Hochzeitsgelübde durchzugehen, mein ohnehin schon ordentliches Zimmer aufzuräumen, Mum im Haushalt zu helfen und stündlich nachzusehen, ob der Meteorit noch in der Schatulle liegt. Vor einigen Tagen hat Kay ihn jedoch an sich genommen, insbesondere weil Jeremy das ganze Haus nach ihm durchsucht hat, und in der Tat bin ich ruhiger bei dem Gedanken, dass Kay ihn verwahrt. Es ist sicherer, so wie alles bei Kay sich nach Sicherheit anfühlt.

Ich lege den Kopf auf die Knie und schaue aus dem Fenster in den Himmel, der sich langsam rosa färbt. Ich weiß nicht, was mich die nächsten Jahre oder Monate erwartet, ich weiß noch nicht einmal, ob ich das College besuchen werde, jedoch weiß ich: Nichts Schlechtes wird uns mehr widerfahren, wenn wir nur zusammen sind.

Eine ganze Weile sehe ich dem rosafarbenen Himmel zu, wie er ins Orange übergeht, aber als die ersten Sonnenstrahlen das Zwielicht gänzlich vertreiben, halte ich es nicht mehr aus und springe aus dem Bett.

An der Tür hängt mein Bademantel. Ich schlüpfe hinein und laufe die Treppe hinunter, ohne Rücksicht auf die knatschenden Stufen. Im Gegenteil, ich hoffe, jemand aus meiner Familie wird davon wach.

In der Küche stelle ich die Kaffeemaschine an, für mich

selbst brühe ich Früchtetee auf. Eine Tasse Kaffee würde mich vollkommen zum Durchdrehen bringen. Schon jetzt bin ich zappelig wie ein Fisch an der Angel.

Während der Tee zieht, schleiche ich über die Veranda in den Garten, um unser Haus herum zum Schuppen.

Leise klopfe ich an die Tür. Schritte sind zu hören. »Alison?«

Ich drücke die Klinke. Die Tür ist verschlossen. »Kay. Machst du auf?«

Ich vernehme leises Lachen. »Nein. Es bringt Unglück, die Braut vor der Trauung zu sehen.«

»Nur in ihrem Kleid«, gebe ich zurück.

»Und was trägst du?«, fragt Kay. Es klingt gewollt anzüglich.

Ich sehe an mir herab. Der Bademantel ist kariert wie ein Schottenrock. »Ich bin nackt«, lüge ich. »Mach schon auf.«

»Soll eine Ehefrau ihren Mann belügen?«, kontert Kay.

Ich stöhne. »Bitte, Kay. Ich halte es nicht mehr aus. Alle im Haus schlafen und ... und ich vermisse dich. Und ich bin so aufgeregt, dass ich durchdrehe und ...«

Quietschend öffnet sich die Tür. »Komm her.« Kay packt mich an der Schlaufe des Bademantels und zieht mich in seine Arme. Er hält mich so fest, als wenn er Sorge hätte, jemand könne mich im letzten Moment klauen. Ich vergrabe mein Gesicht in seinem Shirt, das nach Kiefern riecht, wie alles an ihm.

»Das ist besser«, murmle ich. »Bist du nicht aufgeregt?« Ich blicke hoch.

Ein Lächeln umspielt Kays Lippen. »Nein.«

»Nein?«, frage ich entsetzt. »Weil ... weil es deine zweite Hochzeit ist?«

Kay schließt kurz die Augen, als er sie wieder öffnet, liegt leichter Tadel darin. »Weil meine Freude darüber, die aufregendste, hübscheste und liebevollste Frau der Welt zu heiraten, so groß ist, dass für Aufregung kein Platz mehr ist.«

Spielerisch boxe ich ihm gegen die Schulter. »Schleimer.«

»Es ist nur die Wahrheit.«

Ich lasse ihn los und sehe mich um. Auf dem ordentlich gemachten Feldbett liegt ein dunkelblauer Pass. »Oh Gott! Das hatte ich ganz vergessen. Du brauchst Papiere! Woher …?«

»Es war nicht einfach. Ich musste mit Herold nach New York fliegen. Dort kennt er jemanden, der an der richtigen Stelle sitzt.«

»Wann warst du in New York?« Ich gehe zum Bett und klappe den Pass auf.

»Vor zwei Wochen etwa. Insgesamt zwölf Stunden Flug und ich muss damit leben, dass ich jetzt irischer Herkunft bin, aber ich habe einen Pass.«

Ich lache. »Ich heirate einen Iren?«

»Ich mag Whisky.«

»Ich mag irische Musik.« Und dann: »Oh Gott. Der Hochzeitswalzer. Wir werden tanzen müssen. Oh Gott. Oh Gott!«

Kay zieht mich zu sich und umfasst mit seiner linken Hand meine rechte, die andere legt er unter mein Schulterblatt. »Schließ die Augen«, fordert er mich auf. »Lass dich einfach führen. Immer im Kreis.«

»Okay …«

»Hör zu … eins, zwei, drei … ein, zwei, drei und … ja, gut so … und eins, zwei, drei … eins, zwei … Au!«

Ich reiße die Augen auf. »Es tut mir so leid. Ich kann das nicht.«

»Wenn es so weit ist, wirst du es können.«

Sofort werde ich ruhiger. Mit seiner Selbstsicherheit schafft Kay es, dass ich nie an seinen Worten zweifle. Er streicht mir eine Haarsträhne aus dem Gesicht und küsst mich zwischen die Augenbrauen.

»Musst du gehen?«, frage ich.

»Leider.« Er greift nach einer gerade geschnittenen schwarzen Lederjacke, eines von wenigen Kleidungsstücken, die er inzwischen besitzt. »Herold holt mich gleich ab.«

»Jetzt schon? Aber es ist gerade mal halb sechs.«

»Wir müssen noch etwas erledigen und um neun öffnet der Juwelier.«

»Wie sieht der Ring aus? Gold? Silber? Aus dem Kaugummiautomaten? Bitte, bitte, bitte verrat es mir«, bettle ich.

»Er ist einmalig. Und er ist nicht aus dem Kaugummiautomaten.« Kay hält mir die Tür auf. »Ich werde auf dich warten.«

Ich schlüpfe unter seinem ausgestreckten Arm hindurch und drehe mich um. »Wo wartest du auf mich?«

»Am Altar natürlich.«

Ich stöhne auf. »Das sind noch 12 Stunden.«

»Es ist nur Zeit«, meint Kay. »Na los, zieh dir etwas an. Oder möchtest du, dass dein Onkel dich nackt sieht?«

In dem Moment höre ich Motorengeräusche.

»Aber ich bin nicht nackt.«

»Nicht?« Kay zieht die Brauen hoch, dann grinst er.

Ich husche über den Rasen und verschwinde im Haus, noch bevor Herolds Auto zu sehen ist. Der Kaffee ist inzwischen durchgelaufen und mischt sich mit dem Geruch von Früchtetee. Ich schaufle drei Löffel Zucker hinein und setze mich an den Küchentisch, wobei ich den Sekundenzeiger der Wanduhr verfolge. Unendlich langsam schreitet er voran. Als mit einem leisen Klick die nächste Minute anbricht, geht die Tür auf.

»Bunny ... Du bist schon wach?«

»Mum ... Gott sein Dank.« Ich stehe auf, um ihr Kaffee einzugießen. »Ich drehe noch durch, wenn mich nicht jemand ablenkt.«

Mum zieht ihren Bademantel enger um sich und nimmt mit dankbarem Lächeln die Kaffeetasse entgegen. Dann zieht sie den Stuhl zurück. »Weißt du, du hättest keinen besseren Mann finden können.«

»Nicht wahr?« Ich grinse über das ganze Gesicht.

»Und er sieht so gut aus«, schwärmt meine Mutter.

Und so verbringen wir die nächsten Stunden damit, über Kay zu reden und über das große Geheimnis, das er mit Herold teilt. Auch Mum weiß etwas, aber sie verrät nichts, sosehr ich auch bettle.

Um kurz vor neun gehe ich duschen, wasche mir die Haare drei Mal, damit sie auch sicher nicht fetten, putze mir die Zähne, lege mein Lieblingsparfum auf und ziehe mir Jeans und irgendein T-Shirt an. Es ist halb zehn, als ich wieder in der Küche sitze und Dad hineinkommt, um nach drei Rollen Geschenkpapier zu fragen. Er trägt eine gestreifte Shorts und ein falsch zugeknöpftes Smokinghemd und wirkt auch sonst ziemlich verwirrt.

Und dann endlich klingelt es an der Tür. Ich springe auf, um sie zu öffnen. Es ist Carissa, mit zwei Piccolos in der Hand. »Hast du Gläser?«, fragt sie als Erstes. »Ich brauche etwas zur Beruhigung. Ich bin schon seit fünf Uhr wach.«

Ich nehme ihr die Flaschen ab und gebe ihr einen Kuss auf ihre Alabasterhaut. »Wieso hast du denn nicht angerufen? Ich bin seit halb fünf wach und fast umgekommen, so nervös bin ich.«

Carissa schiebt sich an mir vorbei. »Bin ich denn wahnsinnig? Nachdem du mich letztes Mal so zusammengestaucht hast?«

Ich folge Carissa in die Küche und nehme ein Sektglas aus dem Schrank. »Ich bleib bei Tee.«

Carissa legt den Kopf schräg und betrachtet mich stirnrunzelnd. »Moment mal ... Auf der Party hast du auch nichts getrunken. Müsst ihr etwa heiraten? Ich meine, nicht dass ich zögern würde bei deinem Zukünftigen, aber ... bist du schwanger?«

Ich nippe am Tee und nuschle: »Im dritten Monat.«

»Aaaah!«, kreischt Carissa und fällt mir so heftig um den Hals, dass Tee über mein Shirt läuft.

Dann hüpft sie wie wild auf und ab. »Werde ich Patentante? Bitte! Versprich mir, dass ich Patentante werde.«

»Du bist nicht schockiert?«

Sie schüttelt den Kopf. Ihre langen, seidig blonden Haare fliegen von rechts nach links. »Bist du verrückt? Ich freue mich!« Plötzlich jedoch wird sie ernst. »Weißt du noch, die Freundschaftsbänder?«

»Oh ja.«

»Hatten wir uns nicht einmal geschworen, am gleichen Tag zu heiraten und zur gleichen Zeit schwanger zu werden?«

»Dafür wirst du Patentante«, verspreche ich.

»Wirklich?« Carissa fällt mir um den Hals, wobei sie ihre vollen Lippen auf meine Wange drückt.

Mum kommt rein. »So früh am Morgen schon Sekt? Hallo, Carissa. Leistest du Bunny Gesellschaft?«

Carissa verdreht die Augen. »Ich bin so aufgeregt, als würde ich selbst heiraten.«

»Ich auch«, gibt Mum zu. »Ach, was soll's. Trinken wir einen Sekt.« Sie nimmt ein zweites Glas aus dem Schrank und schenkt sich und Carissa ein. Dann klingelt es wieder an der Tür.

Carissa stellt ihr Glas ab. »Bleib sitzen, Ali. Heute musst du dich um nichts kümmern.«

»Das befürchte ich«, murmle ich, wohl wissend, dass die Stunden dann noch schleppender vergehen werden. Aber immerhin so zuverlässig, wie die Sonne langsam gen Westen wandert.

Über zwei Stunden sitze ich stocksteif auf meinem Stuhl, während die Visagistin an meinen Augenbrauen zupft, Cremes aufträgt, meine Wangen bepinselt und Gloss auf meine Lippen legt, und in jeder Minute davon denke ich an Ivana. Dass ich es ihr verdanke, jetzt hier zu sitzen. Ihr und Claudia und letztlich sogar Sam Oscar und Jill. Und Kay. In erster Linie ihm.

Irgendwann legt die Visagistin die Wimpernzange zur Seite. Zufrieden betrachtet sie ihr Werk. Carissa verbietet mir, in den Spiegel zu sehen, bevor nicht meine Haare gemacht sind und ich mein Kleid angezogen habe, welches ich mit ihr zusammen in einem wunderbaren Brautladen in San Francisco ausgesucht habe.

Um kurz nach zwölf kommt Tante Rose endlich mit dem Traum in Weiß im Arm über die Veranda in die Küche. »Alison, du bist ... du bist unfassbar schön«, sagt Rose und legt mir die Hand auf die Wange. »Welch ein Glück dein zukünftiger Ehemann hat.«

»Oh, Tante Rose ... Ich hoffe, du hast recht. Carissa verbietet mir, in den Spiegel zu schauen.«

»Und das macht sie richtig. Komm, zieh dein Kleid an. Ich kann es kaum noch erwarten, dich darin zu sehen.«

Es raschelt und der weiße, fließende Stoff ergießt sich vor meinen Augen. »Ich kann es nicht fassen, dass dieser Moment wirklich gekommen ist«, sage ich leise, wobei ich mit den Fingerspitzen über den Stoff streiche.

Wieder klingelt es. Carissa rast zur Tür. Gleich darauf ruft sie: »Deine Haarstylistin ist da! Ali, zieh das Kleid an. Hinterher ruiniert es deine Frisur.«

Ich stehe auf und nehme Rose das Kleid ab. »Ich verschwinde mal im Bad.«

»Nicht!«, kreischt Carissa. »Ich muss erst den Spiegel abhängen.«

Ich verdrehe die Augen. Wenig später jedoch knüpft Carissa mein Kleid am Rücken zu. »Es spannt ein wenig«, sage ich.

»Ist das ein Wunder? Du bist schwanger.«

»Und? Wie sieht es aus?«

»Es ist perfekt! Du wirst schon sehen.« Carissa zieht ihr iPhone aus der Tasche. »Oh shit! Es ist fast zwei. Wir haben nur noch drei Stunden und ich muss mich noch umziehen.« Sie zupft an meinem Kleid. »Ja, es ist perfekt. Und jetzt komm, Ali. Deine Haare sind nämlich noch eine Katastrophe.«

Es ist schon nach drei, als die Hairstylistin ihren Koffer zuklappt und die Küchentür aufgeht. Mum kommt herein. Sie hat sich umgezogen und trägt jetzt ein schulterfreies Kleid aus himmelblauer Wildseide und sie hat ihre Haare hochgesteckt.

»Oh Bunny …«, stößt sie aus. Tränen steigen in ihre Augen. Sie wedelt mit der Hand.

»Ist meine Nichte nicht unfassbar hübsch?«, meint Rose zu ihr.

»Sie ist die hübscheste Tochter, die man sich vorstellen kann. Und so … erwachsen.«

»Könnte ich mich bitte endlich selbst davon überzeugen?«

»Einen Moment noch, Alison. Wir haben noch etwas für dich.«

»Richtig!« Carissa springt von dem Stuhl auf, auf dem sie eben Platz genommen hat. »Es ist im Auto.«

Meine Mutter schreit nach Jeremy, der wenig später in die Küche kommt. Er trägt einen Anzug und grinst schief. Irgendetwas verbirgt er hinter seinem Rücken.

Carissa kommt wieder hereingestürmt, eine kleine Schachtel in der Hand. »Das ist neu«, sagt sie. »Los, mach schon. Öffne sie.«

Ich hebe den Deckel. Ein weißes Strumpfband mit kleinen roten Röschen liegt darin. »Ein Strumpfband?«, frage ich überflüssigerweise, nur weil ich die Sekunden überspielen will, in denen ich mir vorstelle, wie Kay es mir mit den Zähnen vom Bein zieht.

Carissa macht einen Schmollmund. »Gefällt es dir nicht?«

»Doch es gefällt mir sehr.« Ich grinse und drücke ihr einen Kuss auf die Nasenspitze, bevor ich das Strumpfband über meinen Fuß schiebe.

»Und das ist von mir. Etwas Altes. Wir haben den Brauch etwas angepasst. Normalerweise trägt die Braut alles am Körper … aber was ist in unserer Familie schon normal?« Mum seufzt tief und legt ein großes Bündel in meine Hände. Ich erkenne sofort, was es ist.

»Die Pionierdecke!«

»Ich habe nochmals alles ordentlich vernäht und wattiert und den letzten Flicken hinzugefügt.«

Ich falte die Decke auseinander. Das fehlende Rechteck ist durch ein olivgrünes Stück Stoff ergänzt. »Wofür steht es?«, frage ich.

»Es ist das Shirt aus dem Wäschekorb. Es war ganz dreckig. Ich musste es waschen, aber es steht für deinen ersten Tag in dieser Realität. Der einzigen Realität«, schiebt meine Mutter nach.

»Oh, Mum ...«, schniefe ich.

»Nicht weinen!«, schreit Carissa auf. »Deine Wimperntusche!«

»Ist wasserfest«, schluchze ich.

»Kann ich jetzt?«, fragt Jeremy.

»Warte«, meint Rose. »Erst bekommt Alison etwas Blaues von mir.« Sie drückt mir eine Rolle in die Hand, um die eine blaue Schleife gebunden ist. Es sind Hundertdollarnoten. Sehr viele davon. »Ich hab sie eingetauscht. Eigentlich wollte ich von den Zwanzigern noch eine Kutsche leihen mit sechs Schimmeln und Schwänen und eine fünfstöckige Torte und eine Big Band und ich dachte an ein Feuerwerk ... Aber Herold hat es mir ausgeredet. Ihr braucht das Geld für Möbel, sagt er.«

Meine Mutter hustet heftig.

»Möbel?«, vergewissere ich mich.

»Na ja, ein Kinderbett und einen Wickeltisch, du weißt schon.«

Ich schließe Rose in die Arme. »Danke, Tante Rose. Danke.«

»Ja, also. Hier das Geliehene«, druckst Jeremy und reicht mir eine DVD, die nur zu Dreiviertel eingepackt ist. »Tut mir leid, Dad hat das Geschenkpapier verbraucht. Das war der Rest.«

Ich ziehe den Fetzen ab, der den Titel verdeckt. »Zurück in die Zukunft?«

»Ist nur geliehen«, meint Jeremy.

Carissa verzieht verärgert das Gesicht. »Es sollte etwas Passendes sein, Jeremy. Etwas, das mit deiner Schwester zu tun hat.«

»Aber ...«, setzt Jeremy an.

Ich ziehe scharf die Luft ein, doch ein Hupen erlöst uns von weiteren Erklärungen.

Mum legt die Decke zusammen und Rose schreit: »Herold ist da!« Sie nimmt meine Schultern zwischen ihre großen Hände und drückt sie. »Jetzt geht es los. Die nächste Überraschung wartet schon draußen.«

Ich bin bereits an der Tür, als Rose ruft: »Willst du keine Schuhe anziehen?«

Ich lache, antworte: »Nein. Ich heirate barfuß«, und renne in den Flur, schliddere an dem Garderobenspiegel vorbei zur Haustür. Dann aber kehre ich noch mal um und sehe in den Spiegel. Die Frau, die zurückblickt, ist wirklich wunderschön und ich muss mir erst an die Nase greifen, um wirklich zu verstehen: Das bin ich. Meine Augen sind groß und leuchten. Die hochgesteckten Haare schimmern schwarz, einzelne Strähnen sind herausgezupft und fallen über meine Schultern. Sie sind unbedeckt und wirken nicht mehr so knochig. In den letzten Wochen habe ich zugenommen und meine Haut ist leicht gebräunt. Das Wundervollste jedoch ist das Kleid: ein fließender weißer Traum, an der Brust und der Taille mit Spitze abgesetzt. Schlicht und doch unfassbar schön. Wieder hupt es. Ich reiße mich von dem Anblick los.

Vor der Tür steht Herold an seinen Sonntagswagen gelehnt, einen Cadillac aus den Fünfzigern, auf dessen Haube ein Herz aus weißen Rosen angebracht ist. Herold trägt selbst heute ein kariertes Hemd und Jeans. »Du musst sehr stolz sein«, sagt er zu meinem Vater, der im Smoking um die Ecke kommt. Noch nie habe ich ihn so gesehen und mache große Augen.

Dad nimmt meine Hand. »Bist du dir wirklich sicher, meine Kleine? Ich meine ... noch kannst du ...«

»Dad!«, sage ich mit gespielter Entrüstung.

Er zieht die Schultern ein.

»Das wird schon werden«, sagt Herold, klopft meinem Vater auf den Rücken, gibt ihm den Autoschlüssel und geht selbst zum Pick-up, auf dessen Ladefläche ein sehr großes, flaches Geschenk liegt, verhüllt unter drei verschiedenen Sorten Geschenkpapier.

Epilog

26. September 2015, Sebastopol

Klassische Musik dringt durch die geschlossene Tür zu mir. Meine Hände umklammern den Strauß aus weißen Rosen, den Rose mir in die Hand gedrückt hat. Ich starre den Türknauf an und versuche, mich nicht zu fragen, was sich dahinter verbirgt. Dad ist von der Rückseite an das Fachwerkgebäude herangefahren, in dem das Café auf der Apfelplantage untergebracht ist, und Rose hat mich sofort in den hinteren Raum geschleust, in dem nur einige Kisten stehen, damit ich bloß nichts von ihren Vorbereitungen sehe.

Die Musik schwillt an und wird gleichzeitig schneller. Ich kriege weiche Knie. »Gleich ist es so weit«, flüstere ich.

Mein Vater hält mir seinen Arm hin, damit ich mich bei ihm unterhaken kann, und sieht mich liebevoll an. »Ich freue mich für dich, meine Klei–, meine Große.«

»Danke, Dad«, kiekse ich und schiebe meine Hand durch seine Armbeuge. Sie ist schweißnass. »Hältst du mich fest? Ich werde bestimmt stolpern.«

Auf einmal habe ich das Gefühl, selbst das Gehen verlernt zu haben. Ein Wunder, dass ich noch zum Atmen in der Lage bin.

»Das wirst du nicht.«

»Alle werden mich anstarren.«

»Das sollen sie auch, du bist die Braut.« Dad legt seine andere Hand auf meine und dann wechselt der Takt der

Musik. Viel zu plötzlich. Ich spüre Panik in mir aufsteigen. »Wann sollen wir losgehen?«

Die Tür wird von außen aufgezogen, die ersten Klänge des Hochzeitsmarsches ertönen.

»Jetzt«, sagt Dad, drückt meine Hand und flüstert: »Immer im Takt.«

Ich spüre meine Füße kaum, konzentriere mich nur darauf, dass sie im Gleichschritt mit Dad sind. Der durchdringende Duft von Blumen benebelt den Rest meiner Sinne. Wir schreiten durch den großen Caféraum, dessen Stühle ausgeräumt wurden. Rosenblätter bedecken die Erde. Gleich wird Kay mich sehen. Nur noch wenige Schritte bis zu den Flügeltüren. Noch immer schaue ich auf meine nackten Füße. Zu jedem Takt ein Schritt. Aber dann nehme ich aus dem Augenwinkel die Butzenfenster wahr. Müsste nicht mein jüngeres Ich dahinter stehen?

Ich hebe den Kopf und komme aus dem Takt. Hinter der Scheibe jedoch sind nur Apfelbäume, Reihe um Reihe, bis zum Waldrand. Dad bleibt stehen und sieht mich fragend an.

»Ich dachte …«, flüstere ich. »Egal, schon gut.«

Die Zukunft und somit auch meine Vergangenheit haben sich neu geschrieben, rufe ich mir in Erinnerung.

Die Musik setzt aus, die letzten Takte werden noch mal gespielt.

»Ist wirklich alles in Ordnung?«, vergewissert Dad sich. »Ich mag ihn, weißt du?«

Ich atme tief durch. »Ich weiß. Es bedeutet mir viel.«

Dad drückt meinen Arm. Und dann gehen wir die letzten Schritte. Bei den Flügeltüren bleiben wir stehen und wenden uns um. Ein Raunen und Rascheln breitet sich im Raum aus. Ich hebe den Kopf. Girlanden aus weißen Rosen bilden ein Spalier. Am Ende steht ein Apfelbaum, in den weiße Seidenbänder gebunden sind, und darunter: Kay im schwarzen Smoking.

Wie in Trance gehe ich auf ihn zu. Plötzlich fühlt es sich ganz leicht an. Ich höre die Musik nicht mehr, die Gäste in den Stuhlreihen hinter Kay verschwimmen, denn ich kann nur in seine Augen sehen, die mit großem Ernst zurückblicken. Am liebsten würde ich die letzten Meter rennen. Mein Atem geht mit jedem Schritt schneller und schneller, genau wie mein Herzschlag. Und als ich endlich vor Kay stehe, habe ich das Gefühl, gerannt zu sein. Meine Wangen sind erhitzt. Mein Puls überschlägt sich. Und noch immer sehen wir uns in die Augen. Auch als die Musik verklingt.

Wenn Kay mir vor über 2 Jahren in einem stinkenden Ziegenfell attraktiv vorkam, erscheint er mir in diesem Smoking wie ein junger Gott. Wilder Stolz überkommt mich und Kay lächelt wissend, wobei kleine Fältchen seine Augen umspielen.

Dad räuspert sich. Nur unwillig wende ich den Blick ab. Dad nimmt meine Hand. Kay tritt vor und mein Vater legt meine Hand in Kays. Einen Moment ruht seine noch auf unseren. Dann atmet Dad schwer durch, nickt Kay zu und tritt zur Seite.

Ich nehme nicht wahr, woher der Reverend kommt, und kaum, was er sagt. Die ganze Zeit über stehe ich neben Kay und versuche, nicht zu zappeln vor Nervosität. Unsere Fingerspitzen berühren sich leicht und ich kann nur denken: Gleich werde ich seine Ehefrau sein.

Und dann ist es so weit. Carissa nimmt meinen Strauß, Kay dreht sich zu mir, hält meine Hände in seinen.

»Alison«, sagt er mit großer Ernsthaftigkeit. »Ich habe

dir einmal gesagt, ich bräuchte dir nichts zu versprechen, mein Wort würde genügen. Die Ehe jedoch ist ein Versprechen, ein Gelöbnis. Und ich gelobe dir, dich immer zu lieben, zu achten und zu ehren … ich gelobe, stets zu dir zu stehen, dich aufzufangen und zu tragen … und dich immer, immer«, er macht eine Pause, »immer zu beschützen. Auch ohne Gottes Hilfe.«

Ich meine, den Reverend bei Kays letzten Worten kurz zusammenzucken zu sehen, und muss lächeln. Aber dann wird mir bewusst, dass ich an der Reihe bin. Das Einzige, was ich für meine Hochzeit vorbereiten konnte, war mein Gelübde. Ich habe es auswendig gelernt, hundert Mal wiederholt, aber plötzlich ist es weg. Kays dunkle Augen ruhen auf mir und ich erwarte schon, ihn eine Braue heben zu sehen, aber er tut es nicht. Er sieht mich nur an. Sein Blick bringt mich restlos aus der Fassung.

Verzweifelt suche ich nach den Worten in meinem Kopf, die ich mir zurechtgelegt habe, für die ich tagelang das Internet nach Inspirationen durchsucht habe und die doch nie hätten aussagen können, was ich für Kay empfinde. Mein Gelübde hat sich in Luft aufgelöst.

Meine ohnehin schon erhitzten Wangen glühen jetzt. »Ich liebe dich«, bringe ich nur heiser hervor. »Jetzt und für immer.«

»Für immer jetzt«, flüstert Kay und lächelt.

Ich schlucke trocken, nehme am Rande wahr, wie Jeremy vortritt. Ein Kissen auf den Händen, zwei Ringe in die Schleifen gebunden, und der Reverend nimmt sie ihm ab.

»So tragt diesen Ring als Zeichen eures Versprechens.«

Kay löst die erste Schleife und hebt meine rechte Hand. Ein erstaunter Laut entweicht mir, als Kay mir den Ring auf meinen Finger schiebt. Er ist aus Gold, breit und schlicht, aber in seiner Mitte sitzt eine Perle. Sie schimmert bläulich und ist um einiges schwerer, als es eine normale Perle ist. Er könnte einmaliger nicht sein. Wie Kay es gesagt hat.

Mit leicht zitternden Händen und im Bewusstsein, was ich an meinem Finger trage, löse ich die zweite Schleife, nehme den breiten goldenen Ring, schiebe ihn auf Kays Finger. Er umschließt meine Hand.

»Hiermit erkläre ich euch zu Mann und Frau«, sagt der Reverend feierlich. »Sie dürfen die Braut nun küssen.«

»Mrs Raymond …«, meint Kay leise und nimmt mein Gesicht in seine Hände.

Ich schließe die Augen, spüre seine Lippen, die so lange mit meinen verschmelzen, als würde es kein Morgen geben.

In den Bäumen hängen an Seidenbändern Hunderte weißer Lampions. Unter ihnen wurden Tische aufgestellt, eingedeckt mit weißem Leinen, und in ihrer Mitte befindet sich ein großes Holzpodest, die Tanzfläche.

Mir ist noch immer schwindelig von dem Walzer, aber ich bin stolz, als ich an Kays Arm unter dem Applaus unserer Gäste zurück an die Tafel schreite. Ich habe mich von Kay führen lassen, die Augen geschlossen, und bin dem Druck seiner Arme und dem Takt der Musik gefolgt.

Kay zieht den Stuhl für mich nach hinten. Ich will mich setzen, aber Dad legt den Arm um meine Schultern und hält mich zurück. »Es ist Zeit für deine Überraschung.«

Ich strahle ihn an. »Das große Paket auf dem Pick-up?«

»Das auch«, sagt er schmunzelnd.

»Auch? Was denn noch?«

Kay sieht sich um und winkt Herold zu, der auf der Tanzfläche mehr von Rose herumgewirbelt wird als umgekehrt. Sie kommen zu uns, während die Band, die Tante Rose engagiert hat, die übrigen Gäste auf die Tanzfläche bittet.

»Ein guter Moment«, meint Herold außer Atem. »Deine Tante würde mich sonst den Rest des Abends nicht mehr davonkommen lassen.«

»Was für eine zweite Überraschung?«, frage ich wieder.

Meine Mutter lacht verschmitzt. »Du wirst schon sehen.«

Gemeinsam umrunden wir das Café, gehen jedoch an Dads Pick-up vorbei zu Onkel Herolds Cadillac. Er öffnet den Kofferraum. Eine Pappröhre liegt darin. Er drückt sie mir in die Hand. »Die letzten Wochen haben dein Ehemann und ich alles geplant, die neue Raumaufteilung, die Bodenbeläge ...« Er wirkt verlegen. »Na ja, du weißt schon.«

Ich schüttle den Kopf. »Nein. Was meinst du?«

Tante Rose drückt mich an ihren Busen. »Wir haben doch keine Kinder. Die Plantage läuft gut. Besser als je zuvor. Und wem sollen wir unser Geld schon vererben? Da war ein kleines Häuschen für euch doch naheliegend.«

»Ein Haus?«, wiederhole ich fassungslos, ziehe eine Papierrolle aus der Röhre. Es ist ein großes Foto.

»Na ja, kein Haus, ein Häuschen«, meint Rose. »Es hat nur vier Zimmer, aber dafür liegt es mitten im Wald, nur fünf Minuten von deinem Elternhaus entfernt. Wir dachten, ihr habt doch jetzt bald eure eigene Familie und da ...«

»Es stand länger leer. Wir haben es sanieren lassen«, meint Herold.

»Oh mein Gott«, hauche ich und streiche über das Foto. Ich kenne es. Aber nur im heruntergekommenen Zustand. Das Foto jedoch zeigt ein weiß gestrichenes Holzhaus im Abendlicht, um das eine Veranda läuft, eine einfache Tür in der Mitte. Hinter den großen Fenstern ist ein Kamin zu erahnen. Der Rasen davor ist gemäht und zu Kugeln geschnittene Büsche stehen darauf. Und über den Dachfirst hinaus strecken sich die hohen Mammuts, die ich so sehr liebe.

Tränen laufen über meine Wangen. Das ist mehr Glück, als ich jemals erwartet hätte. »Das habt ihr also in der Zeit ohne mich ausgeheckt?«, frage ich Kay.

»Wir haben nur ein Haus geplant, aber du wirst unser Zuhause daraus machen, Alison.«

Ich weiß nicht, was ich sagen soll. Einen nach dem anderen schließe ich in die Arme und bin nur zu einem Wort fähig: »Danke«, aber das hundert Mal.

Dad schüttelt den Kopf, als ich auch ihn umarmen will. »Mein Geschenk für euch liegt im Pick-up.«

»Was ist es?«, frage ich Kay.

Er zuckt mit den Schultern. »Dein Vater hat es mir nicht verraten.«

Ich renne die wenigen Meter zu der Ladefläche und habe das Geschenkpapier schon beinahe abgerissen, als Kay mich erreicht.

Groß und aus dunklem, poliertem Holz liegt eine Haustür vor uns, ein Fenster oben eingelassen.

»Sie ist fantastisch!«, rufe ich Dad zu und fliege ihm um den Hals. Jetzt lässt er meine wilde Umarmung über sich ergehen, wobei er ganz verlegen schnauft. Ich gebe ihn frei.

»Schwiegersohn, mach das ganze Papier ab, auch unten!«, ruft er. »Da ist eine Inschrift«, brummt Dad, als Kay die letzte Bahn Geschenkpapier abreißt.

Gemeinsam sehen wir auf den langen Schriftzug, den mein Vater aus dem dunklen Holz herausgearbeitet hat.

Kay nickt anerkennend. Er legt seine Hand auf Dads Arm und sagt: »Robert, es hätte keine bessere Inschrift geben können. Danke.«

Auch Mum, Herold und Rose sind zu uns gekommen. »Was steht drauf?«, fragt Mum.

Ich lächle. »Mit jeder Sekunde unseres Lebens reisen wir durch die Zeit. Wir können sie nicht anhalten, nur genießen.«

ENDE

Danksagung

Ich danke Thomas Mrosek von Herzen dafür, dass er vermutlich Tage geopfert hat, um mir immer wieder aus den Paradoxen zu helfen, die sich durch die Viele-Welten-Theorie ergeben. Wie oft war ich am Rande der Verzweiflung, wie oft kurz davor, alles neu zu schreiben. Wenn er mein lineares Denken nicht mit einer Engelsgeduld wieder und wieder gebrochen hätte, wäre Zeitrausch so nie entstanden.

Genauso dankbar bin ich seiner Frau Wiebke, die durch ihre offene und schonungslose Meinung, ihre fantastischen Ideen Kay und Alison mit hat wachsen und sie, wie mich, einen Blick in ihre Zukunft hat werfen lassen.

Ohne Zeitrausch hätte ich sie nie kennengelernt: Christina Hagelstein. Wir haben voneinander gelernt, sind über die wunderbare Welt der Bücher zusammengewachsen, und während die Zeit dahingerauscht ist, sind wir Freunde geworden.

Mein besonderer Dank gilt Marion Lembke, die meinen Horizont über die Realität hinaus erweitert hat und mich von der ersten Zeile an begleitet.

Kim Kestner

Zeitrausch

Spiel der Vergangenheit

Es ist der Schock ihres Lebens, als Alison eines Morgens feststellen muss, dass ihr kleiner Bruder verschwunden ist. Mehr noch: Anscheinend hat es ihn nie gegeben! Zumindest nicht in dieser Realität. Alison hält die Fäden ihres eigenen Lebens nicht mehr in der Hand. Man hat sie zu einer Kandidatin der Show »Top The Realities« gemacht. An der Seite des unverschämt gutaussehenden, aber abweisenden Kay ist sie gezwungen, ihre Vergangenheit zu korrigieren, damit ihre eigene Realität wieder hergestellt wird ...

Spiel der Zukunft

Alison hat sich akribisch auf diesen Moment vorbereitet, denn sie weiß, es wird hart – gnadenlos. Sie kennt das Spiel, denn sie hat es schon einmal gespielt und sie ist bereit, als man sie erneut in die Arena von »Top The Realities« holt. Die Kandidaten der Fernsehshow werden durch alle Jahrhunderte gejagt und vor Herausforderungen gestellt, die im Falle des Scheiterns ganze Generationen auslöschen können. Doch Alison wartet nur auf Kay. Sie wird eine jüngere Version von ihm wiedersehen, er wird sie nicht kennen, doch sie weiß, wohin der Weg sie führen wird. Und genau das ist das Problem!

Arena

336 Seiten • Klappenbroschur
ISBN 978-3-401-51067-5
Jeder Band auch als E-Book erhältlich

368 Seiten • Klappenbroschur
ISBN 978-3-401-51068-2
www.arena-verlag.de